The Companion to Elizabeth Bowen

エリザベス・ボウエン
鑑賞事典

木村正俊・田中慶子
［編著］

論創社

目次

〈序章〉 エリザベス・ボウエン研究の現在　木村正俊　7
〈第一章〉 エリザベス・ボウエンの文学——二十世紀をとらえる知的感性　木村正俊　11
〈第二章〉 エリザベス・ボウエンの生涯——アングロ・アイリッシュからの出発と帰着　田中慶子　19
〈第三章〉 作品解説　27
I 長編小説　28
1 『ホテル』　杉本久美子　28
2 『最後の九月』　杉本久美子　34
3 『友達と親戚』　太田良子　41
4 『北へ』　小室龍之介　47
5 『パリの家』　垣口由香　53
6 『心の死』　伊藤節　60
7 『日ざかり』　小室龍之介　67

8『愛の世界』 米山優子 74
9『リトル・ガールズ』 米山優子 80
10『エヴァ・トラウト』 垣口由香 86

II 短編小説 93

■一九二〇年代の作品
「アン・リーの店」 太田良子 93
「死せるメイベル」 田中慶子 94
「火喰い鳥」 太田良子 95
■一九三〇年代の作品
「勘当された者」 田中慶子 96
■一九四〇年代の作品
「夏の夜」 田中慶子 99
「蔦がとらえた石段」 田中慶子 100
■一九五〇年代の作品
「闇の中の一日」 田中慶子 101

III ノンフィクション 104

『七たびの冬——ダブリンの幼き日の思い出』 米山優子 104
『ボウエンズ・コート』 木梨由利 108
『ローマでのひととき』 窪田憲子 113
『シェルボーン』 小室龍之介 117

IV 評論 122
『イギリスの小説家』 小室龍之介 122
『なぜ書くか』 小室龍之介 124
序文・あとがき 米山優子 127

〈第四章〉ボウエンを照射する諸々のテーマ 131

1 アングロ・アイリッシュ 窪田憲子 132
2 ビッグハウス 窪田憲子 137
3 旅行・自動車・鉄道 窪田憲子 141
4 戦争 太田良子 145
5 恋愛・結婚・キャリア 小室龍之介 149
6 女学生時代 田中慶子 154
7 フェミニズム・ジェンダー・セクシュアリティ 伊藤節 159
8 幻想のシスターフッド 田中慶子 164
9 怪奇小説と心霊主義 田中慶子 168
10 女性使用人たちの事情 田中慶子 175
11 インドとアフリカの表象 田中慶子 182
12 戦時下ロンドンのシュールリアリズム 田中慶子 186
13 窓と光 田中慶子 193
14 お茶の時間とケトル 田中慶子 200
15 時を刻む——写真と時計 田中慶子 205

〈第五章〉ボウエンゆかりの土地・場所を巡る　211
1　ダブリン　田中慶子　212
2　コーク　田中慶子　219
3　ケント　田中慶子　223
4　ロンドン　田中慶子　228
5　イタリア　窪田憲子　236

ボウエン関連語集　277
エリザベス・ドロテア・コール・ボウエン（1899年－1973年）年譜　283
コリー家、ポメロイ家／コール・ボウエン家家系図　284
エリザベス・ボウエン書誌情報　299
編集後記　田中慶子　301
索引　313

〈序章〉

エリザベス・ボウエン研究の現在

木村正俊

エリザベス・ボウエン（一八九九—一九七三）は日本では一時は忘れられた作家だった。長らく吉田健一の『日ざかり』の翻訳でしか知られず、それも不運にして戦後の日本人にとっては思い出したくない戦争の傷跡がテーマの作品であったためか。あるいは二十世紀後半になっても北アイルランド紛争が尾を引いて過激化し大きく報道されて、アングロ・アイリッシュの支配階級出身作家に悪い印象をもたれたせいかもしれない。

だが歴史は繰り返される。北アイルランド問題に一応の終結を見ても、二十一世紀を迎えた現在にあって宗教対立に根ざすテロリズム、植民地問題、権威主義の勃興、独裁者の台頭は繰り返されている。ことにウクライナ紛争は第二次世界大戦の悪夢を思い起こさせる。ボウエンは正規の大学教育は受けていないし、歴史学者でもない。だが時代の目撃者であり、知的な記録者にして優れた表現者である。今、なぜボウエンを読むべきなのか。この問いに答えるべく、日本のエリザベス・ボウエン研究の発展のきっかけとなることを願って本書を企画した。

生誕一二五年を迎えたアングロ・アイリッシュの作家エリザベス・ボウエンの評価は近年高まっている。ボウエンは英米では大衆小説作家の顔を持ちながら、同時にジェイン・オースティンやヴァージニア・ウルフらの女性文学の系譜に連なり、二十世紀を代表する文学者として不動の位置を占めながらも見過ごされることが多かった。だが、このところ彼女の独自な現代的テーマの重さを評価した先端的な研究書が相次いでいる。ハーマイオニ・リーの『エリザベス・ボウエン——評価』（一九八一）が長らくボウエン研究の典拠であったが、その後、アンドルー・ベネットとニコラス・ロイル共著の『エリザベス・ボウエン――小説の解体』(一九九五)はボウエンの評価に新たな境地を切り拓いた。これに影響を受けたモード・エルマン『エリザベス・ボウエン、ページを横切る影』(二〇〇三)やニール・コーコラン『エリザベス・ボウエン、強いられた帰還』(二〇〇四)といった信頼性の高いすぐれた研究書が続いて刊行され、ボウエンの研究水準を大いに引き上げた。最近では、ボウエンをジョイスやベケットと並べてアイルランド出身作家のコスモポリタニズムの視点からとらえ直したネルズ・ペアソン『アイルランド人のコスモポリタニズム、ジェイムズ・ジョイス、エリザベス・ボウエン、サミュエル・ベケットの異境』(二〇一七)や、ゴシック要素の面から解明したオリナ・リトフカの『エリザベス・ボウエンの小説における薄気味悪い家』(二〇一六)など注目すべき研究書が出ている。二〇一七年にはオランダのギルダスリーヴの『エリザベス・ボウエン、トラウマの書記行為』、二〇一九年はアメリカのパトリシア・ロレンスの伝記『エリザベス・ボウエン、文学的生涯』、ギルダスリーヴ、スマイス編の論集『エリザベス・ボウエン、理論、思想、諸事』が刊行され、二〇二一年にはジュリア・パーリーが『影の第三者』で愛人ハンフリー・ハウスについて究明した。著者はハウスの実の孫娘である。二〇一七年にはエリザベス・ボウエンの国際学会がニコラ・ダーウッドとニック・ターナーを中心に結成された。こうした海外の研究活動と並んで、日本ではエリザベス・ボウエン研究会が設立され、研究成果をまとめて論集が二冊発行されたことも記しておきたい。

ボウエンは小説家であるばかりでなく、多くの評論を発表した。そのジャンルは同時代のイギリス小説、演劇、アメリカ小説、フランス小説、国際関係など多岐にわたるが、二〇一七年にアラン・ヘップバーンによって編纂された集成『感覚の世界の重さ』でその幅広い全容を垣間見ることができる。ボウエンの作品は同時代のヴァージニア・ウルフの読者はもとより、イギリス小説、アイルランド文学、アメリカ南部文学、そしてイギリス映画ファンにも読んでいただきたい。ボウエンの夫や友人がBBCやイギリスの音楽産業の現場で働いていたことも興味深い。今日、学問が深化するにつれて、細分化され、他の領域に対して壁ができているが、ボウエンの視線は縦横にそれを打破してくれることが期待される。

〈第一章〉

エリザベス・ボウエンの文学——二十世紀をとらえる知的感性

木村正俊

モダニスト

ボウエンは鋭い作家的な目、しなやかな感性、驚くほどの広範な興味関心事をもち、崇高な表現スタイルを特色とした。心理主義的リアリストとして、ブッカー賞候補にもなり、ヘンリー・ジェイムズやE・M・フォースターらと並び称されたほどである。だが、その一方で、彼女の小説は一般に読みにくく、難解であるとも評された。批評家のスーザン・オズボーンは、編著『エリザベス・ボウエン 新批評展望』(二〇〇九)のなかで、ボウエンの作品のいくつかに見られる「歪みのある断片的効果」や「風変わりな……難解な表現スタイル」を認めている。描写がぼんやりしているとか、誰のセリフなのか把握しにくいなどの批評がでるのは、オズボーンの指摘する表現の特異さのせいかもしれない。だが、ボウエンの作品を分かりにくいと感じるのは、彼女のとらえた現代的テーマの広範さと奥深さも起因してはいないだろうか。ボウエンはモダニストの側面ももち、二十世紀のかかえていた万般のテーマに触手を伸ばしていた。彼女の作品に表れた現代的テーマとして、宗教と社会階層、植民地支配、人種、民族性、戦争、スパイ活動、セクシュアリティ、ジェンダー、フェミニズム、ゴシック、怪奇、スピリチュアリズムなどを挙げることができよう。そこには、アイルランドのビッグハウスのような、当事者ボウエンならではのテーマも含まれる。こうした多様なテーマの文化背景にある程度通じていれば、ボウエン作品の解読ないし味読がより深まるのではないだろうか。

戦争

パリと並ぶ大都市ロンドンは、第二次世界大戦時に空襲による破壊で様相を一変し、廃墟と化した。ロンドンに暮らし、戦争の残虐さを直接見聞したボウエンは、戦争に現代文明の悪を認め、モダニストの視座から一群の「戦争小説」(または「戦時小説」)を発表した。戦争は時代を転換させる。人々の価値観や思考法、感情表現にも変容をもたらす。一八〇〇年代末に発したヨーロッパ文学上のモダニズムが、一九一〇年代から一九三〇年代にピークに達したのは、第一次世界大戦と大いに関わりがある。大戦による破壊と荒廃が、それまでの西洋文明の達成への否定感情を噴出させ、伝統意識が切断される結果を生じさせた。一枚岩の現実把握が壊れ、多種多様な認識方法がありうるとの考え方が一般的になった。ここに複数の、異種の表現に意義を認める、モダニズム文学の成立する根拠がある。ボウエンは旧来のリアリズム手法に立脚しながら、モダニズムの手法をも採用する、いわば二つのモードの使い手となった。

ボウエンの代表作と目される『日ざかり』は、大都市の爆撃による崩壊ぶりを描写し、ロンドンの「死の風景」を見事にとらえている。ロンドン市民の自我の崩壊と喪失は「荒地」の光景そのもので、ボウエンは、魂を失った「空虚」の世界を、単なるリアリズムでなく、心理の最深部をとらえるモダニズムの手法を用いて映し出す。この作品の中心人物は、敵国ドイツのために祖国を裏切り、不可解な死を遂げる、極端に人生を逸脱した人物に仕立てられる。彼の愛人である視点人物は、アイデンティティが定まりないところがある。ともに戦争の犠牲者であろう。

アイデンティティとトポス

ボウエンは居場所を移動することの多い人生を送り、場所感覚に強くとりつかれた文学者であった。彼女はプロテスタント支配階級のボウエン家の一人娘としてダブリンに生まれたが、七歳までは冬季はダブリンで、夏季はコークにあるボウエン家のビッグハウス「ボウエンズ・コート」で過ごすという二重生活を送った。長じてからはイングランドやロンドンで暮らし、一九三〇年以降はボウエンズ・コートの所有者として、ロンドンとボウエンズ・コートを往復する生活を一九六〇年まで続けた。一方で、イタリアやフランス、アメリカなど各地へ旅行し、多極のトポスを体験する。ボウエンのアングロ・アイリッシュネスは彼女の文学と分かちがたく関わっている。アングロ・アイリッシュのプロテスタントは、カトリックの国アイルランドでは少数派の立場に置かれたために、アイルランドのなかでは分離され、差異化された別種の集団とならざるをえなかった。ボウエンは、ダブリンでの子ども時代の回想記『七たびの冬』のなかで、ローマ・カトリックのアイルランド人はまったく「他者であった」と述べている。

アングロ・アイリッシュは実質的には、アイルランド人でもなければイングランド人でもないという、分裂した帰属意識をもっているといわれる。ハーマイオニ・リーは、アングロ・アイリッシュは曖昧な性格をもっていることを認め、ニール・コーコランもボウエンのなかに場所の影響からくる両面感情が目立つことを指摘した。それは確立したアイデンティティとは程遠い、一種の宙ぶらりん状態である。アングロ・アイリッシュは、その孤立性ゆえにアウトサイダー意識をもって判断したり、行動したりする傾向があるとされる。ボウエンの小説の分かりにくさは、一つには、こうしたアングロ・アイリッシュの曖昧な帰属意識からくる思考が作用した結果かもしれない。

ビッグハウス

代々のボウエン家の当主が引き継いできたビッグハウスで育ったボウエンは、その屋敷の構造も彼女の精神に深く根づいている。さながら建物にしみ込んだ伝統的な家族魂がボウエンに乗り移り、憑依現象を起こしたかのようである。自ら著したボウエン家の年代記『ボウエンズ・コート』やエッセイ「ビッグハウス」のなかで、彼女はビッグハウスでの生活に見られる思想と美学を強調している。社交的な（ボウエン家の）三代ヘンリーによって建造が設計されたこの邸宅には、アングロ・アイリッシュが最も隆盛した十八世紀にふさわしく、ヨーロッパ的な建築の理念が取り込まれていた。理念というのは、人間的で、古典的で、規律あることへの願望をさし、ボウエンによれば、ボウエンズ・コートの存在意義は所有者の私的な名誉や権力誇示のためではなく、地域の人々に集いの場を提供するためという高邁なものであった。そこではホスピタビリティがいかんなく発揮される。ボウエンはこの邸宅のもつ物理的・精神的価値を尊び、生き方や倫理観の原則あるいは指針とし、そこから創作の作法さえ学んだ。彼女の信念は「崇高美」を讃えたエドマンド・バーク流の保守主義に支えられているといわれる。

だが、ボウエン一族は、大方のビッグハウス所有者同様、土地の買収や拡大手段をめぐって訴訟もたびたび起こし、統治上の不始末も多かった。また当主のなかには精神的な病を患った人もいた。飢饉の時には、領内の住人に対しては好意的で、食糧を提供するなど恩恵をもたらしたことで評価されるが、一族の内部管理は、家父長的で男性が優位に立ち、女性が重きをなすことはなかったようである。アイルランドのゲール文化を尊重することもなく、その意味では、典型的なイギリスの植民地支配の方式にのっとっている。ボウエンその人にも、アイルランドの固有の文化伝統への着目や傾倒はほとんど見られない。アングロ・アイリッシュの地主階級は、時の経過とともに時流への注意力を欠き、しだいに曖昧模糊とした衰退への道をたどる集団と化していく。一九二一年、彼らのビッグハウスのほとんどは、民族独立主義者によって破壊されて消滅し、アングロ・アイリッシュの植民地支配は歴史的終末を迎える。ボウエンズ・コートは焼き討ちをまぬがれたが、経済的に維持することが困難になり、結局、売却され解体された。

ボウエンはビッグハウスの宿命を目撃した体験をもとに、長編小説『最後の九月』を書いた。この作品は「私の心に最も近い」とボウエンが打ちあけたように、ビッグハウスの所有者であったボウエンにとっては、この上なく切実なテーマであった。さらに彼女はカトリック教徒に対するクロムウェルの残虐行為という祖先の原罪を背負ってもいる。ボウエンはアイルランドの現代史に目を向け、一九二〇年の独立戦争を背景にビッグハウスがＩＲＡに焼き討ちされる出来事を主題にしている。イギリスの植民地支配が深部で関わる、政治的意味合いの濃い小説で、アイルランド産業へのイギリス支配が非難される場面もある。作品のなかのビッグハウス、ダニエルズタウンの所有者夫婦は、襲撃を受ける危機が迫っていることを案じつつも本気で向き合わず、テニスに興じパーティに明け暮れ、漫然と毎日をやり過ごしている。そこに暮らす十九歳の孤児の女主人公は、そうした有閑階級の生活に退屈し、アイデンティティを失っている。彼女は追い詰められ、「繭《まゆ》のなかにいる」という、一種の閉所恐怖症の心理にとらわれる。作者は、ビッグハウスの住人がそろって思考停止し、自我喪失に陥っていることを批判している。（ボウエンはほかの作品でも、アングロ・アイリッシュの生まれによって人格に歪みが出るか、支障が目立つ人物を多く造形している）ダニエルズタウンは最後に焼き討ちされ、アングロ・アイリッシュ支配の終焉を象徴的に示す。

ボウエンのビッグハウス、あるいはコロニアリズムのテーマは、短編「奥の居間」のような亡霊物語などでも、形を変えてとりあげられる。アイリッシュ・アメリカンのエドガー・アラン・ポオの「アッシャー家の崩壊」にも通ずるダーク・ロマンティシズムである。このボウエンのゴシック好みはダブリン出身の幻想小説家シェリダン・レ・ファニュの影響がある。ゴシック・リヴァイヴァルはモダニズムの本質をなす要素である。

同性愛

ちなみにボウエンの作品にレズビアニズムを問うことも

可能である。「最前線、レズビアンの人生と文学」(ニューヨーク大学出版)シリーズでルネ・ホーグランドの『エリザベス・ボウエン著作評』(一九九四)が刊行された。ジェイン・ルールの『レズビアン・イメージ』は早くも一九七五年に出版され、現在でも電子版で読むことができるが、ボウエンの章では『ホテル』、『リトルガールズ』、『エヴァ・トラウト』を論じている。ボウエンはメイ・サートンやナンシー・スペインに慕われたせいか、両性愛者のように見られ、作中のレズビアン的関係が注目されている。だが彼女自身はレズビアニズムの理解者であるにとどまる。クイア研究という流行的言説を憂えるのは、誤読を誘うからである。たとえば『日ざかり』のコニーとルーイが一緒に寝るのは厳寒のロンドンの夜に暖をとるためであり、性的意味はない。コロンビア大学出版のアンソロジー『レズビアンの文学』(テリー・キャッスル編)に収録された女学生の友人探しを描いた「ザ・ジャングル」のレイチェルについても、女学校文化のコンテクストを踏まえて読まなければならない。ただし母親を幼くして奪い取られた後遺症として、ボウエンの小児的レズビアニズムは認められる。そしてボウエンの周囲には実に同性愛者が多かった。ボウエンが結婚前に住んだロンドンではフラッパーと呼ばれる若い女性の風俗が席巻していた。短髪や喫煙、露出度の高いファッションといった外見、行動様式だけでなく道徳概念、恋愛の作法にまで浸透していた。ことにドイツはベルリンを中心にそのような新しい女はレズビアニズムと浅からぬつながりがあった。イギリスでは同性愛や婚外交渉はオックスフォードやケンブリッジの大学人やブルームズベリーグループのような知識人にとってもタブーとされなかった。

パリという磁場

現代文明の最先端に強い関心を寄せていたボウエンは、国際都市パリに目を向け、長編『パリの家』を執筆した。この作品では、パリの一角にある「不気味な家」を中心に、登場人物たちは、イングランド、イタリア、ドイツなど広範囲の場所に関わりをもち、コスモポリタニズムの小説らしいテーマが展開される。愛、死、裏切り、虚偽、冷酷、無垢、人間愛などが深層から分析される。一九二五年のパリ国際博覧会(別称アールデコ博覧会)は、第一次大戦後の復興によって植民地のエキゾシズムとテクノロジーの進化が強調された。『パリの家』の冒頭の早朝のパリの情景はタクシーに乗った少女ヘンリエッタの視点で書かれる。一九二〇年代パリで一世を風靡したタマラ・ド・レンピッカという画家がいた。車の運転席に座る彼女の自画像は、自動車と一体化したかのようなメタリックなタッチで、新しい女性像として象徴的である。ボウエンも現代女性らしくスピードを好み、旅客機に乗り、自動車の運転術を身につけた。

一九三〇年代のパリは多民族の異邦人が群れる多言語都市の相貌を呈していた。国と国の境界を越え、移動する人々の欲望や不安、危険などが渦巻いていた。ボウエンはそうした越境のもたらす新奇な現象をモダニストの目で活写した。『パリの家』の小説の語りにはモダニズムの特徴である時間の流れを操作し、直線型の時間を一時停止させ、現在に過去を組み込む手法が用いられる。母親の過去の不実な恋愛で、現在の運命を狂わせている主人公の男の子は、母親の現在の夫に救われるが、彼はアイデンティティ喪失の危機に陥り、終結部の駅場面では、「ぼくはどこにいるの?」と悲痛な問いを発する。人間の実存的悲劇をボウエンは凝視しているようだ。パリの家の所有者の老女は「生のなかの死」を生きているが、奇怪この上ない存在で、この小説のゴシック性を異様に高めている。登場人物の中で特に男はこのグレート・マザーの支配欲の犠牲になる。

古いメディア、新しいメディア

ボウエンの生きた時代は乗合馬車からバス、自動車へ、ランプから電灯へ、手紙から電信、電話へとメディアが進化し、とりわけ人間の移動に関わる空間と時間の感覚に影響した。ボウエンは手紙好きで日記代わりに恋人や親友に手紙を書き送っていたような女性だった。短編「古い家の最後の夜」は屋敷をたたむ話であるが、母親がライティングデスクに保管された家族あての手紙を焼却処分の前に姉妹たちの前で読みあげ、書き手の一人ヘンリーはとてもばつの悪い思いをした。『愛の世界』では古い恋文という昔ながらのメディアが、異なる時空間の隔たりを補塡し、結びつける可能性があった。だが、結局は偉人でもない故人の私信を第三者が盗み読むことは有害か無意味である。送り主もその相手も亡き今、手紙は焼却されるべきものである。『リトル・ガールズ』でも五十年後に開いた金庫のタイムカプセルには何も保存されていなかった。戦争という喪失体験を経た作者のとる無情な結末は、過去の破壊、全消去である。戦時中、イギリスでは政府が国民に不要な電話を控えるようにと呼びかけていたが、「ある街区で」という短編は、戦時下のロンドンの一軒のタウンハウスが舞台であるが、電話が盛んに使われる。電話の通信は手紙のように保存されないが、即時で空間的距離を解消する。だが他人の時間の侵害は小さくない。ボウエンの同年代の親友にして詩人のウィリアム・プルーマーは——そのエッセイはかつて日本の高校のリーダーや大学入試問題にもよく採用されたが——自動車を運転し、原稿を直接タイプライターで打ち込む彼女とは対照的に、大のメカ嫌いで、電話もタイプライターも自動車も苦手だった。

ボウエンは人物造型に、矛盾や不合理、ときには滑稽さを込めて、すぐれた現代小説を世に送った。ボウエンの現代性は、これから詳細に分析され、評価されるに値する十分な深みをもっている。

〈第二章〉

エリザベス・ボウエンの生涯

——アングロ・アイリッシュからの出発と帰着

田中慶子

誕生から少女時代

エリザベス・ボウエンはヘンリー・チャールズ・ボウエンとフロレンス・イザベラ・コリー・ボウエンの一人娘として、一八九九年六月七日ダブリンの「ハーバート・プレイス」というタウンハウスで誕生した。

父は地方地主の相続者として「ボウエンズ・コート」邸の管理者としての義務を背負っていたが、父親に背き、ダブリンのトリニティ・カレッジで法学を専攻し法廷弁護士になった。ボウエン家の生活は二分され、『七たびの冬』はボウエンが六歳まで冬はダブリンのハーバート・プレイス、夏はボウエンズ・コートで過ごした回想記である。ボウエンズ・コートはコーク州のマローのキルドレリィに近いビッグハウス（荘園、イギリスでいえばマナーハウス）で、取り壊されて現存はしていない。ボウエン家はウェールズ出身のヘンリー・ボウエンが始祖で、十七世紀にクロムウェルのアイルランド侵攻で武勲の見返りに与えられた。アングロ・アイリッシュ、プロテスタントの支配階級という出自が、伝統を重んじる保守的なボウエン一族の精神の中核を形成している。母もアングロ・アイリッシュのボウエン家をしのぐ高貴な家柄の娘であった。

エリザベスが五歳の時、父はアイルランド土地委員会の検査官に転職したが、激務のあまり神経衰弱になってしまった。入院治療の効果もなく、母子は別居してイングランドに渡り、ケント州の母方の親戚に身を寄せることになった。この環境の急変にエリザベスは子どもながらに必死に自己防衛をしようとするも、強度のストレスで吃音障害が残ってしまった。ケントでは母子密着の生活であった（短編「帰宅」の母親をダーリンゲスト［ダーリンの最上級］と呼ぶロザリンドを思い出させる）が、一九一二年母が癌に倒れた。ハイズという海岸沿いの街で息を引きとり、ソルトウッドの教会墓地に埋葬された。多感な思春期の母との死別は彼女の言語障害をいっそう重くした。（後に彼女は、異郷の環境に惑う孤児を主人公にした作品をよく書いた）一つの救いは父が回復し、退院したことだった。エリザベスはそのまま親戚の家に預けられ、ロンドンの通勤圏であるハートフォードシャーにあるハーペンデール・ホールに編入学する。彼女をひきとってくれた牧師のウィリー叔父がノーザンプトンの教会に転籍になると、エリザベスはケント州のダウンハウス・スクールに転校して念願の寄宿舎生になる。ハーペンデン・ホールもダウンハウスも校舎は個人宅を改造した小規模な女学校である。エリザベスの女学生時代は第一次世界大戦の時代に重なるが、『リトル・ガールズ』やその他の短編に見られるような伸び伸びとした学園生活を送った。

作家としての出発と結婚

ダウンハウスを卒業すると、彼女はアイルランドに戻り、ダブリンの病院で傷病兵の介護をするため一年間郊外のコリー家の屋敷に住んだ。駐屯地のダンスパーティに招待されて、ジョン・アンダーソンというイギリス軍中尉に熱をあげて性急に婚約する。だがイタリアに「紛争」の難を避けて滞在していたエディ叔母はその相手を認めなかった。この破局は『最後の九月』のロイスのイギリス人将校ジェラルドとの失恋に描かれている。〈最後の九月〉とはビッグハウスの終焉と共に若い娘の人生のターニングポイントを意味している。エリザベスは婚約指輪を送り返して破綻とし、悲嘆にくれたが立ち直りも早かった。

一九一八年父が再婚することになる。エリザベスはこのころ、既に作家になるという野心を抱いていた。後妻となるメアリをエリザベスは大変気に入った。結婚式で新婦の兄スティーヴン・グウィンが彼女にとって初めて会う本物の作家で、作家になるにはロンドンに行く必要があると聞いた。そこでロンドンに出て美術学校に入学するも、才能の無さを自覚して二学期だけで退学した。イーディス大叔母（レディ・アランデール）のもとに身を寄せて、詩の朗読会に通い、短編小説を雑誌社に送るが、採用されることはなかった。ところが恩師のミス・ウィリスがオックスフォード大学時代の友人ローズ・マコーレイを紹介してくれたことで転機が訪れた。マコーレイはエリザベスの才能を見出し、出版界につてを作ってくれた。こうして一九二三年、最初の短編集『出会い』が出版される運びとなった。

エリザベスは幼なじみのいとこのオードリー・ファインズとは生涯にわたって長い縁が続いた。（その母、ガートルートが嫁いだのは準男爵位を継承する名門トワイスルトン・ウィーカム・ファインズ家で、一族からはレイフ・ファインズなど多くの俳優や冒険家を輩出している）未亡人となってからガートルート叔母はオックスフォード、ブロクサムに住んでいた。彼女はそこの新任の教区牧師と退役軍人のアラン・チャールズ・キャメロンが同居する家の切りもりをしていた。最初にアランとつきあい出したのはガートルートの娘であった。ところがエリザベスもガートルート叔母を慕って足しげく訪れるうちに、アランと会って意気投合し婚約することになった。伝記作家のグレンディニングは、オードリーは大して驚きもせず、二人を祝福したと記すが、短編「うちあけ相手」はこの三角関係の修羅場を想像させる。アランはアングロ・スコティッシュでノーザンプトン州の教育局補佐官だった。挙式をとりもったのは叔父のウィングフィールド（ウィリー）牧師でアランは三十歳、エリザベスは二十四歳だった。

エリザベスは家事もろくにできなかったが使用人がカバーし、新婚生活は当世風だった。アランに感化されてエリザベスのファッション感覚も洗練された。アランはエリザベスにべた惚れ状態だった。のちにエリザベスがアイリス・マードックに語ったところによれば、帰還兵のアランは社会の未来を悲観して、夫婦は子どもを持たないことにしたという。退屈なアランとの結婚生活は、周囲の友人たちにとって謎だったが、エリザベスは子どもがいないぶん仕事と社交生活を充実させ、家庭は安定した。その後の彼女の奔放な異性関係も、夫は容認していたらしい。

オックスフォード時代

夫妻がノーザンプトンに住んだのは二年間で、一九二五年、アランがオックスフォード市教育長に就任し、同市郊外のオールド・ヘディントンに住居を見つけた。数マイル離れた所にあったジョン・バカンのエルズフィールド・マナーはオックスフォードの社交の中心だった。ジョンはオックスフォード大学法科大学院に在学して文筆活動をしていた。エリザベスは特にバカンの妻スーザンとその子どもたちと親しく交際し、ヘディントン婦人会の活動にも熱中した。ウォダム・カレッジの新任講師のディヴィッド・セシルとは彼の講義を聴講に行き、定期的に食事を共にした。いわゆるオーデン・グループの最盛期と重なり、彼女はオックスフォード大学の綺羅星のような知の巨人たちと交流することができた。そのような交友関係は「グランド・チェイン」と表現された。スコットランドのフォークダンスのように延々とパートナーがつながる人脈を形成したのである。ただしあくまでもチェインであってサークルではない。ともにボウエンの親友であってもまったく没交渉というケースも多々ある。

妻、家庭の主婦として、家庭という居場所を得たエリザベスは、作家としても脂ののった多産な時代に入る。一九二六年から一九三五年までに短編小説集三冊と長編小説五冊を立て続けに出版した。クノップ社と契約しアメリカにも販路を広げた。

だが一九二九年父ヘンリーの健康は悪化し、ボウエンズ・コートで寝込むようになって、医師から余命が短いと宣告され、エリザベスは帰郷して病床に付き添った。一九三〇年に父が他界すると、一人娘としてボウエンズ・コートを相続し、一族初の女性戸主となった。ボウエンズ・コートの所有はボウエンにとっての子育てに等しかった。たいへん費用と手間がかかったが、彼女の誇りと愛情、避難先であった。

ロンドンへ

ヨーロッパの情勢が不穏になり、オーデン・グループは次第に左翼色を強めるようになる。エリザベスはオックスフォードへの愛着が薄らいで、いとこのオードリー・ファインズのフラットを拠点としてロンドンに足しげく通うようになった。幸い一九三五年に夫アランがＢＢＣの教育事業の要職に就任が決まり、夫婦の家探しが始まった。ロンドンの一等地であるリージェンツ・パークの西側の一角にあるクラレンス・テラス二番に運よく手ごろな物件を見つける。

夫妻は戦争を経て一九五二年まで居住することになる。エリザベスはクラレンス・テラス、そしてボウエンズ・コートで多くの友人や作家仲間を招き、盛んにパーティを開催した。アランは仕事人間だった。彼がクラレンス・テラスに帰宅すると玄関ホールに客人の黒い帽子がずらっとかかっている光景を見るのが常であった。

オットリン・モレルを介して知り合ったのは女性小説家として先輩格のヴァージニア・ウルフである。エリザベスはウルフの才能と美貌をあがめていた。ウルフはエリザベスにヘンリー・ジェイムズに染まらないように、と忠告した。

第二次世界大戦の時代

一九三七年夏、エリザベスはショーン・オフェイロン、アイザイア・バーリンら友人とザルツブルグ音楽祭に出かけた。グレアム・グリーンの編集する雑誌『夜と昼《ナイトアンドデイ》』の取材を兼ねていた。ヒトラーがドイツ民族自決主義にかこつけてオーストリアを併合するのは翌年の三月である。同年九月イギリスはフランスと共にネヴィル・チェンバレン首相が戦争回避のため、ミュンヘン会議でドイツにチェコの一部ズテーデン併合を認める融和策をとっていた。十一月にはドイツ国内でユダヤ人に対する同時多発的迫害行為が発生した（「水晶の夜」）。イギリスでは密かに「キンダー・トランスポート」というユダヤ人の子どもを里子にして救出する作戦がとられた。翌三九年ドイツはミュンヘン協定を反故にしてチェコ全土を占領しポーランドに侵攻した。四月からイギリスでは軍事教練が義務化され、ついに九月イギリスからドイツに対し開戦宣言され、徴兵制が施行された。イギリス国内では都市部の住民が地方へ難を逃れて移動した。

キャメロン夫妻はロンドンにとどまり、エリザベスはロンドン市メリルボーン地区の空襲監視員となる。アランは国防市民軍としてBBC本部に張り込んでいた。エリザベスは監視員として勤務しながら、『日ざかり』のコニーやルーイのようなロンドンの労働者階級の女たちと交流した。そのかたわらボウエン一族の歴史を総括した「ボウエンズ・コート」、ダブリンの幼少期の回想記「七たびの冬」を執筆していた。第二次世界大戦ではアイルランドは中立策をとっていた。エリザベスは祖国アイルランドとイギリスに貢献したいと考え、政務官ハロルド・ニコルソン（ヴィクトリア・サックヴィル＝ウェストの夫でもある）に英国情報局の諜報員志願を申し出た。これが受諾され、エリザベスはイギリスとアイルランドの旅券を手にし、両国を行き来した。

ウルフ夫妻は一九一九年からイーストサセックス州のルイス郊外の村ロドメルに「モンクスハウス」というセカンドハウスを購入し、ロンドンのタヴィストック・スクエア所を生活拠点にしていた。さらにホガース印刷社をブルームズベリー地区のメクレンバーク・スクエアに移転したが、一九四〇年九月ロンドン・ブリッツ（大空襲）の被害を受けて、モンクスハウスに家財を引き上げた。イングランド南東部のモンクスハウスでも冬の寒さはきつく、ロドメルでさえ灯火管制があった。徐々にウルフの精神力は萎えていった。エリザベスはウルフが自殺を決行する六週間前、モンクスハウスの客であった。エリザベスはボウエンズ・コートに居てラジオ・ニュースでヴァージニアの自殺を知り、レナードに「この世から大きな意義が消え去った」とお悔やみの手紙を書いた。

戦後

イギリスは国民のチャーチル首相への不信が高まり、アトリー内閣が成立し、福祉国家の基盤を作り、植民地主義の終焉に向かった。だが労働党政府は富裕層に重税を課し、軍事費に当てた。エリザベスにとって個人的には戦争は破壊と喪失だけでなく、新たな再生をもたらした。『日ざかり』（一九四九）は戦時のロンドンを舞台にした名作として高い評価を受けた。その印税でボウエンズ・コートにバスルームを新調することができた。一九四八年にはエリザベスは大英帝国勲章を受けた。ブリティッシュ・カウンシルの海外講演でヨーロッパを飛び回り、ケント教育委員会サマースクールの校長を任命され、死刑についての英国審議会に参加するなど、多忙な彼女の付き人役をアランが務めた。一九四九年にはダブリンのトリニティ・カレッジから名誉文学博士号を授与された。

一九五二年にはキャメロン夫妻はロンドンからボウエンズ・コートに生活の本拠をうつした。アランの体調が思わしくなくBBC退職を余儀なくされ、療養が必要であったためだった。その年の八月アランは永眠した。客好きのエリザベスの接待費用はアランの年金では賄えず、彼女は負債を返済するために必死に働いた。アメリカの雑誌は高い稿料をくれたし、原稿や書簡はテキサス大学オースティン校人文科学図書館（ハリー・ランソムセンター）に売り払った。だがついに借金の完済のために一九五九年ボウエンズ・コートをオキーフという地元の農夫に売却した。屋敷は取り壊された。

未亡人となって

アランの死後のエリザベスはいうなれば放浪生活者だった。特にアメリカへ渡航を繰り返し、南部作家のユードラ・ウェルティとの親交を温めた。ヴァッサー大学の客員教授となり、ブリンマー大学ではフェローとなった。

一九六二年にエリザベスはオックスフォードのオールド・ヘディントンのアイザイア・バーリン邸の離れを借りた。もっとも彼女は昔の人脈を完全に取り戻すことはできなかった。オックスフォードは世代交代していて、リードするのは常に若手であって古い友人は大学の重鎮となっていたからだ。一九六五年『リトル・ガールズ』の印税を得て、少女時代を過ごしたケントのハイズに小さな家を買った。彼女は懐郷を子宮回帰の願望と説明し、幼児退行のように否定的には考えようとしなかった。だがハイズもエリザベス自身も昔どおりというわけにはいかず、変化していた。ハイズの湿っぽい潮風が体に障ったので彼女はオックスフォードに戻ってきて、ウッドストックのマクドナルド・ベアホテルに逗留することにした。喉頭癌が悪化したが、手術を受け、体調を持ち直した。ニュー・カレッジでアイリス・マードックの夫であるジョン・ベイリーのオースティンの講義を聴講した。

一九六九年、彼女は自叙伝となる『さし絵と会話』の執筆に取りかかったが、未完のままで、一九七二年に肺癌と診断を受け、ブッカー賞の審査員に選ばれたが授賞式に出席することもできなかった。ロンドンのユニヴァーシティ・カレッジ病院に十二月に入院し、いとこのオードリー、親友のアイザイア・バーリン、シリル・コノリー、アーシュラ・ヴァーノン、ロザモンド・レーマン、スペンサー・カーティス・ブラウンが見舞った。翌年の二月二十二日朝、チャールズ・リッチーに看取られて不帰の人となった。

〈第三章〉

作品解説

I　長編小説

1『ホテル』*The Hotel*

〈あらすじ〉

エリザベス・ボウエンにとって『ホテル』は初の長編小説である。一九二三年に最初の短編集『出会い』を出版、一九二六年に二作目となる短編集『アン・リーの店、その他の短編』を世に送り出し、作家としての評価を確立しつつあった。そして続く一九二七年に刊行された『ホテル』は、これまで短編小説を主に書いていたボウエンが満を持して取り組んだ作品であり、後続の長編小説にもみられる様々な要素を含んだ作品となっている。

舞台はイタリア・リヴィエラ地方。ミス・ピムとのいさかいの後、ミス・フィッツジェラルドは海岸に臨んだ匿名のホテルを飛び出し、通りで立ち尽くしている。ホテルの部屋で茫然としていたミス・ピムは彼女を探してラウンジへと降りる。誰もいないラウンジは閑散として物音ひとつしない。そこにヒロインのシドニー・ウォレンを探して彼女の名前を呼びながらミセス・カーが現れる。シドニーは同じホテルの宿泊者である退役軍人のアレック・デュペリエ大佐とペアでテニスをしていた。ミセス・カーの存在に気づいたシドニーは彼女を意識するあまり、プレーに集中できない。デュペリエ大佐は自滅的なプレーをしてもそっけないシドニーを内心疎ましく思いながらも、表面上は礼節を保っている。

シドニーは二十二歳、明るい顔色で、整った目鼻立ちに黒髪の女性だが、大人になる前の女性といった様子で、ミセス・カーに傾倒している。ミセス・カーもシドニーには母親か友人のような態度で接する。ミセス・カーには亡き夫との間に一人息子のロナルド・カーがいるもののドイツに留学中の彼とは久しく会っていない。シドニーにとってロナルドはミセス・カーの愛情をめぐる空想上の恋敵のような存在だ。

シドニーがこのホテルに滞在しているのは医者になるための過度の勉強で神経を病みかけたからで、あわよくば誰かと婚約しても構わないと思った親戚の計らいで海外に出された。彼女の付添人テッサ・ベラミーは子ども好きだが実子はおらず、夫はマレーシアに赴任している。このホテルには、デュペリエ大佐夫妻、リー＝ミティソン夫妻、ヴェロニカ、アイリーン、ジョーンのロレンス三姉妹、ピンカートン義母娘、ヴィクター・アメリングとその両親たちも宿泊しており、彼らはみなイギリス人である。そこに新たな宿泊客として四十三歳で独身のジェイムズ・D・L・ミルトン牧師がやってくる。しかし彼は到着早々ピンカートン義母娘の専用バスルームを知らずに使ってひんしゅくをかう。

リー＝ミティソン夫妻の企画したピクニックには、シドニー、アイリーン、ヴェロニカ、ミルトン、ブランサム従姉妹が参加する。ピクニックの最中、後からやってきたヴィクターとヴェロニカは連れ立ってグループから離れ、水遊びの最中にキスをする。シドニーにとってはその光景は感情のない映画の場面のようで、彼女の心は動かなかった。ミルトン牧師はキスシーンを見たのは実は初めてで、頬を赤らめる。他の参加者は互いにそしらぬふりをして体面を保ち、ミスタ・リー＝ミティソンは企画を台無しにされ憤慨する。

ホテルの客間では暖炉の前で既婚女性たちがミセス・カーを話題にしている。離婚女性ならまだしも、未亡人ながら他の女性たちとは距離を保って一人優雅に過ごすミセス・カーを理解できないのだ。彼女と息子との関係性も不可解で、なによりミセス・カーの持つ影響力とシドニーとの関係を危惧している。その後ロナルドがダンスパーティ中のホテルに到着する。彼が来てからミセス・カーは彼とばかり過ごすようになり、シドニーは喪失感を抱く。

ある日ミルトンからの散策の申し出に応じたシドニーはホテルで知り合った少女コーディリア・バリーとの約束を果たすため、彼女も連れてイタリアの墓地にでかける。コーディリアの存在が煩《わずら》わしいミルトンは彼女をお使いに出し、その間にシドニーに求婚する。シドニーが断るとミルトンはその場を去り、シドニーはコーディリアと共同墓地を見て回る。コーディリアは以前シドニーに「ホテルの人は死んでいるみたい」といったが、「イタリアの墓地は人が住んでいるみたい」だから好きだという。さらに永遠に埋葬されるにはお金が必要で、埋葬者たちは次々と掘り返され入れ替わるという。シドニーはこの墓地で、未来についてのこれまでの自分の考えがくつがえされる。不確定なことは未来にゆだねるのではなく、現在の生き方が未来を位置づけ、その終わりに死があると知る。

シドニーを忘れたかのようにロナルドとばかりいるミセス・カーに対し、シドニーはさらなる疎外感と孤独に苛《さいな》まれる。そんな折にヴェロニカがヴィクターと婚約する。ヴェロニカは、彼は金もなければ無職で能力もないが、その代わり一緒にいても自分を蔑《さげす》まなくていいという。何より「私は誰かと結婚しなければならないから。子どもを何人か持たないといけないの」とシドニーにいう。将来のことを聞かれたシドニーはふりだしに戻るだけだ、と返事したものの、心は晴れない。

久しぶりにミセス・カーとお茶に出かけたのに、ミセス・カーはシドニーからはたくさんのものを受け取ったが、期待するものを返すことなど考えもしなかったという。なにより人を好きになるのは簡単だし、人に好かれるのは正しいと思えたが、その中にもっと何かがあるとは感じられないと述べる。夫人の独善さに孤独と行き場のなさを感じたシドニーは一度断ったミルトンの求婚を受け入れることにする。

婚約を知ったミセス・カーはミルトンを祝福しつつも、その言葉には毒がある。彼女が二人を褒めるほど、彼はミセス・カーのシドニーへの影響力の強さを痛感し、また自分はどれだけシドニーを理解しているのかという疑念が生じる。ミルトンは自分の気持ちが果たして本物なのか、ここでの日々が、振り返れば儚《はかな》く脆《もろ》い記憶の断片と化してしまうように、彼女への愛情も幻影となってしまうのか思い悩む。渓谷を進んでいると、彼はシドニーとロナルドの二人に出会う。ミルトンの目に映る彼らは姉弟といってもよいほど似通っている。それはミルトンとシドニーの関係と違って、彼らは本質的に同じで互いになくてはならないものだからだと思い、失望感を味わう。シドニーとミルトンは二人で渓谷を下り、シドニーは彼に自分がいかに幸せかを語る。しかし話すにつれ、二人はお互いをよく理解していないことが露呈していく。
帰国を目前に控え、ミルトンとシドニー、テッサとミセス・カーはドライブに出かける。ミルトンとシドニーは二間に座って二人の会話を聞いているうちに、シドニーは二人が話す自分はあたかも他人から投影されたもののように感じる。心にわだかまりを抱いていたが、猛スピードで坂を下るうちに、シドニーは死を意識する。そしてその自動車が横転した馬車に遮《さえぎ》られて急停止すると、シドニーはその恐怖とショックで我に返り、本来の自分に気づく。そしてミルトンに婚約破棄を伝える。その後、シドニーはミセス・カーの本質を独善的で偽善者だと告げ、彼女とも決別する。ホテルを旅立つミルトンを見送るシドニーの姿は、大人の女性の雰囲気を漂わせていた。

〈評価〉

短編小説ですでに作家としての地位を確立しつつあったボウエンにとって初めての長編小説であるこの作品は、後続の長編小説の源流ともいえる要素を兼ね備えた作品となっている。イタリアのホテルを舞台とした恋愛という設定からE・M・フォースターの『眺めのいい部屋』やピクニックの場面から、ジェイン・オースティンの『エマ』との類似性も指摘される。ヒロインのシドニー・ウォレンは二十二歳という年齢ながら、大人になる前の人生の岐路に立った女性であり、次作の『最後の九月』のロイス・ファーカーや『心の死』のポーシャと同じ境遇の人物である。両親は死亡しており孤児であるという設定がボウエンの作品に多いのは、七歳の時に神経症の治療で父親が入院し別離生活をおくったこと、さらに十三歳の時に母親を亡くしたという経験が影響している。同時に登場人物が亡母あるいは母親の愛情を切に求める展開が多いのも、その所以《ゆえん》である。シドニーが終始羨望を抱き、その愛情を求めたミセス・カー、人生経験の浅い無垢な少女に影響を及ぼす中年女性は『最後の九月』のマイラ・ネイラーや『パリの家』のマダム・フィッシャーに通じる存在である。世間を知らない未熟な魂と人生の経験値の高い成熟した魂との対立、少女たちの精神的成長過程といったテーマは、終始ボウエンの作品で取り上げられるものである。
シドニーとミセス・カーの関係性に一つの転機をもたらすのは、疎遠だった息子のロナルドである。作品冒頭からミセス・カーとシドニーは実の母娘のような関係で、ロナルドはドイツに留学中で不在だったため、いわば実態の伴わない話題と想像上の存在だった。存在しない人物、とりわけ死者が第三の存在として主人公の人間関係の均衡を崩す、特に恋愛関係に影響を及ぼす展開は、『最後の九月』のローラ・ファーカー、『パリの家』のマックス・エバート、そして『愛の世界』のガイ・ダンビーなど、性別を問わずボウエンの多数の作品で見られる構図である。また『ホテル』ではピンカートン義母娘は、故人となった息子、夫であるエドワード・ピンカートンとの思い出を共有することで、つながっている。

シドニーにとってあくまで空論上の存在でしかなかったロナルドが実際にホテルに来てから、ミセス・カーはもっぱらロナルドとばかり過ごすようになって、シドニーとミセス・カーの親密と思われた関係性はあっけなく破綻《はたん》し、彼女は自分の存在価値のなさを痛感する。シドニーが喪失感と自分の将来の展望を描けないままに、ヴェロニカはヴィクターと婚約する。そうして旧来の女性像、結婚し子どもを産むことこそが女性の幸福であるという理想を体現している。元々シドニーは将来医者になるつもりだった。それはヴィクトリア朝半ばまでは女性の理想像とされた「家庭の天使」、良き妻、良き母になるのではなく、現代的な自立した女性になることを意味している。しかしミセス・カーの喪失と将来への不安から、結婚は女性の幸せという慣習に従って、シドニーはミルトン牧師と婚約する。ボウエンの作品ではヒロインが人生の選択の岐路に立った時、身近な人物の婚約がヒロインを動揺させる。『ホテル』のヴェロニカや『最後の九月』のリヴィ・トムスンやマルダ・ノートンらがその例である。『ホテル』ではヴェロニカがヴィクターと性急に婚約するが、彼女らは愛よりもそうするより他にないという消極的な理由で結婚を選択している。それゆえ彼女らの婚約からは幸せな結婚というイメージは浮かび上がってこない。『ホテル』では登場人物が若い独身男性よりも若い独身女性の方が圧倒的に多く、大戦後のヨーロッパを色濃く映し出している。ヴィクターは従軍のせいで神経症を患っており、現在は求職中である。大戦中の甚大な死者数と若者の減少、シェルショックを患う兵士たち、戦後の経済不況といった戦争の爪痕をヴィクターの姿が映しだしている。ヴィクターの将来は期待できそうになく、またヴェロニカの親が反対するなど、二人の前途は暗澹《あんたん》としている。

さらに作品で描かれる夫婦関係も幸福とはいえない。ハーバート・リー＝ミティソンは若い女性と接するのが好きで、ピクニックや散策に女性たちを同伴している。夫人は夫に尽くしているが、あちこちを転々とする生活、ホテル暮らしにはぞっとする程うんざりしていて、どこかに定住したいと願っている。デュペリエ大佐は心の中で、妻が死んだら年の離れた若い女性と再婚したいと考えており、そんな夫の行動を妻は心ならずも監視している。

男女の組み合わせという点で見ると、シドニーとロナルドは、作品中では姉弟のように似かよっていると描写されている。境遇が似ていて性別を超えた精神的かつ本質的なつながりをみせるのは、シドニーとロナルドの他に『最後の九月』のロイスとロレンス、また『パリの家』ではヘンリエッタとレオポルドである。彼らは最終的にそれぞれの人生を歩み始めるが、彼らの関係性は恋愛や結婚という枠組みをこえたものになっている。恋愛という心理に戦争とそれが残した爪痕という時代性、さらにもはや結婚が幸せという図式が通用しない世界で生きる人々を、ボウエンはこの処女小説で描いて見せている。この作品には「個」として存在する人間や人間同士の結びつき、そして結婚の幸福という現代的テーマさえも内包しているといえよう。

（杉本久美子）

2 『最後の九月』*The Last September*

〈あらすじ〉

一九二九年に出版されたこの作品は、ボウエンにとって第二作目の小説であり、「モンモランシー夫妻の到着」「ミス・ノートンの来訪」「ジェラルドの旅立ち」の三部で構成されている。一九二〇年のアイルランドを舞台にしており、主要登場人物はアングロ・アイリッシュであること、ヒロインに両親がいないなど、ボウエンの生い立ちと共通する要素の多い作品である。ビッグハウスと呼ばれるアングロ・アイリッシュの歴史・文化を象徴する屋敷、ダニエルズタウンを中心に物語は展開される。

自動車のエンジン音と共に、ヒューゴ・モンモランシーと妻のフランシーがダニエルズタウンに到着する。当主リチャード・ネイラーとその妻マイラが出迎え、その後方にロイス・ファーカーが階段上部に立っていた。白いスカートに白の小花柄のブラウスを着たロイスはその当時の少女らしい姿で、涼《すず》やかで初々しかった。十九歳のロイスはリチャードの姪にあたり、学校を卒業したばかりだった。フランシーとマイラの再会は実に十二年ぶりだった。彼らを迎えるダニエルズタウンは全ての窓が開け放たれ、日差しは角の部屋にまで達し、カーテンの揺れる音が聞こえそうなほどの静寂に屋敷全体が包みこまれている。

屋敷にはマイラの甥のロレンスもいたが、出迎えを避けて控えの間に逃げ込んでいた。そこの高窓にカーテンはなく、白い窓枠の中に畳まれた鎧戸《よろいど》には火ぶくれができ、真紅だった椅子の背も日光で変色し、樟脳や敷物からは動物の皮の匂いも漂っている。鍵のかかった書棚も二つあったが、その鍵はすでに失われ、誰がインドから持ち帰ったのかわからない黒檀製の象の群れが書棚の上に並んでいた。ロレンスは以前ヒューゴに会ったことはあるものの、ほとんど印象にないという。一方、ロイスは十歳の時に母親のローラと共にヒューゴと過ごした夜を鮮明に記憶していた。

フランシーはヒューゴより十歳年上だが彼に対して従順で、ヒューゴも何かと妻の世話を焼いている。二十二歳の時、ヒューゴはローラの恋人で結婚してもおかしくなかったものの、ローラは優柔不断なヒューゴと別れたのちにウォルター・ファーカーと出会って結婚した。しかし彼女は誰にも意思を明かさずにロイスを残して死んでしまった。フランシーは二人の過去を知っていて、ヒューゴの心には今もローラが生きていると感じている。

モンモランシー夫妻を交えた晩餐後のひと時を外の玄関階段の上で過ごしていると、荘園のむこうからパトロール隊のエンジン音が聞こえ、所領の境界あたりを走っている様子は妙な気味の悪さを残していった。ロイス以外は早々に邸宅内に戻り、名残惜しい彼女はダンスで知り合ったジェラルド・レスワースの自分に対する情熱を思い出しながら、独りで並木道を歩いた。その道を闇に紛れて得体のしれないトレンチコートの男がやってくる。ロイスは見つからずに済んだものの、息せききって戻ったダニエルズタウンは、緊迫感とは無縁のように孤立し、ひっそりとしていた。

ダニエルズタウンでテニスパーティが催され、アングロ・アイリッシュだけでなくイギリス人のジェラルドや彼の同僚のディヴィッド・アームストロング将校、ヴァモント大尉夫妻、アイルランド人のハーティガン姉妹やロイスの友人リヴィ・トムスンらも招かれていた。にぎやかさとは裏腹に、テニスネットはほころびだらけで、コートの外に飛んだボールを見つけた子どもには一個につき半ペニーを支払う約束となっていた。お茶の席ではヴァモント夫人がアングロ・アイリッシュのミセス・トレントやミセス・ケアリのいる前で、自分たちイギリス軍の駐留目的はアイルランドの面倒を見るためなのだと発言して、ひんしゅくをかっていた。

ロイスは到着時からヒューゴを意識している。イザベル山荘からの帰り道、二人きりの二輪馬車に気まずい空気が漂うが、ロイスは母親の思い出話をしたのでヒューゴの意識はローラの思い出へと向いてしまう。そんな二人の眼下に映るダニエルズタウンの領地は森に囲まれ、田園地帯に敷かれた敷物のようだ。その中央に建物が建ち、遠方から見るとその世間からの離隔は歴然としていた。

その後ダニエルズタウンにマルダ・ノートンが到着する。アングロ・アイリッシュで二十九歳、快活な雰囲気の女性だが騒動を起こしやすく、到着早々、荷物を紛失してリチャードの気をもませる。幼少期には膝を切って出血し大人たちを驚かせたり、婚約指輪をなくしたりした。マルダはロイスの様子から彼女はヒューゴに憧れていると気づく一方、ヒューゴは次第にマルダに惹かれたが、マルダは疎ましく思う。彼女はイギリスの株式売買人、レズリー・ロウと婚約中で結婚後はイギリスに移る予定となっていた。

ある日、社交辞令を真に受けてジェラルドがランチに突然やってくる。彼は任務でピーター・コナーを逮捕したと話すが、ダニエルズタウンとコナー家には交流があったことを知り、狼狽する。

母親のいないリヴィがディヴィッドと密かに婚約してロイスを驚かせる。ロイスはダニエルズタウンにいる自分は「繭の中にいる」ような、「コップの中の蠅」みたいに感じており、自分の将来の展望を描けず、マルダやリヴィの生き方をみて思い悩む。

ロイスとマルダそしてヒューゴの三人は、散歩中に廃墟となった製粉所をみつける。マルダとロイスの二人が廃墟に入ると、そこには見知らぬ男が眠り込んでいた。声に気づいた男は起き上がると二人に銃口を向けた。男は「家の中にいたほうがいい、家があるうちに」と不吉なことをいい、自分には戻るべき場所がないと感じたロイスはジェラルドと結婚しなければ、とその時思う。男の銃が暴発しマルダは左手の甲をケガしてしまう。銃声とマルダの怪我をみて取り乱したヒューゴに、ロイスは失望する。またこの危機を二人で経験したことでロイスはマルダに強い絆を感じるが、マルダは翌日ダニエルズタウンを去ってしまう。

ロイスはジェラルドとの関係に自分の居場所を見出そうとする。しかしレディ・ネイラーは、ロイスはジェラルドのことを本当は愛していないと考え、彼女にキャリアを積むべく美術学校行きを進言する。またジェラルドには自分たちアングロ・アイリッシュとは違うこと、彼の家系があやふやで将来の展望や金銭の余裕のないこと、なによりロイスはジェラルドを本当は愛していないと指摘する。叔母の介入を知ってロイスは彼に問いただすが、逆にジェラルドはロイスに自分への想いを確かめようとする。しかし両者の心理的な隔たりが露呈して、ジェラルドはロイスのもとを去る。数日後、レジー・ダヴェントリーがダニエルズタウンに来て、ジェラルドが任務中に襲撃を受け射殺されたと伝える。ジェラルドを失ったロイスは自分の本心をその時初めて知る。

二週間後、モンモランシー夫妻やロイス、ロレンスもダニエルズタウンを去って、屋敷は空洞のようだった。ミセス・トレントが立ち寄ってレディ・ネイラーに「秋はいつも心をうたれるのよ、この場所が最高の顔を見せるから」といって帰っていった。しかしダニエルズタウン、ダニエルズタウンは秋を迎えることはなかった。ダニエルズタウン、トレント城、イザベル山荘は二月に襲撃され一夜にして焼失し、後に残った自然と廃墟のコントラストが際立っていた。


〈評価〉

ボウエンは生涯で十作の長編小説を書いているが、一九二七年から一九三八年までに処女作『ホテル』から『心の死』までの六作を出版しており、この間は連続的に短い間隔で小説を生み出した。第七作目『日ざかり』は一九四九に出版されており、長編小説に限ってみるならば第二次世界大戦を一つの境とすることができる。大戦前の作品群の中でも一九二九年に出版された第二作『最後の九月』は初期の作品では傑作といえるもので、この作品によって名実ともに小説家としてのボウエンの評価が定着した。

作品の要となるビッグハウス、ダニエルズタウンはコーカー・ハウスの生活がモチーフとなっている。ボウエン自身、このエディ叔母の生家でもある屋敷に十九歳の夏、滞在した。ボウエン一族の歴史が記された『ボウエンズ・コート』の描写からも、ボウエンズ・コートの在りし日の姿をダニエルズタウンに見てとることができる。また森が屋敷を抱くように取り囲み、はたから見れば外界とは孤絶しているように見える立地は、そこに住むアングロ・アイリッシュの社会的孤立性を視覚的に物語る。アングロ・アイリッシュは社会階級的には上流階級といってもよく、ボウエンもその一人であったが、アングロ・アイリッシュの社会的立場には複雑なものがある。

アングロ・アイリッシュはそもそもイギリスのプロテスタントの人々で、クロムウェルの時代にアイルランドに渡って支配者として統治にあたった。アングロ・アイリッシュはイギリスやアイルランドと所縁をもちながらも、どちらにも完全には属しえず、両者とは異なる独自性と孤立感がある。ダニエルズタウンの所有者ネイラー夫妻、ロイス、ロレンス、モンモランシー夫妻、マルダ、レディ・ネイラーと交友の深いミセス・トレントやミセス・ケアリなどダニエルズタウンを取り巻く人間のほとんどがアングロ・アイリッシュであるのも、彼らの結びつきや同胞意識の強さを物語っている。ゆえに『最後の九月』で描かれているのは主人公ロイスの心的葛藤と成長過程だけではなく、彼女が属するアングロ・アイリッシュの社会が直面している問題をもボウエンは浮き彫りにしている。

ダニエルズタウンの控えの間の経年劣化やテニスコートのネットのほころび、テニスボールの紛失をなげくレディ・ネイラー、電灯ではなくランプを使用し続けている生活など、屋敷の大きさや所領地の広さとは裏腹に、その内情はきびしく、衰亡の気配があちこちに漂っている。時を告げる真鍮の銅鑼の音、食事のたびに着替えるしきたりを守り続けているようなアングロ・アイリッシュの日常生活と、逆にそれがいかに時流から離れていたかを、読者は彼らの姿から知らされる。またその独自性はアングロ・アイリッシュを取り巻く世間や他者との関係性にも反映されている。

作品の設定は一九二〇年、アイルランド史では「トラブルズ」と呼ばれる騒乱期にあたる。前年の一九一九年にアイルランド独立戦争が勃発、また一九二二年にはアイルランド自由国が成立して北アイルランドと分裂しており、まさに内憂外患の状態だった。該当年にあたる一九二〇年は国内に既存のイギリス駐留軍に加えて治安維持部隊として新たにブラック・アンド・タンズが結成、派遣され、ＩＲＡとの抗争は激化し攻防が続いていた。事実『最後の九月』でもロイスとリヴィはブラック・アンド・タンズと鉢合わせになったり、トレント城がＩＲＡの捜査を受けたりするなど両者の存在は直接的に描かれている。また夜の静けさに鳴り響くダニエルズタウンの近くを走り回るパトロール隊のトラックのエンジン音、ロイスが夜道で遭遇したトレンチコートの男、ロレンスを脅した男たちなど、ボウエンはトラブルズの時代の歴史的事実と虚構を巧みに組み合わせ、事件の深刻さや衝撃の度合いの強弱を使い分けながら、ダニエルズタウンを取り巻く社会情勢の不穏さを醸し出している。その社会情勢からロイスを「繭」のように包み、あるいは「コップ」のように閉じ込めているのは物理的にはダニエルズタウンであり、心理的には人生の岐路に立った少女の葛藤である。

前作『ホテル』のシドニー・ウォレンは医者になるための試験を受けており、キャリア志向が窺えたが、ロイスには人生の目的が見えていない。庇護者のレディ・ネイラーはこれからの時代は女性もキャリアを持つべきだと考え、結婚ではなく美術学校への進学を助言している。この時代、歴史的には大戦によって多くの若い男性が戦死し、未婚の女性や未亡人があふれた一方、男性に変わる労働力として女性の社会進出が急速に進んでいた。しかしマルダや友人のリヴィまでもが現実的な理由で婚約を選択したことで、ロイスもジェラルドとの結婚に収まって将来への不安を解消しようとする。しかし血筋や経済状況、愛情の真偽のせいで二人は別れてしまう。女性と結婚、キャリアといった新旧の女性像があり、その葛藤は現代へと続く女性のテーマである。

さらにボウエンが描く結婚や夫婦像には何かしらの欠落が伴う。ネイラー夫妻に実子はおらず数世代にわたって続いてきたダニエルズタウンに直系の継承者はいない。ヒューゴはローラを追慕しており、挙句にマルダに心惹かれる。子どものいないモンモランシー夫妻には定住している屋敷さえもなく、物理的にも精神的にも一家の消滅は目前に控えている。マルダはイギリス人と婚約しアイルランドを離れるため、アングロ・アイリッシュの気風は薄れていく可能性が高い。何よりマルダの選択は、ロイスの母ローラの生きざまを彷彿させる。ダニエルズタウンやヒューゴに幻滅したローラは、祖国を離れてウォルターと結婚したものの理由も告げずに死亡しており、マルダの結婚を読者は楽観視できない。このようにアングロ・アイリッシュの象徴であるダニエルズタウンは、内外ともに存亡の危機を迎えている。そしてダニエルズタウンの衰退と危機の度合いは、将来が不確定なロイスの心的成長過程と比例するように深刻さをましていく。

ロイスに情熱を捧げるジェラルド・レスワースはイギリス駐留軍の将校ながら表裏のない人物として描かれている。社交辞令を真に受けて突如ダニエルズタウンを訪問して屋敷の人々を驚かせ、挙句に彼らと交流のあるコナー家の息子を逮捕した話をするなど無頓着ぶりをみせる。しかしそれはロイスとは別の未熟さや純朴さを表していて、ダニエルズタウンの人々とのつきあいを通して、アイルランドの複雑な人間関係や緊迫した情勢に飲み込まれていく一人の純粋な若者を体現している。またレディ・ネイラーがこだわった「血筋」からみても、彼の系譜は明確ではなく、親族はサリー州あたりにいるとしかわからない。それは一ヶ所に何代にもわたって住み続けるのではなく、根無し草のようなノマド的生き方であり、モンモランシー夫妻の陥りかかっている生き方と重なり合う。レディ・ネイラーとジェラルドとの対峙は、何世代にもわたって土地との縁をもちながら定住する伝統的な人生観とコスモポリタン的な生き方の対比でもあるのだ。

人間関係に注目すると、作品前半でロイスは妻帯者のヒューゴに心を寄せているが、ヒューゴはロイスの母ローラが忘れられない。またマルダがダニエルズタウンに来てからは、ロイスにとっては心情を吐露できる身近な大人の女性として、ヒューゴにとってはローラに変わる女性として心惹かれており、一種の三角関係となっている。さらにマルダがダニエルズタウンを去った後は、その寂寥感を埋めるかのようにロイスはジェラルドとの関係を急速に深めようとする。しかしその関係に終止符が打たれ、またジェラルドが射殺された後のロイスの虚無感に理解を示すのは、境遇も人間的本質も似通ったロレンスである。その後ロイスはフランスへ旅立ちロレンスもダニエルズタウンを後にしている。そしてダニエルズタウンは襲撃され炎上し廃墟となる。一九二〇年代、トラブルズの時期にアセンダンシーと呼ばれた支配の象徴的建物であったビッグハウスは襲撃を受け失われていった。また襲撃だけでなく経済上維持していくことが困難となり多くが衰退していった。ビッグハウスの興亡に関してはボウエンズ・コートも同様で、莫大な維持費を必要とし、最後には手放され更地となってしまった。

作品ではダニエルズタウンは焼失して物理的なものは失われてしまったものの、未来の不確定な若者二人の旅立ちに、おぼろげながらもその精神性が受け継がれる可能性を残している。ボウエンは衰退と襲撃の両方をもってダニエルズタウンを消し去っているが、むしろ国中が燃え上がっているかのような瞬間の衝撃や屋敷が失われた空間からは『最後の九月』で描かれたダニエルズタウンの人々の日常と静謐な屋敷の佇《たたず》まいが読者の脳裏に鮮やかによみがえる。ダニエルズタウンという場所、アングロ・アイリッシュの在りし日の日常風景、トラブルズという時代と邸宅に集う人々の転換期。選ばれた場所、天命の時、そしてその場所とその時代に生きた人々の存在をボウエンは史実と虚構をもってこの作品のなかで永遠の存在にしている。

（杉本久美子）

3 『友達と親戚』*Friends and Relations*

〈あらすじ〉

『友達と親戚』は、一九二〇年代、イングランド西部にある都市チェルトナムに住む退役軍人スタダート大佐夫妻の長女ローレルの結婚式で始まっている。ローレルの相手のエドワード・ティルニーは、前年の秋にスタダード家の二人の娘のうち二十二歳で美貌の長女ローレルに狙いを定めて求婚して婚約となり、翌年の初夏にスタダートーティルニー両家の結婚式が挙行されるにいたった。新旧の大勢の「友達」と長く疎遠だった「親戚」までが多く集まる祝宴だった。

花嫁の妹のジャネットは二十歳、黒髪で漆黒に近い黒い瞳を伏せることが多く、地元の集会の世話係など引き受けている。誰も口に出さないが、美人で金髪の姉ローレルよりも老けて見えた。だからジャネットは、多くの若い男性の命が失われた戦後の「この困難な日々にあって」、結婚はしない（できない）と思われていた。

ところがローレルの結婚後、六週間がたった時、ジャネットとロドニー・メガットとの婚約が発表された。両親は大喜び。ロドニーはコンシダイン・メガットの甥で、コンシダインには子がないため、サセックス州にあるメガット家の広大な土地と荘園屋敷バッツ・アビーはロドニーに受け継がれる。バッツ・アビーはコンシダインの祖先が英国王ヘンリー八世から下賜されたもの。コンシダインは猛獣狩りで名を知られた遊び人で、レディ・エルフリーダ・ティルニーと不倫関係があった。その発覚後、夫のミスタ・ティルニーが即、起こした離婚裁判で共同被告の席に立った。離婚後レディ・エルフリーダは五歳だった長男エドワードを手放してパリに逃げ、「離婚女性」という醜聞が広まった。ミスタ・ティルニーは間もなく他界、コンシダインは結婚せずに独身を通している。

エドワードの結婚式にはレディ・エルフリーダの姿があり、元気いっぱい。ミセス・スタダートのいとこのサードマン夫妻も亡命先のスイスから十年ぶりに帰国して、娘のシオドラとともに式に出ていた。スイス育ちといえるシオドラは十五歳、大柄で器量は悪く、歓迎されない客ながら、初めて見るに等しいイギリスの人々や結婚式に異常な関心を持って観察し、会話を立ち聞きして、ジャネットが今日の花婿エドワードを愛していることを察知するに及んで、同性愛の気配を感じさせる。

父母の手配でシオドラはサリー州にある女学校メリフィールドに入学し、同級になったマリーズは、エドワードの親友でベストマンを務めたルイス・ギブソンの妹だった。女子の自由と自立を目指す学校の方針で、二人は大いに羽を伸ばす。九月、ローレルに赤ちゃんが生まれることが分かる。

第二部は結婚式から十年を経た一九三〇年代、ローレルとエドワードの子どもアナとサイモンがメガット家の所領バッツ・アビーの菜園で遊んでいる場面で始まる。そばにコンシダインもリラックスして寝そべっている。ロドニーはバッツ・アビーを改良して本格的な農場経営に着手、いずれはゴルフコースの設営をする予定でいる。ジャネットはバッツ・アビーの女主人として、庭園の改良にガーデニングに取り組み始めた。そして彼女の提案で、海外遠征よりもイギリス滞在が多くなったコンシダインをアビーに迎えている。しかし退屈そうな老人の彼を見て、彼が今必要なのはレディ・エルフリーダだ、ということで、彼女もアビーにやってくる。二人の老人は、孫にアイスを買ってやったりして、ジャネット一家の日々に溶け込んでいる。実はジャネットは結婚前からコンシダインとエルフリーダの醜聞を知っていた。ロンドンの新聞・雑誌を賑わした二人だった。だから両親も知っているはず、だがジャネットはこの秘密を口外しない。とにかく「つながっていること」、これがジャネットの結婚の動機だった。

夏休みになるとティルニー家の子どもたち、アナとサイモンもアビーにやってくるが、父エドワードは過去（罪）のある母（子どもには祖母）に汚染されぬよう、子どもたちを遠ざけるため、アビーまでやってきて自分の子どもふたりをロンドンに連れ帰る。一方、シオドラはマリーズとロンドンのフラットで同居していて、この「中立的な友情」にサードマン夫妻はいちおう安堵した。シオドラはエドワードとジャネットの思慕の関係をローレルに手紙で知らせ、ジャネットの機転で手紙は破棄される。

第三部では、ティルニー家はバッツ・アビーの代わりにブルターニュで夏休みを、という計画が持ち上がり、その準備に買い物や食事でロンドンでの会合が増える。ジャネットがロンドンに出た時、ローレルはレディ・エルフリーダや友人と食事中とあって、ジャネットとエドワードはあぶれた者同士で食事を共にする。二人きりになったいにしえの恋人同士に何が起きたか？　この一夜の「ドラマ」を刻一刻伝えるのが第三部後半である。電話を掛けたり掛けなかったり、ジャネットを乗せたロンドン・タクシーが向かった先は？　ホテルの受付の目撃した女性は同一人物か？　等々が「事件」のアリバイ追求の探偵小説のように伝えられる。ジャネットは午前一時の列車でバッツ・アビーに帰り、眠るジャネットをロドニーが見守るが、娘のハーマイオニは？　エドワードは、母エルフリーダ（アイルランドを訪問中）のトレヴァー・スクエアにあるフラットで一夜を過ごした。二人は「無実」、「何も起きなかったこと」は、朝やって来た家政婦がソファに寝ているエドワードを発見することで確かめられる。作者ボウエンは用意周到で、家政婦のミセス・トマスをエドワードの無実を証言できる目撃者にしている。かくして親の世代の醜聞は現世代に黙殺され、「懐かしい習慣のすべて」、「人生の愛しき単純さ」が居直ったかに見えるが……。

〈評価〉

『友達と親戚』は第一部が一九二〇年代、第二部以下はその十年後、一九三〇代が時代設定になっている。つまりこれは刊行時、現在進行中の「現代」小説であり、今見ると戦間期を背景にした小説であると言える。第一次世界大戦時には戦地に赴く男子に代わって女子が様々な職務に駆り出された。工場、農業（ランド・ガール）、病院、車の運転等々。だが戦争が終わると帰還した兵士が職場に復帰する。そこで、女子の持ち場は家庭であり、女子は妻・母という従来のコースに戻ることが奨励された。戦時中に労働に従事していた女性の三分の二が一九二〇年までに離職したとされ、政府は「母親年金」を出して女性を家庭に呼び戻そうとした。家庭復帰と矛盾する結婚難（男性不足）という現実は、女性のキャリア志向を高める。第一作の『ホテル』では二十三歳のヒロイン、シドニー・ウォレンは医師の資格を取るべく奮闘中、『北へ』のヒロイン、エメライン・サマーズは旅行代理店を立ち上げ、毎日車で走り回っている。オフィスで雇用した女子の秘書はオックスフォード大卒なのに、発展も昇進もない単純労働に苛立ちながら、週給十シリングの低賃金が生活資金なのである。求人年収五百ポンドなど、どこから出た数字なのだか？

ジャネットはまた、アッパー・ミドルクラスにあるもう一人の女性の生き方を示している。つまり未婚のまま父母の収入に頼って暮らす「ファミリー・ドーター」が彼女の予定された将来だった。（ジェイン・オースティンの『高慢と偏見』〔一八一三〕の五人姉妹のうち、三女のメアリーが「ファミリー・ドーター」にあたると見られる）具体例としてボウエンの短篇「古い家の最後の夜」（一九三四）では、屋敷が競売に付され、家族が離散するという前夜、引き出しから出てきた手袋は誰のかしら？と大騒ぎする次女のアナベル。その甘えた声にたまりかねた兄のジョンに「黙れ！（Damn!）」と怒鳴られて泣きじゃくるアナベルに、母親は「いいじゃないの」と言って、この「うちの娘（home-girl）」の肩を叩いて慰めている。

『友達と親戚』の登場人物は三世代にわたり、それぞれが世紀末から二十世紀を迎えたイギリス社会の三世代を表象している。コンシダインとレディ・エルフリーダが第一世代、エドワードとロドニーが第二世代、第一次世界大戦を経験した世代である。シオドラとマリーズ、アナとサイモン、ハーマイオニが第三世代で、あと知恵だが、第二次世界大戦が彼らを待ち受けている。そして二度の大戦で伝統や価値観は激変し、性の解放が進み、あらすじでシオドラと同性愛に触れたが、シオドラが迎えるのは、同性愛など、セクシャリティ関連の言説が乱発する新時代である。ボウエンはその後の創作の過程でこれらの問題を主たるテーマにすることはない。

さて、第一世代が経験したのはエドワード朝の社会と文化、長かったヴィクトリア朝が明け、おとずれたのが束の間の「ハレ」の日々だった。エドワード七世は六十歳で即位、青年時代から享楽的で母ヴィクトリア女王の不興を買い、長く公務から遠ざけられた結果、趣味道楽に耽り、女性関係や賭博の件で法廷に立たされた唯一の王族という不「名誉」もある。男性のTPOの服装にやかましく、競馬を上流社会の行事に格上げするなど、公務以外で話題の主だった。コンシダインは祖先が英国王ヘンリー八世の臣下だったことが分かるだけでその他の身分は不明、レディ・エルフリーダについて、「レディ」の由来も「旧姓」も省略されているのは、彼らが育ったエドワード朝の文化と社会に説明があるのかもしれない。（ヴァージニア・ウルフ自身やウルフの『オーランドー』〔一九二八〕のモデル関係で知られるヴィタ・サックヴィル＝ウェスト〔一八九二～一九六二〕の『エドワーディアンズ』〔一九三〇〕は、美貌と財力に恵まれた英国貴族階級・上流階級の贅沢で華美な日々を「内部」から描いたもので、滅多に外部には明かされない彼らのライフスタイルは一見の価値ある貴重な歴史の一ページである）。

第二世代のエドワードとロドニーは、おそらくボウエンと同世代で二十世紀とともに育ち、男子は多く年齢制限で第一次世界大戦には従軍しなかったが、失われた多くの命、荒れ果てた国土、失われた相続財産、遺族の悲しみや零落は目の前にある現実だった。その一方で、歴史的建造物や自然環境の保全のために創設されたナショナルトラスト（一八九五年）は、戦争で破壊されるか、戦後の窮乏で維持できなくなったカントリーハウスを救済する役割も担った。放置された自然や庭園を守る動きは「王立園芸協会」（一八〇〇年にジョン・ウェッジウッドによって創設）が率先しており、英国の各地でフラワー・ショーが開かれ、最も有名な毎年五月にロンドンで開催されるチェルシー・フラワー・ショーは、ジャネットのロンドン訪問の目玉である。

ジャネットがバッツ・アビーのホステスになってガーデニングを始めたことは、戦後の痛手と不穏な空気が覆う戦間期の世代にとって、戦禍と荒廃を経てなお再生する自然と庭園が見せる救いと癒しの力に気づくことでもあった。

〔エドワード〕はテラスからこの季節の彼女の森全体の壮麗さを見ていた。偉大な植物が日光を積極的に受け入れ、彼の放心状態に肉体的な支配をきかせているとは思いもせずに、彼は土地の美しい輪郭が穏やかな力に抱かれているのを見ていた。〔ジャネット〕はスカイラインを手にしていた。空と広大な午後は彼女によって境界づけられ、局地化された。彼女のテラスにやっと踏み入った彼は自分の全領域を計っていた、不毛で穴だらけの感情の領域を。

ボウエンは場所・廃墟を創作の決め手だとする作家だが、情景描写の精緻な筆は誰もが認めるところ、ボウエンは「場所」に「自然、季節、天候、光陰」を含めていたことも考えられる。居並ぶ建造物と大都会のざわめき、四季の変化を写す田園のたたずまい。都会も田園も人間と時代と社会を記録しているのである。

さて問題の水曜日、トレグヴァー・スクエアで午前十一時に目を覚ましたエドワードは髭を剃って新しいカラーを買うために両方の用が立つハロッズに向かう。行く手に真っ赤なポストが見える。ローレルに電話すべきか否か？　掛けても相手は不在、または受信拒否、または伝言の誤解？第三者の存在、電線・電話の向こうに何が伝わるのか？ボウエンの電話にはこのスリルと不安がつきまとう（現在に通じる？）。迷った挙句、エドワードは電話ボックスを通り過ぎる。ロンドンの街を醒めた目でエドワードが見つめる。

雲の峰の束に白い通路がゆっくり開け、高く掲げられた日除けのテントに動きが出てきて、鈍重な上空に熱い風が騒がしく吹いてきたのが分かった。彼は思った、バッツではジャネットが我が家で落ち着き、静寂のために建てられたあの家に風が舞い込んでいるだろう……。

そして最終章では秋の初め、「スタダート大佐は腕に一人ずつ娘を伴ってチェルトナムを歩いた。プロムナードは栗の木が午後の光を受けて、葉の五本指を広げている。……豪華な白い片蓋柱の屋敷が光る。栗の木は……葉が次々と散り落ちて、金色の日光に束の間躍《おど》る。……空気にわずかに混じる冷気が、その日をいっそう輝かしくする」。

彼らはお茶をしようとインペリアル・ホテルに入る。アメリカ人が二人、ホテルの階段を急いで降りてくる。そこはエドワードが結婚式の前に泊まったホテルだ。振り出し、

その後の経過を再確認するために読者に「再読指示」をする。これが『友達と親戚』という小説である。（太田良子）

4 『北へ』*To the North*

〈あらすじと評価〉

『北へ』はエリザベス・ボウエンの四作目の長編小説である。『北へ』は時代設定についての具体的な明示を避けている。後述するストライキへの言及があることから、一九二〇年代後半から一九三〇年代前半とするのが妥当だろう。冒頭を飾るのは、ミラノから帰国の途につく二十九歳のセシリア・サマーズが、汽車の中で三十三歳のマーク・リンクウォーターに話しかけられる場面である（サマーズという姓は、『北へ』が四月から八月に設定されていることを考えると示唆的だ）。病死した夫ヘンリーの未亡人セシリアは、ヘンリーの妹で二十五歳になるエメライン・サマーズとセントジョンズウッド地区で同居している（ヘンリーとエメラインは孤児として育った）。再婚を躊躇《ちゅうちょ》するセシリアは三十九歳になる友人ジュリアン・タワーズとの交際へと、一方のエメラインはマークとの交際へと、共に紆余曲折を経ながらこぎつける。『北へ』はエメラインとマークの恋愛を中心に据えているが、この二つの恋愛にかぎらずあらゆる恋愛への介入をはばからないのがウォーターズ夫人（ジョージーナ）である。彼女はセシリアの叔父との初婚によってセシリアを姪とし、現在の夫ロバートとの再婚によってセントジョンズウッドに居たウォーターズ夫人は初婚の夫からファラウェイズ（グロスター州のカントリーハウス）を譲渡された。

「背景のない女性」と描写されるセシリアは、現在無職で金銭的に厳しく、再婚相手と共に渡米した母親のもとに行くべきか悩み続けている。エメラインはブルームズベリー地区で旅行代理店を開業する敏腕の経営者だ。第三章において、彼女の事業は「危なっかしく生きろ」をベースに彼女が考案した「危なっかしく動け」をキャッチコピーとし、その時代が失いつつある「不安定要素」を体験するプランを提供しているとわかる。彼女は旅行代理店の部下ピーターと結託し、秘書のトリップ（この苗字も示唆的だ）に難癖をつけた末、彼女を退職に追い込む。

ウェストミンスター地区の住人ジュリアンは二百年以上続く家業の継承者であるかなりの趣味人で、エメラインにひっそり恋心を寄せている。十四歳の姪ポーリーンの世話を一族から押しつけられてもいる。マークはハロウ校からケンブリッジ大学というエリートコースを進んだ法廷弁護士だ。彼は二股をかけていて、エメラインと交際する裏でデイジーとも逢瀬を重ねている。セシリアとジュリアンは婚約にこぎ着けるが、エメラインとマークの恋愛関係は破壊的であるばかりで、二人の乗る自動車が大事故を起こした末にどちらも命を落とすという極めて衝撃的な場面が『北へ』の結末となっている。

『北へ』の設定である戦間期における第一次世界大戦の余波の一つとして、戦間期における男性不足がある。（ヴァージニア・ニコルソンの『シングルド・アウト』に詳述されている）その裏返しである「余剰の女性」と呼ばれる現象は、婚期にある男女人口の不均衡を生じさせ、男性よりも女性が二百万人超過してしまっていた事態を指すが、それにより未婚のまま年齢を重ねていく女性人口の増大が表面化し、そのなかでも中産階級出身の女性は、後に述べる不況もあって、起業によって自立の道を探ることになる。他方、第一次世界大戦から帰還した男性たちは、それまで男性の領域とされていた職業が女性によって占められるという状況に直面することとなり、職業をめぐって男女が衝突した。また、セシリアの場合は再婚した母親の住む米国への移住を考えているが、「余剰の女性」にとって移住は現実的な選択肢となっていた。

政治、経済の暗い影も『北へ』に忍び寄っている。『北へ』の設定年を推測する際の数少ない手がかりの一つである「ストライキ」は、一九二六年頃のゼネスト（炭鉱ストライキ）を示しているらしい。さらに、数年後には世界大恐慌も控えており、一九二〇年代後半から三〇年代の欧米を覆った暗黒時代を彷彿とさせる。さらに、エメラインの飼い猫の名ベニートはムッソリーニを連想させるもので、イタリアにおけるファシズム台頭という不穏な政治的雰囲気を『北へ』の中に体現している。エメライン自身を「猫のよう」、「猫のようなつかみどころのない」とする描写にも当然注意が向けられることにもなろう。

『北へ』の第八章では、ファラウェイズの教区牧師が自動車の動力に象徴されるスピード感に驚きを覚えつつ、「現代生活がますます複雑化してきている」とエメラインに力説すれば、エメライン自身も「不安な世紀の継子」とされる。このような時代の不安定性は彼女の旅行代理店の業績にも表れていて、当初は順調な業績を収めていた彼女の旅行代理店は、彼女が秘書トリップを散々いじめた挙句に退社に追い込んだこと、さらには顧客の教区牧師が死去したことを転換点として急激に下降する。その認識はウォーターズ夫人にも浸透していて、「この時代は…はるかに落ち着かないだけでなく、中心を失ってしまっている」（強調は原文通り）とポーリーンの強い同意を得ながらセシリアの渡米をひきとめる。この状況は「安定性への希求」を端的に表現している。

マシュー・アーノルドやホール・ケインの作品を愛読する早熟の孤児ポーリーンがジュリアンに向かって放つ言葉は、衝撃的でしかない。

「ウォーターズ夫人は面白い人々を大勢ご存知なのね。みんなのことをご存知のようだわ」

「まったくそうだな」、ジュリアンは言った。

「でも彼女のご友人はみんなとても不幸な生き方をしているわ。これって普通なのかしら」

「僕は…君は何を言っているんだ、ポーリーン？」

「不幸な生き方って普通なのかしら」

「よくわからないな」。ポーリーンを伴った本質へと深掘りする機会が、不幸な瞬間にやってきた。（第二十章）

『北へ』の登場人物を翻弄していくのは、幸・不幸という観念である。そもそもエメラインはマークとの恋愛に振り回されるし、彼女の義理の姉となるセシリアもエメラインの兄ヘンリーと結婚するも死別し、再婚を躊躇している。「人は結婚すると、とても幸せそうに見える」と語るエメラインにとって、結婚と幸福とは不可分である。

エメラインは嫉妬に突き動かされる。マークに愛を告白しては拒絶され、やっとの思いで交際へとこぎつけても尚ぞんざいに扱われるエメラインに待ち構えているのはマークの浮気とその浮気相手、すなわち労働者階級出身のデイジーという存在だ。これ以降、エメラインは強烈な嫉妬に苛《さいな》まれる。マークがスタンダールの『恋愛論』を手に取り適当にページを開き、エメラインに読み聞かせるのがその

「嫉妬」の章であるのは象徴的だ。セシリアとジュリアンの結婚を感づかせる電報がエメラインに届くのもまさにこの場面で、彼女の嫉妬はデイジーとセシリアとに向かうのは当然の成り行きである。

マークとの恋愛にせよ、旅行事業にせよ、下降の一途をたどるエメラインの運気は姓名によっても示唆されている。セシリアがエメラインに「あなたの出張中に夏が終わった」とため息をつき、語り手が「世界中の懸念、自国やヨーロッパの緊張状態」を「台無しの夏」とする第二十一章に続き、第二十六章では、顧客減の苦境に立たされるエメラインの「厳しい夏」は「パズルのようにバラバラであるため、夏は彼女の心のなかで散乱してしまう」とある。セシリアがジュリアンと結ばれエメラインが事故死すると、以前から懸念されていたサマーズ姓の消滅が現実となってしまう。

『北へ』は女性の職業選択についても触れている。たとえば、第十五章において、エメラインの嫌がらせにあらがった「私だって人間なのだ」というトリップの反撃は、同章の結部にて「私はそんなに非人間的だったのか」というエメラインのトリップに対する問い、そして第十八章におけるパリ出張中に「私が非人間的だとお思いにならないでしょう?」という彼女のマークへの問いかけという形で尾を引いている。また、このようなエメラインへの反撃としてトリップは、国会議員秘書になることの可能性、すなわち、他の就職口を得る可能性をちらつかせる。また、この職業選択はポーリーンにも大きく関わる問題となっている。ジュリアン宅で時間を持て余し、暇つぶしにバスでの市内循環をせがむポーリーンに「病院の看護師」を避けるバスを勧めるジュリアンの家政婦がいるかと思えば、ポーリーンに苦難に満ちた人生を語る不幸な女性作曲家マーセル・ヴァネスもいる。

『北へ』は円環的な構造を有している。第一章において、セシリアがイタリアから北上する列車に乗車する際、その乗客があたかも「死刑執行」に向かうようだと描写されている。結末では、マークを乗せてスピードに取り憑かれたエメラインが運転する小型オープン・カーがロンドンからボールドックへと(E・M・フォースターの『ハワーズ・エンド』にも登場する)「グレイト・ノース・ロード」を辿《たど》って北上し、激突事故の末に二人とも死亡する。冒頭と結末とが「北上」という移動と「死」によって縁取られることで『北へ』は円環的な構造を有しているとわかる(他にも、車中でセシリアがマークの名前を知るのに役立ったタバコケースが冒頭に登場するかと思えば、最終章手前でエメラインがタバコケースを取り損ねるのもその円環構造の一部となっている)。

移動は『北へ』において特別な意味がある。『北へ』には列車や自動車、航空機など、世界の近代化に伴い開発された移動手段が選択されるが、エメラインにとっての移動には特別の注意が必要だ。姉妹店との商談を兼ねてエメラインとマークが航空機でパリへ向かい、数日その地で滞在する第十八章は、移動や動きに対するエメラインの考えが大転換する場面となる。それまでずっと危うい旅／人生を謳歌してきたエメラインが、マークとの恋愛の雲行きがあやしいことを思い知ると、「動くのは嫌だ」とマークに訴え、動きを回避しようとする。安全を期して語り手も彼女も「固定」、「静止」、「滞在」(強調は原文通り)を多用する。ゆえに、マークと乗車したパリのタクシーの激しいスピンは、それまでのエメラインが死んだことの象徴となり、結末で彼女が死ぬこととの前触れとなるのだ。

『北へ』で多用される「スティル(still)」の用法を具に精査したロイルとベネットの刺激的な論考は、ボウエンが「スティル」を品詞に留意しながら巧みに使い分け、「静」と「動」両方の意味合いを適宜持たせていることを指摘している。この点を踏まえ、エメラインの旅／人生におけるモットーの二面性を見出しても良いだろう。また、結末において、エメラインが猛スピードで疾走させる自動車が大破しマークともども命を落とすのは、彼女のモットーが最大限に昇華する「生」の瞬間であると同時に「死」の瞬間でもある。ここで示唆される隣接する「生」と「死」は、フロイトの精神分析学を十二分に想起させはしないだろうか。エメラインが事務所を構えるのがブルームズベリー地区であることもさることながら、『北へ』にはアドラー心理学やハヴロック・エリスへの言及があること、「無意識」なる用語も幾度となく登場すること、ひいては語り手がポーリーンをわざわざ「心理学的に興味深い」と描写することから、『北へ』を精神分析学的に、もしくは当時のロンドン、特にブルームズベリー界隈における精神分析言説を補助線として読み込む必要性を感じさせる。また、「スティル」の両義性は、先述の円環構造——冒頭から結末までの「動き」を経ながら最後には冒頭に戻ることで擬似的な「静」をはらむ構造——にも連なる。内容と形式の一致がここにあると言ってよい。

エメラインやセシリアが慣習的な女性性に縛られているかどうかの指標はパーキンズが重点的に議論しているが、彼女たちを読み解く際の重要な点の一つとなろう。特にエメラインについては、乗用車を乗り回したり起業したりと男性性が強調される、もしくは著しく「女性性に欠ける」と描かれる。

中産階級の女性たちの方向性が近代化へと向かいつつ、

その保守的な反動をも伴う戦間期の現象を指すアリソン・ライトの造語「コンサーヴァティヴ・モダニティ」は、エメラインやセシリアの恋愛や結婚を検証するための便利な手がかりとなる。ジュリアンからの求婚を一度は拒絶したセシリアが彼との婚姻に至った一因として考えられるのは、マークやエメライン、そしてジュリアンの言動を察知した結果、セシリアが「素早い調整」を実行したことにあり、この能力は「人生は再調整の連続」を持論とするウォーターズ夫人と通じるものがある（マークとエメラインの交際を知ったジュリアンが慌ててセシリアに声がけするのも同様だ。また、ウォーターズ夫人がポーリーンにチェスを教えようとするのは、その「再調整」の訓練が意図されているからに他ならない）。他方、ウォーターズ夫人が断固として認めないマークとの恋愛を「止められない」としたエメラインは結末で破滅してしまう。見逃せないのは、近代的な女性を地で行くかのようなエメラインが、マークの二股交際を知ると女性のキャリアも「おかしな」ものと悟ってしまうことだ。『北へ』は戦間期における女性の保守性と近代性とが拮抗するテクストである。

（小室龍之介）

5 『パリの家』*The House in Paris*

〈あらすじ〉

ボウエンの長編五作目にあたるのが、一九三五年に出版された『パリの家』である。『ホテル』から始まった長編の執筆はちょうどこの頃から円熟味を増し始め、本作を皮切りにボウエンの代表作と呼ばれる長編が次々と生まれることになる。ボウエンは『パリの家』が出版されるとすぐに友人であったヴァージニア・ウルフに二冊贈っており、ウルフからのお礼の手紙には「エリザベスの本の中でこれが一番好き」だと書かれている。ウルフはボウエンの才気を怪しんでいたようだが、本作を読んで初めて認めたと伝えられている。

『パリの家』を執筆していた頃のボウエンは、ハンフリー・ハウスという名の年若いオックスフォードの大学人との情事に夢中になっていた。当時のハウスは後に妻となるマデリンと婚約中の身であり、かたやボウエンは夫アラン・キャメロンと結婚十年目を迎えたところであったが、二人の付き合いはお互いのパートナーとの関係を壊すことなく三年間も続くこととなる。ハウスとのロマンスはボウエンにとって情熱的であると同時に心かき乱される経験でもあり、執筆中の『パリの家』に色濃くその痕跡を残した。ボウエン伝の著者ヴィクトリア・グレンディニングによると、主人公カレンが思いを寄せるマックスの婚約者ナオミは、すでにハウスの妻となっていたマデリンがモデルである。

本作は三部構成となっており、時間的に連続している「現在」を描く第一部と第三部の間に「過去」を舞台とする第二部が差し挟まれ、「過去」において「現在」の謎めいた状況の種明かしがされるという少々複雑なプロット展開を見せる。

第一部「現在」は夜明け前のパリ北駅を出たタクシーの中から始まる。車内には十一歳の少女ヘンリエッタと中年のナオミ・フィッシャーが居心地悪そうに隣り合って座っている。今しがた北駅で世話役の女性からミス・フィッシャーへと少女が託されたばかりであった。母を亡くし、父の手に余ったヘンリエッタは、祖母の暮らす南仏でこの冬を過ごすことになっており、旅の中継地点のパリには一日だけ滞在する予定である。ヘンリエッタは車中のミス・フィッシャーとの会話から、母親のマダム・フィッシャーが病気であること、まったくの偶然からレオポルドというイタリアのスペツィアからやって来た九歳の少年をパリの家で預かっていることを知る。この少年はまだ一度も会ったことのない母親に、この日の午後会う予定になっているらしい。

パリの家は「人形の家」のように小さな三階建ての家で、厳粛な雰囲気を漂わせている。ひと休みした後、早速フランス人ともユダヤ人とも見える黒い瞳の痩せた少年レオポルドと出会う。その後ヘンリエッタのみ上階のマダム・フィッシャーの寝室へと連れて行かれる。マダム・フィッシャーによると、レオポルドの父親の名はマックスといい、かつてミス・フィッシャーの心を打ち砕いたものの、もうこの世にはおらず、片やレオポルドの母親はカレン・フォレスティエという名の美しいイギリス人で、かつてこのパリの家の下宿人であったということである。

ヘンリエッタとレオポルドがカード占いをしていると、ミス・フィッシャーが電報を手に凍りついたかのような様子で入って来て、レオポルドに告げる。「あなたのお母様は来ないことになりました。来られなくなったのよ」と。

第二部「過去」では、第一部で断片的に伝えられたレオポルドの両親の秘密が明かされる。時は十年前の春、レオポルドの母となる前のカレン・マイクリスはアイルランドのコークへ向かう船の中にいた。従兄の従兄であるレイ・フォレスティエとの結婚が決まったカレンは、周囲の祝福とは裏腹に、婚約したことで世界が縮小してしまったと感じ、失われた何かを救い出すためにコークに暮らすヴァイオレット伯母を訪れることにしたのであった。しかしコークで知らされたのは、伯母が重い病気を患っており、翌月には死ぬ運命にあるということであった。カレンは当初の予定を切り上げてロンドンに戻ると、友人のナオミ（ミス・フィッシャー）がマックスと婚約したことを知った。

　帰宅後すぐにロンドンを訪れていたナオミと再会し、その後マックスも交えて三人で再会することになった。ナオミの亡くなった伯母の家の庭園で、三人はお茶を飲みながら昔話に花を咲かせた。そして、家の片づけに忙しんでいるナオミの目を盗んで、カレンとマックスは芝生の上でそっとお互いの手を重ね合った。

　ナオミとマックスがパリへと帰っていった後、レイと結婚するのが最も大事なことと自分に言い聞かせるかのように、カレンは結婚準備にまい進していた。そんなある日のこと、マイクリス家に二通の手紙が届く。一通はヴァイオレット伯母の死を知らせる手紙であった。そしてもう一通はマダム・フィッシャーからのもので、ナオミとマックスの結婚の日取りが決まったことを知らせるとともに、マックスがナオミのお金目当てであることがほのめかされていた。

　ナオミとマックスと会ってからひと月ほど経った頃、カレンに一本の電話がかかってくる。それはマックスからの電話で、ほんの短い会話であったが、二人は次の日曜日に会う約束をする。ブローニュで再会したカレンとマックスは、マダム・フィッシャーについて、ナオミについて、お互いの結婚について率直に話をし、また次の土曜日に今度はハイズで会う約束をした。

　ハイズでは宿をとり、嵐の夜に二人で宿泊した。マックスとの一夜は、天井に光が鉄格子のような模様を作る部屋で、ナオミの存在を暗闇に感じながらのものであり、このときから「災いの元」となるレオポルドがカレンとともに存在し始めた。

　カレンが母親にマックスとの情事について告白した夜、ナオミからの電報である悲劇が起こったことが知らされた。マックスが自ら命を絶ったと。

　第三部「現在」は再び第一部の終わりに接続し、「あなたのお母様は来ないことになりました。来られなくなったのよ」という同じ言葉で始まる。母親のカレンは姿を現すことができなかった。しかし、夫のレイがレオポルドを迎えに来ていた。レイとレオポルドはヘンリエッタとともにタクシーに乗り込み、リオン駅でヘンリエッタを見送った後、二人でタクシーを待つ場面で物語は終わる。


〈評価〉

『パリの家』は、ウルフが気にいっていたことはすでに述べたが、文学批評においてもボウエンの代表作としてとりわけ高く評価されている。オックスフォード大マートン・カレッジ教授ジョン・ケアリ（現在は引退し、名誉教授）は、『純粋なる快楽――二十世紀のもっとも楽しい図書案内』において「純粋なる読書の楽しみ」を基準に選んだ二十世紀の五十冊を紹介しているが、『パリの家』もこの選定に入った。ケアリは「情熱、裏切り、そして暴力的な死」をこの作品の趣意としつつ、作品の「すべてにみなぎっている」のは「知性」であると述べる。そして、「これほど抜け目のない複雑さをもって、人々の考えや感情（…）を追求した作家はこれまでいない」と断言する。

行動と理性・感情が交差する様子が見事に描かれているだけでなく、本作品では複数の主題が複雑に交差して、作品に厚みと深みを与えている。本作の主題には、母子関係、家、階級、旅、疎外感などが挙げられるであろう。

まず母子関係について考えてみると、その中心にあるのはカレンとレオポルドという罪深い、秘められた母と息子の関係である。批評家のニール・コーコランは「この小説は三部にわたって繰り広げられる、親のないことと子のないこととの間の対話そのものである」と述べている。さらに続けて、「非常に実験的なナラティヴ手法の一つを用いて、第二部はカレンとまだ生まれる前のレオポルドの対話のようなものとして描かれている」と指摘する。本来『パリの家』は三人称の語り手によって語られるカレンの物語であるが、第二部のハイズでのマックスとの逢瀬の場面ではこの三人称の語りに自身の行為の意味を自問自答するカレンの意識が侵入してくる。そして、「しなければならないと承知していた通りに事を為した後では、子どもは存在しないだろうと思った。それでもあなたという観念が、レオポルド、一緒に存在し始めたの」というように、受胎したばかりのレオポルドに対して二人称の「あなた」を使うことで、三人称の語りでありながら、まるでカレンがレオポルドに語りかけているかのような見事な文章が完成している。まさにコーコランの言うところの「カレンとまだ生まれる前のレオポルドの対話のようなもの」である。

このカレンとレオポルドという中心的母子関係の周縁には、カレンとその母親ミセス・マイクリスの少し緊張をはらんだ関係、ナオミとマダム・フィッシャーの隷属と支配の関係、さらにはヘンリエッタと亡き母との不在の関係が存在し、母子関係の変奏を奏でている。描かれる母子関係は多様ではあるものの、これらどの母子関係にも何かしらの影が差しており、作家自身が母を早くに亡くしたからであろうか、これはボウエン作品に顕著な特徴であるといえる。ナオミとマダム・フィッシャーという母娘関係についてのみ、ここで少し触れておく。娘のナオミによる看病を受けるマダム・フィッシャーは、病身でありながらも圧倒的存在感を放つ。彼女はボウエンの小説に度々登場する、若い女性をさとし導き、ときに脅す年上の女性の典型であるが、これに加えファム・ファタール的要素も持ち合わせている。ミセス・マイクリスが彼女のことを「疫病神」と呼ぶのは、このファム・ファタール的要素を見抜いてのことであろうか。マダム・フィッシャーが誘惑するのは、こともあろうか自分の娘のナオミが愛する男マックスである。彼の人生を支配し、もてあそび、追い詰め、挙句の果てには死へと至らしめる。

小説のタイトルともなっている、ナオミとマダム・フィッシャーが暮らす「パリの家」は、物語の核をなしている。家をめぐる議論にはいくつかあるが、代表的なものの一つがハーマイオニ・リーの「ホーンテッド・マンション」論である。リーはこのパリの家には死にゆく女主人マダム・フィッシャーが憑依しているものと考え、小説『パリの家』をシェリダン・レ・ファニュの『アンクル・サイラス』に似た、ゴシック小説の伝統につながるものであると述べる。ただし、この家の不自然さに気づきはするものの、決して恐れることのない非常にプラグマティックな少女ヘンリエッタのおかげで、ゴシック小説の慣習が弱められ、コメディ風味が加えられているとも指摘している。他方で、アラン・E・オースティンは物語の二極には二つの家、ロンドンのマイクリス一族の家とパリのマダム・フィッシャーの家があると言う。前者は伝統を、後者は異端を体現しており、どちらの家の娘も自身の家に対して、親に対して反発を感じ、反抗的な生き方を模索しているというわけだ。

伝統を体現し、「戦前の小説のような暮らし」を続けているとされるアッパー・ミドル階級のマイクリス家の生き方に反発を感じるカレンは、同じ階級のレイとの結婚に母親を含む周囲の人々ほど喜ぶことができず、むしろ婚約が決まってからは虚しさすら感じ始める。カレンをマックスへと駆り立てたもの、それはこの自身の家と階級に対する反逆であったといえるであろう。マックスは知的で野心的な銀行勤めの男であるが、他人とは交わりにくい性格でアウトローな気質があり、どこか信頼し切れない。これはフランス人の母親とイギリス系ユダヤ人の父親の間に生まれた、フランス人にもユダヤ人にも見えるユダヤ系フランス人であるからだろうか。彼はとにかくレイとは対照的にまったくの根なし草である。コークでヴァイオレット伯母とレイとの結婚について話をしながら、カレンはふと「革命がすぐにも起きればいいのに」と口にするが、彼女がマックスとの罪深い情事を「革命」になぞらえつつ自問自答することからもわかるように、根なし草の男と交わり子を授かることが、カレンにとってはアッパー・ミドル階級の価値観を転覆させる「革命」であった。

ロンドンとパリを筆頭に、ロンドンとコーク、ロンドンとブローニュあるいはハイズなど、二つの地点を行き来する旅もこの小説の重要なテーマの一つである。モード・エルマンは『パリの家』の登場人物は皆「ひっきりなしに移動中」であると表現し、小説の「輸送（transport）」に着目し分析を行っている。エルマンの言葉で言うならば、「現代の旅と伝達という広大な中継システム網にからめとられてしまっている」登場人物らであるが、この「輸送」により発話と運動が人間の意思から疎外されることとなる。他方、ネルス・ピアソンは二つの世界の行き来を「交差（crossing）」と呼ぶ。ピアソンは単に二つの世界の境界を飛び越えるだけでなく、「想定される国家、人種の区分をぼやけさせる」可能性を持つ「交差」に、この小説のコスモポリタンな性質を見ている。

カレンはコークから自宅に戻る船の上で、レモンイエローの帽子をかぶったアイルランドの娘イエローハットと知り合いになる。イエローハットは華やかで、率直で、いくぶん突飛な女性であり、彼女によるとこれが十一回目の渡航（crossing）になるという。そんなイエローハットとカレンの様子について語り手は、「彼女はカレンに対してすらアイルランド人らしく振舞わないではいられない……二つの人種間（イングランド人とアイルランド人）の関係はこれ見よがしと猜疑心が混じり合ったようなものである」と述べるとともに、「アイルランド人らしく振舞う相手がいなければ、アイルランド人はどこに存在するのだろう」と問いかけている。イエローハットは十一回もの「交差」を重ねながらも、アイルランド人らしい振舞いから脱却できてはいない。語り手の問いは「交差」する他の登場人物に、あるいはこの小説全体に反響し続ける。

ナオミと婚約したばかりのマックスは自分たちのことを「外国人のカップル」だと言い、それを聞いたカレンは「でも、外国人だってどこかに在るべきでしょう」と主張するが、マックスは「いいや、僕たちは、君たちのようには、どこにも根を下ろしていないんだ」と答える。カレンが根なし草のマックスと結ばれて、二人の子どもをもうけるという行為は、結局のところ失敗してしまうわけではあるが、同様に根なし草として生まれてくることになる自分の子どもに居場所を与えるという「革命的な」試みであったとも考えられる。

この世界に居場所を見つけるという存在論的試みは、第一部「現在」の子どもたちにとっても重要な問題である。

過剰に礼儀正しく、パブリックスクール口調でこましゃくれたことを言う「不思議の国のアリスそっくり」のヘンリエッタと、神経質で、生意気で子どもらしい残酷さをしばしば覗かせるレオポルドの会話は、ときに深遠さをともなう。パリの家の階段にいることをナオミに咎《とが》められ、レオポルドのいるサロンに戻ったヘンリエッタは「ええ、でも私だってどこかに居なければならないのよ。溶けてしまうわけにはいかないもの」と言う。ボウエンの作品の登場人物の多くは世界に居場所を見つけられず、嘆き、さまようけれど、彼らに比べるとヘンリエッタの存在論は単純明快でプラグマティックである。ヘンリエッタとレオポルドの二人はカレンとマックスという大人のカップルの二重写しとなっているが、自分たちが「どこかに居なければならない」ことを知っている子どもたちには、大人のカップルとは異なる未来を期待させられる。

（垣口由香）

6『心の死』*The Death of the Heart*

〈あらすじと評価〉

六番目の長編小説『心の死』は、『パリの家』から三年後の一九三八年に発行されたボウエンの多産な三〇年代の締めくくりともいうべき作品である。年代が示すようにこの作品は、三〇年代後半の大戦を控えた英国の重苦しい空気を濃厚に反映している。出版の数年前にボウエンと夫アランは、アランがBBC（英国放送協会）の要職に就いたためにオックスフォードからロンドンに移り、リージェンツ・パークにあるクラレンス・テラスに居を定めた。近隣に湖と樹木を備えた都会のオアシスともいうべきテラスハウスをボウエンはたいそう気に入り、この作品の舞台とした。

十六歳で孤児となった少女ポーシャは、年の離れた異母兄トマスの屋敷であるウィンザーテラスのクウェイン邸にやってくる。時は二つの大戦間。トマスの父クウェイン氏はまじめな男であったがアイリーンという女性と関係を持ち、ポーシャが生まれた。これがもとで妻に家を追われた彼は、なれない外国暮らしの果てに命を落とす。残されたわずかな財産で母娘は外国のホテルを転々として暮らしていたが、その母も亡くなり、ポーシャはクウェイン氏がトマスに宛てた「娘に一年間普通の家庭生活を味わわせてほしい」（一部一章）という遺言によって腹違いの兄に託されることになったのである。

トマス夫妻が暮らすテラスハウスはロンドンという都市の象徴であるだけでなく、彼らの属するアッパー・ミドルクラスの長年の価値観、慣習を体現している。次第にトマスとアナの夫婦関係の崩壊や、表面を飾ることだけに腐心し、内心の葛藤や感情を押し殺しての仮面生活といった虚飾の世界が露呈されていく。ポーシャはアナの取りしきるウィンザーテラスという新しい世界を全く理解できず、居場所を見出すことができない。孤独な彼女はここでの生活をひたすら観察し、日記に書き込んでいく。

この邸宅には二十三歳の美青年エディ、小説家のセント・クウェンティン、アナのかつての恋人ロバート・ピジョンの戦友ブラット少佐など、アナ目当ての男たちが足しげく訪れ、無垢な少女を幻惑させた。特に、親しく近づいてくるエディにポーシャは魅了されていく。そんな彼女を心配し戒めるのはトマスの家に長年仕える家政婦マチェットだった。だがポーシャはエディにすっかり心を許し、自分の日記を読ませるようになる。実はこの日記はアナによっても読まれていた。

『心の死』はポーシャとエディとの恋愛の展開をたどったものであり、「世界」、「肉欲」、「悪魔」という表題を持つ三部で構成されている。舞台は一部と三部がロンドン、二部がケント州の海辺の町シールである。この二部のシールにおいて二人の恋愛関係は大きく変化していく。トマス夫妻がカプリ島で休暇を過ごすため、数週間ロンドンを留守にすることになり、いわば厄介者であるポーシャは、この間アナのかつての家庭教師ミセス・ヘカムに預けられることになる。今は未亡人となったヘカム夫人は義理の息子と娘であるディッキー、ダフニ（どちらもポーシャより年長）とシールにある「ワイキキ荘」と名づけられた家で暮らしていた。夏の間だけ避暑客で賑わう海辺の町とそこでの気どりのない暮らしぶりは、ポーシャにとって取り澄ましたウィンザーテラスの生活より居心地がよかった。少なくともそこには活気と情熱がたぎっていた。ミセス・ヘカムの家の人々や同じ年頃の仲間に混じって暮らすことでポーシャは変わっていく。だがこのシールにエディを呼び寄せたことでショッキングな出来事が起きる。皆で映画に出かけた時、エディとダフニが暗闇で手を握りあっているのを目撃してしまうのである。二人の関係はたちまち不穏なものとなっていく。

ロンドンに戻ったポーシャは学校の帰り途、作家セント・クウィンティンに偶然出会う。彼がエディにしか見せていないはずの日記について触れたことで、ポーシャは瞬時にアナがそれを読んでいたことを悟り、心を覗かれて大きな衝撃を受ける。そのショックはただちにエディとの関係にも影響を及ぼす。日記の存在をアナに知らせたのはエディに違いない、と思い込んだポーシャは、信頼の裏切りによって「心の死」を経験するのである。

　ポーシャとエディの恋愛関係は、その後コベントガーンとエディのフラットでの二回の対面の後、ついに破局を迎える。エディはポーシャの抱くロマンチックな愛の観念をことごとく打ち砕いた末に、彼女に居場所を与えることはできないと告げる。悲嘆に暮れ、窮地に追い込まれたポーシャはウィンザーテラスには戻らず、カラチホテルに身を寄せているブラッド少佐に助けを求め、結婚してほしいと申し込む。「一九一四―八年（第一次世界大戦時代）の哀れな生き残り」（二部七章）と称されるこの男は、昔のアナを少しだけ知っていたにすぎないのだが、たまたまトマス夫妻と映画館で出会ったのをきっかけにウィンザーテラスを訪れるようになり、ポーシャとも友達になっていたのだった。自分の窮状を訴えつつウィンザーテラスでの生活を批判するポーシャに対して、少佐はそれでもアナとトマスをかばおうとする。そんな彼にポーシャは残酷にも、「アナはいつもあなたのことを馬鹿にして笑っているわ、あなたは全く哀れを誘うって。（中略）トマスはあなたが何かを狙っているに違いないと思うって」（三部五章）と告げる。時代遅れの自分に気づかず、かつての英国に幻想を抱き続けるブラッド少佐はこの言葉に打ちのめされながらも、やはりポーシャに居場所を与えることはできない。ウィンザーテラスに電話をしようとする大佐にポーシャは、自分がアナとトマスのところに戻るかどうかは彼らの態度次第だ、と伝えてほしいと告げる。

　そのころウィンザーテラスではポーシャの失踪にどう対処すべきかアナ、トマス、セント・クウェインの三人が議論していた。ここにブラッド少佐から電話が入り、結局マチェットがポーシャを迎えに行くことになる。マチェットがタクシーで出かける道中のたわいのない独り言が、カラチホテルの入り口まで続く。ポーシャは戻ってくるのか否かについては触れられることなく作品は幕を閉じる。

　一九三〇年代のアッパー・ミドルの居間を舞台とするドラマ『心の死』は、ボウエンの最もよく知られた作品である。三部それぞれにつけられたタイトルからすれば、ボウエンのすべての作品に通じる無垢と成熟、成熟への必要条件となる無垢の喪失、すなわち「心の死」という人間の成長のプロセスと、それに伴うアイデンティティの探求を描いたものと一応は解釈できる。子どもは裏切りにあって心の死を経験しなければ、社会という父の世界に入ることができない。「心の死」が大人になるための必須要件とはいえ、愛する者に裏切られる孤独な少女の哀切さは読者の心に迫り、本書の圧巻部分となっている。ここで裏切りは主要なテーマといえるだろう。

この裏切りに伴う感情風景には、ヴィクトリア・グレンディニングによるボウエンの伝記が伝えているように、ボウエン自身が経験した心の痛手が投影されている。一九三六年にボウエンズ・コートで開かれたハウスパーティでボウエンが心惹かれていた十歳年下の男ゴロンウィ・リースがロザモンド・レーマンと恋に落ち、情事におよんだ。事が発覚した時のボウエンのショックは相当に大きかったという。このリースがポーシャの恋人エディのモデルとされているのである。

だが興味深いことにこの作品では、冒頭からアナの方が裏切られた戸惑いと苦悩を、友人の作家セント・クウィンティンに打ち明けている場面が展開する。裏切られたショックをまず口にするのはポーシャではなく、彼女の日記を読むアナの方である。ロンドンに出てきて以来他人に裏切られ続ける無垢な少女ポーシャは、まず「裏切る人」として読者に紹介されるのである。このように作品には一見されるプロットとは別に複数のサブテクストが埋め込まれている。

日記を盗み読む側のアナが、「これほど気が動転したことはないわ、わたしにとってこれ以上悪いことはない」（一部一章）というほど、ポーシャに裏切られた感情を抱くのは奇妙なことのように思われる。ポーシャの日記は「こうして私はロンドンで、彼らと一緒になった」（一部一章）というセンテンスで始まっており、寄る辺ない少女が、新しい世界に一歩踏み出そうとしていることを記したものに過ぎない。それがアナをそこまで動転させてしまう理由とは、その信頼するものに裏切られたアナ自身の秘めた記憶を、記述が呼び覚ますからに他ならない。幼い時に母を失ったアナは、この母に裏切られたという感情を抱き続け、それが彼女の経験する最初の「裏切り」となっている。ロバート・ピジョンとの最初の恋愛の結末は謎に包まれているが、ロバートの友人であるブラット少佐に彼の消息を尋ねる彼女の様子は、アナが彼に裏切られたことをうかがわせるものである。ここで暗示されるのはアナの領域に参入した無垢なポーシャは、洗練された社会生活を送るアナ自身の鏡像の役割を果たしているということである。ポーシャの無垢な目による観察日記は簡潔でありながら、暗く寒々として生気を欠いたアナの家と、その生活の薄っぺらさ、空虚さ、生命力の欠如を批判している。そのように感じとるアナの不安には、彼女の心の疚《やま》しさが反映されている。大人のアナにも、捨てたはずの無垢なる要素がとどめられているということであろう。

このようにボウエンの作品には、子どもが無垢なるものを失い、心の死を経て大人の世界に参入する伝統的教養小説のパターンから逸脱するものが見受けられる。第一作の『ホテル』からすでにみられるように、心の死を経験するターニングポイントは子どもではなく青春期である。子ども時代を過ぎた者が抱える無垢なる要素に、より関心が注がれているといってもいい。この傾向が特に顕著に表れてくるのが『心の死』である。ポーシャは十六歳で、もはや子どもとはいえない。それにもかかわらずウィンザーテラスの自室に子どもさながらテディベアを並べ、同時に成熟への条件ともいうべき言語レッスン（日記をつけること）を行っている。この子どもと大人の共存状態は、前述したような彼女の生い立ちに起因している。

アナによれば、トマスの亡母クウェイン夫人は男というのはみな心の中は子どものようなものだと考えており、クウェイン氏も子どものように世話されてきたのである。アイリーンと恋に落ち家から追放されるクウェイン氏は無垢なるものを抱えた男で、その無垢さゆえに国の外でうらぶれた人生を送らなければならなかった。彼の死後しばらくはアイリーンとポーシャも貧しいながらも幸せな生活を送るのだが、それもやはり社会の周縁においてのことであった。母子密着のエデンの園のような幸福は、彼らが社会のルール、慣習を理解できない、すなわちアウトサイダーにならざるを得ないという問題を抱えている。とりわけ母アイリーンの社会感覚の欠如は、社会という新しい世界に参入する娘ポーシャに甚大な影響を与えるのである。

十六歳でエデンの園からいきなり全く異なる法の支配する社会、すなわちロンドンのウィンザーテラスの家に連れてこられたポーシャの戸惑いは大きく、これが日記につづられていくのである。ポーシャにとって「新しい世界」は腐敗していると感じられ、それが彼女の意図しない社会批判となってあらわれる。日記によってアナが裏切られたと感じるように、本書では裏切られる無垢な少女は、社会の側からは裏切る者として描かれている。実際ポーシャの無垢性はウィンザーテラスの住民のみならず、シールの人々をもかき乱している。社会における無垢なるものの存在は脅威ともなるのである。

このように『心の死』では、無垢なるものを裏切ろうとする腐敗した社会への批判も色濃く出ており、無垢から成熟への必然的移行を自明なものとして照らし出してはいない。果たしてポーシャは心の死によって成熟へと進むのだろうか。こうした疑念を抱かせる要因としては、この作品における最大の関心事が、ポーシャが新しい世界に居場所を見出すことができないということ、また彼女が母との密着した共生生活への愛着を強力に持ち続けている事実、さらにまた彼女がここで「亡命者」と位置づけられているということなどがあげられる。季節が冬から春、そして夏へと設定されていることからすれば、成熟への方向を示していると構成上は読むこともできよう。だがマチェットのお迎えはカラチホテルの入り口でとどまり、ポーシャの帰還についてはペンディングなのである。

さらに注目すべきは最後に少女ポーシャが大人社会に条件を出すという不思議な行為と、「大人が正しいことをやるかどうかを見る」（三部五章）というその条件内容である。「正しいこと」とは、単にウィンザーテラスの住民がポーシャを連れ戻しに来る、ということではないだろう。そこには社会の側の腐敗に対する反省、もしくはアナがポーシャの母代わりの存在になることが求められていると読むこともできる。そもそもポーシャという名はシェイクスピアの『ヴェニスの商人』に登場する巧みな裁き手であるポーシャからとられているとの指摘もある。あるいはボウエンが大きな影響を受けたヘンリー・ジェイムズの作品中の若い女性たちの名と関連しているともいわれる。無知とみなされてきた彼女たちのまなざしには明らかな社会批判が込められているのである。

条件が満たされなければ大人社会には戻らないというメッセージで終わる『心の死』では、無垢な心を失った後、いまだ成熟に至らないはざまの空白期間（境界領域）に強い関心が注がれている。このモラトリアムともいうべき宙吊り状態こそ三〇年代後半からボウエンの作品に現れる変化であり、それは最後の長編『エヴァ・トラウト』にいたるまで続いていく。端的に言えばそれは伝統的主体のとらえ方の変化と言い換えることもできる。前述したように、この作品は子どもが主体を形成していくプロセス、すなわちラカンの用語を援用すれば母子密着の強力な想像界から脱出し、知の言語を習得することで象徴界に参入するというパターンを踏んでいる。ひとはこうして社会における独立した個というものを獲得していく。ところがポーシャは無垢から成熟への変遷のはざまで逡巡《しゅんじゅん》している。何よりも三部においてポーシャの言語（日記）はもはや見られなくなり、最終章では彼女の存在自体が舞台から消えてしまうのである。

『心の死』は八〇年代末頃まではもっぱら伝統的教養小説の系譜上で読まれてきた。しかし九〇年代に入ると、アンドルー・ベネットおよびニコラス・ロイルによるポストモダニズム理論や精神分析理論を踏まえた革新的な批評（『エリザベス・ボウエンと小説の解体』）をきっかけに、こうした読みに再考が求められるようになってきた。

なかでも『心の死』において演劇性と空洞（空虚）のイメージが強調されている、という彼らの指摘は注目すべきものである。作品中でウィンザーテラスは演劇の舞台にたとえられているし、ポーシャに関しては「エリザベス朝の芝居のなかの、言いなりに連れて来られ、連れて行かれる子ども」（三部五章）のようだと描写されている。また何の理由もないのに百面相をやり続け、「シェイクスピアの全部が僕について書いている」（一部八章）と言ってのけるエディにいたっては、常に「ドラマチック」という形容がついてまわる。特にこのエディにつきまとう空虚感（内面の空洞化）は見逃せない。アナが彼を嫌う理由も彼の内側の「空虚」に気づいたからであった。作品中でエディはポーシャに向かって、「僕は君が欲しくない。…君が欲しいのは僕の全部なんだろうけど、誰にとってもそんなものないよ」（二部七章）と、自己を独自の存在とみなすロマン主義的（ワーズワース的）個の概念を決然と否定している。愛を拒絶されるポーシャは「内なる人生の終わり」を経験するというより、「心の死」、すなわち文字どおり「内面そのものの解体」という近代主体の概念の空洞化を比ゆ的に演じているキャラクターとも捉えられるのである。

伝統的西洋の主体（self）の解体はモダニズムの時代からすでに始まっているが、ボウエンの作品にはこうした主体に対する一層の果敢な抵抗がみられるというものである。確固たる自律的な主体などは存在せず、すべての個とは、すでに過去にあった感情を模倣し、与えられたシナリオを演じているに過ぎないというとらえ方である。言い換えるなら主体とは、唯一無二どころか常に他者性に浸食されているのである。こうした主体の解体傾向は『心の死』から以降ますます強まっていくのであり、これによってボウエンの作品はそれまでの伝統的リアリズム文学の枠ではとらえきれない、きわめて前衛的、革新的なものとして読まれるようになってきているのである。

（伊藤節）

7 『日ざかり』*The Heat of the Day*

〈あらすじと評価〉

長編小説第七作である『日ざかり』は、エリザベス・ボウエンの代表作である。ボウエンの長編小説のうち、批評的関心を最も集めている作品と言ってよい。執筆開始時は不明だが、一九四四年の時点で書き終えていた最初の五章を一九四五年に書き直し、一九四九年になってようやく出版にこぎつけた作品である。相当に骨の折れた執筆だったはずである。

十七の章からなる『日ざかり』は第二次世界大戦下のロンドンを主な舞台としている。第一章は一九四二年九月とされており、テクストの大半はその年に収まるが、終盤には終戦直前の一九四四年まで一気に時が経過していく。

二十世紀の幕開けとほぼ同年に生をうけたステラは「Y・X・D」なる組織に勤務し、「秘密裏で骨の折れる、重要でなくはない任務」についている。彼女の元夫ヴィクターは離婚直後に死去している。ステラの現在の交際相手は自分より五、六歳年下のロバートという男で、彼はダンケルク戦で足を負傷している。第二章にて、自室フラットにいるステラにハリソンが立ち寄り、ロバートにスパイ嫌疑がかかっていることをステラに知らせる。カウンタースパイであり両目の並びが不均衡なハリソンは、ロバートのスパイ活動を報告しないことの引き換えに自分との交際を迫り、ステラをゆする。このゆすりは、自分の恋人が敵側への情報漏洩に加担しているという政治的危機だけでなく、ロバートとハリソンとを天秤にかけた恋人選択を迫られるという性的な危機をもステラにもたらすことになる。

この伏線として見逃せないのが、アイルランドの地主カズン・フランシスを中心とした動きである。彼はイギリスのウィスタリア・ロッジで療養中の妻カズン・ネティを見舞うとの口実で渡英し、そのさなかに急死する。

これを機に浮上するポイントがある。第一に、カズン・フランシスが所有するアイルランドの地所マウント・モリスの相続人は、ステラの息子で軍事訓練中のロデリックであることが遺言書から判明することである（カズン・フランシスはヴィクターのいとこに当たる）第二に、妻を見舞うという口実の裏に隠されたカズン・フランシスの真の渡英の目的は、ハリソンと結託してイギリスへの戦争協力を行うことにあったらしい、ということである。ただし、第二次世界大戦中のアイルランドが取った中立政策への嫌悪を端緒とする彼の戦争協力は、かなり錯綜しているようだ。

ステラから問いただされるたびに自分にかけられたスパイ嫌疑を否定するものの、ロバートは、ステラと祖国について激論した末に、自分がナチスドイツに内通するスパイであることを認める。そしてその直後、追っ手の存在を感じとり、逃亡を試みるロバートは屋根から転落死する。彼の死が殺害によるものなのか、もしくは負傷した足に起因する偶発的な事故死なのかどうかについて、明かされることはない。

空襲警備員であるコニーの友人で、出征中のトムを夫に持つルーイ・ルイスは、テクストの冒頭と結末の両方を飾る唯一の登場人物である。結末において、彼女はゆきずりの男との間に生まれたばかりの子どもにトム・ヴィクターと名づけ、ルーイがトムを抱き抱えながら西に広がる大空へ三羽の白鳥が飛び去っていく。

このように、『日ざかり』に登場する多くの人物は大戦とは無関係ではない。一方では直接的かつリアルな戦場の描写を避けながら、このテクストは第二次世界大戦の戦況——ロンドンの空襲を中心に、一九四〇年五月ダンケルク戦、同年六月のドイツ軍によるパリ陥落、エル・アラメイン戦、イタリアやロシアでの戦況、そして最終章の設定である一九四四年のリトル・ブリッツ——を記しているが、これは第二次世界大戦、特にドイツ軍によるロンドンの空爆時期に一致する。これらの歴史的事象の数々は、時間軸を形成させたり、虚構の中に現実世界を織り交ぜる効果をもたらしたりしている。

『日ざかり』は執筆時におけるボウエンの私生活をのぞ

かせるテクストでもある。第一に、コニーと同じく空襲警備員をボウエンも務めていた事実である。リージェンツパークの西側に位置するクラレンス・テラス二番地に当時居住していたボウエンは、そこから程近いメリルボーン地区の空襲警備員を務めていた。第二に、ここに描かれる登場人物たちの戦時下の濃密な恋愛は、既婚者ボウエンの愛人であったチャールズ・リッチーとの交際を思い起こさせる。一九四一年に出会った彼らは、紆余曲折がありながらもボウエンの死去まで交際は続いた。事実、『日ざかり』はチャールズ・リッチーに捧げられたテクストである。第三に、スパイ活動に手を染める登場人物は、ボウエンの諜報活動を思い起こさずにはいられない。第二次世界大戦下のウィンストン・チャーチル政権は、アイルランドの港湾を軍事目的で使用する道を探っていた。チャーチル支持者を公言していたボウエンは、アングロ・アイリッシュという出自を活かし、アイルランドでの現地調査の任務を遂行するスパイ活動を行った（このために、ボウエンはアイルランド人から裏切り者扱いを後に受けることになった）。

『日ざかり』を矮小化してスパイ小説とするのは、はばかられてしかるべきだが、スパイを抜きにテクストにおける人間関係を考察することはできない。その意味において重要な瞬間をなすのは、ステラの前にハリソンが現れ、ステラの交際相手ロバートはナチスドイツ側に機密情報を漏洩しているというスパイ嫌疑を彼女に伝える時であり、これ以降、登場人物たちの行動や人間関係は変容せざるを得なくなる。また、『日ざかり』における主要登場人物たちの恋愛やスパイといった言動は言語による構築物であること、登場人物のことばが嘘やはぐらかし、隠蔽などの言語の質に大きく関わる表象であることも見逃せない。

まず、第五章において戦争が恋愛という幻想の濃度を高める状況にあって、ステラとロバートの二年ほど繰り広げられてきた恋愛を「途切れぬ愛の物語」と語り手が描写することや、彼女に「ロバートは虚構的なのだろうか」と考えさせてしまうことは、『日ざかり』というテクストが描く世界の多くが言語による構築物、ひいては虚構性の上に成立していることを物語っている（これとは対照的に、新聞をむさぼり読むコニーとそれを真似るルーイは「新聞」〔＝ファクト〕の世界にいる）。

ステラ、ロバート、ハリソンの言動は、嘘、隠蔽に満ちていく。ロバートのスパイ嫌疑をステラに告げにきたハリソンが彼女のフラットを去ったのと入れちがいで、兵役中のロデリックが現れた。彼への接し方に、さっそくステラの行動の最初の変化が認められる。ロバートについてロデリックから追及されると、彼女は彼の問いをはぐらかし、戦況について聞き出そうとする。その意図は、ロバートに関する情報を隠蔽することに他ならない。また、ステラはヴィクターとの離婚の原因は自分のわがままにあるとロデリックに語っているが、これは後に嘘であることがわかる。その真の原因はヴィクターがステラ以外の女性と交際し始めたことなのであって、ロデリックはこのことをカズン・ネティから聞かされる。

カウンタースパイとしてのハリソンの言動は徹底していて、ステラに対して自らの出自や居住地などを一切明かすことはない。加えて、設定日時の四ヶ月前に厳密に私的な環境で執り行われたカズン・フランシスの葬儀に彼が参列できたことは、他の参列者の謎となった（彼がステラと初対面したのはこの場であった）。「私をスパイに仕立て上げてしまった」とハリソンがステラに感じさせるのは、正体不明を貫くというスパイとしては当たり前の行動にハリソンが徹しているからである。

ロバートはステラの前ではスパイ嫌疑を否定するために、嘘に嘘を塗り重ねていく。そしてその嘘は第六章や第十四章にある通り、彼の出自に深く関係している。ロバートの実家ホルム・ディーンや彼の一族は、彼にとって過酷極まりない重荷だったのだ。父親の死去に「得も言えぬ安堵」を彼が覚えてしまうのは、「父親から被った言いようのない侮辱が心の中に深く焼きついた」ことによる。そして、「裏切られた庭」、「錆びついた椅子」、「色あせたバラ」、「人食いの家」と形容されるホルム・ディーンには「どこにも続かないカギ十字の形をした通路」があるがために、ロバートのナチズムへの関与は容易に連想される。さらに、ホルム・ディーンには言語への不信がはびこっている。「抑圧や疑い、恐怖、ごまかし、そして嘘」に充満していることに加え、「ケルウェイ家の人々は、死んだ言語で、困難を伴いながら意思疎通をはかり」、母親に至っては「言葉を軽蔑的に」使用している。そのような家庭環境にあって、ロバートが自分の状況を「今も存在しないばかりでなく、これまでも存在したためしがなかった」とやや複雑な構文で象徴的に言い表したのは、実家に連れてきたステラが彼の部屋を「空っぽに感じる」と口にしたことに呼応したからなのではあるが、ロバートの嘘やステラが感じとる彼の虚構性は、彼の実家に根深く起因しているのがよくわかる。そして、次の第十五章で「生まれながらの負傷」をステラに語ることから、自分が出自による心理的負傷、そして大戦による身体的負傷を抱えていることをロバートは自覚している。

このような言語の混乱に登場人物が直面したように、ボウエン自身も直面したのではなかろうか。倒置や二重否定などによる多数の歪んだ文体を読者は目にすることになる。ロバートが「今も存在しないばかりでなく、これまでも存在したためしがなかった」や地の文「彼が提案したその場所へ彼女は、たまたま、行ったことはなかった」などはその最たる例である。また、後述するとおり、ロデリックがカズン・フランシスの遺言書を戸惑いながら読まざるを得なかったのも、その極めつけの例であろう。これは、第二次世界大戦という現実世界の歪みが文体の歪みとして表出してしまったと見られ、つまりは戦争が言語表象になりうるのかという問題提起となっていると考えられる。

第四章でつまびらかになるカズン・フランシスの渡英や突然の死去への批評的関心は薄いと言わざるを得ないが、これを紐解くと彼の謎も嘘も、実に計り知れないものとわかる。新聞の訃報欄はカズン・フランシスの死去を伝えるのみで、彼が息を引きとった場所についても、そして葬儀の仔細についても明らかにはしない。前者の情報が伏せられることでその死因は被弾ではないかと勘繰られ、後者の情報が伏せられることで絞首刑を勘繰られることになる。また、アイルランドとイギリスの往来が困難な中、彼が渡英できたのは妻カズン・ネティを見舞うためということになってはいるが、これは単なる口実に過ぎない。彼の渡英の真の目的は、ハリソンと約束の上、ロンドンで落ち合うことにあったらしい。このことを葬儀の参列者リストに含まれていないハリソンから聞かされたステラの驚きは想像に難くないが、カズン・フランシスとは幼なじみの大佐は、ステラ以上の驚愕を覚えてしまう。

興味深いのは、前年のクリスマスにおいて、ポール大佐は、カズン・フランシスから受けとった手紙に「国粋主義的な傾向」を察知したことである。そして、これこそが彼をイギリスに向かわせたようなのである。

カズン・フランシスのウィスタリア・ロッジへの訪問は、名誉の問題であって慎みの問題だけではなかった。彼の真の渡英目的は、兵役の申し出をイギリスに対して行うことにあった——彼自身の国が不干渉でいるのは深刻な打撃ではあったが、彼は打撃の中で、ただ座すことは決してなかった。マウント・モリスには情熱と義務感との両方に縛られつつ、二年半もの間、彼はアイルランドがその決定を覆《くつがえ》すのを待っていたのだ。その間、ドイツ軍の侵攻という望みが彼を支えていた——マウント・モリスの並木道に戦車のワナを掘っていた——だが、そういった望みが消え失せると、彼は行動に出ると意を決した。(第四章)

攻」を望み、果ては軍事的支援のため渡英する行動は一見矛盾しているようだが、彼はドイツ軍が侵攻すれば、アイルランドが中立政策を覆すと期待していたようである。

英愛条約締結後も直ちに英連邦を離脱しなかったアイルランドでは、参戦義務が解除されても、義勇兵を志すアイルランド人は少なからず存在した。一方、ドイツの勝利こそアイルランド統一の達成に近づくと信じる親ファシストもいた。

カズン・フランシスの願いは祖国の統一であり、アイルランドを守ること、ひいてはドイツに対するアイルランドとイギリスとの協力関係が強化されることだったのではないか。

吉田健一による『日ざかり』の「結論はない」という読みは、二者択一という選択に陥りがちな読みへの警鐘として意義深い。たとえば、ロバートが転落死したことで、『日ざかり』／ステラは、第二次世界大戦の連合国側に通じるイデオロギーを称賛するテクスト／登場人物であるという議論の早急さについて触れよう。ステラはロバートを捨てハリソンとの交際にすぐさま踏み切ることはしなかったし、ロバートの転落死後において「いとこのいとこ」と婚約したとされていること、つまり、ステラはロバートもハリソンも選ばなかったことを思い出されたい。ロバートがナチスドイツに、ハリソンがイギリスに通じている背景を考えれば、ステラの政治的立場はむしろ、第二次世界大戦中に連合国にも枢軸国にも加担せず中立の立場をとったアイルランドにある。すなわち、ステラはアイルランドのナショナル・アレゴリーであるわけだが、このような結論の回避、より正確にいえば二者択一の拒否というのは、『日ざかり』がとった一つの戦略と考えられよう。

ステラがロバートかハリソンかという二者択一を取らなかったことについては、別の可能性を考えてもよいかもしれない。それは、ロバートとハリソンには共通点があるということだ。そもそも彼ら二人は、警戒し合うスパイ同士である。特にハリソンは「パリのドイツ人」とさえ表現されるほど正体を特定しがたい。またロバートは足が悪く、ハリソンは両目の並びが不均衡であり、共に身体的に不完全であるといえる。決定的なのは、ハリソンの洗礼名もロバートという事実である。

ステラによる二者択一の拒否は、彼女の息子ロデリックが遺産相続するマウント・モリスの運用方法にもある。カズン・フランシスが作成したマウント・モリスの相続に関する遺言の文言のコンマを弁護士が削除したことで、ロデリックは遺言書の真意が不明瞭になることに困惑を隠せない。具体的には、「彼なりのやり方で古い伝統を継承することを配慮してくれるという望みにおいて」という遺言書は、「継承するのがその伝統である限りにおいて好きなように配慮する」（強調は原文通り）ことなのか、もしくは「カズン・フランシスのように自分も配慮する限りにおいて『伝統』を自分の好きなように捉えてよい」ということなのか――この二通りの解釈で揺れるロデリックは、科学技術を駆使した農地運営を行なうとの結論を下す。これがどちらの解釈に基づくのかを判断することは、「労働力を軽減させるあらゆる機械に魅了」されながらも、それらを実用化することはなかった、というカズン・フランシスの事情を鑑みても、できない（弁護士によるコンマ脱落を承知しているのなら、コンマを復元して遺言書を読めば、問題は解決できたはずだという指摘は脇に置くとする）。

『日ざかり』にはステラとルーイに見る女性同士の関係性や階級などといった、本項では議論できなかった問題が多数含まれる。更なる研究を進めていかなくてはならない。

（小室龍之介）

8 『愛の世界』 *A World of Love*

〈あらすじと評価〉

一九五五年に発表された『愛の世界』は、エリザベス・ボウエンの八作目の長編小説である。ビッグハウス、戦争と相前後する年代の設定、超自然的な存在など、『愛の世界』のテーマや重要なモチーフは、ボウエンの他の作品にも共通するが、『愛の世界』はボウエンの全作品の中で「最も強烈で緻密」であると同時に、「最も個性が強く、若者が無垢であることに感傷的」であると評される。

『愛の世界』は、前作の長編小説の表題『日ざかり』を思わせる一節で始まる。「太陽が、まだ前日の熱気の残る淡い風景に昇ってきた。（中略）この時刻に射すこの光は、あまりにもなじみのないものであったために、新しい世界に行き着いた――絵筆で描かれ、待ちわびて、誰もいない強烈な世界に」。この「新しい世界」の描写に導かれて、読者はモントフォート荘園と、その正面に立つオベリスクに視線を向ける。朝日に縁どられたオベリスクの長い影の先には、ダンビー家の屋敷モントフォートの廃墟のような姿が見え、堂々とした記念碑と対照的な印象を与える。

モントフォートの所有者で普段はロンドンに居住するアントニアは、地元の年中行事の祭りに顔を出すことにした。折しもダンビー夫妻の長女、ロンドンに下宿中の学生で二十歳になるジェインも帰郷していた。リリア・ダンビーは、アントニアのいとこガイの婚約者だったが、ガイは第一次世界大戦で戦死した。ガイからモントフォートを相続したアントニアは、法律上は遺産を受けとれなかったリリアを不憫に思い、リリアの「救いがたく否定的な運命に際限なく関わることになった」。最終的にアントニアが案じた一計は、モントフォートの管理とリリアの嫁ぎ先をフレッドに託すことであった。フレッドはアントニアとガイの庶出のいとこで、肌の色から外国人との混血児だと目されていた。素性が曖昧だっただけではなく、若くして屋敷を去ってからも様々な噂があり、第一次世界大戦に従軍したとも言われていた。アントニアは、リリアをアイルランドに呼び寄せてフレッドと結婚するように説得した。頑《かたく》なに拒んだものの、選択の余地のないリリアは結局この提案に従った。夫婦となった二人には、ジェインのほかにモードという十二歳の娘がおり、数々の奇行から厄介者扱いされている。

　地元では、ダンビー家の人々は忘れ去られた存在だったが、祭りは一族が健在であることを近隣の住民に誇示する貴重な機会であった。その夜、モントフォートの人々の帰宅を待っていた屋敷には、「快楽を求める亡霊の気配がうごめいていた」。「薄暮が車輪の下から亡霊のように立ち上がってきた」のを感じながら自転車で帰宅したジェインは、屋敷に近づくと、モントフォートのはるか後方のどこかから、ふと呼び声を聞いたような気がして、何かに引き寄せられるような感覚にとらわれる。ジェインは自分が遣わされ、呼び出されたという説明しようがない気持ちで、明かりの消えた屋敷内を限なく歩き回る。最後にたどりついた屋根裏部屋で、ジェインは朽ち果てるままに積み重ねられた「過去の残骸」と遭遇する。蠟燭の炎の中、動揺するジェインの足元に古い手紙の束が落ちてくる。これが、「手紙の方がジェインを見つけ出した」瞬間であった。

　ダンビー家の人々は、この手紙を誰が、誰に宛てて書いたものなのかをめぐって翻弄される。ジェインにとって、手紙は歴史に属するものであり、「情熱が蒸発して無に帰した抜け殻」であった。過去の出来事に退屈し、過去への本能的な拒否感をもつジェインは、過去を象徴する手紙に対して、うしろめたさや嫌悪感や反感を抱きながらも、手紙を何度も熟読する。ジェインが手紙のサインの筆跡を告げた時、アントニアは「石のように固まり」、リリアは「石のように無慈悲な声で」自分宛の手紙だと宣言した。二人は、手紙がガイによって書かれたものだと確信したのである。しかし、手紙が発見者である自分に宛てられたものだと思い込むようになったジェインは、現物を見せようとしない。次第にジェインは、ガイという過去の存在との結びつきを意識するようになっていく。

隣人のレディ・ラタリーに招かれたパーティで、ジェインはガイの名前を口にした途端に、ガイの存在を感じる。集まった人々は不在の客の空席を見つけて、その人物を招待したかどうか議論するが、ジェインは「客の一人一人の表情にその重大事の影響が表れているのを目にし、騒々しかった声が低くなり、やがて途絶えた様子にそれが表れているのを耳にした」。ジェインという「新郎新婦の片割れが晩餐を取り仕切っている」ことを客たちが感じていたように、「これまでのところ誰も座っていないように見える椅子の暗がり」とジェインとの間の「電撃的なつながり」が、宴席を「支配」していた。この「支配」ということばは、アントニアに対するリリアの優位を表すことばとしても用いられている。アントニアの指示どおりにフレッドの妻となり、モントフォートで母親となったリリアは、美しさを取り戻して、無意識ながらも女王気どりで振舞った。いつしかリリアはアントニアには及ばない力を発揮して、実際には「かつてのパトロンを支配」するという形勢逆転を成し遂げたのである。

登場人物の性質には、ボウエンがアイルランド人の特性と自認する自身の性癖と重なりあうものがある。若くして芸術写真家として名を馳せ、今もなお名声があり、稼いでいると思われていたアントニアは、「高電圧」のような性質で、職業柄そうなったという指先のしみは、実はニコチンのせいであった。人間味を帯びた深い色の瞳は、隠し立てをせず、よく敵意を浮かべるアイルランド人の瞳で、「風情のある独特な、くすんで汚れたような雰囲気」をまとっていた。喫煙による慢性的な咳の症状、とらえどころがなく気難しいところや男勝りな気性だけではなく、ベッドの脇に雑然と置かれた品々に至るまで、アントニアはボウエン自身と酷似しており、ボウエンの評伝を書いたグレンディニングによれば「純然たるエリザベス」である。リリアをフレッドと結婚させようとする時のアントニアのことばにも、ボウエンを思わせるところがある。「モントフォートを廃墟にしてしまうのはもううんざり。私はフレッドと協力していくつもり。二人に必要なのは、私が屋敷を修繕して保有することだけ」。ここには、一族から受け継いできたビッグハウス、ボウエンズ・コートの維持に苦慮するボウエンの気持ちが反映されている。ボウエンがボウエンズ・コートを経済的理由からやむなく手放したのは、『愛の世界』の出版の四年後のことであった。また、ボウエンが自分の個性の一つに挙げる争いを好む性質は、モードの好戦性や内に秘めた凶暴性に通じるものがある。

ロンドンで生活しながらも、故郷の土地に執着するアイルランド人アントニアと、テムズ川河口域出身でありながら、アイルランド南部のビッグハウスで生活するイングランド人リリアは、あらゆる面で対照的である。リリアは、ガイの手紙の相手と自己を同一視するジェインの言動に違和感を覚えるが、それはガイへの行き場のない思いをアントニアと分かち合ってきたという内省から生じたものであった。強引にモントフォートを押しつけたアントニアを信頼できないながらも、リリアはアントニアが自分の半生と切り離せない存在であることを顧みる。ガイとそのほかの不和以外に、共有する経験はほとんどなかったにもかかわらず、「そのものが絆となり、その底深い結びつき」こそが、アントニアとリリアの過去を寸分違わぬ形で合体させ、二人の人生に通じる「未完の物語」を紡いできたのである。

アントニアは、人生という場所から死者は駆逐され、死者のいなくなったところに後世の人々が補充されると考える。この世で死者の演ずる役柄が認められないと、死者は命ある世界に登場できず、そこに存在すれば秩序が乱れるのである。しかし、ガイの死を作り話と信じるアントニアは、「若者の戦死を運命の結果とみなすのはつらく、打ち切られたように見える人生が継続していることを感じないのはつらく、それについて尋ねないのもつらいことだが、こんなにも突然の、わけのわからない急な終末があり得たのだろうか」（強調は原文）と自問する。ボウエンは、ガイがアントニアを呼び戻し、アントニアもこれまで度々ガイを呼び戻してきたに違いなかったという二人の一心同体ともいえる関係を強調している。ボウエンが、夫アランを亡くして最初に出版した小説が『愛の世界』であることを考えると、生者に艱難辛苦《かんなんしんく》を遺して先立ってしまった死者は自分本位であるというアントニアの死生観は、「生者と死者との関係のただ中にいる」ボウエンにも通じる複雑さをはらんでいる。

ジェインが手紙を見つけた夜に「叫び」を聞いたように、パーティにガイが来ていたとジェインから告げられたアントニアにも、地平線の向こうから「叫び」が聞こえる。「この活発な暗闇に幽霊の居場所はないはずだった」のに、若かった頃のガイとアントニアが突如として暗闇のあらゆる方向から姿を現した時、「全力で存在しようとしたり、行おうとしたり、知ろうとしたり、立ち向かおうとしたり、そのために生きようとしたり、死のうとしたりしたあらゆるものが、この戸口に押し寄せてきた」のを感じて、アントニアは胸が詰まった。

庭で縫い物をするリリアにも、ガイは姿を現した。リリアは、来るなと言われたにもかかわらず、チャリングクロス駅で出征するガイを見送った時のことを思い返していた。

リリアはガイと最後のことばを交わした後で、入れ違いにやってきたアントニアとガイの話を立ち聞きする。ガイが今生の別れの相手として探していたのは、リリアでもアントニアでもなかったらしい。リリアには、ガイが不実であったかどうか確かめる術もないまま、ジェインが見つけた手紙は自分宛てではない気がしていた。ガイが書いた手紙なら、なぜそれがモントフォートにあり、相手の手紙が残っていないのだろうか。誰かが庭に入ってきた気配で、人間を超える強烈な存在感を察知したリリアは、「あなたは私に話に来たんでしょう」と問い掛ける。ガイが戦地へ赴く前に会いたかったのは自分ではなかったということを払拭するかのように、リリアは今こそガイが自分に会いに来たのだと思った。フレッドにガイを見たと話した時も、リリアは、ガイにも自分にも互いの存在がわかっていたと断言している。ダンビー一族の苛まれる手紙の存在が、「記憶ではなく期待」に根差していたとすれば、ベネットとロイルが指摘するように、ガイは「過去だけではなく未来の幽霊でもある」と言える。

物語の終盤で、ジェインは手紙が誰に宛てたものなのかを突き止めるが、それはリリアもアントニアも知らない人物であった。手紙を燃やしたジェインは、モードと共に、レディ・ラタリーの運転手ハリスに同行して、レディ・ラタリーの友人プライアムをシャノン空港へ迎えに行く。「権威丸出しのイングランド人の声で」受け答えをするハリスは、アイルランド人らしく四つ葉のクローバーで道中の安全を願って出発する。アイルランドの印象的な風景描写が続く中、空港に到着して飛行機から降り立つプライアムと視線を交わしたジェインは、互いに一目で恋に落ちるのだった。

『愛の世界』には、題辞として、十七世紀の聖職者トマス・トラハーンの『瞑想の諸世紀』の一節が記されている。トラハーンの世界観と、アイルランドのプロテスタント超自然小説の系譜に連なる本作品を結びつける論考もあるが、ここではボウエンが引用した一節を含む前後の文脈から、ボウエンがこの題辞を選んだ理由を探ってみよう。「離れたところにある鉄が磁鉄鉱に引っ張られるように、物事と物事の間で伝わりあうものは目に見えない、だから私たちの内面に多少なりとも存在する神の愛の世界は目に見えないのである、とはいえ、その世界に存在するのが何なのかはわからないのだが。(中略) あなたは、自分がその偉大なものの期待と欲望に引き寄せられるのを感じないだろうか」。人智を超えた神秘なる力の働きかけによって、私たちの心はいかようにも作用し、反応する。重要な場面で度々言及され、モントフォートを象徴するオベリスクも、「発見されるために隠された」手紙も、存在する理由が極めて漠然として不可解である点で一致する。理屈では説明のつかない出来事に振り回され、よみがえった思い出の強烈さに疲弊する登場人物たちは、未知の偉大なものに魂を揺さぶられながら、その力に引き寄せられていくのを感じている。

『愛の世界』は、典型的なボウエンの作風が、ボウエンの過去の作品の完全な繰り返しとみなされ、「成功しなかった実験作」と酷評されることもある。また、分量が短く、筋が不充分で気分と雰囲気に頼り過ぎているために、「エリザベス・ボウエン」を意味する「皮肉な雰囲気をもった抒情主義の終焉」ともみなされている。しかし、中心的な登場人物が不在という「古臭い手法」への否定的な評価は、アイルランドを描いた本作品の長所につながる点でもある。コーコランは、モントフォートがアングロ・アイリッシュのアイルランドを明示している点に注目している。リーも、『愛の世界』を「崩壊したアングロ・アイリッシュに対するひねりのきいた説明」と捉えており、本作品について、「そのあらゆる欠点にもかかわらず、アイルランドの主題と作者のおなじみの題材から決別している点で感動的な小説である」とその本質を端的に言い表している。　（米山優子）

9 『リトル・ガールズ』The Little Girls

〈あらすじ〉

『愛の世界』に続いて一九六四年に発表された『リトル・ガールズ』は、エリザベス・ボウエンの晩年の長編小説である。前作と同様に、『リトル・ガールズ』の主眼は、「消滅した後の判然としない遺物」に置かれているが、さらに深化し、生きつづけようとする人々が遺物に託した事柄をより具体的に扱っている。

『リトル・ガールズ』は、三部構成の作品である。第一部と第三部は、本作品が出版された一九六四年前後の設定であり、第二部はその約半世紀前の一九一四年に設定されている。主人公は、夫を亡くし、息子も独立して悠々自適の生活を送るダイアナ・ドラクロワ（愛称はダイナ、ダイシー）、老舗の不動産業社ビーカー&アートワースの経営者夫人シーラ・アートワース（愛称はシーキー）、ロンドンの高級ギフト専門店モプシーパイを経営するクレア・バーキンジョーンズ（愛称はマンボ）である。

物語は、ダイナの屋敷アップルゲイトの敷地内にある深い洞窟で、ダイナが「ダーリン」と呼びあうフランクと共に、知人たちから集めた品々を点検している場面で始まる。アップルゲイトはイングランド南西部のサマセット州にあり、ダイナは下働きの十九歳の青年フランシスと暮らしている。ダイナは隣人のコラル夫人に、個人が執着心をもつ物品には持ち主を復元するための手がかりがあり、その「並外れた特色をもって初めて、人は人になる」と説明する（強調は原文）。コラル夫人が「誰がここを封印するの」と尋ねた時、ダイナは強烈な衝撃を受ける。コラル夫人を門扉まで送りながら庭先のブランコを見掛けた時も、ダイナはいつも見ているブランコをまるで初めて目にするように、「奇妙でうつろな、それでいてしっかりとしたまなざしで見つめつづけた」。コラル夫人の発したことばとブランコの光景が引き金となり、ダイナは、十一歳の時にシーキーとマンボと一緒に実行した埋蔵を一瞬のうちに思い出したのである。

シーキーとマンボは、二人を探し出すためにダイナが手配した新聞広告で連絡を取りあい、アップルゲイトでダイナと再会して、後世のために埋蔵したものを掘り返すことに合意する。マンボは窓辺からゆがんだブランコを見て、ダイナのように少女時代を思い出した。学校のブランコも平衡を保っていなかったが、三人にとっては空中遊泳を思う存分楽しんだ懐かしい遊具だった。

第二部は、ブランコのあった母校セント・アガサの描写で幕を開ける。第一次世界大戦の開戦間近の一九一四年六月から、夏休みに入った七月二三日までの出来事が鮮やかによみがえる。列車に飛び込み自殺をした父をもつダイナは、母の従兄が用意した屋敷に母と二人で不自由なく暮らしていた。利発なマンボの父は陸軍少佐で、一家は少佐の赴任地を転々としてきた。バレリーナを目指すシーキーは、地元でビーカー&アートワースを経営する有力者の娘であった。マンボは、高価な陶磁器が並ぶダイナの家の応接間に入ると、いつも数々の所持品がある世界に魅了され、広大な風景の縮図として陶磁器に描かれた図柄がマンボに語り掛けてきた。マンボはダイナの母が好きだったが、実はマンボの父が娘を迎えにくるのも、ダイナの母に会うためであった。

ボウエンは、自伝的随筆『さし絵と会話』の中で、自身の学校生活と『リトル・ガールズ』との関連性を述べている。「セント・アガサは架空のもので、実在の出所はない」としながらも、元は私邸であった建物の外観や教室の内部、女子生徒に特有の諸々の騒動、校内の菜園、風光明媚な土地柄など、ボウエンが在学した三つの学校が「ほんのうわべだけ――例の即興の手法で――どの学校も『リトル・ガールズ』のセント・アガサに似ていた」と認めている。また、憧れの自転車に乗りはじめた頃を振り返り、自転車乗りを「『リトル・ガールズ』のある部分の主題歌」と位置づけている。そのほかにも、浅瀬での海水浴や、ローラースケート場での無謀な滑走など、第二部を彩る出来事の多くはボウエンの学校生活の二重写しになっている。また、第三部後半で、ダイナの孫たちが遊び散らかした部屋にいるマンボに、シーキーがテーブルに置かれたベリーに毒があることを告げる場面は、『さし絵と会話』で無鉄砲な同級生が毒性のベリーと知りながら食べた逸話を思わせる。

『リトル・ガールズ』の中核を占める埋蔵は、黒魔術と共にボウエンの学校で実際に流行していたことの一つであった。『さし絵と会話』では、「小さなビスケットの缶は封印され、中に秘密の文章が封入されたり、二、三の壊れた小物が添えられたりして、菜園を区切ったごつごつした石壁の穴の底に埋め込まれた」と述懐されている。ダイナ、マンボ、シーキーが、埋蔵に必要な鎖をオールド・ハイストリートで物色する姿も、幼いボウエンを彷彿とさせる。少女たちは度々、画商の店先に飾られたオールド・ハイストリートの水彩画と銅版画を窓越しに眺め、自分のいる場所の絵を見るという興奮を味わったものだった。絵画を通してそこに描かれた物語へ没入する少女たち、特にダイナの家の応接間で陶磁器に見入っていたマンボは、鏡を通して異界に入り込む『鏡の国のアリス』のアリスのように、自身を客体化して現実世界を眺めていた。

かつて過ごしたケント州シーブルックを再訪したボウエンは、『さし絵と会話』で少女時代に線路脇で無残な羊の死体を目撃した思い出に言及し、「死んだ羊がいる森があるところ、私知ってる」というシーキーの発言を紹介している。羊の死体が白骨化したら箱に入れる人骨の代用とし、箱はシーキーの家にあった金庫を拝借し、ペットショップでちゃっかり鎖をせしめた。マンボが考案した「未知の言語」の怪文を血糊で書き記して、それぞれの秘密のものを箱に入れた三人は、赤い封蠟で封印し、懐中電灯の光を頼りに地中に埋めた。

哀愁を帯びた第二部の掉尾は、コーコランに「ボウエンの全作品の中で絶えず心につきまとうことが最も多い場面」と言われる第七章だろう。夏休みに入ったばかりの砂浜で、同級生オリーヴの誕生会がクラス全員を招待して開かれる。何名か同伴した保護者の中にダイナの母も含まれていたが、マンボの父の参加は難しいと思われていた。夏休みでしばらく会えなくなる子どもたちは、フレンチクリケットをしたり、ゲームをしたり、「スワニー川」を合唱したりして思い出作りに励む。しかし、子どもたちの歌声を聞いてダイナの母は戦争への不安を口にする。第一部と第三部には戦後の精神が投影されているのに対して、クリステンセンによれば、この誕生会を盛り上げる様々な競争競技に戦争のイメージを読みとることもできるだろう。ダイナと母が二人で浜辺を歩いているところへマンボの父が現れるが、休暇前の別れの挨拶をした後も、すぐにその場を離れなかった。ダイナが振り返ると、少佐は「静かに、しげしげと二人を見た。――もっとしたいことがあったのだろうか、ほかに何かあったのだろうか」。ダイナの母は「少佐と同じくらいじっとしたままだったが、口には出せない質問を発していたのかもしれない」。誕生会の散会間際に到着した少佐が、自分たちの方へ近づいてくる姿に気づきながら、ダイナは母にそのことを告げずに貝殻集めに専心するふりをする。「ダイナは、大人の間で交わされたことばとしぐさを「知る」ことも読みとることもできないが、その身体にこの親密なやりとりの真意を刻みつけている」とベネットとロイルが指摘するように、大人の微妙な交感は直感的にダイナに伝わっていた。だからこそ、ダイナは口には出せない母の質問を沈黙の中に感じとり、少佐が立ち去ると、執拗に母に少佐の言動を問いただした。しかし母に制止されたダイナは「黙り、時折コートの袖のタッサーシルクの部分に頰をこすりつけたり、時折そこに顔をうずめたり、息を吹き込んだりすると、絶えず鼻をすするかすかな愛らしい音がした。息の温もりが生地に染みとおったところに、湿り気が残った」。そんな娘に母は、マンボに別れの挨拶をするように促し、ダイナはマンボの名を叫びながら走り出す。その一ヶ月後、少佐が戦地で帰らぬ人となったことは、第一部でマンボからシーキーに語られ、ダイナの母が戦後のスペイン風邪で命を落としたことは、第三部でダイナからマンボに語られる。

ダイナの母とボウエンの母には、魅惑的なところ、母娘で暮らしているところ、意思表示がはっきりとせず上品なところ、社会的な位置づけが曖昧なところなど、いくつか共通点がある。また、ボウエンは、ダイナとほとんど同じ年齢の時に病気で母を失っている。これらの点を考慮すると、この砂浜の場面に、ボウエンが母親と二人きりでイングランドで過ごした記憶が活かされているという指摘は、説得力のあるものである。

第三部では、第二部の回想の世界から現在に戻り、季節は第一部の九月から十月に移っている。第一部の末尾でシーキーは、サウストンが第二次世界大戦中に度々空襲に遭い、既に閉校となっていたセント・アガサの校舎も爆破されたと伝えるが、三人はセント・アガサの敷地だった場所を探し当てる。そこは他人の地所となっていたにもかかわらず、三人は無断で立ち入って発掘を決行する。「つるはしが崩れた土の中で箱の蓋を掘り当てた瞬間、ちょうど黙示録のような感触がした」のは、箱の中に何も入っていないのを発見する不吉な前兆であった。土地の所有者に見つかって退散した三人は、シーキーの家で事の顚末を話しあう。

　中身が空っぽの箱を目にして、実在するものは何一つないと嘆くダイナは、自分の存在すら見失う。そして、部屋に飾られたオールド・ハイストリートの水彩画を見て、実際とは異なる風景だと主張する。マンボは、隅々まで正確に見えると反論するが、ダイナはなじみのあるはずの風景の中に、少女だった頃の自分を見出すことができない。自分たちを誘導するために作り上げられた物事を鵜呑みにし、目論まれた通りに感じて満足することに、ダイナは我慢できなかった。

　後日、ダイナは自宅にマンボを招き、自分の母とマンボの父との関係を話題にする。更にダイナはマンボに心の不安を訴え、マンボへの愛情を口走ってそばにいてほしいと頼む。しかし、マンボは過去の出来事に固執するダイナを激しく諌め、面と向かって「魔性の女の子ども」と侮辱する。その夜、ダイナは額に謎の打撲傷を負い、室内で倒れているところをフランシスに発見される。急報を受けて駆けつけたフランクがダイナを介抱している夜半に、マンボから立て続けに電話が入るが、フランシスは取り次がない。翌日、フランクが電話に出て事態を伝えると、マンボはシーキーを偵察に送り込む。

　遅れてアップルゲイトへやってきたマンボはダイナに面会を拒否され、ダイナはシーキーに、マンボとの仲は修復不可能だと宣言する。マンボは眠っているダイナを見やりながら、三人が互いに委ねあっていたのは、時と場所を介して神の御心に導かれる偶然によってであり、ダイナがシーキーと自分を必要としたのは、自身による選択よりも気高い偶然という運命の定めだったのだと思い至る。無に帰した過去の遺物への恐怖を分かちあった今、マンボはこれまでダイナを慰めなかったことを詫びて、ダイナを眠らせたまま帰ろうとする。誰かが部屋を出ていこうとしたのに気づいたダイナは、マンボと名乗る相手に「マンボじゃない。クレアよ。クレア、今までどこにいたの」と問い掛けて物語は終わる。


〈評価〉

『リトル・ガールズ』の当初の題名は、「時との競争」であったと言われるが、それは出版時に六十五歳を迎えていたボウエンが、老いや記憶や過去と現在という題材を取り巻く状態を反映しているとも考えられる。ボウエンの最も錯綜した微妙な心理状態を描いた『リトル・ガールズ』は、ボウエンの小説の最も深い感銘を与える作品の一つとされる。その一方で、「筋が落ち着かず混乱しており、忙《せわ》しなく、ありきたりで、絶えず心につきまとう主題のもの悲しさと不運にも調和していない」ために、「徹底的な失敗作」であるという厳しい評価も目立つ。しかし、この作品が傑作と絶賛される所以は、良質の短編と評される第二部にある。第二部には現在と交錯する過去が特に繊細に描かれ、ボウエンの記憶が伝える「圧倒するような喪失感」の源となっている。『さし絵と会話』でボウエンは、自分が実際に通った学校と同じように、架空のセント・アガサを「詳細で実体のある明確なものとして認識」しており、「長い目で見ると、芸術とは実生活よりも現実的なのだろうか」と自問している。また、自分も埋蔵を実行した経験を「『リトル・ガールズ』で回想するまで完全に忘れ去っていた」と述べながら、埋蔵によって「過去を美化し、せめて未来をばかにしたのかもしれなかった」と振り返る。

　三人が埋めた品物が何を意味するのかは、深く追求されないままである。自分が存在した証を伝えるものとして、ダイナは拳銃、マンボは抒情詩人シェリーの詩集、シーキーは生後すぐに切除した自分の足の六本目の指を選んだ。ダイナにとって、暴力の象徴である拳銃がない人生は未完成であり、マンボにとって詩集は自分自身を信じる糧であり、シーキーにとって、余分な指は、自らの宿命を受け入れることができない心の緊張と過敏な感覚を表しているという分析もあるが、ボウエンは明確な答えを呈していない。ロレンスが分析するように、過去は常に現在に具象化され、その再現の認識を経て現実化に至るという「強制された循環」こそ、『リトル・ガールズ』で展開される物語の根幹を成していると言えるだろう。

（米山優子）

10 『エヴァ・トラウト』*Eva Trout, or Changing Scenes*

〈あらすじ〉

ボウエンは生涯で十篇の長編小説を執筆・出版したが、その最後を飾るのが一九六九年（アメリカでは前年の一九六八年）に出版された『エヴァ・トラウト』である。副題の「移りゆく風景」（"Changing Scenes"）は、旧約聖書の「詩篇」三十四篇二節をもとに作られた讃美歌一三九番「うつりゆく世にも」（"Through All the Changing Scenes of Life"）からとられたもので、この讃美歌はボウエンの愛唱歌であったと伝えられている。そして副題のとおり、『エヴァ・トラウト』においては様々な風景が次々と読者の目の前を流れていく。

本作は二部構成となっており、第一部は「起源」（"Genesis"）、第二部は「八年後」と題されている。副題および第一部の題名からもわかるように、作品の至るところにキリスト教的要素が散りばめられている。また、物語は「ここで私たちはハネムーンを過ごすはずだったの」という主人公エヴァの謎めいた言葉から始まり、この同じ言葉が最終章の章題となっていることから、構成におけるある種の円環性が認められる。

『エヴァ・トラウト』のエポニムであるエヴァは物語の始まりの時点において二十四歳の女性であり、次の誕生日には父親の莫大なる遺産を相続することになっている大資産家である。エヴァの容姿や性格に関する説明的描写はなく、冒頭で明らかにされるのは、彼女が大女であり、一本石のような硬直した態度をしているという点だけである。生後二ヶ月で母に捨てられたエヴァは、戦後実業家としてグローバルな仕事を展開し、巨万の富を築いた父親ウィリーに連れられて世界中を飛び回った。彼女を養育したのは各地で一時的に雇われた世話係であった。それゆえ、母語はまともに身につかず、風変りな硬直した会話スタイルができあがった。母語も故郷も家庭も愛情すらも知らないまま大人になったエヴァは、これらをロマンチックに渇望して止まない。

第一部で語られる回想によると、エヴァは二つの学校に通った。最初は父親のウィリーが同性の恋人コンスタンティンのために出資した湖畔の寄宿学校であったが、この学校は六ヶ月も経たずに、ある少女の湖での事故とそれに続くいくつかの不運な出来事により閉鎖された。物語の始まりにおいて、エヴァが懇意にしている牧師館の家族とドライブに出かけ、「ここで私たちはハネムーンを過ごすはずだったの」と言った場所こそ、この学校が建っていた湖畔である。

次はエヴァ自身の勉強がしたいという、たっての希望により通うこととなった、ラムレイ校という女子校である。ここでエヴァはイズー・スミスという英語教師と出会う。イズーはエヴァにとって、ボウエンの小説に典型的かつ重要な、少女を感化すると同時に抑圧する大人の女である。英語のプロであるイズーは、強制追放者のようにしか自己を表現できないエヴァの話し方に取り組みたい、と自ら申し出て個人指導を開始した。しかし、十六歳となっていた少女には時すでに遅く、なおかつ「言えないことで言うべきことなど何もなく、自分の言い方で十分だ」と言語への不信感を抱く彼女を改心させるには至らなかった。言語的成果は得られなかったものの、それまで誰からも愛され求められることのなかったエヴァは、イズーが自分へ向けた注意を愛だと思い違えた。

第一部の始まりで父親を亡くしたエヴァが身を寄せているのは、イズーの家（ラーキンズ荘）である。イズーはこのときすでに教師を辞めてエリック・アーブルと結婚していたが、夫妻は立ち上げた事業に失敗し、大資産家エヴァの居候は渡りに船であった。卒業後もイズーを慕い続けるエヴァと、彼女に安全な家を見つけなければならない後見人のコンスタンティン、経済的に困窮するアーブル夫妻という三者の目論見が一致した格好だ。しかし、エヴァの存在が夫婦関係を不安定にしてしまい、二十五歳の誕生日を待たず、エヴァはラーキンズ荘を逃げ出すこととなる。

アーブル夫妻のもとを去ったエヴァは、イングランド南東に位置するノース・フォーランドに初めて自分の家（キャセイ邸）を手に入れる。牧師館一家の長男ヘンリー以外には誰にも居場所を知らせたつもりはなかったが、不注意から秘密は漏れており、まずはエリック、次にコンスタンティン、そして最後にはイズーが、それぞれの思惑を胸にして奇襲して彼女を困らせる。ある夏の日にやって来たイズーに対し、何のヒントも与えずに（要するに、エリックが父親である可能性を否定することなく）「十二月には小さな子どもを持つことになるの」と告げたのは、彼女なりの復讐であったのか。その後まもなくしてエヴァはひとりアメリカへと渡り、子どもの闇市で違法に生後三ヶ月の赤ん坊を手に入れる。

第二部は、シカゴ発ロンドン行きの飛行機に乗るエヴァと少年の描写で始まる。ウィリーにもエヴァにも似ているこの美しい少年ジェレミーは、闇市でエヴァに買われた赤ん坊であり、彼は生まれつきの聾唖であった。エヴァとジェレミーのアメリカでの生活はまるで子宮の中の双子のような密着したものであったが、男性の兆候を見せ始めた少年をもうこれ以上閉じ込めておけなくなったがゆえの帰国であった。イギリスに戻ると、エヴァはジェレミーに英国の家庭生活を見せるため、かつての知り合いの家を訪れる。しかし、八年間の不在の間にイギリスの家庭は破綻していた。ラーキンズ荘にアーブル夫妻の姿はなく、牧師館では子どもが一人失われ、主不在のキャセイ邸には〈無意味さ〉が君臨していた。ジェレミーに見せるべき家庭生活はどこにもなかった。

出自に疑惑の残るジェレミーを連れて帰国したエヴァに、周囲の人々は冷たい。コンスタンティンはエヴァがジェレミーを「エデンの園」に閉じ込めていると言って非難し、ケンブリッジ大学の学生へと成長したヘンリーは、エヴァの伝染性の気質が出会う人たち皆を傷つけると責め立てる。イズーに至ってはジェレミーを誘拐する。少年は無事に戻ってはきたが、この事件のせいでロンドンは安全な場所ではなくなってしまい、エヴァとジェレミーはパリへと向かうこととなる。パリ郊外のフォンティンブローに落ち着いた二人は、そこで医師のボナール夫妻と出会う。エヴァは彼らにジェレミーの世話を任せることにし、母息子の二人だけの宇宙はここで終わりを告げる。

ひとりイギリスに戻ったエヴァはヘンリーとともに廃校の建つ湖畔を再訪し、新郎を演じて一緒にハネムーンに出かけるふりをしてくれないかと頼む。この奇想天外なエヴァの頼みにヘンリーは驚くが、結局は受け入れる。ヴィクトリア駅からハネムーンに出発する二人を祝うために、プラットフォームには大勢の人が集まり、まるで映画の撮影でもしているかのような賑わいをみせる。祝言の砲火の後、「もう僕は列車を降りない」というヘンリーの決意を聞いたエヴァは、嬉しさから生まれて初めて涙を流す。幸せを嚙みしめる二人のもとにジェレミーが走り寄ってくる。その手には拳銃が握られている。エヴァは幸せの絶頂で息子の手によって銃殺され、小説は大団円を迎える。

〈テーマ〉

テーマはハーマイオニ・リーが述べているように、ボウエン作品にお馴染みの「無垢によって引き起こされる大騒動」である。他の作品の少女たちとは異なり、エヴァはすでに大人の女性であるが、大女と強調される身体の大きさに比してその中身は虚しく、「無垢なる少女」以外の何者でもない。本作の至るところにキリスト教的要素が散りばめられていることはすでに述べたが、「エデンの園」モチーフもその一つである。ボウエンはかつて『マルベリー・ツリー』所収の「一冊の本から」というエッセイの中で「人生とフィクションが重なり合い、人生にフィクションが忍び込む」幼き子どもの内面を「エデンの園」と呼んだ。この楽園の「魔法」は子どもが教育により文学的態度を身につける頃には力を失い、そこに住まう子どもは追放されるという。エヴァは幼き子どもの内面を持った、この楽園の住人である。

実際に「エデンの園」という言葉が作中で使用されるのは一度だけで、それもコンスタンティンがあまりにもジェレミーを過保護に扱うエヴァに向けて言った「エデンの園だ。そろそろ彼を追い出さないと」という言葉のみである。しかし、ジェレミーを楽園から追放するべき責任を負っているエヴァこそが、大人になってもいくらか「エデンの園」に留まり続けていると言える。彼女の教育は中途半端に放棄され、「書物に対する文学的態度」を獲得したとは言えず、現実と嘘（フィクション）が混然一体としている。エヴァが嘘つきだとされるのも、彼女が「エデンの園」を抜け出せていないからだと考えられる。最も顕著なのは、第一部の最後の章の描写であろう。この章はジェレミーを手に入れるために向かったアメリカに舞台を移すが、そこで湖畔に建つ寄宿学校のルームメイトであり、湖で溺れて意識不明となった後は、生死すら不明のまま別れたエルシノアと再会する。何の前触れもない再会に読者は驚くが、何より章全体のまるで現実と夢（フィクション）が混ざり合ったかのような描写に幻惑されずにはいられない。この描写はまさに「エデンの園」的内面である。また、後々語られる話によると、その後のアメリカでの母息子二人だけの生活は現実と映画の世界（フィクション）が融合したものであったという。

しかし、第一部の最後から二番目の章にはエヴァがアメリカ行きの飛行機の中でりんごを一つ食べたと書かれており、これは禁断の果実を食べたイヴを彷彿とさせ、その後に起こる楽園追放を予言している。「一冊の本から」の中でボウエンが「無垢を失うことは私たちの運命であり務めでもあるのだから、いったん失ってしまうと、エデンの園でピクニックをしようとしても無駄なのです」と書いているように、エヴァも追放を免れることはできない。『エヴァ・トラウト』という最後の小説は、要するに「エデンの園」でのピクニックを諦める決意をした大きな「無垢なる少女」の物語である。七十歳を目前にして、艱難辛苦を乗り越えた後に執筆された本作でもって、ボウエンはこのお得意のテーマを総仕上げしたと言えよう。

〈評価〉

『エヴァ・トラウト』は出版翌年には第二回ブッカー賞のショートリストに選ばれ、一定の評価を得た。しかし、馴染みのテーマの総仕上げであったにもかかわらず、当時のボウエン研究者には十分に理解されず酷評された。アカデミックな領域において過小評価された一因として考えられるのは、一九六〇年代以降の作品における作風の大きな転回であろう。もともとボウエンが得意としていた作風は、結婚や人々の社会的関わりを古典的リアリズムの手法で描く、前時代性を内包したモダンな風習（悲）喜劇であったが、『リトル・ガールズ』とそれに続く『エヴァ・トラウト』はモダニズム色の濃いものへと変貌を遂げており、この変化にとまどった研究者が多かった。

リーによると、ボウエンは一九六〇年代になると自分自身の文体に居心地の悪さを感じ始め、文体と描いている世界との間に不調和を見出すようになったという。この居心地の悪さや不調和には、第二次世界大戦で壊滅的打撃を受けたヨーロッパが再建を図るために余儀なくされた社会変革による世界の変化に加え、一九四〇年代後半から五〇年代にかけて夫アランの死やボウエンズ・コートの売却など、辛い出来事が続いたボウエンの個人的な事情も影響したと思われる。悲劇に耐えた後には、世界がこれまでとは異なって見えたに違いない。一九六〇年代のボウエンはこの新しい世界を描くための新しい文体を模索した。そして見つけたのが、「まったくの外側から人物を描く」という手法であった。

未完の自叙伝『さし絵と会話』の前書きにおいて、ボウエンの友人であり文学上の助言者でもあったスペンサー・カーティス・ブラウンが伝えるところによると、ボウエンは『リトル・ガールズ』で初めて「まったくの外側から人物を描く」という「登場人物が考えたり、感じたりしていることを決して読者に明らかにしない」描き方を試し、次作の『エヴァ・トラウト』ではさらに、登場人物が状況に反応する姿ではなく、状況を自ら作り出す様を示す手法に挑戦した。これら新しい書き方にボウエンは真に満足したとブラウンは述べているが、登場人物の内面およびプロットの一貫性の欠如しか見出せなかった批評家も少なくなかった。

　作品評価の転機は、アンドルー・ベネットとニコラス・ロイルとともに訪れる。彼らは共著『エリザベス・ボウエンと小説の解体』（一九九五）において、『エヴァ・トラウト』の創作手法をまったくの新機軸として高く評価し、ここに「二十世紀小説の解体」の具現化を認めた。そして、これを契機に一気に評価の潮目が変わることとなる。以降、一貫性のない試みだと批判されていたものが単なる失敗ではなく、新時代の小説へと踏み出すための新たな試みとして評価され、本作がボウエンの代表作とみなされるようになった。例えばモード・エルマンは、本作はポストモダニズムを先取りしたボウエンの最高傑作であると述べているし、アン・M・ワイアット−ブラウンはさらに進めてポストモダニズム的実験小説と考えている。

　『エヴァ・トラウト』の実験性あるいはポストモダニズム性は、この作品がメタフィクションであるという点に見出せるであろうか。「まったくの外側から人物を描」き、その人物の考えや思いを明らかにせず、ある状況にどう反応するのかを示すことのない書き方は、当然ながら登場人物の内面を空っぽにする。本作ではとりわけ主人公のエヴァが内面を持たない外側だけの人物として造形されている。エヴァは考えることをしない、あるいはできない、と他の登場人物は執拗に言及する。人間の内面を形作る思考を欠く彼女にとって、内面の空虚を埋めることは至高の命題である。そして、このエヴァの内面の空虚を埋める過程が小説を書くという過程に重ねられ、エヴァその人が一つの作品であるかのように描かれているのだ。

　エヴァという作品を描く作家には、イズーに白羽の矢が立てられる。ラムレイ校時代のイズーによる個人指導はまさに内面を獲得するための過程であり、この英語教師の登場の場面は光に満ちており、まるでエヴァにとっての創造主のようである。しかし、大人になったエヴァ自身の口から語られるように、イズーはエヴァに内面を与えることを途中放棄した。別の言い方をすれば、創造主イズーはエヴァという作品を未完のまま放置したということである。エヴァはそのせいで何者にもなれなかったと嘆く。「トラウト」という「（魚の）鱒」を意味するファミリー・ネーム

『エヴァ・トラウト』ヴィンテージ版（ペーパーバック）

が暗示しているとおり、エヴァの内面は踊る魚のように捉え難く、するりと手の中から滑り落ちる。

　エルマンは「フィクション・メイキングの危機と責任」が本作には描かれていると述べている。内面をつかみ損なり、未完のまま放置されたエヴァの物語が、ただ単にフィクションを生み出す難しさを表しているわけではもちろんない。作者イズーを失った後、嘘つきを始めとして、面倒を起こす人や治療を必要とする病人など、様々な悪意に満ちたラベルがエヴァに貼られるということは、彼女の内面が他者に好き勝手に書き込まれる白紙であり、ボナール医師の言うように「人はその大部分が他者の思惑でできている」ことの証左である。『エヴァ・トラウト』では「まったくの外側から人物を描く」ことで、ボウエンはエヴァの内面を好き勝手に書き込むことを自らに禁じ、それまでとは異なるフィクションのあり方を実験的に追及したと言えるであろう。

（垣口由香）

II 短編小説

■一九二〇年代の作品

「アン・リーの店」'Ann Lee's'

アン・リーは地下鉄のスローン・スクエア駅からやや引っ込んだ通りに戸建ての家を持っていて、その一階部分を自分が創作した帽子を売る店にしている。店頭のウィンドウには夢のような素晴らしい創作帽子を二個しか出さない。客の購買心理を心得ているからだ。屋敷の二、三階は彼女の「謎」の住居部分であり、「黒い薄地のカーテンは外から見ても何一つ見通せなかった」とある。

その日、ミセス・ディック・ローガンとミス・エイムズの二人が店に来ている。ミセス・ローガンの金持ちの夫は、最近妻のルルが見せる高い帽子の請求書を見て文句を言う。だからルルは、超一流店「クラリス」の帽子を諦めて、高級住宅街スローン・スクエアに惹かれてアン・リーの店にやってきたのだ。彼女を誘ったミス・エイムズは、前にここで買った帽子一つを何よりも大事にしている。この先のストーリーの醍醐味は、結婚制度に留まる女性と結婚の外に出た女性が繰り広げる心理的なバトルにある。礼儀正しい言葉にいかなる敵意が籠められるか、それをボウエンの筆がコメディタッチで示している。

結局ミセス・ローガンは三つも帽子を買い（買わされ）、ミス・エイムズは一つも買わず、店を出ようとしたときに、アン・リーの店に座り込んでいた「謎」の男がアン・リーを追ってカーテンの中に入るのを見た。二人がタクシーを待っていると、その男が荒い息をして逃げるように通り過ぎる。カーテンの中で男は何をしたのか？ アン・リーは殺されたか？ 第一パラグラフに「黒い薄地のカーテンは外から見ても何一つ見通せなかった」とあった。「外からは何も見えない」をテーマにスリリングに核心に迫る語り。これが短篇作家ボウエンの手腕であろう。

（太田良子）

「死せるメイベル」'Dead Mabelle'

ウィリアムは若い堅物の銀行員で、女っ気がまるでなかった。ある日同僚にサイレント映画のスター、メイベル・パーシィの映画に強引に誘われる。その時まで映画に興味がなかったウィリアムは、どうせ扇情映画だろうとたかをくくっていたが、予想に反してウィリアムは彼女を通して女に目覚め、彼女にぞっこん惚れてしまった。孤独なウィリアムは映画の虚像を美化し、理想化して、身近な存在であるかのような親近感を抱く。本来は実在の人間に対して抱くべき感情を、見返りもないのに映像の中の女優に投影し、自分の欲望を託して、自分の女であるかのような自慰的な幻想に浸る。このような自閉状態では、生身の人格とぶつかり葛藤しながら関係を作るというストレスはなくて安全である。同僚にも自分の心の敷居に踏み込まれたくない。彼の頑なな態度が同僚の反感を買って噂になり、上司に職務態度まで批判される。それでも懲りずにウィリアムは暇さえあれば、ロンドン近郊のメイベル主演の映画が上映される映画館を廻った。ある日突然彼女の訃報が新聞のトップ記事になった。彼は「白騎手」という彼女の最後の出演作を見に行くが、ひと月もたてば世間のこのメイベルへの熱狂も冷めてしまい、映画館も彼女の作品を上映しなくなる、と観念する。そして追い討ちをかけるように、彼女は映画によって永遠の生命を与えられているわけではなく、古い映画フィルムは溶かして靴やベルトに再生されるのだと聞く。彼にはもはや現実の彼女の死と映像の彼女の消滅の区別がつかなくなっている。彼は帰宅し、人生に劇的な幕引きをしようと机の引き出しを開けるが、そこには拳銃ではなくてちびた鉛筆、塵あくたしかなく、悲劇のヒーローにはなりえない、しょせん実人生は映画とは違うのである。

ウィリアムは内向的な、虚構のキャラクターで満足する、今でいうギーク（オタク）の典型の青年である。メイベルのモデルはハリウッドのヴァンプ女優の「美しすぎる女」、バーバラ・ラ・マー（Barbara La Marr 一八九六―一九二六）であろうと思われる。妖婦ともいわれる流し目や上目遣いが印象的で、よくフラッパー風の断髪にターバンを巻いている。知的で「ゼンダ城の虜」や「三銃士」など文芸映画にも出ている。二十九歳の若さで亡くなり、隠し子がいた。

（田中慶子）

「火喰い鳥」'The Cassowary'

何年も空き家だったクレシー・ロッジに新しい住人が来た。ミセス・ランピターとその娘二人である。「娘たちは少女というには年配で、独身女というにはまだ若かった」。よく読むと妹が二九歳とある。だから姉の方は三十歳を越えているだろう。二人の姉妹が似ていたかというと、「バーン・ジョーンズ描く女性と、フランスで描いてもらったイギリス人観光客の似顔絵という開きがあった」。姉のナタリーが「ラファエル前派風」で、妹のフィリスが「観光地の似顔絵」である。

教区牧師の務めとして、クレシー・ロッジを最初に訪れたのは牧師の妻ミセス・ボナーだった。おもてなしにお茶を入れたのはフィリス、彼女は左利きで、その左の薬指に真珠をあしらった黒エナメルの指輪、フィリスは「婚約中」だったのだ。ミセス・ボナーには長女マージョリー十九歳と、長男ロバート十七歳がいる。マージョリーはお年頃とあって、思い切って婚約者はどなたなんですかと訊くと、彼はポール・メランドといい、「医者の資格で宣教師になり、中央アフリカに赴任」したのが二年前だったとのこと。さらにマージョリーは姉娘のナタリーから、「ポールは私にとっては兄以上の人でした」という告白を引き出す。ここに「不品行」を嗅ぎ分けたマージョリーは、「限界を越えていたに違いない」と確信する。その一方で、長男ロバートは即興で作詞する。「火喰い鳥／カソワリー」と「宣教師／ミショナリー／」の一対と、「ティムバクトゥー」（伝説の黄金帝国）と「讃美歌集も／ヒムブック・トゥー／」の一対で韻を踏んだ短い詩は、この短篇のハイライトである。

翌年の三月、ポール・メランドが生還したことが判明し、彼がロンドンに帰ってきた。急遽ロンドンに向かったのは、指に指輪の一つもない無用の第三者のようだった姉のナタリーだった。パディントン駅のプラットフォームの雑踏の中で、上品に抱き合ってキスするポールとナタリーは、「一週間ぶりに会えた夫婦」のようだった。「長い春」も「未亡人」もまっぴらなマージョリーには、戦争で遠ざかる結婚制度の中、ハッピーエンドが嬉しい物語だといえるだろう。

（太田良子）

■一九三〇年代の作品

「勘当された者」‘The Disinherited’

短編小説集『猫は跳ぶ』所収。三十近い独身の奔放なダヴィーナ・アーチワースと、堅実で内気な既婚女性のメアリアン・ハーヴェイは大学町（オックスフォード）に住んでいる。メアリアンは家庭に恵まれ、十二年間連れ添う夫と二人の子どもがいる。彼らの新居は地形的に当時ボウエンが住んでいたヘディントンの丘に似ている。退屈していたダヴィーナは、メアリアンと出会い、双方とも好きになる。浪費家のダヴィーナは親の資産を食いつぶしてきた。今は優しく親切でがまん強い伯母のもとに身を寄せている。彼女は享楽的で、家庭向きな女性ではない。彼女の唯一のパートナー志願だったオリヴァーも同様に破産しており、性格破綻者で世渡り能力も高くなく根無し草のように暮らしている。

ダヴィーナはメアリアンを連れてパーティの会場とされたバーに車で向かうが、ひとけが無い。閉店時間になって場所を変更されたのだとダヴィーナは勘を働かせて、閉ざされた屋敷に向かう。そこでボヘミアンのような人々の集うパーティが開かれていた。所有者のシンガミー卿は不在で、オリヴァーは彼の蔵書の目録を作成するという半端な仕事をするために雇われていた。ここはかつて作家のリチャード・リードが住んだイプスデン・ハウスがモデルになっていると考えられる。ブルームズベリーやオックスフォード大学の文化人のサロンであった。現在は史跡としてイングリッシュ・ヘリテージになっている。

セリーナ・ヘイスティングスのロザモンド・レーマン評伝によれば、ロザモンドとエリザベスは一九三三年に引き合わされてすぐお互い好きになった、とある。またスティーヴン・スペンダーが自伝『世界の中の世界』でロザモンド・レーマンを「私たちの世代でもっとも美しい女性の一人」と讃えている。スペンダーはこのころイプスデンにしばしば訪ねた、というからダヴィーナはロザモンド・レーマンで、伯母のもとに身を寄せているという境遇はかつてのボウエン自身ではないだろうか。青春時代を過ごした大学町に戻れて暮らせるのが幸せで、友人たちが妻を見て感傷をかきたてられるのが嬉しい、「情欲の強い男ではなかった」温和なメアリアンの夫はアラン・キャメロンを思わせる。メアリアンの容姿は「腕、脚が大きく、眉間が広く、内気な女神のようだが、眉のカーヴはこめかみに向けて羽ばたこうとしている翼のようにつりあがり、ふさふさした髪は濃いはちみつ色の巻き毛となって垂れていた」とはボウエンの自画像であろう（ダブリン作家博物館にあったホランドによる肖像画が、若き日のボウエンの面影を伝える）。これが彼女のオックスフォードの深夜の酒宴の初めての体験を描いていると思われる。

ロザモンド・レーマンの夫ウォーガン・フィリップスは共産党に加入するまでは、父親のミルフォード男爵に勘当されていなかった。「勘当された者」オリヴァーは、ボウエンが親しく交流していたオックスフォードの大学人で長身の容姿からも、ディヴィッド・セシルの戯画化された肖像と考えたい。オリヴァーはイヴリン・ウォーの『ブライズヘッド再訪』のアンソニー・ブランシュのように、どもり癖がある。かつてイートンなど名門パブリックスクール出身者特有の気どった「オックスフォード・スタマー」は英国紳士の印とされた。ディヴィッド・セシルはイートン出身

「ウォールデンコット」、オールド・ヘディントン、オックスフォード

だが、病弱で少年時代は読書に浸った。イギリスでは一九二五年に長子相続性は廃止されたが、ディヴィッドは勘当されたのではなくて、次男なのでソールスベリー侯爵の爵位は兄が継承した。この中編小説ではオリヴァーの次男坊のような無責任な行き当たりばったりの生きざまが、触媒のようにメアリアンの心に一晩で影響を残したのである。「ずんぐりした」アイルランド人、パードンはシリル・コノリーだとすれば、彼が結婚したがっているミリアムとはジーン・ベイクウェルの名から連想でケーキづくりがうまいということであろうか。ロシア人のポールはアイザイア・バーリンであるかもしれない。シンガミー卿というのは、シリル・コノリーの恩師でベリオール・カレッジの名物教師、フランシス・フォーテスキュー・アーカート学部長（通称「スライガー」）を連想させる。実際、彼はスイスに別荘を持っていた。

ダヴィーナの叔母の運転手プロセロは悪意にみちたキャラクターで、ダヴィーナの興味をそそり、反発もさせる。ダヴィーナは借金のかたに彼にキスをしていた。彼はパーティの会場の変更のことづてをダヴィーナに伝えなかった。フランスで自分と瓜二つの容姿の男からパスポートを買いとり、彼を殺害し、彼になりすました。殺人の罪を免れたが、夜な夜な自分が手にかけた妻に手紙を書き、その手紙を燃やして過ごしていた。彼の寝起きするアーチワース夫人の屋敷の離れの馬小屋二階の住居は、ボウエンが住んでいたコーチハウス「ウォールデンコット」のようである。なりすましという手口は、パトリシア・ハイスミスの一九五五年の小説「リプレー」（一九六〇年映画化、邦題「太陽がいっぱい」）でも使われたが、古くはジョン・バカンが師と仰いだスパイ小説の名手、フィリップス・オッペンハイムの『偉大なるなりすまし』（一九二〇）がある。

（田中慶子）

■一九四〇年代の作品

「夏の夜」'Summer Night'

この中編作品は一九四一年に『あのバラを見てよ』(ゴランツ)に収録された。この「夏の夜」というタイトルもテニソンの詩にあり、花が閉じ草木眠る夜に、逢瀬を待機している。ボウエンがこれを執筆したのは一九四〇年のロンドンで、「夏の夜」の舞台は、彼女の故郷の平和なアイルランドの南部地方である。エマは情欲と緊張にさいなまれながら車を猛スピードで運転し、愛人の家に向かっている。途中クロンメルのホテルに寄って愛人に、その先では不安と罪悪感を紛らすために実家の夫にも電話をかける。エマは夫にはT(ティペラリーか?)に泊まりに行くと嘘をついて、午後も遅くなって家を出た。夏の白夜で暗くなるのが遅いからである。クロンメルは週末開催されるドッグレースで賑わっていた。エマの愛人、ロビンソンは妻と別居中で、「青髭」と噂されているその工場長は、ボウエンの隣人で乳業を営むジム・ゲイツがモデルである。工場のある町に(おそらくミッチェルズタウン)に瀟洒な邸宅「ベルビュー」を構えている。彼が電話を受けた時、カーヴェイきょうだいが思いがけず訪問していた。中年の耳が聞こえない姉クイニーと弟ジャスティンである。

エマの実家では、二人の娘が素足のまま出て行った母親の行為を察知し、もう戻ってこないかもしれないと心配していた。妹は興奮して家中を歩き回り、自分の体にチョークを塗りたくったり騒音を立てて、フラン大叔母も持てあます。母親の浮気は家族の心に波紋をもたらすだけではなく、ロビンソンにも失わせるものがあった。男所帯の無機質な家であっても居間のマントルピースには「家庭」が凝縮されている。そこに飾られた子どもたちの写真は、不倫のロマンスの幻想を破るものである。

エマがロビンソン家に到着すると庭先で客人とばつ悪くはちあわせをする。ジャスティンはテニスクラブで知りあったロビンソンの人柄に惹かれていたが、愛人の存在に気づいて幻滅してしまい、後にホテルの部屋で絶縁状を書く。同性愛的に書かれているが、後にウルフに宛てて自分の「馬鹿な人をすぐ理想化してしまう癖」と述べたとおり、ボウエン自身がこういう手紙を書いたのかもしれない。クイニーはロビンソンに好感を持ち、独り寝床で二十年前の夏の夜に一度だけ会った男を思い出していた。だがロビンソンは無骨な男で、エマにもジャスティンにも感情的な要求には応じることはなさそうである。しかし、なぜクイニーは難聴という設定なのか。障害によるコミュニケーション不全がクイニーの同情心の深さと他者理解の浅薄さをうみ、ロビンソンの毒を薄めているといえる。(田中慶子)

「蔦がとらえた石段」'Ivy Gripped the Steps'

『ホライズン』誌の一九四五年九月号に掲載された。ボウエンが少女時代を過ごしたフォークストンが舞台である。病弱な主人公ギャヴィン・ドッディントンは一九一〇年代初めに保養のため、母イーディスのドイツ遊学時代の親友であるリリアン・ニコルソン夫人のもとに預けられる。ニコルソン邸は当地の一等地で高台の劇場の向かいにあり、ギャヴィンの実家とは対照的に、リリアンは年の離れた実業家の夫に死なれ、豪奢な屋敷で社交と浪費で明け暮れていた。ギャヴィンの滞在中はメイドのロッカムが彼の世話をするが、彼は優雅なニコルソン夫人に夢中になる。第一次大戦の前に、コンキャノン提督はドイツとの戦争を予想し、市民の国防の会を立ち上げる。幼いギャヴィンは戦争の意味もニコルソン夫人の心も理解できない。ギャヴィンの成長につれ、訪問を重ねるたびに、夫人への想いは募っていった。帰宅すると母親が息子の小姓《こしょう》のような所作が板についているので、ショックを受けたほどだった。しかしギャヴィンは進学のため最後の滞在を辞去する直前に、ニコルソン夫人とコンキャノン提督の会話をふと耳にして、初めて自分の立場に気づく。コンキャノン提督とニコルソン夫人は愛人関係で、ギャヴィンはニコルソン夫人にペットのようにあそばれていたに過ぎなかった。

三十年の月日がたち、ギャヴィンは休暇をとり、懐かしい土地を訪れた。だがサウストンは爆撃の被害はなくても人の気配がなく、柵などの金属が回収されて鉄条網が張られて、すっかり殺風景になっていた。ニコルソン夫人も亡き人となり、屋敷は持ち主が変わり放置され、びっしり蔦に覆われていた。コンキャノンの家を訪ねてみると、軍に接収されていて、国防隊員の女がひとり控えていた。彼女は男に会いに出かけるところだった。ギャヴィンは声をかけるが、女は相手にしない。女の視点から、その後ギャヴィンがどういう人間になっていったのかわかる。ニコルソン夫人への失恋で、どうやら彼は不感症になり女たらしになってしまった。結婚もしていないし恋人もいない。蔦で覆われた石段は、ギャヴィンの蝕まれた精神そのものである。蔦はニコルソン夫人の触手の象徴であり、彼女に翻弄された少年は健全な成長がとまってしまった。

ドイツは二度の大戦の敵国であったが、ニコルソン夫人にとってはなじみの国である。伯爵令嬢シンシア・アスキスの回想では、彼女がドレスデンのフィニシングスクールに八ヶ月学んだ当時、町はイギリス人の女学生でほぼ占拠されていたようである。

（田中慶子）

■一九五〇年代の作品

「闇の中の一日」'A Day in the Dark'

一九五五年ローマで発行され、アメリカで販売された文芸季刊誌『ボットゲ・オスキュア』誌に発表され、一九五七年に『マドモアゼル』誌にも掲載された。

舞台はモハーとされているが、実際はティペラリィ州ケアである。N8（ダブリン―コーク）とN24（リメリック―ウォーターフォード）が交差する古くからの要衝である。十―十一世紀ブライアン・ボリュ王の居城だった城がシュール川の洲に立ち、ガルティ山脈とグレンガーラの森に囲まれている。「橋の反対側には廃墟となった古城が絵のようにそそり立ち――いかにも観光客の目を引きそうな佇《たたず》まいだ。川の水源になっている森があり、その森は廃墟のずっと奥まで続いている。晴れた日にはやや青い山々が背後に見える」（「闇の中の一日」）。十二世紀には修道院が建設され、十九世紀にはクエイカー教徒が製粉業に従事し、駅馬車の駅逓ができた。一八五二年にリメリック・ウォーターフォード線の鉄道駅が開通した。キルドレリィから四十キロ程である。

ティペラリー郡シュール河畔の城下町、ケア

「闇の中の一日」は十五歳だった娘バービーの回想である。彼女は夏の間、叔父と同居している。近隣の町に住むミス・バンデリーに叔父から使いを頼まれる。借りた雑誌を返し、農具の借用を依頼することだった。バービーは叔父が食事をしながら見た雑誌を指紋で汚してしまったことが申し訳なかったので、バラの花束を作って持っていった。ミス・バンデリーは製粉業で名を成した一族の末裔であるが、兄は事業に失敗して水車小屋で首吊り自殺した。今、彼女はタウンハウスの真ん中の部屋で姪のナンをメイドのように使って暮らしている。ミス・バンデリーは叔父の本性を意地悪くほのめかした。語り手は記憶から欠落する程に聞くに堪えない悪口を聞かされた。なぜ叔父は自分で来なかったのか。叔父の狙いはミス・バンデリーで、バービーはジェラシーを焚きつけるおとりに使われたのだ。バービーが辞去するとき、ナンは彼女がホテルで叔父に会うつもりかどうかを聞く。バービーはバスで家に帰るつもりだった。

　バービーが町に歩いていくと、ホテルの近くに叔父の車が停まっているのが見えた。バスはすでに出発していることに気づく。いやいやながらバービーは叔父の車に乗り込む。バンデリー夫人とナンと会ったことで、叔父に対する彼女の意識は変わった。彼女は叔父にひそかに恋心を抱いていたのに、周囲の大人たちから、当然、二人は背徳の関係があるように色眼鏡で見られていたことを知った。そしてこの日から彼女は叔父を男としてみるようになった。子どもの無垢が無残に失われるのが、ボウエンのテーマの一つである。アメリカの性の解放を経て、二人の関係は性的に解釈されることが多いが、一九五〇年代のアイルランドの田舎は、一九六〇年に発表されたエドナ・オブライエンの『カントリー・ガールズ』が焚書になってしまったことをかんがみると、近親相姦はありえない。英・愛合作映画「マグダレンの祈り」(二〇〇二)では同じころ、性的に堕落したと見なされた若い娘たちへの修道院の虐待が正当化されていた。「慣習が二人を固く守っていてくれた。慣習以上に強力な安全弁がどこにあるだろうか」。(「闇の中の一日」)それでも彼女は成長して、それが叔父と共に過ごす最後の夏になってしまった。

(田中慶子)

III ノンフィクション

『七たびの冬――ダブリンの幼き日の思い出』*Seven Winters: Memories of a Dublin Childhood*

エリザベス・ボウエンがダブリンで過ごした七歳までの日々を顧《かえり》みた回想記である。この作品は、ボウエンの幼少期の極めて限られた人間関係と生活空間を題材にしている。ボウエンは、子ども時代を人間の骨格を形成する基盤として捉えており、『七たびの冬』には晩年に至るまでのボウエンを想起させる挿話があふれている。『七たびの冬』は、第一章「ハーバート・プレイス」、第二章「子ども部屋」、第三章「家庭教師」、第四章「散歩」、第五章「買い物」、第六章「馬術競技会」、第七章「スティーヴンズ・グリーン」、第八章「真鍮の表札」、第九章「白昼のダンス」、第一〇章「交友」、第十一章「日曜日」、第十二章「居間」という構成になっている。全編を通して、ボウエンと身近な人々との交流、現在の自分につながる出来事、当時の自分を取り巻く世界や他者との関係が淡々《たんたん》と綴られている。

ダブリン、ハーバート・プレイス15番。ジョージアン様式の3階建てのテラスハウス。ギリシア風の扉枠、扇形のあかりとりが特徴。c.1815

『七たびの冬』の中核となるのは、一家がダブリンを離れるときに手放した住居ハーバート・プレイスと、その周辺の街区である。第一章で詳しく述べられる生家ハーバート・プレイス十五番地は、ダブリン市街の運河に面した一画である。この家は、法廷弁護士の父ヘンリーが、ボウエン家当主としての居宅であるコーク州のボウエンズ・コートとは別に構えた新居であった。ボウエンは、「過労」で心を病んだ父と別居する七歳まで、裁判所の開廷期間である冬季をここで過ごした。母フロレンスの実家も家格を重んじるアングロ・アイリッシュであったが、ボウエンは「他人から極めて独立した人間」である両親と共に、幼少時から独自の世界を形成しはじめていた。誕生の場として、また精神的な成長の場として、ハーバート・プレイスは、ボウエンの人生に決定的な影響を与えた住空間であった。

ダブリンは、ボウエンが幼心《おさなごころ》にアングロ・アイリッシュとしてのアイデンティティを初めて認識した重要な場所である。ボウエンが「最初に抱いた民族の誇り」と「祖国の土地に対する最大の誇り」は、「類のない、強烈な、しかも上品ながら並々ならぬ家庭」での日々に根差している。ボウエンは、「アイランド」(island)と「アイルランド」(Ireland)の二つの単語を聞き分けられずに、あらゆる島国が「アイルランド」という総称で呼ばれていると誤解していた。ボウエンにとってはイングランドも「準アイルランド」('sub-Ireland')に過ぎず、島国の元祖「アイルランド」の下位に区分される「模造品」であった。「私はユニオニストの子どもとして、漠然と、イングランドに対する我々の慇懃《いんぎん》は憐れみの表現に違いないと思った。同様の意味で、私はダブリンが諸都市の原型であり、その模造品が世界中に散在しているのだと思った」と告白する。

また、開催期外の誰もいない馬術競技場の芝生を特別観覧席から見下ろす特権は、ボウエンの優越感を満たした。ボウエンは、父が王立ダブリン協会会員であったために競技会会場への入館を許可されていたのである。劇場のような空間を思わせる静まり返った「特別観覧席の一番上から見下ろしていると、万物の君主になりたいという子どもの願いに対する理想の答えがわかった。私は得意気に、少し有頂天になって見下ろしていた」と回想する。

階級、宗教、民族など、「他者」を意識する場面は、日常生活で容易に見つけ出せた。ボウエンは、同じ町に暮らす住民に階層の違いがあり、それが「二つの宗教の違い」とかかわりがあることも認識していた。カトリック教徒に対する両親の態度は、そのままボウエンの宗教観に反映された。「毎週日曜日には、あらゆる宗派の教会の鐘の音が斉奏《せいそう》のようにダブリンの空に鳴り響いた」が、平日には「ほかの」鐘は「よそ者が鋭く主張するように」ボウエンには聞こえた。ボウエンは「ローマ・カトリックの存在を当然のことと認めていたが、ほとんど会うこともなく興味もなかった。彼らは単に「他者」であって、その世界は我々の世界と共にあったが、決して干渉することのない世界であった」と述べている。「自分たちプロテスタントが少数派であり、その存在にまつわる疑問の余地のない規則が、実は少数派の世界に近いために生まれたということ」をボウエンが悟ったのは、ダブリンでのことだった。

十九世紀の時代思潮や文化が優勢であった当時のダブリンでは、アングロ・アイリッシュの社会が弱体化しつつあった。幼いボウエンも、無意識ながら「上流階級の墓場」をみつめていたことになる。法曹界の人々や高名な医師たちの居住区域であったメリオン・スクエアのドアに「ぴかぴかの真鍮の表札」が付けられていた。それはボウエンにとって堅実な上流社会の象徴であったが、ロンドンで表札の付いていない家並みに衝撃を受けた幼いボウエンは、ロンドン市民は「とるに足らない人」ばかりだから居住者を明らかにしないのだと考えた。そして、どの家にも表札が付いている「ダブリンはもっと威厳があって特別な人に限定されているから（中略）重要な人はみんなダブリンに、私のそばに住んでいるのだ」と結論づけている。

ボウエンが父の存在を生家の表札で確認する場面は、親子の関係を浮き彫りにしている。メリオン・スクエアから「家庭教師と散歩から戻り、ハーバート・プレイスの正面の一番上の段で玄関が開くのを待つ間、私はよく指で父の名前をなぞったものだった。これは孝心を表すしぐさだっただけではない。事実に基づく実体を父に与え、それを私も共有したのだ」。先祖から受け継いできた地所を管理するのは、それだけで立派な仕事だと考えていたエリザベスの祖父ロバートは、法学を修めて弁護士になるという息子の進路を苦々しく思っていた。法曹界との交流を享受し、トリニティ・カレッジの学生時代からダブリンを愛していたヘンリーにとって、自分の選択は正に知的能力のはけ口となり、娘も父の生き方を尊敬していた。

十三歳で死別した母の面影が特に色濃く描かれているのは、母が女学生時代から親しんでいた公園、セントスティーヴンズ・グリーンについての章と、最終章である。ハーバート・プレイスを中心に展開する『七たびの冬』は、第二章の二階の奥の居間に関する述懐に「子ども部屋」（ナーサリー）と題がつけられている。そこはボウエンが生まれた部屋であり、母が寝室として使っていた。日曜日の居間は、親戚や友人を招き入れるひらかれた空間となった。普段の居間は「母の私生活の場」であり、「平日に居間に入るのは母と仲良く過ごす」ことを意味した。運河に面した部屋は水面の反射光で明るく、中でも居間は、緑色で統一された内装のために淡い印象が倍に増した。母は運河を見下ろして、「読書したり、物思いに耽ったり、話したり、友人に手紙を書いたりした」。

ようやく一人娘を授かった母には、娘の存在も自分が母親であるという事実も自然の成り行きで生じためぐり合わせとは思えなかった。ボウエンは、「私への母の愛情や接し方には、疑い深さから有頂天になっているようなところがあった」と親子関係を冷静に振り返っている。その一方で、ボウエンは母の「流れるような体形」や「個性的な着こなし」、髪型、顔立ち、香水などを事細かに描写している。大切な人のすべてを書き留めておきたいという思いが、静かに伝わってくる。「母の美しさは——今になって美しかったとわかるから言うのだが——子どもにはあまりにも捉えがたく繊細で理解できなかった。母がきれいなのは、ただた私が母を大好きだからだと思っていた」。ボウエン一族の壮大な年代記『ボウエンズ・コート』と前後して出版された『七たびの冬』は、ボウエンの自伝的作品として一冊に収められることがある。その序文でハーマイオニ・リーは、これらの作品では、「風刺的な視点によって書き手と書かれる対象との間に絶妙な距離が生み出され、それが郷愁を抑制している」と分析している。この指摘は、母をめぐる文章に最も顕著に当てはまると言えるだろう。

ボウエンが母の居室を「幼少時の精髄に関する本」の最終章に選んだ理由は、末尾の文章で明かされる。ハーバート・プレイスを立ち退いた後、親子が再びここを訪れることはなかった。「我々のダブリンの家の終焉は、現実に私の思い出を終わらせてはいない。私は居間で（止めたのではなく）一時休止した、というのは、自分の人生以外の実生活が存在することを初めて理解して、私の記憶の第二段階が幕開けしたのがそこだったからである」。ボウエンが、より広い世界と自分とを結びつけるきっかけとなったのも、ダブリンで日露戦争の開戦を迎えた時であった。時計の音を聞いたボウエンは、その時間が自分の時間を「超越」しており、初めて「自分が存在しているところ以外の場所の現実を認識した」と記している。リーは上掲の序文で、「ロマンティックな、哀愁を帯びた感情と、飾り気のない喜劇的要素がこのように混じり合うのは、エリザベス・ボウエンのあらゆる文章の特色をよく示しており、その相反する両面をもちあわせているという点で、アングロ・アイリッシュの典型である」と述べている。ボウエン自身も自らの特質を理解していたと言えよう。

（米山優子）

『ボウエンズ・コート』*Bowen's Court*

ボウエン家初代のヘンリー・ボウエンからエリザベス・ボウエンまで十代続いたアングロ・アイリッシュの家族の年代記で、コーク州の地方史としての側面ももつ。一九三九年夏に執筆を開始、一九四二年に出版された。タイトルの「ボウエンズ・コート」は、ボウエン家のビッグハウスを意味するが、「コート」という名称は、ウェールズにおける彼らの祖先の名と、建物の四角い形状に由来する。残念なことに、この屋敷は一九六〇年に解体され、著書は「あとがき」を付した改定版が一九六四年に出版された。

第一章は、さまざまな側面からボウエンズ・コートについての情報を与えている。地理的な位置や近隣の風景、天候によって色が変わる建物の外観や、部屋の配置や調度、複数の厩舎や、山側にしばらく歩いたところにある、一万二千平米を超える広大な庭園、鳥が飛来する森の様子など。全体が与える印象は、ボウエンズ・コートの領内がそれ自体で充足した世界であると同時に、いかに周囲から孤立しているかということでもある。屋敷についての章を最初に持ってきたのは、ボウエンズ・コートには、そこに住む人々がさまざまな痕跡を残していて、またすべての人の人生に影響を与えてきたと考えるからなのである。

続く全九章は、おおむね、ボウエン家の当主の名前だけをタイトルとしたものが多く、一族とボウエンズ・コートそのものの盛衰を物語っている。以下、ごく簡単に要約する。

初代のヘンリーは、ボウエンズ・コートの敷地となるファラヒーを獲得したが、そこには住まず、彼の息子のジョンも、妻の実家のキルボレーンに住んだ。妻が跡取り娘であったために、キルボレーンは息子のジョンが相続することとなる。二代ジョンの母は早世し、父は家を出て再婚したため、二代ジョンは祖母に養育される。彼は祖父のものだった土地に「キルボレーン・ハウス」を建てる。二代ジョンの長男の二代ヘンリーは若くして病死したので、語るべきことは少ないが、アイルランドの王族の出であるジェイン・コール（Jane Cole）と結婚したことで、新たにバリマッキーを獲得し、また、以後、名前には「コール」が加えられるようになった。

二代ヘンリーの長男の三代ヘンリーによって、いよいよ、ボウエンズ・コートが建てられる。アングロ・アイリッシュにとっても、ボウエン家にとっても絶頂期であった。一方でキルボレーンに建つブランドン城の所有権をめぐってトラブルが起き、訴訟にまで持ち込むが、結果は敗訴で、多額の負債を抱えることになる。次の四代ヘンリーは、オックスフォード大学に進学し、海の向こうに目を向けた最初の人物であったが、その結果、アイルランドの田舎に引きこもることを好まなかった。しかも、父から引き継いだ負の遺産に加えて、自身も賭け事で負債を作り、山側の領地を失った。初めての不在地主となった四代ヘンリーを支えて、実質的な経営を担ったのは、弟のロバートであった。四代ヘンリーには子どもがなかったので、領地はロバートの息子の五代ヘンリーが継承した。彼はトリニティ・カレッジで学び、自身の夢もあったと想像されるが、支配階層としての責任感をもっていた最初のボウエンであり、住民のために献身的に働いた。しかし、情熱をかけて建設中だった道路の見回り中に雨に打たれ、弱冠三十三才で他界する。彼の息子のロバート・コール・ボウエンは、領地の経営に精力的に携わり、屋敷の大規模な改修もはかる。しかし、息子の六代ヘンリーは、領地の経営に専念するよりも、ダブリンで法廷弁護士になることを選び、「家族の住居」であったボウエンズ・コートは、初めて、無人の日を迎えることになる。終章は、六代ヘンリーとその妻を中心に語っていて、彼の葬儀の場面で閉じられる。

「あとがき」では、屋敷の解体を含む、「その後」のできごとや、屋敷や、本書の執筆に関する自身の想いが語られる。

本書を執筆するにあたって、ボウエンは屋敷の屋根裏にあった文書の数々を調べたという。書簡や日記は当然のこ

エリザベスの父、ヘンリー・ボウエン。ボウエンズ・コートのテラスにて。1919年7月

ペーパーバック初版（1964）ノートン

と、遺言状や訴訟の記録に至るまで、入手可能なさまざまな記録に聞き取り調査で得た情報を加えて枠組を作り、その中を「直感」によって、色付けしたのだという。当然のことながら、推測と想像によって描き出された場面も少なくはない。その結果、『ボウエンズ・コート』はさまざまな読み方を可能にしてくれる。

まず、歴史書としての側面がある。「本書は歴史書ではない」と、ボウエンは何度も繰り返しているが、人々の行動はその背景の事件と切り離して考えることはできない。国家全体の歴史書では取り上げきれないような、地方での事件を記した歴史書は、この地に大きなかかわりをもった作者なればこそ書くことができた貴重な業績と言える。

なかでも、その地でのアングロ・アイリッシュの生き方や文化などについて、詳しく知ることができるのは貴重である。一九四二年の『アイリッシュ・タイムズ』の批評では、きちんと書かれたアングロ・アイリッシュの伝記がほとんどない中でのボウエンの仕事を称えている。

そして、さらに興味深いことは、この書物を通して、エリザベス・ボウエンの、アングロ・アイリッシュのアセンダンシーへの考え方を知ることができるということであろう。

彼女はボウエンズ・コートに対して深い愛着を持ち、また、祖先の一人一人を、敬意をもって描いている。不在地

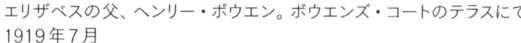

主で、賭け事で領地を失った四代ヘンリーに対してすら、「愛すべき先代ヘンリー」から多額の負の遺産を受けっとった四代ヘンリーの困惑に言及し、情状酌量の余地を示す。他方、領地や他人のために献身的に働いた、四代ヘンリーの弟のロバートや、その息子の五代ヘンリーは文字通り敬意を払うべき人たちとして描く。一八四七年の大飢饉の時に、疲れた体に鞭打って、飢えた人々のためにスープを作り続けた、五代ヘンリーの妻、イライザ・ウェイドなどもまた、そうした人々の列に加えられているようである。

しかし、パトリシア・クレイグが指摘するような皮肉な見方もある。エリザベスも含め、ボウエン一族は、ひどい不公平が横行している時も、「急進的な大望や扇動的な眩きから遠ざかって、家庭生活に注意を払い、いとこ同士で結婚し、社交術を磨き、領地の経営に目を向けていた」だけではないかという。未亡人の一人は懸命にスープを配ったかもしれないが、あまり役には立たなかった、そのスープに行きつくこともできないで死んでいった人たちが大勢いたのだと、彼女は述べる。

実際は、エリザベスは、祖先が得た地位や権力が「基本的には悪というべき状況、不公平」から生まれたものであることを認めている。そして、十九世紀になってアングロ・アイリッシュが衰退し始めたのは、彼ら自身にも責任があると指摘する。彼らはアングロ・アイリッシュで構成される狭い世界にとどまって、自分からアイルランドやアイルランド人を理解しようとしなかったからだと彼女は言う。さらにまた度重なる訴訟に関しても、ボウエン一族には、土地や財産へのある種の強迫観念があって、事実を避けたり躊躇したりする結果、夢想で苦しむ傾向があると述べている。それでも、と彼女は言う。「彼らは特権を乱用しはしなかった。彼らは自分たちの階級を、伝統を、人生における規範を大切にした。もし自分たちについて壮大すぎる考えを抱いたとしても、少なくとも、それに沿うように努力をした。虚栄心にすらある種の規範がある。もし困難が自分自身で作ったものであるとしても、彼らは称賛すべきエネルギーをもってこれと闘った」。

彼らの大望の象徴であり、同時にその規範を示すのが、ボウエンズ・コートであった。それは、三代ヘンリーによって建てられて以来、「その後に続くすべての人を作ってきた」のである。ボウエン家の最後の相続人となって、ボウエンズ・コートの維持に苦労したエリザベス自身も含めて、ボウエン家の人々の運命は、生まれた時にすでにある程度定められていたとも言えるのだが、祖先の理想に合うように行動してきたと考えるのである。

確かに、ボウエン家の人々は歴史に名を残すような人たちではなかったが、自身の外の世界で演じる役割をもっていたとエリザベスは考える。彼らはただ「時代によって生み出されたものではなく、時代を動かす力」でもあった。「個人の残酷さも世界大戦も熱くなった脳から始まったもの」であると彼女は書いている。そして、戦争による破壊の続くロンドンで、人間の運命や歴史に深く思いを馳せる彼女が、その戦争を生き抜くために必要とした平和のイメージこそ、離れた地で静かに立つボウエンズ・コートだったのだと考えられるのである。

ボウエンの、アングロ・アイリッシュの考え方については、リーなどが着目し、詳しく論じているが、一歩退いて、ごく単純に、ボウエン自身の伝記として、読むこともできるだろう。彼女は、自身のことはごく控えめにしか書いてはいないのだが、『七たびの冬』と並んで、著者自身についての貴重な記録と言えよう。

あるいはまた、ボウエンの他の作品との関連にひきつける読み方もあるだろう。とりわけ、彼女の実体験に基づく『最後の九月』との関連で読まれることは多いし、短編「幸せな秋の野原」に出てくる家族は、ボウエンの父であるヘンリーとその兄弟姉妹を念頭において書かれたという。また、ノンフィクションとか年代記という枠組みにとらわれず、エピソードの一つひとつを、「直感」も働かせて描かれた文学作品として楽しむことも可能であろう。例えば、初代ジョンと舅《しゅうと》のニコルズ大尉との関係や、ニコルズ大尉の宝物のエピソードにはミステリーやサスペンスの要素があるし、厳しい姑のいる大家族の中で新婚生活を送るジェイン・コールと初代の息子ヘンリーが蠟燭《ろうそく》越しに目配せし、暗い屋外で人目を避けたひと時を楽しむ場面などは、それだけで一篇のロマンスになりそうである。さらに、戦闘の場面には、アクション映画を思わせるような迫真性もある。また、リーは『ボウエンズ・コート』に影響を与えた作家たちの名を列挙しているが、そうした作家たちとの比較の上で『ボウエンズ・コート』を読むことは、エリザベス・ボウエンの世界をさらに拡大することにもなろう。単に「家族の年代記」という一言ではまとめきれない豊かさを内包した作品であるといえる。

（木梨由利）

『ローマでのひととき』A Time in Rome

『ローマでのひととき』は、ボウエンの中では異色のトラヴェルライティングである。旅好きだったボウエンは、第二次世界大戦前からイタリアを好んで旅しており、とくにローマは気に入った町として何回となく訪れている。また、個人の旅だけでなく、ブリティッシュ・カウンシルの依頼で講演を行ったり、またアメリカン・アカデミーのローマ在住作家として招聘《しょうへい》され、しばらくこの地に滞在したりすることもあった。恋人のリッチーに宛てた手紙では、「そうなのです。私はローマが好きでしかたないのです。毎日が充実しすぎていて本当とは思えないくらいです。どこをみても物語にあふれています」と述べている。

そのようにローマを愛したボウエンが、この町について記すのはある意味自然な流れかもしれない。しかし、その他に、夫アランの急逝と、こよなく愛していた自分の館の売却問題という、ボウエンの人生における二つの重大な出来事がこの頃生じ、失意を癒《いや》すセラピーとして、本書の執筆に携わったとも考えられている。夫が死去した翌年の一九五三年に、ボウエンは年初めからローマに滞在する。ヴィクトリア・グレンディニングによれば、その頃から本書の執筆を考え始めたという。そしてその後も何回かローマに足を運んで執筆し、最終的にはニューヨークで脱稿した。

『ローマでのひととき』は全部で五章からなる。前述のように、執筆のため何回もローマを訪れ、入念な調査も行ったのだが、本書の大まかな枠組みとしては、ボウエンが二月に訪れたローマでの印象を綴るという旅文学の形をとっている。

第一章「混乱」は、ローマに到着したところから始まる。著者は、パリから鉄道でローマにやってきて、今、三ヶ月分の荷物と共にホテルの部屋にいる。宿のオテル・インギルテッラは、スペイン広場近くの、「立派で威厳にみちていて、見掛け倒しのものはひとつもない」建物であった（ちなみに、このホテルは、現在も五つ星ホテルとして存在している）。その後、夕食のために近くのレストランを探し、食事をし、旅行者特有の、旅先の場所や文化に慣れないまごつきを経験し、というごくオーソドックスな旅日記として『ローマでのひととき』はスタートする。だが、本書には、このような旅行者の〈今〉を記録する箇所よりも、むしろボウエン独特のローマの〈過去〉の検証・考察が多いのが特徴である。

ローマ到着二日目は、「旅行者」としてのボウエンをまごつかせたいくつかのエピソード（ローマの七丘の解釈、通りで売られているローマの地図の使いにくさ、ローマ市民のローマ脱出熱等）を通して、ローマの特異性が述べられる。そして章の後半は、ローマの昔の共和国時代から続く街道の説明がされている。アッピア街道をはじめ古代の街道が、それぞれどのような役割を担っていたのか、どこと繋がっているのか、という過去から現在に至る道の機能が説明される。

さらに、古代ローマを取り囲み、防御していたアウレリアヌス帝の城壁（二七一〜二七五年）、および、城壁と街道が交差する多くの門が説明されていく。ボウエンによれば、繁栄していたときのローマは開かれた都市であり、城門などは必要なかったが、蛮族の侵入が多くなり、アウレリアヌス帝が城壁の建設を命じたという。それゆえ、この城壁は、衰亡への一里塚であり、減少する権力の象徴であったとボウエンは指摘する。ボウエンは実際にこの城壁を歩き、現代においては、気持ちのよい散歩道になっていることを実感するのである。

第二章「長い一日」は、まずボウエンが経験したイタリアの「午睡」（シエスタ）についての戸惑いから始まる。ローマではすべての店が長い昼休みをとるので、賑わいをなくした通りはまるで「古代の共同——墓地の中の道」のように感じられる。その長い時間を旅行者としてどう過ごすのか、ボウエンのたどり着いた結論として、レストランでできるだけ時間を引き延ばしながら、のろのろと昼食をとって過ごすのがよいのではないか、とユーモアに富んだ考察が続く。

食後の行動として、ボウエンが向かうのは、フォロ・ロマーノ（the Forum）である。フォロ・ロマーノとは、古代ローマの中心というべき広場のことであり、東西約三百メートル、南北約百メートルにわたっている。そこは、元老院議事堂、エミリアのバシリカ、シーザー神殿、アウグストゥスの凱旋門、ヴェスタ神殿、その他多くの重要な建造物があるローマの心臓部であったが、ローマの滅亡とともに次第に土砂に埋もれていき、後世になってようやく発掘されていった遺跡である。「今は、幻影の都市というカンバスを抜けて、その向こう側にある古代という現実に行こうという衝動にかられる時」であり、「現在のローマを下から支えていた過去のローマ、そのローマの面影のみが堅固に思われる」とボウエンは述べる。ボウエンは、その一つ一つの遺跡を、詳しく説明する。この遺跡には、もう何も存在せずに跡地だけのものもあれば、かなりの部分が残っている遺跡もあり、保存方状態はさまざまであるが、ボウエンは、まるで古代のローマ人がそこで生活していたような筆致で描いていく。とくに、「ヴェスタ神殿」と「ヴェスタの巫女」たちが住んでいたヴェスタの家の説明は興味深い。

次にボウエンは、皇帝たちの住居・宮殿が多く建てられ、そのため「宮殿（パレス）という言葉の基にもなった」パラティーノの丘の遺跡に向かう。シーザーの甥で初代皇帝アウグストゥスが初めにここに住まい、それから歴代の皇帝たちが宮殿を建てていくが、その後、破壊されたり埋もれたりし、現代になって発掘調査が行われている場所である。ボウエンは途中、アウグストゥスとシーザーとの家系の相関関係から、後のカリグラ、ティベリウス、ネロなどの初期の皇帝たちの複雑きわまる血筋の継承を事細かに説明する。最後に、ボウエンは話をパラティーノに戻し、ティベリウス帝やドミティアヌス帝の宮殿のわずかに残されている壁などを手掛かりに、往時を想像していく。このパラティーノの丘でボウエンは、「空（emptiness）とは何か」ということを悟る。すべて生あるものが滅したときの己《おのれ》の存在をボウエンは考えるのである。

第三章「そんな夜に」でボウエンが語るのは、ローマの夜である。まず、古代ローマの夜の過ごし方を想像する。ローマの人々にとって、生活していくうえで、いくつもの不便さがあったとボウエンは述べる。たとえば、貴族たちにとって、寝台は寝にくく、長椅子での食事は不自然な姿勢を強いられるものであった。それゆえ不健康な習慣から来る不眠が多かったのではないかと推測する。また庶民にとっては、彼らの住まいであるインスラと呼ばれるアパートは、倒壊の恐れがあり、これまた安眠できなかったのではないか、とも想像する。さらに不眠不休で聖火を護っていたフォロ・ロマーノのヴェスタの巫女たちの人生にも思いを馳せる。

次に夜からの連想だろうか、暗黒時代と言われた中世、そしてルネサンス時代のローマについて考察する。ここでボウエンが依拠しているのは、ベンヴェヌート・チェリーニの自伝である。フィレンツェで生まれ、ローマに移ってきたこの破天荒なルネサンスの芸術家の伝記を多用し、ボウエンは当時のローマについて語っていく。さらにウィリアム・ストーリー（William Story）というアメリカ人の彫刻家による、一八五〇年代のサン・ピエトロ寺院の復活祭の夜の照明についての文章を引用する。そして、ボウエンは、照明が消えた後に人々が目にするであろう月の光について思いを馳せる。あらゆるものを煌々と照らす月下のサン・ピエトロを知らなければローマを知ったことにはならない、とボウエンは強調する。月は変わらずに存在し、人々を照らすが、過去にそこにいた「その人々はもう存在しない」ことが変わらぬ月によって強く教えられるからである。

第四章「ほほ笑み」では、ローマの教会についての説明の後、初代皇帝アウグストゥスの妻リヴィアの別荘に描かれていた美しい庭園壁画について論じていく。さらに、賢婦として名高いリヴィアのさまざまな側面から捉えられる魅力を、ナポレオンの妻ジョゼフィーヌと比較しながら考察する。そして、「リヴィアの微笑」とボウエンが名付けているその魅力は、そのままローマの魅力につながる、と述べてボウエンは第四章を結ぶ。

続く第五章「とき放たれて」でボウエンが多く語るのは、十九世紀中葉のガリバルディ等によるイタリア統一運動や、キリスト教の使徒のひとりであるパウロのローマへの帰還などである。さらに、外から来てローマで客死した人々――キーツのような――の墓地を訪れ、ローマという町について思いをめぐらす。

以上、概観してきたが、本書は〈今〉のローマの見聞記ではないことが大きな特徴といえる。一般にローマ探訪というと思い浮かべる、コロセウム、カラカラ浴場、パンテオンという有名どころは出てこない。また本書執筆をボウエンが考え始めた一九五三年は映画『ローマの休日』が公開され、大ヒットした年であるが、映画に登場するスペイン広場、真実の口といった印象的な場所にもボウエンは目もくれない。ボウエン自身、これは紀行文ではないが、その他の分類で呼ばれることもできないだろうと述べ、他の旅行記作家が書くような、今のローマの人々との接点がほとんどないことを自認している。しかし、本書において、ボウエンが目指したのは、過去と対話し、古代ローマの生活を再現し、そのようなローマの歴史が礎となって現代のローマという町ができている現実を示すことにあったのではないだろうか。本書には、何よりも、栄光の古代ローマがどのように消滅し、現代までどのような形でその歴史が伝えられているのか、という視点が首尾一貫して貫かれている。自身の館の売却を目前に控えたボウエンが本書に込めた、形あるものはいずれ滅びるが、形を成さずとも後世に伝えられ続けていくものもあるのだ、という諦念と希望が、本書のすみずみまで行きわたっている。ボウエンならではの独自のトラヴェルライティングとなっているのである。


（窪田憲子）

『シェルボーン』*The Shelbourne: A Centre in Dublin Life for More Than a Century*

『シェルボーン』は、エリザベス・ボウエンの生誕地ダブリンの街を東西に貫くリフィー川南岸、ダブリンの中心地の緑地、セントスティーヴンズ・グリーンの北側に面し、キルデア通りに接する実在のホテルを舞台にしたダブリンの文化・社会史ともいえるテクストである。そのホテルのウェブページをのぞくと、外装、内装ともに備わるその優美さから、このホテルが五つ星であることはうなずける。日本でいえば、さしずめ日比谷の帝国ホテルに当たるだろう。ボウエンは、アイルランド独立戦争を背景とする『最後の九月』や第二次世界大戦を背景とする『日ざかり』といった長編小説においてアイルランドを登場させている。特にアングロ・アイリッシュであった彼女は、チャーチル政権下のイギリス側スパイとしてアイルランドを偵察するため、当時簡単にはかなわなかったアイルランドへの渡航をくり返していた。

『シェルボーン』の副題は「一世紀以上にわたるダブリン生活の中心」である。後述するとおり、このテクストは十九世紀前半から現在までのダブリンの社会史を織り込みながら、ホテルの文化史ともなっている。あたかもホテルを主人公であるかのように仕立てるボウエンの手法は、彼女の初長編小説『ホテル』においても駆使されている。ホテルとは、ボウエンにとっての重要なトポスなのである。

さて、『シェルボーン』は七つの章で構成されており、第

ダブリン、シェルボーンホテル

に描いている。

一章「今日」の冒頭は、ホテルの外装や所在地を次のように描いている。

シェルボーンは南向きで、スティーヴンズ・グリーンに面している——これはヨーロッパ最大の広場と言われている。このホテルは崖のように高く、だが温かみもより感じられるのだが、木々、芝や池といった装飾となってくれる風景に迫り、周辺のすべての建築物よりも高くそびえている。正面には広々としたスペースがあるので、このホテルは堂々としている。各階の窓は太陽光を受け止め、空を映し、ダブリンの山々のほうへ視線を向けている。赤レンガの正面は、縦長というよりは横長になっているのだが、クリーム色のしっくいで水平に階層が示されている。窓にはクリーム色の繰り形が施されている。十分に張り出ている部分は二階分ほどの高さではあるが、がっしりした正面の両脇から突き出ている——その上部、つまり張り出しよりも上の階の正面は完全にフラットになっている。最上階に沿って、軽く着色された胸壁は、マンサード屋根の施された窓に接合する。屋上の中心には旗ざおが立っている。

総じて、この雰囲気はすばらしい。ホテルとスティーヴンズ・グリーンの間には幅の広い車道があるので、後ろにさがれば全体を見渡せる。

現在のシェルボーンは、その前身の建物がそうであったように角地を占め、キルデア通りとスティーヴンズ・グリーンとがぶつかる一角にある。そして、このホテルの西側は狭い通りに接している。ホテルはその通りに沿ってずいぶんと続いているのだが、ホテルから通りの向かい側に目をやると、ジョージ王朝式の家屋を見ることができる。この部分は「キルデア通りウィング」と呼ばれている。その上層階からは屋根の海を見下ろすことができ、ダブリンが遠くかすれていく。シェルボーンが立っている街の地区は古くはないが、思い出が溢れるくらいに、そして歴史を携えるくらいには、すでに十分に由緒があるのだ。

その他、第一章ではこのホテルは隣接する建築物との一体化を経ながら、マーティン・バークによって一八二四年に開業したこと、バークの死後、新たな所有者による建て替えのために一年間の休業状態にあったこと、そして、アイルランド人にとって象徴的な意味合いを持っていることが示されている。

第二章「マーティン・バークのホテル」では、次のようなことが示される。一八二〇年代、アイルランドではいくつもの輸入税が撤廃され、これによって大打撃を受けた業種も少なくない中、バークはホテルの開業に踏み切った。また、そのホテル用地は元来、トマス・フィッツモーリス初代ケリー伯爵が一七二二年に住居とした土地で、これは彼の子息である初代シェルバーン（Shelburne）伯爵に、そしてその次男のトマス・フィッツモーリス氏へと相続されていった（厳密に言えば綴りが異なるが、これがホテル名の由来になったと考える他ない）。その後の一七九三年、財政難にあったフィッツモーリス氏がその土地をルーク・ホワイトに六千ポンドで売却し、一八二四年、ルークの四男ヘンリーがマーティン・バークにこれを貸し付けた。また、イギリスの小説家サッカレーが一八四二年にこのホテルで滞在したことに加え、アイルランド独立を強く求めていた「ヤング・アイルランダーズ」の一員、その意見を代弁した『ネイション』紙の編集者ギャヴァン・ダフィーの裁判においてバークは陪審員を務めたことも触れられている。

第三章「背景」におけるボウエンの狙いは、バークがシェルボーン・ホテルを開業した一八二四年から四十年余りにおける「ホテルに関係する歴史だけ」に絞ったダブリンの社会史を記述することにある。そこには、儀式や祝祭、産業や商業の発達、公共の建築物（橋、彫像、公園、動物園、劇場）建設、ヴィクトリア女王やウォルター・スコットのアイルランド訪問、鉄道、交通網および新聞の発達などが含まれる。また、ロンドン万博の二年後の一八五三年、ダブリンでも万博が開催されたが、ここでの展示品のほとんどはイギリスから持ち込まれたものだったことが皮肉まじりに記されている。これらはダブリンの観光産業を後押しし、シェルボーン・ホテルはそのような観光客の宿泊需要に応えていたとボウエンは綴っている。

第四章「ジューリー、コットンとグッドマン」は、一八六三年一月にバークが死去すると、章題にある三人のホテル経営経験者がホテルを買収したこと、バークが築いたホテルの名声を継承しより高めようと、ホテルを一八六五年に取り壊し、それから翌年にかけて新築し、一八六七年に新装開店させるまでの経緯を明かしている。一八七二年には路面電車が開通したり、一八八一年に街の照明がガスから電気へ切り替わったりしたことも併記されている。

一八八〇年代から二十世紀初頭までを扱う第五章「陽気な時代」では、アイルランドが政治的混迷を極める時代とその中を生き抜くホテルを描いている。当時、イギリス首相グラッドストンや彼から資金援助を受けていたチャールズ・スチュアート・パーネルはアイルランド自治領化をそれぞれに目指しながらも、ついぞ果たせなかったこと、そしてその間、パーネルを主導者とする「土地戦争」、過激派暗殺集団「インヴィンシブル（無敵集団）」によるキャヴェンディッシュ卿らの殺害事件がフェニックス・パークで発生し、社会情勢の不安定化が引き起こされたことについて、ボウエンは仔細にわたって記述している。この政治的混迷にもかかわらず、一八七一年にゲイアティ劇場が、一九〇四年にアビー劇場がそれぞれオープンしたように、ダブリンの娯楽産業は華やいだ。そして、アイルランドの小説家ジョージ・ムーアが小説『モスリンのドラマ』や回想録にこのホテルを登場させたほど、シェルボーン・ホテルは高い知名度を誇り繁栄を極めていた。だが、ウィリアム・ジューリーの妻マーガレットがホテル経営に強硬に介入した結果、経営業績は下降し、マーガレットは辞職および逃げるように渡英、ジューリー家の親族G・R・オールデンがその後継者となったことにも触れられている。

第六章「変わりゆく時代」では、オールデンの手腕に加え一九〇七年の国際展覧会によって海外からの観光客の需要があり、二十世紀に突入してもなおホテル経営は右肩上がりだったとある。第一次世界大戦には軽く触れる程度の記述しか認められないが、一九一六年のイースター蜂起に加えて「トラブルズ」、すなわち、アイルランド自治法の制定を引き金とする一九一九年のアイルランド独立戦争勃発、さらに、戦争休止後に締結された英愛条約を引き金とする一九二二年の内戦勃発にまつわる記述が多いことから、アイルランドへの愛国心がこの章におけるボウエンの焦点なのだと理解できる。アイルランド自由国憲法の署名が執り行われたのはシェルボーン・ホテルの一室だったことが最後に言及されている。

第七章「今日に戻る」は一九二〇年代から四〇年代のアイルランドないしホテルについて、一〇ページ足らずの分量で語られている。本章において、第二次世界大戦への言及はかなり限定的になっているが、この点については後述したい。ここで『シェルボーン』というテクストは結末となるが、このホテルの物語はその後も続くとボウエンは締めくくっている。最後に、一九四八年のアイルランドの連邦離脱をボウエンはあるべき当然の成り行きとして言及していることを指摘しておこう。

二つの問題点を示そう。第一章において「私たちアイルランド人」というボウエンの表記は、自身のアイデンティティをイギリスではなく、アイルランドにおいていることを明確に示している。『イギリスの小説家』および『日ざかり』において、彼女のアイデンティティは明らかにイギリス側にある。というのも、前者の出版元はこのテクストをプロパガンダ的な役割のあるシリーズものの一環として出版しているし、後者においては、この執筆時においてボウエンは猛烈なチャーチル支持者としてアイルランドへのスパイ活動を行っていたことが周知となっているからである。これはボウエンのアイデンティティの揺れを、社会状況に照らし合わせて考える必要があることを如実に物語っている。

第二の問題点は第一の問題点と関連する。『シェルボーン』における二十世紀以降のアイルランド史は、イギリスとアイルランドの抗争が始まった一九一九年からアイルランド自由国となった一九二二年までについては多くの記述がなされる一方で、それ以降から「今日」のおおよそ三十年間について、とりわけ第二次世界大戦についてはかなり消極的な記述しかなされていないという問題がある。これにはボウエンの意図を感ぜずにはいられない。確かにアイルランドはデ・ヴァレラ政権時の一九三九年、中立を宣言し第二次世界大戦には参戦しなかった。ボウエン自身はその意味を痛感していたはずだ。先述のとおり、第二次世界大戦中のボウエンは、イギリス側のスパイとしてアイルランドで活動し、アイルランドの港湾の使用を望むイギリス側の思惑に対してのアイルランドのセンチメントを調査および報告する任務を遂行していた。この任務遂行はアイルランドに対する裏切りに他ならない、とアイルランドでは受けとめられている（この問題は、アイルランド文学にボウエンを含めるかどうかという、現在にも続く激しい議論の発端となるほどの禍根を残してしまっている）。つまり、「私たちアイルランド人」というボウエンにとって、自身の第二次世界大戦時のスパイ活動はアイルランドに対する裏切りであるため都合が悪く、それゆえに第二次世界大戦下のアイルランド史の記述を『シェルボーン』から割愛せざるを得なくなったのだとしか考えられない。『シェルボーン』はダブリンの象徴的ホテルの発展を示し、文化・社会史を綴ろうとするボウエンの試みであると同時に、アングロ・アイリッシュの末裔《まつえい》として両国に挟まれた彼女のアイデンティティの揺らぎを示すテクストでもあるのだ。

（小室龍之介）

IV 評論

『イギリスの小説家』English Novelists

『イギリスの小説家』は、ボウエンのイギリス小説史という一冊である。遠回りとはなるものの、最初に長編小説の出版年について触れたい。ボウエンは『心の死』を一九三八年に発表してから次作の『日ざかり』を発表するまでに十一年を要している。この長編小説の空白期間については複数の理由があり、その一つには『日ざかり』の執筆そのものが彼女にとって多大な労力を伴う営為であったということがある。また、第二次世界大戦中の物資不足のために、長編小説から短編小説へとシフトせざるを得ないという事情に頭を悩ませた作家もいたようだが、彼女の場合はそうでもなさそうだ。実際、戦間期や第二次世界大戦中における彼女の執筆活動は停滞するどころかむしろ活発化し、短編小説を数多く執筆しながら『七たびの冬』と大部の『ボウエンズ・コート』に加え、『イギリスの小説家』を一九四二年に発表している。

『イギリスの小説家』はイギリス「文学史」ではない。この理由は至極単純で、ここで扱われるのは専《もっぱ》ら小説であって、アフラ・ベーンは扱われてもシェイクスピアは扱われず、ジェイン・オースティンは扱われてもロマン派詩人たちはだれ一人として扱われてはいない。ゆえに、これはイギリス「小説史」である。そして、ここで扱われる小説家はいわゆる教科書的な「イギリス文学史」で扱われる小説家とほぼ同一と理解して差し支えないのだが、ボウエンにとっての「小説家」と「偉大な小説家」の違いが冒頭で示されていて、「同時代に属す」だけなのが前者である一方、同時代に属しつつ、「大した変化を遂げていない」人間の「ずっと存在している本質」を捉えるのが後者である、とボウエンは力説する。この主張は終始一貫していて、『イギリスの小説家』の最後にヴァージニア・ウルフを登場させるのもそのためである。

『イギリスの小説家』には、興味深い点が更にある。パトリシア・ロレンスによれば、このテクストには、第二次世界大戦中における出版社コリンズのプロパガンダ作品シリーズの一環として出版されたという経緯がある。チャーチル政権下のスパイとして動いていたボウエンを支えていたのもイギリスへの愛国心であることを思い返せば、このことは驚くに値しない。『イギリスの小説家』の冒頭を飾るのは戦時中の士気高揚装置としてのイギリス小説を訴えるボウエンの記述であり、これはプロパガンダとして十分機能すると思われる。

> イギリスの遺産の生きた部分を無視したり名ばかりの敬意を表したりするのであれば、私たちは多くを失ってしまう。そして現在、イギリスの精神が屹立《きつりつ》するときにあって、そんなことをしてしまっては二重の損失を被ることになる。芸術におけるイギリスの過去は、歴史におけるイギリスの過去同様、この国の英雄的な今日を築くのに役立ってきた。人間の経験がもつ新たな局面に直面するにあたり、私たちの脇に、私たちの作家を欲するのは自然なことである。

この議論のポイントは、国威発揚を可能にする「芸術におけるイギリスの過去」と「歴史におけるイギリスの過去」の両者が交差する地点として、ボウエンが提示するのはイギリスの「芸術」の「歴史」、すなわちここではイギリス文学史であり、ボウエンはこれを『イギリスの小説家』で結実させたということである。『イギリスの小説家』は一九二〇~三〇年代のいわゆるハイ・モダニズム期に行われたイギリス文学のキャノン形成における主導的作品では断じてないものの、そのような動向の後発作品として捉えられることの可能性を暗示する。戦間期におけるイギリス帝国拡張や士気高揚とキャノン形成との連動のなかにこのテクストを位置づけて考察することの必要性がにじみでている。

『イギリスの小説家』の終盤にはH・G・ウェルズ、アーノルド・ベネットやジョン・ゴールズワージーらを「物質主義者」としたウルフの「現代小説論」（一九一九）を彷彿とさせる議論をボウエンは展開している。「後期ヴィクトリア朝時代の小説家」として挙げられるキプリング、ウェルズ、ベネット、ゴールズワージーの四作家は、「より若い世代の作家よりも革命的」だったゆえに「気質における断絶」があると指摘する。さらに、「十八世紀から数年前までの」イギリス小説が秀でていたのは性格造形や風景描写であって「観念や情熱」には重きが置かれなかったものを、D・H・ロレンスが先導して「先達が避けてきた観念や情熱」を優先して描写したという「変化」を彼女は鋭く指摘する。

書評活動に携わってきたボウエンにとってこのテクストの執筆は造作ないことだったのかもしれない。『イギリスの小説家』は、作家の辞書的な解説に終始するイギリス文学史とは違った読み応えを与えてくれるのは間違いなかろう。

（小室龍之介）

『なぜ書くか』*Why Do I Write?: An Exchange of Views Between Elizabeth Bowen, Graham Greene, and V. S. Pritchett*

『なぜ書くか』は副題にあるように、エリザベス・ボウエン、グレアム・グリーンとV・S・プリチェットによる往復書簡である。作家や芸術家が社会とのいかなる関係を持ち、社会でいかなる役割を担うかという議論のテーマがプリチェットによる序章で示されたあと、第一、二章がプリチェットからボウエンへの、第三章がボウエンからプリチェットへの、第四章がグリーンからボウエンへの、第五章がプリチェットからグリーンへの、第六章がグリーンからプリチェットへの、第七章がボウエンからグリーンへの書簡となっている。すべて二者間の書簡ではあるが、残りの一人も必ず目を通している。また、書簡の年月日については明記がないものの、この書簡が交わされたのは第二次世界大戦後であり、ドイツでのナチズム台頭やスペイン戦争、ソ連に代表される社会主義国家の台頭に直面した作家の思索が『なぜ書くか』には刻まれている。特にプリチェットの序文において、ヨーロッパ全体に広がる全体主義的な検閲制度や社会主義統制下での自由の剥奪という脅威が作家を震え上がらせていることが示されており、この問題意識はこの三作家に共有されているようだ。こういった時代背景ゆえに、序文によって提起される問題が重要課題となる。ここでは限られた紙幅を鑑《かんが》み、ボウエンの書簡について述べていきたい。

　プリチェットからの二通の書簡を受けて作成されたボウエンの書簡のなかで展開される主張は、「作品と社会との関係」が存在するのみで、「作家と社会との関係」は存在しないということである。プリチェットの質問に対し、「質問は厳禁、さすれば嘘をつかれることはない」とボウエンが突き放すのはそのためである。

> （作家としての）私の社会との関係の本質について聞かれた時うんざりしたり心の平静を保てなくなったりしてしまうとしたら、それは、私の知る限り存在しないものの本質について聞かれているからだ。（中略）私の本こそが私の社会との関係なのだ。（強調は原文通り）

　ここから「作品と社会との関係」についてのボウエンの議論が始まる。まず、第二章のプリチェットの手紙を引用して、社会とは「ある目的でまとまった人々」であるとボウエンは踏まえる。そして、作家は実生活における社会よりも物語中の社会に明るいはずで、人々は物語中の社会がページ上の世界を超えて実社会にも拡張していくことを期待する、とボウエンは理解する。そうすると、作家が社会の意味や方向性を与えるという主張がいかにも生まれてきそうだが、仮定法過去で始まる次の一節にある通り、その主張をはっきり否定する。

> 今この瞬間、この時代において、もしも社会というものが本当に存在するのであれば（中略）芸術家はもっと人目につかない、とはいえ本人にすればより健全な立ち位置にいられたことだろう。目下、芸術家は自分が社会と関係を持っているかどうか、社会との関係の中にいると感じているかどうか、もしくは社会と関係を持つべきかど

うかを単に問われているのではない。芸術家は関係を持てる社会を創造せよ、と暗に要求されている。もしくは（中略）人々のなかに社会感覚を作り出すよう求められている。芸術家は、自分の著作から、その秘訣を知っていると思われる。その方法を知っているはずだ。（強調は原文通り）

作家の意義とは「自分の著作」をとおして「社会」もしくは「社会感覚」を作ることにあるのであり、「作家と社会の関係」にはないというボウエンの信条がここで見てとれる。さらに、この信条があるがゆえに、作家としての名前を利用した嘆願書の作成や新聞への投書という行為、説教や演説といった行為は慎むべきであると力説し、作家は「ただ書く」ことに専念すべきだとボウエンは主張する。

では、グリーンの書簡を受けたボウエンの反応はどのようなものだろうか。ボウエンへ宛てた書簡において、グリーンは小説家の義務として、真実を告げることの他に国家への不忠誠を説いている。この主張は、全体主義国家やブルジョワ国家による作家の特権化と併《あわ》せて、最大の圧力は社会のなかの社会（グリーンにとってのカトリック教会なるグループがその一例）から生ずるとし、この圧力が文学を歪めてしまうと、文学は文学としての体を成さなくなるという危惧を端緒とする。そして、グリーンへの返信のなかでボウエンが認めるのは、目下、プリチェットも序文で言及する、紙不足のために作品の印刷や増刷ができず、収入減にあえぎながら、作家や芸術家たちは他の職業にはない作家特有の重圧、すなわち、作家や芸術家は作品制作以外による社会貢献をせねばならぬという重圧の下にいる、と指摘するに留めている。ボウエンは、ひたすら執筆せねばならないという過重労働や収入減という問題に苦悩するグリーンに表面的に頷《うなず》くことしかせず、彼の書簡に対して正面から受け止めて反応しようとはしない。

冒頭にて三人の作家によって交わされる書簡が、第二次世界大戦やスペイン戦争やナチズムの台頭を経たのち、ソヴィエト連邦の全体主義という脅威を背景にしていることは述べたが、この脅威に対する問題意識は広く作家たちのあいだで共有されていたであろうことは、ジョージ・オーウェルの評論「なぜ書くか」（一九四六）からも察することができる。ボウエン、グリーン、プリチェットの間でやり取りされた往復書簡集『なぜ書くか』は、ヨーロッパの政治的危機から脱出することのできない作家たちによる、苦悩まじりの作家論の一つとして、現代作家にも通じる問題を提示しているのである。

（小室龍之介）

序文・あとがき

エリザベス・ボウエンが書いた序文や後書きは、自著に寄せたものと、他の作家の著作に寄せたものとに大別される。自作に対するボウエンの見解や、他の作家の作品への評価は、ボウエンの文学観と密接につながり合う。ボウエン自身が編集した『再考—著述に関する小品文集』(一九六二)の序文で、ボウエンは、作家にとっては書くことも読むことも波乱に富んでおり、頭脳に極めて深く働きかけるので、感想が述べられるようになるのは、本を脱稿した後で読了してからだと述べている。そして、書評や序文に着手するためには、読了後の結果や判断や発見について熟考しなければならないが、自作に対しても他の作家の作品に対してもそれを容易に形に表せるとは限らないという。『マルベリー・ツリー—エリザベス・ボウエン著作集』(一九九九)を編集したハーマイオニ・リーは、再考という形でしか批評することはできないとボウエンが言う時、そこには「時間と記憶や、回想という危険な魅力をもつものに没頭する」ボウエンの自己分析が表れていると述べている。以下、同書からの引用は日本語訳文に拙訳を用いる。

ボウエンは作家としての出発点となった短編集『出会い』の第二版(一九四九年)への序文で執筆当時を振り返り、書くことへの興奮を新鮮に感じたと記している。ボウエンは、出版という「読まれるために必要な道」に至るまで、一行一行を生み出す苦難を経験した「作家にとって、初稿の重要性は、書かれているものの実際の価値とはまったく不釣り合いな重みをもっているに違いない」と自覚している。「苦闘」とも言える執筆作業によって、ボウエンは「命を縮めるほど疲弊させ」られてきたが、その支えとなってきたのはこれまで読んできた本であり、そこから得る糧を豊かにするために読書量を増やしてきたという。

さらにボウエンは、文学ジャンルとして短編小説が軽視されていることを指摘している。自らが大学に進学せず、知識人の派閥にも属さないために読書経験が浅いことを断りながら、ボウエンはキャサリン・マンスフィールドの『幸福、その他』(一九二〇)が短編小説の地位向上に貢献した秀作であると認め、自身も『出会い』の脱稿後に「高揚感と嫉妬」をもってこの作品を読んだと明かしている。マンスフィールドの模倣を疑われるかもしれないと予感したという『出会い』の各作品については、「早熟さと未熟さが混ざり合っている」が「駄作とは思われない」と評価し、「物語を策略の一つとして活かすのに長けていた」と長所を挙げている。また、登場人物の多くが自分の知り合いに似ていると述べ、さまざまな大人に囲まれてアイルランドとイングランドを行き来した子ども時代に言及している。ボウエンが作家になる方向づけは、「非常に幸せでありながら、大人の地位を築きそこねてしまうかもしれないという隠れた恐怖を感じて生きていた」子ども時代に端を発しており、ボウエンは「この恐怖が私を書くようにけしかけたようである」と明確に記している。

また、『出会い』の初版の出版時に「素描集」という書評を受けて「見くびられている」と感じたボウエンは、「物語」(story)と「素描」(sketch)の手法の違いについて説明している。「物語は慣習的な「筋書き」から解き放たれることがある一方で、物語となるためには転換点がなければならない。素描には転換点が不要だが、それは素描が並外れた洞察力による実録に過ぎないからである」。『出会い』の作品群は「場所、特定の時、対象、通年の季節に対する感受性」に満ちているにもかかわらず、その物語性を評価されなかったことへの反発が窺《うかが》える。

ボウエンの自著への序文は、「感傷や郷愁を生み出すような追憶」ではないとリーが主張するように、『出会い』第二版の序文には、作家自身の「心の動きを興味深く映し出すと共に、自作のさまざまな源に光を当てている」という側面が顕著に示されている。その十年後に出版された『エリザベス・ボウエン作品集』(*Stories by Elizabeth Bowen*, 1959)の序文で、ボウエンは自作への見解をさらに掘り下げている。この選集には、作家自身が「テーマや論述法の好例」と自賛する「最も有望な」作品が含まれており、『出会い』の所収作品も加えられている。ボウエンは「あらゆる短編は実験である」と主張し、「批判を確実に招くと共に、それぞれの方法でその批判に耐えうるはずの物語を提示して、批判に立ち向かおうと決意した」という固い意志を表明している。気に入っている作品が自らの「厳格な再読」の水準を満たせずに選集から漏れた時、ボウエンは不充分な点や、主観に頼り過ぎている点を内省している。その一方で、ファンタジーの要素が多過ぎると批判されかねない短編こそ、自作の中でより秀でていると主張している。

ボウエンは「短編に私情を一切交えないことは絶対にできない」と述べ、フィクションは必ずや自伝に置き換えられることになると強調している。しかし、ボウエンの短編が常に自伝の要素を見出せるほど主観的であるとは限らない。短編集『悪魔の恋人』(一九四五)に寄せた序文でボウエンは、これらの短編が「すべて戦時中の物語であり、戦争の物語ではない」と述べており、自身が体験した空襲のような戦闘行為や兵士の登場人物はほとんど描いていないと主張している（強調は原文）。ボウエンは、これらの短編を「戦争の雰囲気」が「奇妙に進展していく」のを「注意深く観察した」ものとして捉えているが、この特徴は短編だけではなく、長編にも当てはまると言えよう。

　リーは、ボウエンが「強い親近感を感じている作家」の作品としてヴァージニア・ウルフの『オーランドー』（一九二八）、アントニア・ホワイトの『五月の霜』（一九三三）、ジョゼフ・シェリダン・レ・ファニュの『アンクル・サイラス』（一八六四）を挙げている。そして、これらの作品のためにボウエンが書いたすぐれた序文や後書きは、「第一級の批評とは「創造的」でありうるという彼女の信念を確証する」ものであると述べている。

　『アンクル・サイラス』への序文で、ボウエンは自らの短編「幸せな秋の野原」と『アンクル・サイラス』を関連づけて、「イングランドの舞台に移しかえられたアイルランドの物語として、常に強い印象」を受けていると述べている。ボウエンは、『アンクル・サイラス』をアイルランド小説と認める理由として、「性が描かれていないこと」と「昇華された幼稚性」を挙げている。リーは、この序文が「傑出した評論」であり、この「恐怖小説」の「心理的な浮き沈み」、「官能性」、「息が詰まりそうな環境」、その「遠回しな示唆に富む芸術性」と「飾らない技巧」について、「レ・ファニュの作品だけではなく、ボウエン自身の作品にも当てはまる鋭敏さをもって見事に述べられている」と評している。晩年の自伝的随筆『さし絵と会話』（一九七五）においても、ボウエンはレ・ファニュを含むアングロ・アイリッシュの作家の多大な影響について詳述しているが、リーは、この序文を著した一九四七年の時点で既に「その影響を極めて正確に位置づけている」と指摘している。

　『五月の霜』は、ホワイトの自伝的小説とも言われる四部作の一作目で、修道院付属の女子校の閉鎖的な学則と、個性豊かな生徒をめぐる物語である。ボウエンは、トーマス・ヒューズの『トム・ブラウンの学校生活』（一八五七）にさかのぼる学校小説に言及しながら、『五月の霜』を大人向けの作品と位置づけ、ホワイトの手法を「ジェイン・オースティンの手法と同じくらいに正確で明解で重苦しくない」と評している。また、ホワイトの時間の扱い方に注目しており、「技術的に大きな成功を収めている」と同時に「詩趣を帯びている」とも述べている。自身が少女を主人公にした物語を多く著し、巧みな時間の操作を得意とするボウエンは、『五月の霜』に強い関心を寄せている。

　一九六〇年に出版された叢書版の『オーランドー』への

後書きで、ボウエンは最初に出版された一九二八年当時の否定的な見解と対照的な再評価を呈している。友人としての私的な思い出は、ウルフの没後二十年ほど経ってボウエンに『オーランドー』を読み解く光を与えたという。ボウエンは『オーランドー』がウルフにとって重要な作品であり、「最も気概のある小説の一つ」だと認めている。しかし、『オーランドー』の前年に出版された『灯台へ』（一九二七）で、ウルフは「ある完璧の域に達した」後、この到達点を越えられず、「それ以上前進できなかった」。『オーランドー』をその三年後に出版された『波』（一九三一）の予兆とみなすボウエンは、『オーランドー』の最初の出版時には、自分が若さゆえに愚かで、その真価を理解できなかったが、今では『オーランドー』が「若者にふさわしい小説」であると認識していると締めくくっている。

ボウエンによれば、「序文」の効用とは、「その本の本質を指摘し、評価するためにいくつかの切り口を示唆すること」に過ぎず、その評価は読者自身に委ねられている。ボウエンの序文や後書きは、読者がその作品に的確な評価を下す道標となるだろう。

（米山優子）

〈第四章〉ボウエンを照射する諸々のテーマ

1　アングロ・アイリッシュ

窪田憲子

ボウエンの読者にはなじみ深い〈アングロ・アイリッシュ〉は、歴史的に興味深い変化をしてきた用語である。まずこの言葉の基本の意味としては、イギリスとアイルランドに関する、という形容詞としての使い方がある。また、「イギリス系アイルランド人（イギリスの出自をもちアイルランドに住む人）」、「アイルランド系イギリス人（アイルランドの出自をもちイギリスに住む人）」あるいは、「アイルランド人とイギリス人の親から生まれた人、ないしその子孫」という出自を示す意味をもつ。だが、十九世紀以降は、国教徒の支配者層という意味の「プロテスタント・アセンダンシー」という言葉とほぼ同義として使われている。本来、出自を示す使い方が基本にある〈アングロ・アイリッシュ〉という言葉に、アイルランドの支配者層という意味が込められるようになった経緯を理解するためには、アイルランドとイギリスの歴史的な関係を追う必要があろう。

アイルランドがイギリスと関係をもつのは主として十二世紀以降である。一一五五年に、イギリス出身のローマ法皇ハドリアヌス四世は、イギリスの王ヘンリー二世に宛て、法皇勅書（Laudabiliter）と呼ばれる文書を送る。この勅書においてローマ法皇は、ヘンリー二世にアイルランドに攻め入ることを許可し、アイルランドにおいてカトリックの制度にもとづいた教会改革を進めるように要請したのであった。一説には、ヘンリー二世の方からローマ法皇に依頼し、アイルランド征服を正当化するための勅書を発行させた、とも言われている。当時ヘンリー二世は、イングランドのみならず、フランスにも領土をもつ封建君主であり、すぐにアイルランドに向かう余裕はなかったが、着々とアイルランド征服の布石を打ったのであった。

この頃アイルランドは、いくつかの王国に分かれ、さらにその上に、上王(High King)と呼ばれる王がいて統治していた。レンスターの王ダーモット・マクマラ(Dermot MacMurrough. 他にも複数の綴り方がある)は、かつて他国の王妃をかどわかしたというこという理由で、一一六七年に上王によって廃位される。マクマラは王国を取り戻すために、自国を出てイギリス王ヘンリー二世の許に行き、救援を要請する。当初ヘンリー二世は自ら兵を出しはしなかったが、マクマラがイギリスで兵を集めることを許可する。この時マクマラ支援に名乗りを挙げたのが、イングランドの王位をめぐる争いではヘンリー二世と対立した第二代ペンブルック伯爵、後世にはストロングボウ(強い弓の意)という通称で呼ばれているアングロ・ノルマンの貴族であった。加えてストロングボウは、マクマラの娘と結婚させることと、マクマラの死後は、王国を自分に譲ることという約束をとりつける。一方で、ストロングボウはアイルランド出兵に関してヘンリー二世からも認可状を得る算段をした後、ウェールズなどで集めた兵を率いてアイルランドに上陸する。ストロングボウとマクマラは、一一七〇年までに、ウォーターフォード、ダブリンを陥落させる。前世紀にイギリスを征服したノルマン人たちであったが、今度はアングロ・ノルマンとしてアイルランドに「本格的な侵略」を始めた、とP・B・エリスはその著『アイルランド史――民族と階級』において述べている。

一一七一年にレンスター王マクマラが死去する。ヘンリー二世は、ストロングボウが強力になって独立王国を築くのを阻止するため、法皇の勅書に則って同年、アイルランドに出兵する。ヘンリー二世は、ストロングボウに対してレンスター王国、およびイギリス、フランスにおける彼の領地を認めるが、代わりに、ダブリン、ウォーターフォードなどアイルランドの主要な町を差し出させ、アイルランドの宗主権を得た。

ヘンリー二世は翌年帰国するが、一一七五年、アイルランドの上王ローリー・オコナーとウィンザー条約を結ぶ。これによりダブリンなどのイギリス人の征服地は、ペイルと呼ばれる直轄のイギリス人居住地となった。一一七七年には、ヘンリー二世は時の法皇アレクサンダー三世の許しを得て、十歳の息子ジョンをアイルランド宗主にする。このようにして、十二世紀後半に法皇の勅書を得たイギリスは、レンスター王マクマラの廃位問題をきっかけに、アイルランド全土に植民を展開するようになったのである。十四世紀初めには、アイルランド全島のおよそ三分の二がアングロ・ノルマン人たちのイギリスの支配下におかれたという。

しかし、その後はアイルランドに移住するイギリス人が減少し、「その宗主権は事実上の破滅に至るような状態」になった、とJ・C・ベケットはその著『アイルランド史』において述べている。一三六六年に制定されたキルケニー法では、イギリス人に対してアイルランド人との結婚を禁じたり、アイルランド語を使うことや、アイルランド風の名前をつけたり、アイルランドの民族衣装をまとうことを禁止したりしたが、実質的な効果はなかった。アイルランドに渡ったイギリス人たちは、十四世紀後半と十五世紀を通じて、次第にこの地の風土に同化していったのである。そのような彼らは「アイルランド人たちより、もっとアイルランド人的」と言われるほどになっていた。土地保有に関しても、十五世紀中葉のアイルランドでは、ダブリンを中心とした地域がイギリスの直轄地ペイルであり、北東部のアルスター、および東南部の地域がイギリスから来てアイルランドに住みついた貴族の人々の領地であったが、残る大半の土地はアイルランド人の所有となっている。

だが、十六世紀のテューダー朝になると、アイルランドとイギリスの関係は事情が大きく変わり、「テューダー王朝のアイルランド征服」と呼ばれる事態になっていく。イギリスのテューダー朝のヘンリー八世は、自分の離婚問題を契機としてローマ法皇と袂を分かち、一五三四年に国王至上法を発し、世俗の王を最高位においたイギリス国教会を樹立する。アイルランドにおいては、アイルランド宗主(Lord of Ireland)の称号は元々ローマ法皇から付与されたものであることからこれを廃し、新たに一五四一年にアイルランド議会からアイルランド国王(King of Ireland)の称号を贈らせる。これによりイギリス国王はアイルランド国王も兼ねることになり、ヘンリー八世はカトリックが普及していたアイルランドにプロテスタントのイギリス国教会の制度を持ち込む。

十六世紀後半以降、アイルランドでたびたび反乱が起こるようになる。エリザベス一世の時代、マンスター地方では二度にわたり、数年間に及ぶ反乱が起き、一五九四年から一六〇三年にはイギリスとの間で九年戦争が起こる。次の王ジェイムズ一世は、アルスター地方にイギリス国教会、スコットランドの長老派教会などの教徒たちを移住させる。土地を没収されたアルスターの人々は、その不満が次第に高じ、ついに一六四一年にイギリスに対して反乱を起こす。イギリスで清教徒革命を指揮していたオリヴァー・クロムウェルは革命の終結後、一六四九年にアイルランドに出兵し、反乱を収めた。しかし、この時、クロムウェルは何千人もの人々を虐殺したり、強制的に西インド諸島に労働力として送り込んだりする。さらに一六五二年の土地処分法（Act of Settlement）において、反乱に加担したり、または積極的にイギリス軍に協力しなかったりした人びとの土地を没収する。それを反乱制圧の資金を提供した投機人（Adventurers）と呼ばれる人々や、自己の軍隊にも分配したのであった。テューダー王朝以降のこのようなイギリスの関与の結果、新たにまたイギリス人がアイルランドに移住し、土地を所有するようになったのである。

しかし、テューダー王朝以降アイルランドに来たイギリス人には、それ以前のイギリス人移住者とは大きな違いが生じている。すなわち、テューダー王朝以前に移住したイギリス人たちは、先述したように、次第にアイルランド人と結婚したり、アイルランドの文化風土に同化したりしていき、また当然ながらカトリック教徒であった。そのような彼らは「オールド・イングリッシュ」と呼ばれるようになる。一方、テューダー王朝のヘンリー八世以降のイギリスからの移住者たちは、プロテスタントの国教徒であり、「ニュー・イングリッシュ」と呼ばれていく。同じイギリスの出自をもち、アイルランドにおいてイギリス王室に忠誠を誓っていた彼らであるが、信仰する宗教の差は、十七世紀に施行された宗教刑罰法（Penal Laws）と呼ばれる数々の法律により、さらに大きな民族の分断をもたらしていく。まず、一六〇七年、カトリック教徒は公職に就くことも軍隊に入ることも禁止される。一六五二年以降、カトリック教徒はアイルランドの国会議員になる権利も失う。トリニティ・カレッジは、アイルランドで最も歴史が古く、イギリスのオックスフォード大学、ケンブリッジ大学と並び称されるほどの優れた大学であるが、カトリック教徒は入学することができず、そのために、医師、弁護士などの専門職の道はカトリックに閉ざされることになっていく。土地所有に関しても、カトリック教徒は保有が厳しく制限された。

宗教刑罰法の諸法は十九世紀前半までには廃止されていくが、この一連の法律や社会の仕組みにより、カトリック教徒であったオールド・イングリッシュはアイルランド社会において没落し、国教のプロテスタント教徒であるニュー・イングリッシュの中から地主になったり、要職に就いたりして、繁栄していく人々が出てくる。これらのニュー・イングリッシュの人々がプロテスタント・アセンダンシーと呼ばれる支配者層になっていくのである。アイルランドの貴族においても、十八世紀初頭には、すでに土着のアイルランド人やオールド・イングリッシュの貴族に代わって、ニュー・イングリッシュの貴族が多くなっていた。そのような過程を経て、ニュー・イングリッシュが、アイルランドに移住したイギリス人、すなわちアングロ・アイリッシュを代表するようになり、十九世紀には〈アングロ・アイリッシュ〉という言葉自体が、プロテスタント・アセンダンシーとほぼ同義の使い方をされるようになる。

実際、近代のアイルランド社会を見ていくと、多くのアングロ・アイリッシュの人々が後世に残る活躍をしている。文学者に限ってみても、ボウエンの他、古くはジョナサン・スウィフト、エドマンド・バーク、マライア・エッジワースから、ブラム・ストーカー、オスカー・ワイルド、レディ・グレゴリー、W・B・イェイツ、バーナード・ショー、サミュエル・ベケットなど多彩で錚々たる人々を輩出している。また、アイルランド自治を推し進めた政治家チャールズ・スチュアート・パーネルもアングロ・アイリッシュである。

だが、十九世紀後半からアイルランド独立の機運が高まったとき、アングロ・アイリッシュの多くの人々は、おおむね独立には反対した。そのため、一九二三年まで続く内乱の時代に、アングロ・アイリッシュの所有する多くのビッグハウスが焼き討ちにあい、その数は二〇〇とも三〇〇ともいわれている。

エリザベス・ボウエン自身は、ヴィクトリア・グレンディニングの言を借りれば「古典的なアングロ・アイリッシュ」である。ボウエンの祖先はクロムウェルの率いる軍隊の一員としてイギリスからアイルランドに来る。そして、一六五三年にクロムウェルからボウエンズ・コートの土地を与えられたのであった。ボウエンは著書『ボウエンズ・コート』において自分の先祖を十五世紀までさかのぼってたぐっていくが、そこには〈アングロ・アイリッシュ〉としての自分の出自の歴史を再確認しようという意図が考えられる。ボウエンの長編第二作目『最後の九月』で内乱により焼き討ちにあうビッグハウスをメイン・テーマにしているのも、アングロ・アイリッシュの歴史と向き合う、という覚悟が見てとれる。このようなアイルランドとイギリスの関係やアイルランドの分断の歴史を背景に抱えている〈アングロ・アイリッシュ〉は、作家ボウエンの重要な基盤を形成するものにもなっているのである。

2 ビッグハウス

窪田憲子

ビッグハウス（Big House）とは、一口でいえば、アイルランドにおける豪壮な邸宅のことである。イギリスで通常カントリーハウスと呼ばれている貴族や富豪の邸宅に相当するものであるが、アイルランドにおいては、カントリーハウスよりもビッグハウスという名称が普及している。また、ビッグハウスは、アイルランドにおけるアングロ・アイリッシュの歴史と密接なかかわりをもって発展してきたので、アセンダンシーと呼ばれるアングロ・アイリッシュの支配者層の邸宅という意味合いで使われることが多い。

イングランドにおけるカントリーハウスの歴史においては、十六世紀のヘンリー八世による修道院解散令が一つの転機点となっている。これにより修道院などの多くの宗教的施設が国王に没収され、それが臣下に付与されたり、払い下げられたりした結果、カントリーハウスになったものが少なくないからである。ヴァージニア・ウルフの『オーランドー』の舞台として有名なノール・ハウス、イギリスで最初に一般公開に踏み切ったロングリート・ハウスなどは、ヘンリー八世の修道院解散令を契機として発展してきたイギリスの代表的なカントリーハウスである。ベッドフォード公爵の居宅であるウォーバン・アビーは、その名称（アビー＝修道院）からも由来が察せられる（ジェイン・オースティンの『ノーサンガー・アビー』において、主人公キャサリンが、ティルニーの家がノーサンガー・アビーという名前であると聞いて、妄想に近い思いを抱くのも、この名前から十六世紀の修道院解散に由来する歴史あるカントリーハウスだと思ってしまったからであろう）。

アイルランドのビッグハウスの歴史を考える上では、イングランドとの関係、とくに、十七世紀のクロムウェルのアイルランド侵攻は、重要な意味をもっている。ここに至るまでの経緯を振り返ると、まずイングランドによるアイルランドの支配は、十二世紀にローマ教皇ハドリアヌス四世がイングランドのヘンリー二世にアイルランドの支配権を与えたことに端を発している。

十六世紀のテューダー朝になると、軍事占領と宗教改革の色が強くなる。英国国教会の首長となったヘンリー八世は、一五四一年にアイルランド議会からアイルランド王の称号を得る。これ以降、イングランドの王はアイルランド王も兼ね、ヘンリー八世はアイルランドにもイギリス国教会を広めようとした。娘のエリザベス一世は、その治世においてアイルランドに対して強引な政策をとる。これに反発したマンスター地方では二度にわたり、数年間に及ぶ反乱が起き、餓死を含む多くの犠牲者が出る。さらに、エリザベス一世の晩年、一五九四年から一六〇三年にはイングランドとの間で九年戦争が起こる。エリザベス一世の跡を受けて即位したジェイムズ一世は、アルスター地方に英国国教会、スコットランドの長老派教会などのプロテスタントの人々を多く移住させる。土地を没収されたアルスターのアイルランド人は、その不満が次第に高じ、ついに一六四一年にイングランドに対して反乱を起こすのである。イギリスで清教徒革命を指揮していたオリヴァー・クロムウェルは革命の終結後、一六四九年にアイルランドに出兵し、反乱を収める。しかし、この時、クロムウェルは何千人もの人々を虐殺したり、強制的に西インド諸島に労働力として送り込んだりした。さらにアイルランドの土地を没収して、自己の軍隊にも与えたのである。また反乱に加わっていない人々の土地まで没収したといわれている。

　このようにしてアイルランドに移ったイギリス人（アングロ・アイリッシュ）は、アセンダンシーと称せられる支配者層となり、土地をも手に入れ、裕福な地主となっていく。それゆえに、アイルランドにおけるビッグハウスは、そのような富を有した人々の身分の証しとして建てられたものという性質を帯びている。もちろん、中にはグリン城のように中世に建てられ、イギリスの侵攻に対しても所領を護り通した館もあるが、多くのビッグハウスは、十七世紀以降のアングロ・アイリッシュの人々と結びついたものとして、またその身分や支配の象徴として発展してきたのである。ボウエンの先祖も、軍人としてクロムウェルのアイルランド侵攻に加わり、報酬として土地を与えられたアセンダンシーである。

　ビッグハウスの建築上の特徴として、材料は地元産出の石灰岩を使うが、様式には、植民者であることを示すように、外国の建築様式を用いていることが挙げられると、ヴェラ・クレイルカンプは、その著『アングロ・アイリッシュ小説とビッグハウス』において指摘している。また、ビッグハウスを建てる人々は、自分たちを「アイルランド人だとみなしている」が、一方で二つの国と二つのアイデンティティの狭間に陥っており、土地を貸している小作人とは、「階級のみならず、宗教、言語、および出身国によって隔てられている」と考えている人々だと述べている。また、ビッグハウスには、アセンダンシーの家という文化的な刻印の背後に、単なる勝利者意識ではない不安感が見受けられる、と指摘する批評家もいる。ロイ・フォースターは、アングロ・アイリッシュの人々は、自分たちは外からやって来た者であるが、ここにとどまるのだ、ということを自分に納得させるためにビッグハウスを建てたのだ、とも指摘している。

そのような歴史をたどってきたアングロ・アイリッシュのアセンダンシーの居宅であるビッグハウスは、二十世紀のアイルランド独立運動において大きな影響を受ける。一九一六年のイースター蜂起、そして一九一九年から二一年にかけてのアイルランド独立戦争において、アングロ・アイリッシュの人々は、概して独立に反対する立場をとった。そのため、アイルランド独立戦争から、その後一九二三年まで続く内乱の時代に、二〇〇とも三〇〇ともいわれるビッグハウスが焼き討ちにあったり、破壊されたりした。作家のジョージ・ムーアの生家であるムーア・ホールは一九二三年の内乱で襲撃され、焼かれて、現在は廃墟になった姿を人々にさらしている。

また、戦争や内乱で持ちこたえても、その後の多くのビッグハウスは、持ち主が家を維持できずに、人手に渡したり、一般公開したり、ホテル等に形を変えているものが多い。この点については、イギリスにおけるカントリーハウスの運命と同じである。アイルランド文芸復興の担い手であったレディ・グレゴリーの家であるクール・ハウスは、内戦時に損傷を受け、一九二七年に国家に売却される。しかし、国は一九四一年に家を解体し、現在は広大な自然公園になっている。中世から続くブラーニー城は、一般公開しており、屋上で身を乗り出して周りの石に口づけすると雄弁になるという言い伝えで人気を博している。

一般に売りに出されたビッグハウスとして、たとえば、トュリラ城がある。この城は、レディ・グレゴリーやイェイツと共にアビー座の設立に携わったエドワード・マーティンの館であったが、二〇一三年に売りに出された。そのことを『アイリッシュ・タイムズ』は、「アイルランドのもっとも美しい城が六五〇万ユーロで売却に」という見出しと共に報道している。中世まで歴史を遡るグリン城は、ホテルになったものの、その後一度閉業し、二〇一五年にクリスティーズでオークションにかけられた。だが、売買は成立せず、現在は、全館貸し切りで使う形のホテルになっている。

アイルランドにおけるアセンダンシーの子孫であるエリザベス・ボウエンの場合も、ビッグハウスの歴史を肌で経験した人といえる。ボウエンの父親は、ダブリンで弁護士をしていたが、コーク州にボウエンズ・コートと呼ばれるビッグハウスを所有していた。ボウエンは両親が別居する七歳までは、父親の夏の休暇時には決まってこのビッグハウスで過ごしていた。父と別れてからはイギリスで母と一緒に暮らしていたが、十三歳の時に母と死別し、その後再び、十代最後の夏をアイルランドで過ごしたのであった。一九二一年の独立戦争時、ボウエンズ・コートは焼き討ちを免れたものの、近隣のビッグハウスは一晩で三軒襲撃されたという。ボウエンは父親の死後、一九三〇年にボウエンズ・コートを相続し、しばらくは夏の間の家として使ったが、夫が一九五二年に退職してからはロンドンの家を引き払い、こちらで暮らすようになった。多くの客を招き、その中には、戦前にはヴァージニア・ウルフやロザモンド・レーマン、戦後は若き日のアイリス・マードックやアメリカのカーソン・マッカラーズ、ユードラ・ウェルティなど、綺羅星のような作家たちがいた。しかし、次第にビッグハウスの維持に耐え兼ね、一九五九年にボウエンズ・コートを売りに出す。家の売却に伴い、この家の家具や什器などがオークションにかけられた時、床が抜けるのを危ぶまれるほど、遠方からも多くの人々が参加したといわれている。

さらに、アイルランド文学において、〈ビッグハウス小説〉と呼ばれる系譜を形成していることも、ビッグハウスの特徴ともいえる。イギリスにおいて、〈カントリーハウス小説〉といったジャンルの名称は時折目にすることはあるが、まだまだ一般に定着した名称とはいえないことと併せ考えると、ビッグハウスがそれだけ特別の存在だったことが見えてくる。（イギリスにおいては、ジェイン・オースティンの長編六作すべては、カントリーハウスを何らかの形で舞台にしているし、カズオ・イシグロの『日の名残り』やイアン・マキュアンの『贖罪』など現代の作品に至るまで、カントリーハウスを扱った作品群がある）。

アイルランドにおけるビッグハウス小説として、マライア・エッジワースの『ラックレント城』（一八〇〇）は初期の重要な作品である。四代のビッグハウスの領主の生き方を、家令が物語るという興味深い視点で述べられた作品であり、使用人との関係も含めたビッグハウスの主の生活が浮き彫りにされている。現代においては、やはりボウエンがその代表的な作家であるといえる。ボウエンの長編第二作『最後の九月』（一九二九）や『愛の世界』（一九五五）はビッグハウスを舞台にした小説である。その他、ボウエンの代表作といわれている『日ざかり』や『パリの家』などにおいて、主な舞台はイギリスやフランスであっても、アイルランドのビッグハウスが登場していることは興味深い。（『日ざかり』において、ステラの息子が相続するアイルランドのマウント・モリスの描写は、ボウエンの友人のビッグハウスをモデルにしたものといわれている）

『最後の九月』は、アイルランド独立戦争時のアイルランド南部のビッグハウスを舞台に、物語が展開する。アングロ・アイリッシュの没落していく運命が、ビッグハウスと重ね合わせるようにして述べられていく。最後、主人公たちの生活・社交の場であったビッグハウスが焼き討ちに遭うところで小説は幕を閉じる。焼き討ちを家に対する「処刑」という言葉で表現し、襲撃され、焼かれていくビッグハウスの最期を示している。大きな衝撃を残す終わり方である。ビッグハウスは、単に物語の舞台設定になっているだけでなく、ビッグハウスの館自体があたかも登場人物のごとくにそのあり方が重視されているのである。

　また、ボウエンは小説の中でビッグハウスを描くだけでなく、自分の館ボウエンズ・コートについて、同名の書物『ボウエンズ・コート』（一九四二）においてその歴史を綴っている。また、ビッグハウス自体についてのエッセイ（「ビッグハウス」［一九四〇］）も書いている。ボウエンは自分の経験をもとに、アイルランドにおけるアングロ・アイリッシュのビッグハウスが、ある意味、「不名誉な」方法で手に入れられたものであり、いずれは消滅していく運命にあることを、一種の諦念と哀惜の念をにじませながら記している。このように、アイルランドのビッグハウスは、アングロ・アイリッシュの人々と強い結びつきをもって発展・衰退の道をたどってきた。ただ、様々な形態でいまだに数多くのビッグハウスが存在しており、計り知れない文化的意味をもつ、歴史を具現する存在となっている。

3 旅行・自動車・鉄道

窪田憲子

〈旅行〉

　ボウエンは相当に旅行好きな作家であったし、仕事がらみの外国への旅も多かった。ボウエンの生涯における旅を追ってみると、まず、十三歳で母親と死別した後、別居していた父親と叔母に連れられて、大陸に旅行する。この時、ラインの川下りをし、これが大きな旅行の始まりとなる。一九二一年は、アイルランドでは内乱でボウエンズ・コートの近隣のビッグハウスが焼き討ちにあったりしたが、この年にボウエンは叔母と一緒にイタリアのリヴィエラ海岸の保養地ボルディゲーラのホテルに滞在する。ここで長編の第一作『ホテル』の構想を得たといわれている。その後もボウエンの旅は生涯にわたって続く。

ボウエンが好んで訪れたのは、イタリアとフランス、そしてアメリカである。アメリカに対しては、一九三〇年代の初めに訪れた時この国に強い魅力を感じ、以後、生涯にわたって何度も渡米している。とくに一九五〇年以降は、アメリカを訪れない年はないほど、ほぼ毎年訪れている。

ボウエンにとって旅する目的や理由はさまざまである。時には、恋人であるカナダの外交官リッチーとの逢瀬が目的のこともあった。ボウエンは第二次世界大戦中にイギリスに赴任中のリッチーと知り合い、恋におちた。戦争が終わり、リッチーがパリに赴任すると、ボウエンは彼に会いに、何度となくパリを訪れる。その後もリッチーが、ボン、アメリカなどに赴任するにつれ、ボウエンも、決まってその地に逗留したのであった。

作家としての名声が上がるに連れ、講演旅行も多くなる。一九四八年にはブリティッシュ・カウンシルに依頼され、チェコとオーストリアに講演旅行に行く。ボウエンは、当時、社会主義国だったチェコに対しては、陽気さがないという印象を抱いたようである。その後も、ローマ、ボン、アメリカなどで何回となく講演を行う。また、ローマのアメリカン・アカデミーの在住作家として招聘され、しばらくローマに滞在したこともあった。大学から招かれて講義や講演を行うこともあり、一九五〇年のスイスのジュネーヴ滞在では、午後は大学で講義をしていた。翌年はアメリカの複数の大学を廻る講演旅行に出かけており、一九六〇年代にもアメリカのペンシルヴェニア大学に一週間ほど招かれている。

ボウエンにとって、旅は大事なものを失った時の喪失感を癒す働きもした。心臓病を患っていた夫が一九五二年に急死すると、その翌年、翌々年は、以前に増して外国で過ごす時間が多くなる。一九五三年は、年初めからニューヨークに滞在し、講演旅行を行う。三月には一度ロンドンに戻り、死刑についての会議に出席する。四月にイタリアに行き、ブリティッシュ・カウンシルの依頼で講演を行う。五月に再度渡米し、アメリカン・アカデミーで講演し、六月にはエリザベス二世の戴冠式の取材のため、ロンドンに戻る、という具合である。翌年もローマ、ボン、アメリカ、マドリードなどへ旅をする。その後、こよなく愛していたボウエンズ・コートを維持できなくなり、いよいよ売却を決意したボウエンは、一九五八年秋、ボウエンズ・コートを閉め、ニューヨークに向かう。そのまま数ヶ月アメリカに滞在するのだ。

もちろん、ボウエンにとって、楽しむための旅も数多かった。一九五七年の秋には、友人のジーン・ブラックとその夫と共に、車でイタリアからフランスを抜けてイギリスに戻ってくる。とくにブルゴーニュ地方の小さな村々が印象的だったことを手紙に綴っている。一九六一年には地中海クルーズに行き、ヴェニス、アテネを訪れて楽しんでいる様子を、恋人のリッチー宛ての手紙で述べている。また、遺跡にも関心があり、一九六三年にはクルーズで、アフリカのチュニジアのチュブルボ・マジュス、リビアのトリポリタニア、レプティス・マグナなどの遺跡を訪れる。翌年、友人のジーン・ブラックがヨルダンで考古学の発掘調査を行っている時に、そこを訪れ、さらに翌一九六五年には、ジーンと共に、エルサレム、ベイルート、ペトラ遺跡などを訪れる。一九七〇年以降は、体調を崩し、外国への旅をしなくなるが、今見てきたように、ボウエンの多忙な作家生活は、旅と切り離されることなく存在していたといってよいであろう。

では、作品において旅(=移動)はどのように描かれているのだろうか。小説の舞台がほぼ一つの地域に固定されている『最後の九月』や『愛の世界』のような作品もあるが、頻繁に旅を重ね、場面が変化していく作品もある。たとえば、ブッカー賞の最終候補になった『エヴァ・トラウト』(一九六八)を見てみたい。主人公エヴァの母親は、エヴァが生後二ヶ月で、愛人と駆け落ちするが、アンデスの山中で飛行機事故により死亡する。その後エヴァは父親の仕事の関係で、メキシコ、香港、サンフランシスコ、ニューヨークなどに行く。イギリスの二つの全寮制学校を経験し、卒業後はウスタシャーで、そして二十五歳での経済的独立の後は、ケントに購入した大きな館で暮らす。だが同年、渡米し、シカゴに行く。八年後に八歳の息子を連れて帰国。だが聾唖者である息子の治療のために、フランスに渡る。この間ロンドンやパリに滞在したり、またケンブリッジを訪問したりする。すべての旅が具体的な描写を伴って記述されている訳ではないが、エヴァの旅(移動)の多さはこの小説の特徴ともなっている。全編、まるで旅の連続であるかのように、めまぐるしく舞台が変わり、居場所のないエヴァの人生がエヴァの旅と重ね合わされているのである。『パリの家』においても、ロンドンとパリに住むカレンとその恋人の、イギリス海峡を挟んでの遠距離恋愛が印象的に描かれている。小説の後半では、息子が待つパリの家を訪れることなく終わるカレンは、まるで幻の旅人のように思われる。このように、ボウエンは小説において、〈旅〉のもつエキスを効果的に入れ込んで作品を構成するのである。

〈自動車〉

ボウエンは、かなり車が好き、そして車種ではとくに大型の高級車として名高いジャガーが好きだったのではないかと思われる。ジャガーに関しては、手紙の中で、ジャガーを所有している友人たちの名前を何人か挙げ、乗せてもらう自分のことを、ジャガーからジャガーに渡り歩いている、と表現している。さらに友人にドライブ旅行に連れていってもらったお礼状に、「私はすてきなジャガーにお澄ましして座っていました」と記し、ジャガーについては、さまざまな形で何回も言及している。ボウエンにとって、ジャガーはとりわけ愛着を感じる車だったようである。

二十世紀の作家たちは、世紀前半から、フォースターにせよ、ヴァージニア・ウルフにせよ、作品中に自動車を登場させている。『ダロウェイ夫人』(一九二五)において、ボンド街で立ち往生した「高貴な」人の乗る車が象徴的意味合いをもって使われていることはその一例である。

ボウエンにおいても、初期の『最後の九月』(一九二九)の冒頭は、モンモランシー夫妻が自動車で、ダニエルズタウンの屋敷を訪れるところから始まり、随所で、自動車が登場している。一九六〇年代後半の『エヴァ・トラウト』では、ジャガー、運転手付きのダイムラー、ボーイング707など、当時の人々の憧れを具現化した自動車、最先端の飛行機などが登場する。物語は、ジャガーを駆って、ドライブする場面から始まる。冒頭から、ジャガー、という具体的な車種名が出てきて、読者はかなり驚く。その後も、ジャガーを売って家を借りる、という物語展開があり、エヴァの型にとらわれない奔放な生き方が、読者の意表をつく自動車の使われ方によって効果的に示されている。

〈鉄道〉

『パリの家』においては、パリの北駅からタクシーに乗るところから物語が始まり、最後は、パリのリヨン駅の広場でタクシーを待つ場面で物語が終結する。パリの北駅もリヨン駅も、旅情を誘う雰囲気に満ちた場所であるし、フィッシャー家という固定された場と、移動を示す北駅、リヨン駅の対比は、この小説のテーマを担うものとなっている。

『北へ』の冒頭場面は、駅のプラットフォームから始まるが、逆に駅のプラットフォームで作品が閉じるのが『エヴァ・トラウト』である。エヴァは疑似結婚を装い、ゴールデンアロー号で新婚旅行に出かけるからと、ロンドンのヴィクトリア駅に知人を誘う。人々が大勢集まった中で、エヴァは養子のジェレミーに銃で撃たれて死ぬ、という結末を迎えるのである。当時、ゴールデンアロー号は、ロンドンとパリを結ぶ鉄道の、イギリス側を走る、豪華な看板列車であった。エヴァの最後を飾るのにふさわしい豪華列車での舞台設定であったといえよう。このようにボウエンは、駅舎に至るまで、鉄道のもつ魅力を小説の中に活かした作家といえるのである。

4 戦争

太田良子

エリザベス・ボウエンは一八九九年六月に生まれ、一九七三年二月に逝去した。執筆活動は一九二三年に出版された短篇集『出会い』に始まり、完成した最後の長編小説『エヴァ・トラウト』は一九六九年に刊行された。未発表の序文やエッセイは死後の一九七五年に出版された『さし絵と会話』に収録され、そこには未完成の長編小説 Move-In の第一章があって、ボウエンが小説執筆の意欲を最後まで持っていたことが分かる。その他ボウエンが生前に書いた未収録分のエッセイ、短篇、放送記録、放映記録、講演、インタビュー、書評等は膨大な量にのぼり、ほぼそのすべてがカナダのマッギル大学教授のアラン・ヘップバーンによって編集され四分冊になって刊行されている。

　ボウエンはアングロ・アイリッシュの両親の一人娘としてダブリンのプロテスタント社会に生まれ、コーク州には先祖伝来のビッグハウス「ボウエンズ・コート」を持ち、七歳の時にイングランドに渡り、一九二三年の結婚後はロンドンに居を定めたが、アイルランドとイングランドを二つながらに祖国とした作家である。その生涯は二十世紀と共にあり、二度の世界大戦とアイルランド独立戦争と共にあった。

　第一次世界大戦が始まった一九一四年、十四歳だった彼女はケント州、オーピントンにあったダウンハウス・スクール在学中だった。十二歳ですでにあらゆる書物を「爆弾」のような衝撃で受けとめてきたとする彼女は、中でもライダー・ハガードが書いた『洞窟の女王』を愛読し、そこに見た「暴力的な衝撃」は戦争・戦乱の現場と切り離せないものになっていた。そして自身の周囲に迫った第一次世界大戦は、一九一五年五月、ロンドンおよび近郊の都市が史上初めて空爆され、学校から六十マイルの地にあったビギン・ヒル飛行場から飛び立った戦闘機はドイツのゼッペリンの迎撃に当たった。激戦状態は噂になって女学生の耳にも否応なく入り、参戦している親や兄弟はいなかったが、悲惨な爆撃や戦火がやまない数年間に彼女の感覚は覚醒し研ぎ澄まされ、個人的な世界の外に「世界」があり、自分は「歴史を生きている」のだという確信を持った。ようやく終戦を迎えた一九一八年、ボウエンは女学校を卒業した。一九一九年に彼女はダブリンに行き、志願看護人となって、生還してなお医療の手を越えた心身の障害と精神疾患に苦しむアイリッシュ兵士の介護に当たった。この世界と歴史と戦争が表彰する現実と不条理、それが彼女の人生の主旋律となり、作家活動におけるテーマとなった。

「ボウエンと戦争」というとき、二度の世界大戦のほかにもう一つ、アイルランド独立戦争があり、この戦争がボウエンの小説第二作の『最後の九月』の時代背景となっているので、ここでアイルランド独立戦争について概略をまとめておく。

植民地の地位から国家の独立を目指してイングランドとの間で七世紀半に渡って対立と抵抗を続けてきたアイルランドは、ついに、第一次大戦中の一九一六年四月二四日を期して、反英武装決起すなわち「イースター蜂起」を決行し、「アイルランド共和国」の樹立を宣言した。しかし戦力の劣勢からわずか一週間で決起は失敗に終わる。イングランドは一九二〇年に「アイルランド統治法」を通過させ、北の六州をイングランド領とし、南の二十六州を南アイルランドとする分割法を採択した。これが一九二一年に発効すると、条約履行の推進派と条約受諾は降伏に等しいと見た反対派の間で「内戦」が始まる。アイルランド共和国には軍隊すなわちＩＲＡが組織され、情報調査にたけた優れた指導者マイケル・コリンズを擁したが、「内戦」は条約賛成派軍隊の勝利で一九二三年夏に終結した。アイルランドはイングランドに残留した北六州の「北アイルランド」と南二十六州の「アイルランド共和国」に二分割されたが、相互の不信感と敵意は「紛争」(the Troubles) といわれて長く残った。イングランド政府軍は民衆暴動の鎮圧のために部隊を編成、第一次大戦の復員兵を寄せ集めた部隊は黒あり焦げ茶色ありの軍服だったので「ブラック・アンド・タンズ」と呼ばれ、無法者部隊として恐れられた。

一九二九年に出版された『最後の九月』は、時代背景を一九二〇年と二一年とし、アイルランド南部のコークにあるビッグハウス「ダニエルズタウン」が舞台である。当主サー・リチャード・ネイラーと妻マイラ、サー・リチャードの姪ロイスたちは、誇り高いアングロ・アイリッシュの伝統文化を謳歌している。衣食住のすべてが本国よりも洗練された香気を放つと自負している。その一方で近隣に駐屯する支配者英国軍の将校らを招いて、テニスパーティやお茶会や舞踏会を開いている。だがその裏では夜陰に紛れてＩＲＡやブラック・アンド・タンズの奇襲が頻発し、一九二一年二月、ついに「ダニエルズタウン」は近隣の二棟のビッグハウスと共に一夜のうちに焼き払われる。「処刑が執行され……深紅に染まる空は高く、国全体が燃えているように見えた」とある最終章は、十七世紀のクロムウェル以来三百年続いたアングロ・アイリッシュによるアイルランド支配（アセンダンシー）の終焉を歴史が刻印したもののように思われる。ダニエルズタウンの「階段の上のドアがもてなすように開いて溶鉱炉を迎え入れた」という末尾の一文は、アイリッシュの伝統、アイリッシュホスピタリティの価値を示唆しているのだろう。

第一次大戦は敗戦国となったドイツにヒトラーが台頭する契機となり、ヒトラーの独裁体制が確立していく。ボウエンの小説『パリの家』はユダヤ人問題が背後にある小説で、ヒロイン、カレンの恋の対象となるマックスはフランス系ユダヤ人の青年で、カレンの親友ナオミの婚約者だが、ナオミの母、イギリス人で元ガヴァネスのマダム・フィッシャーは、彼を熱烈に愛するあまり、再び戦雲が迫る戦間期の三〇年代、彼を自殺させる手引きをしたとも考えられる。フランスもナチズムに協力した国で、ユダヤ人摘発に積極的に協力したことは周知のことである。ヴァージニア・ウルフは夫レナードがユダヤ人なので、万一の時は夫婦で心中を計画、そのために致死量のモルヒネを用意していた。一九四一年に耐えきれない精神を抱えてヴァージニアは入水自殺した。

独仏映画『サラの鍵』は、一九四二年、ドイツに屈したフランス政府によるユダヤ人摘発に始まる映画で、収容所になったのはスポーツ競技場、水もトイレも不十分な劣悪なもので、フランスの醜悪さを見るようだった。その日、すぐ帰ると言って弟を家の納屋に隠し、鍵を掛けてきたサラが途中で摘発に遭い、家に戻れなくなる。そのことを戦後にジャーナリストになったサラが回想する形式のホロコースト・ストーリーで、納屋の鍵を開ける場面などあり、広く好評を得た。

一九三九年、世界は再び世界大戦に突入、連合国の一翼フランスは早々にドイツに降伏、英国は「福祉国家」から「戦争国家」への変貌を迫られた。国家戦略として戦時省、情報局が強化され、各部署にスペシャリスト、エキスパート、プロフェショナルの育成が急務となった。軍事部門ではレーダー、化学兵器、大量破壊兵器等々の開発が進む。

大戦の初期の一九四〇年、ドイツ軍はロンドン空襲に戦力を集中、これが史上The Blitzと呼ばれる「ロンドン大空襲」で、英国空軍は戦闘機スピットファイアでドイツ空軍を迎撃、ドイツ軍を作戦変更に追い込んだ。この空襲戦を題材にした短篇が「幻のコー」である。最も忘れ難い戦時の一夜が描かれていると言われている。

ボウエンは大戦中もリージェンツ・パークの西にあるロンドンの自宅に留まり、夫のアランは愛国義勇軍に、彼女自身は空襲監視人として奉仕、自宅も一部空爆されながら、空襲に遭った町や人々の視察と記録に当たった。アイルランドはこの大戦中、国家として中立策をとった。港湾の軍事使用の許可をアイルランドに求めたい英国、さらに同じく中立策をとったカトリック国家のスペインの干渉や、中立に乗じたドイツ軍の策略や侵攻を危惧した英国政府は、アイルランド情勢を知る必要があった。アングロ・アイリッシュの作家であり、アイルランドに私邸、ボウエンズ・コートを持つボウエンは、英国情報局（ＭＯＩ）の諜報員となって何度もアイルランドを訪れ、情報収集に当たった。この間ボウエンが英国に送った報告書は、「エール覚書、ウィンストン・チャーチルへの諜報報告書」に公式にまとめられている。

『心の死』を書いて以来、戦時中、短篇は書いても小説が書けなかったボウエンが十年ぶりに書いたのが小説『日ざかり』である。これはスパイ小説で、ヒロインのステラは主婦だったが、離婚後まもなく夫は死亡、オックスフォード在学中ながら今は陸軍にいる二十歳の息子ロデリックがいる。二、三ヶ国語に通じ、その資格があるのを生かして、今は英国国務省の秘密組織で仕事をしている。恋人のロバートがナチスドイツに通じるダブルスパイかもしれないとわかり、真相は判明しないまま、彼は、灯火管制の中、ステラのフラットの屋根から落ちて命を落とす。彼が握った戦争の真実は？ 彼が祖国を真に裏切ったのかどうか？ このスパイ小説は、スパイそのものが抱える葛藤・欺瞞・矛盾を突いた作品である。『日ざかり』は原題のまま訳せば「時代の熱気」である。カズオ・イシグロの『日の名残り』(*The Remains of the Day*, 1989)は原題で訳せば「時代の残骸」、この二作は戦争で通じ合う話ではないかと思われる。

ボウエンは戦争でロンドンから地方に集団疎開した子どもたちにも深い関心を抱き、疎開した子どもたちが住み慣れた家を離れる寂寞《せきばく》、新しく住む家に対する違和感、そして戦後、自分の家にまた戻った時の心中を思いやって書いたのがエッセイ、"Opening Up the House"である。母のない子、父を失った息子、祖母や叔母に育てられる子どもたちは、ボウエンの小説と短篇に欠かせない存在で、これはまた別の機会に考えてみたい。

二十世紀の前半を占めた二度の世界大戦は、二〇年三〇年代という戦間期を含めてボウエンにとっては一つにつながった「戦争」だった。夫のアランは第一次大戦で、最も残酷だった激戦地ソンムに赴き、ドイツ軍の新兵器毒ガスを浴び、眼病を発症、生涯苦しめられた。一九五二年に逝去、晩年のアルコール依存症も後遺症が原因だったかもしれない。ボウエンが戦後に書いた小説『愛の世界』と『リトル・ガールズ』、そして『エヴァ・トラウト』は、戦争の世界から自分自身の世界を取り戻そうとする人間の終わりなき戦いと願望を表象する小説である。

5 恋愛・結婚・キャリア

小室龍之介

エリザベス・ボウエンの長編小説における恋愛、結婚、キャリアについて詳述する前に、ボウエン自身における恋愛、結婚、キャリアについて簡単に述べておきたい。というのも、ボウエン自身が恋愛や結婚がキャリアのステージアップの転機へとつながったことを自覚していたのではないかと思われるからである。

一九二五年、夫アラン・キャメロンが教育関係の職務のためにオックスフォードに赴任すると、ボウエンはディヴィッド・セシルやシリル・コノリー、アイザイア・バーリンなどで構成されるオックスフォード・サークルに迎え入れられた。これが彼女のキャリアアップに有益だった。

そして、ボウエンの不倫相手であるリッチーも、彼女のキャリアに幅を持たせた一人だ。本来カナダの外交官だったリッチーは、第二次世界大戦後、パリ講和会議に出席、戦後のヨーロッパが鉄のカーテンによって分断されていく現場をまざまざと見た。そこにボウエンもジャーナリストとして同行し、数編の記事を発表した。リッチーの存在がなかったら実現不可能と言えるこの経験は、ブリティッシュ・カウンシルからの要請を受け、戦後の共産主義国家、もしくは共産化への道を辿りつつあるハンガリーやチェコといった東欧諸国への講演旅行へと繋《つな》がった。

〈恋愛・結婚・キャリア〉のテーマはボウエンの長編小説

においても必須テーマの一つと言えよう。たとえば第二次世界大戦下のロンドンに設定された『日ざかり』において、主人公のステラは「一九四〇年以降のヨーロッパの地位がこれまで以上の重きを置いた内密で骨の折れる、重要でないとは言えない」職にある登場人物である。ロバートという交際中の男性がいる彼女にハリソンが接近してくるのは、ロバートが敵国であるナチス側へ情報をリークするスパイであることをイギリス当局が摑《つか》んだので、彼女にそのことを伝えつつ、自分と交際すればロバートの身の安全を保障すると言って彼女を懐柔するためだった。これは、ロバートというスパイとハリソンというカウンタースパイとの間でくり広げられるスパイ戦にステラ自身も巻き込まれた瞬間であると同時に、ロバートの身に万が一のことが起これば自分の身も危うくなるとステラが悟る瞬間でもある。ステラは結局ロバートでもハリソンでもない「いとこのいとこ」と婚約するに至るが、彼女の職業からすれば、そういった決着は納得できる。

『最後の九月』において、主人公ロイスはキャリアをまだ持たない世代であるからこそ〈恋愛・結婚・キャリア〉の観点で考察してみたくなる。設定はアイルランド独立戦争の時代、田園地帯で、アングロ・アイリッシュ性の象徴であるビッグハウスの一つ、ダニエルズタウンに暮らす彼女は、アセンダンシー（地主階級）に属す近くも遠くもない親族の世話になりながら「繭」の中に閉ざされている人物で、決して広くはない小説世界の外側との物理的な接触の機会をあまり与えられないでいる。アイルランドに潜伏中で彼女が恋心を寄せていた英兵ジェラルドが殺害されたと知ると、彼女はフランスへ渡航し、その直後にロイスが親族と住むビッグハウスがアイルランド兵により焼き討ちにされる、というのが『最後の九月』の結末である。ロイスの恋の終焉とアングロ・アイリッシュの終焉との両方が読める格好になっている。いずれ「繭」から脱出せねばならぬロイスは、ダニエルズタウンからフランスへの脱出によってキャリアの可能性が開けるのか、それとも焼き討ちされたダニエルズタウンのように可能性が閉ざされるのか――この点については読者の判断にゆだねる他なかろう。

〈恋愛・結婚・キャリア〉というテーマを最前景化させるのは『北へ』であろう。このテクストの背景となるロンドンの一九二〇年代後半から三〇年代初頭は、いわゆる「婚活」が困難を極める時期だった。第一次世界大戦により多くの結婚適齢期にある男性が戦死し、一説によれば、このために二百万人にのぼる「余剰の女性」が夫を見つけられないままだったと言われている。加えて、国内のゼネスト、世界規模では世界大恐慌という経済不況の暗黒時代が人々を待ち構えていた。男性との結婚を、そしてそれによって得られる経済的安定（場合によっては生存）をかけて女性たちは熾烈なライバル争いに加わらざるを得なかったろう。そうでなければ、起業によって経済的自立を確保するという方法を取るほかなかった。『北へ』に登場する上流中産階級のサマーズ姉妹のうち、セシリアは前者に、エメラインは後者に該当する。この姉妹にとってのキャリアが恋愛と結びつく（もしくは結びつかない）有り様を追っていこう。

二九歳のセシリアと二五歳のエメラインは姉妹とは言っても、血縁関係にはない。エメラインとその兄ヘンリーは孤児として育ち、セシリアはヘンリーを結婚したことでセシリアとエメラインは姉妹となったのである。ただ、その結婚から一年と経たずヘンリーは肺炎で死去。ゆえに、セシリアとエメラインを結ぶのは、同居という縁しかない。

セシリアの描かれ方をつぶさに観察すると、彼女においては恋愛とキャリアとは連動していないとわかる。欧州大陸の通貨よりイギリスの通貨の方が強かったことを背景にイギリス国内に居住するよりも海外生活の方が安上がりだったというポール・ファッセルの『アブロード』での議論を裏付けるかのように、『北へ』は、就労する様子のないセシリアがイタリア旅行を終えてイギリスへ戻ろうとミラノ駅に佇んでいる場面から始まる。マーク・リンクウォーターというハロウ校からケンブリッジに進んだ弁護士と車中で知り合うようなセシリアを、セシリアの伯母にあたるウォーターズ夫人は「あまりに多くの男性とほっつき歩き回っている」、「社会のコロンブス」と認識する。そんな中、既婚の友人たちから再婚を勧められる彼女は、生みの母親の住むアメリカ行きと創業二百年以上の家業を営むジュリアンとの結婚とを天秤にかけ後者を選択する。それはあたかも、ジュリアンの姪ポーリーンとの会話が示す彼女の子ども好きと女性性とを直結させうる「慣習的な人生観」を有言実行するかのようである。

他方、ブルームズベリー地区で旅行会社を立ち上げるエメラインはキャリアと恋愛とが直結した生き方をしている。「危なっかしく生きろ」をひねった「危なっかしく動け」を社訓と定めたエメラインを、ウォーターズ夫人は「落ち着かない」と、語り手も「不安な世紀の継子」と、そして部下のピーターも「女性性に欠ける」としている。ウォーターズ夫人が「結婚しないという可能性」を見てしまうほど、エメラインのキャリア重視の傾向は顕著である。

興味深いのは、彼女とマークとの恋愛関係と旅行会社の業績とが連動するような描かれ方が『北へ』においてなされていることだ。パリへ出張するエメラインにマークが同行する場面を境に二人の関係性が激変する様子を例にとろう。「車の運転を好み」、スピードに取り憑かれたエメラインは、プロポーズをマークに拒絶された途端、ブローニュの森の中で「固定」、「静止」、「停止」（強調は原文通り）といった感覚に襲われる。これにより、結婚を視野に入れた交際の限界を悟ったあと、マークが労働者階級の女性とも交際中であると知ることとなり、エメラインは猛烈な嫉妬に襲われる（マークがエメラインの前でおもむろに開いたのが、スタンダールの『恋愛論』における「嫉妬」の章であるのは示唆的だ）。これを契機として、エメラインは「女性のキャリアという事柄すべてが実にくだらない」という覚醒に至るだけでなく、「人は結婚すると、とても幸せそうに見え」たり、「自分のホームをもつこと」への衝動に駆られてしまったりする。

順調だったエメラインの事業が急降下したのは、雇用主エメラインの部下に対する酷い扱い方に一因がありそうだ。彼女の部下で、乗り物酔いがひどく、おまけに計算もろくにできないピーター・ルイスは、オックスフォード大学で英文学を専攻した同僚のミス・トリップに難癖をつけては冷遇する。加えて、セシリアとの会話の中で「彼女を解雇しようかしら……それも全て経験となるでしょうから」と発言したり、第十五章においてミス・トリップを激しく罵倒したりするエメラインは、事実上ミス・トリップを退職に追い込んでしまう。さらに、ミス・トリップの後釜として雇用された人間がまるで使いモノにならないと判明すると、エメラインの事業はいよいよ窮地に追い込まれてしまう。この瞬間はある意味、エメラインにとっての転換点といえる。というのも、彼女は自分の〈非人間性〉に気づき、その後も「私には人間性がないのかしら」とマークに問うほどに、自分の〈非人間性〉を思い知らされることになるからだ。

さらに、語り手もエメラインの雇用主としての才能のなさを指摘している。「エメラインがいなければ、人生を駆け抜けるトリップの突進は電気を帯びたようだったろう。国会議員秘書にもなれただろうし……これぞという実に見事な政治小説を執筆するために秘書を引退することもあろう」という判断や、「彼女［エメライン］のビジネスへの情熱は、それがどれほど私利私欲のないものだったにせよ、トリップの搾取へとつながっていた」という判断を語り手は下している。

ここで指摘すべきは、エメラインとマークの関係性が破綻したり、エメラインの雇用主としての才覚の欠如が露呈したり、事業が下降したりするそれぞれのタイミングがほぼ同時であること、つまり、恋愛とキャリアとが連動しているということである。彼女の恋愛もキャリアも絶望的になった時、ウォーターズ夫人の夫ロバート亡き後の経済問題、さらにはイギリスや欧州大陸を覆う世界規模の政情不安が語り手によって触れられ、マークを助手席に乗せたエメラインの運転する車が激突事故を起こすという破滅的な結末は、これら全てが予兆していると見てよかろう。

ジュリアンの幼い姪、ポーリーンにも言及しておきたい。ジュリアンのフラットから外出する際、そこに勤務する家政婦から乗車すべきバスを指定され、いざバスに乗車すると、ポーリーンは将来の職業についていろいろ思い描きつつ、その家政婦から「ホスピタル・ナース」は避けるよう指示されたことを思いだす。さらには、ウォーターズ夫妻から招待を受け郊外の保養地で過ごす間、ポーリーンは夫妻からチェスの手解きを受ける。これは、夫妻と親交のある牧師の言う今後の「ますます複雑な時代」に対応した生き方を幼いポーリーンに鍛錬させるという夫妻の意図に他ならず、とりわけレディ・ウォーターズ夫人が自身のモットーとする「人生は調整の再連続」を彼女に教化する表れと見てとれる。またある時には、女性作曲家マルセルから、自分の不遇な人生を語られることもある。ポーリーン自身はマシュー・アーノルドや当時の流行作家ホール・ケインといった作家を好むませた娘で、サマーズ姉妹が恋愛や結婚にむけて取る行動を横目に見ながら「みんな幸せなのか」と俯瞰《ふかん》的で核心をついた一言を発し、周囲の大人たちを強烈に驚愕させる。

『北へ』に多く刻まれた「無意識」に先行研究は一切目を向けていないが、この事実は見逃してはならないだろう。『北へ』の背景、もしくは登場人物の行動原理が戦間期の男性不足であったり、イタリアにおけるファシズムの台頭という政情不安や経済体制の不安定に左右されたことは疑いなかろう。だが、ブルームズベリー周辺のジークムント・フロイトやメラニー・クラインなどの精神分析学言説がそこに入り込む余地は十分にあり、精神分析的末期的症状を示す言動を示す登場人物に対するポーリーンの発言は、恋愛、結婚、キャリアに関する言説に投じられる一石であるのだ。

6 女学生時代

田中慶子

二十世紀初頭はイギリスの女子の学校教育が飛躍的に進化した。ヴィクトリア時代は良家の子女は家庭教師をつけるのが一般的であったが、裕福な家庭では子女を金にいとめをつけず、フランス語圏の私塾に留学させた。リットン・ストレイチーの妹ドロシー・ビュッシーはフランスの私塾で学び、映画『制服の処女』に感化され、その経験を小説にした。自伝風にオリヴィアの偽名で『オリヴィア』(一九四九)をホガース・プレスからヴァージニア・ウルフへの献辞をつけて出版し、これも映画化された。レズリー・スティーヴンの娘として生まれたヴァージニア・ウルフも知識人が出入りするアッパー・ミドルの家庭環境で、兄弟はケンブリッジ大学に進学し、姉は美術学校に行かせてもらえた。だが、彼女だけはすでにオックスブリッジ、ロンドン大学などでは女子学生に門戸が開放されている時代でありながら、父は女子の高等教育に無理解であったようで、もっぱら家庭で母親から読み書きを教わり、父の書斎の膨大な蔵書で独学した。この不公平感がウルフのフェミニズムの原動力となった。

二十世紀になって、最もきわだった現象は男子のパブリックスクールに倣った女子の全寮制学校の出現である。新興の中流階級では親は下の階級の子どもが行く公立学校を忌避して、特に私立女子校に人気があった。エドワード時代が終わってアングロ・アイリッシュの有産階級の出身のボウエンが入学したのは、創立して歴史の浅いダウンハウスクールだった。同校はイギリス東部の伝統あるローディーン校を出たミス・ウィリスが母校の教育に不満を抱き、理想の教育の信念をもって開校した。校舎はケントのチャールズ・ダーウィン亡き後の住居である。監督生の特権や上級生への崇拝熱を排除した健全な校風で、娘を入学させたのは出版者、学者、作家といった知識層が目立ち、生徒の家庭環境が学校のレベルをいっそう高めた。晩年の作品『エヴァ・トラウト』の学校時代に、ミス・ウィリスを想像させるミス・スミスというカリスマ的な教師が登場する。

アイルランドで生まれたボウエンはイギリスの教育を受けてイギリス人になった。女学校卒業後にロンドンに出てきてからは恩師のミス・ウィリスとローズ・マコーレイが文筆の仕事を得る人脈になった。さらに『リトル・ガール

ダウンハウスのマルベリーツリー

ズ』は女学校時代の友人との再会が重要な動機である。ダウンハウスの重点的なクリエイティブ・ライティングの授業で彼女の文才に磨きがかかり、シスターフッドともいうべき、彼女の女性教師と同級生たちとの関係が、ボウエンのサロンの名ホステスのような才覚を養ったのである。ゆえにボウエンは主人公に少女時代にこだわった作品が多い。一九一〇年生まれの従妹のノリーンも移転後のダウンハウススクールに入学した。思春期のデリケートな心情がリアルに描かれた少女レイチェルを主人公とした短編二部作「チャリティ」と「ジャングル」のモデルと考えられる。「チャリティ」は幼い女学生の生態が描かれているが、場所は寄宿舎制女学校ではなく、レイチェルが休暇中に帰省した実家であった。寄宿舎制学校という閉ざされた空間に生きる少女にとって腹心の友をもつことは、自分のステイタス、アイデンティティを得るための一大事である。「チャリティ」も「ジャングル」もレイチェルの「永遠の親友」探しがテーマになっている。少女たちは友情の絆を強くするために、クラスメイトと文通や「お泊り」(sleepover)をする。

「お泊り」は少女にとって重要な通過儀礼である。少女文化の研究家ミリアム・フォーマン・ブルネルによるとヴィクトリア時代からすでに習慣化していて、ルイザ・メイ・オルコットの『続・若草物語』やモンゴメリの『赤毛のアン』などの家庭小説ではしばしば若い娘が裕福な家に招待されてカルチャー・ショックを受ける体験が描かれている。他人の家に入るのは、たとえ社会階級や家柄が近くても少なからず文化習慣の格差を経験することになる。「チャリティ」は招かれる客でなく招待する立場から描かれている。休暇中、母がレイチェルの学校の友だちチャリティをティー(ナーサリー・ティー、子どもの夕食)に招くのを許してくれる、その一日のできごとである。レイチェルは初めてのホステス役をすることになり学期半ばから、その日を心待ちにしていた。だが、いざとなると学校にいる時と勝手が違う状況に戸惑い緊張しながら、チャリティの反応に気を遣う。チャリティも学校で知っているのとは違ういでたちをして、大人ぶって気どった振る舞いをしている。ところがチャリティは当然ディナーに出ると思ってイヴニング・ドレスを用意してきたのに役に立たない。

　チャリティはレイチェルの家の雰囲気になじめなかったようで、家に招待までしたのに結局、チャリティとは友情を結ぶことはできなかった。それから一年後まだ親友を見つけられないレイチェルは、夏休み直前に帰省列車の中で下級生エリーズに出会う。ここぞとばかりに、レイチェルは即座に文通を提案する。実家に帰れる嬉しさよりも新しい友だちへの期待感の方がまさる。レイチェルは夢に見るくらい、エリーズのことを意識していたが、エリーズから来た手紙は内容が薄っぺらだったので幻滅した。読まなかったことにしようと思ったが、それでも気を取り直し、返事は書いた。母親はレイチェルの交友関係を心配し、子ども部屋で手紙を書いているレイチェルに探りを入れる。だがレイチェルは母にチャリティには振られてしまったことが悟られないように、巧みに話をそらす。

　「チャリティ」では、レイチェルはチャリティに自転車置き場の屋根を秘密の場所として見せて招きいれるが、レイチェルの秘密はチャリティに学校で皆におもしろおかしく吹聴されてしまった。つまりチャリティはデリカシーを欠いた少女であった。秘密を分かち合うという行為は友情の証のひとつである。レイチェルは実家でも学校でも一人きりになれる秘密の場所を見つけていた。（「秘密の場所」は子どもの成長過程において、きわめて重要な空間であることを教育学者ディヴィッド・ソベルが論じている）学校でのレイチェルの秘密の場所は、ひとりで偶然発見した校庭の外の奥深く行ったところにある、いばらの茂みに隠れた空き地である。猫が死に場所に選びそうなひっそりとした場所で、浮浪者の痕跡もあった。不潔で危険であっても、そこは自意識から解放され自分を取り戻すのには快適な空間である。

　この時レイチェルは十四歳になっていた。目下のところ親友はおらず、いわば休止期間にあった。ときどき抑圧を感じ、自制するのが苦しくなる時があったけれど、その一方で今までの親友とこれから親友になれそうな少女たちを厳密に比較しては、大して違わないじゃないと感じた。誰一人、他の人以上に理解してくれそうもない（……）ジャングルなら完璧な人間が存在するのではないか、と確信できた。でも、完璧な人間はジャングルになんか興味を持たないかもしれない。ジャングルはジャングルのままでいい。（「ザ・ジャングル」）

ジャングルの秘密は、これといって取柄のないレイチェルにとってはかけがえのない〈資産〉であり、エリーズの関心を引きつける手段であった。エリーズを連れてきて、彼女にもその良さがわかってもらえたので、レイチェルは得意だった。エリーズはフランス系ユグノー教徒の家の娘である。勉強は苦手だが、もっぱら得意のフランス語で点数稼ぎをして進級する。学校の成績は良くないが賢くて、スポーツ選手として学園の英雄である。最年少でレギュラー選手にもなった。実力と自信があるので他人に合わせたり媚びたりする必要はまったくない。二人で礼拝に遅刻して揃って罰を受けたとき、レイチェルは頭の冴えたエリーズと一体化したような万能感を覚える。「レイチェルはいつもなら罰せられると傷ついたのに、今は頭もいいし、勇敢になった気分でいた」。

友情の絆を確立するには、趣味や好みが合うのはもちろん、知的レベルと倫理観が釣り合うことが肝心である。そのうえ家柄や階級を超えた〈スクールカースト〉が存在する。短編「バレエの先生」のダンス教室で醜いマージェリーと対照をなしているのは愛くるしいシンシアである。「シンシアは愛されないこととは無縁の少女に見え、学校であれどこであれ、愛にすっぽりとつつまれていた」。一般にカーストの上位に君臨するのは、人を引きつける特性のある、容姿が優れていたり、学業に秀でていたり、名家の生まれだったりというような幸運に恵まれた生徒であるが、運と努力次第では、下層からのしあがることも可能である。〈スクールカースト〉は、「りんごの木」でも通底している。少女が自殺したクランプトン学院が廃校になったスキャンダルは、当時新聞をにぎわした。七年後、新妻となってもマイラ・ウィングは悪魔祓いをしてもらわなければならないほど、罪の意識に取りつかれていた。在学中にマイラは最初、自殺したドリアという生徒と、のけ者同士寄り添っていた。二人とも母親がいなくて容姿が劣り、周囲の少女たちに対し、同病相憐れむといった結びつきであった。いわば〈スクールカースト〉の最下層である。ところがマイラが麻疹にかかって病室に隔離されたのがきっかけで、新しい優等生の友達ができる。マイラにも人気運が巡ってきたのである。こうなると彼女にはもうドリアは必要なくなり、邪魔になり彼女を見捨て、自殺に追いやった。この短編でも〈秘密の場所〉が二人の結びつきを強くしていた。排他的な独占空間をもつという優越感である。

苦しかったころのドリアと私は、二人でゲームをした時と、校庭の誰も来ないところでお話しごっこをした時が一番、幸福でした。きれいな芝生のスロープに古いりんごの木が一本立っていました。時々その木に登ってみたりして。ほかに誰も来なかったし、二人だけの場所みたいでした。そこに二人でいると幸福で、偉くなったような気もちになれたのです。(「りんごの木」)

「ジャングル」のレイチェルもエリーズも最初は、はみ出し者であった。エリーズは出自がユグノーというマイノリティであり、容姿も行動もボーイッシュなトムボーイである。〈秘密の場所〉をジャングルと名づけるレイチェルも、ライダー・ハガードのような少年向き冒険小説の愛読者であるらしい。だがレイチェルが二人だけの秘密を分かち合ったつもりでいたのに、エリーズはスポーツで躍進を続け、それとともに学校内でのステイタスも上がり、凡庸なレイチェルとは疎遠になってしまった。

二人の決裂のきっかけはチャリティがレイチェルとエリーズの仲をあてこすって、旧約聖書のラケルの夫、ヤコブと題したエリーズのカリカチュアを描いてレイチェルに渡したことだった。怒ったエリーズは仕返しにチャリティの肉体の早熟ぶりを冷やかした絵を描いて彼女の机の上に置いた。エリーズを叱りつけたレイチェルは、逆にエリーズからチャリティの冒瀆を指摘され、どちらが下劣なのかわからなくなった。レイチェルは上級生の立場からエリーズの態度の不遜さをたしなめるが、エリーズはマイペースを崩さない。エリーズと離れて、レイチェルは元の同級生の仲間に戻ろうとするが、あぶれてしまう。母親には「敗北をさとられまいとして」、チャリティや他の生徒の話題をふんだんに手紙に盛った。冬のクリスマス休みまであと二週間という日曜日、レイチェルは久しぶりにジャングルを訪れると、そこで昼寝をしているエリーズと思いがけず再会する。エリーズも別の少女を連れてきたことがあり、二人でこっそりタバコを吸って、そこで戻してしまったことがあったと告白する。自分の〈秘密の場所〉を汚されて憤然とするレイチェルだが、エリーズは悪びれた様子もない。

ボウエンの学校小説を読み解くために〈秘密の場所〉と〈スクールカースト〉が重要な鍵語となる。これらのプロットは親友関係の結びつきと離別を軸に展開され、思春期の子どもの、大人にとってはとるにたらぬ心理、行動原理、些細な宝ものが微細に描かれる。レイチェルは友情を育てようとして実家に招いたり、文通を持ちかけたり、自分だけの〈秘密の場所〉を教えたりしても、うまくいかず、かえって孤独感をかみしめることになる。〈秘密の場所〉を二人だけの独占空間として大切に考えていたのに、相手は他者を引き込んでしまうし、秘密を分け与えた見返りは得られない。孤独の強みに気づかない彼女が、親友を獲得するための試行錯誤はまだまだ続きそうである。思春期のその不器用さは、現代の少女にも通じる。ボウエンの少女の心理描写は時代と年代を超えて古びることはないのである。

7 フェミニズム・ジェンダー・セクシュアリティ

伊藤節

ボウエンはフェミニストではなかったし、友人ウルフのフェミニズムに戸惑いと苛立ちも感じていたとモード・エルマンはその著書（『エリザベス・ボウエン』）で述べている。だが母と娘の関係をも含めた女同士の強力な絆へのこだわりと、それに深くかかわる言語への不信や、異性愛プロットの物語への不信を示すボウエンの作品はフェミニズムの色合いを濃厚に帯びている。彼女はジェンダー、アイデンティティ、セクシュアリティのとらえ方に歴史的変化の起きている時代、この女性間の愛情や欲望、友情といった関係性にきわめて鋭敏に呼応している。

初期の短編「ジャングル」ですでにジャングルのメタファーを通じ少女間の疑似恋愛を絶妙に描いているように、ボウエンは当初から女性同士の絆に関心を寄せていた。長編第一作『ホテル』も同様のテーマを扱い一九二七年に出版されている。この一九二〇年代はウルフの「クロッカスの中で燃えるマッチの炎」（『ダロウェイ夫人』）や、キャサリン・マンスフィールドの「梨の木」（「至福」）等で知られるように、多くのモダニストの女性作家たちが様々なメタファーを用いて女性同士の愛情を至福の経験として描いている。サフィズム（女性の同性愛）はモダニストの美学にとってなくてはならないもの、モダンの印ともなっていた。

『サフィック・モダニティーズ』の編者ドアンとギャリティによればサフィズムとモダニズムのつながりは、十九世紀末から二十世紀初頭に性科学、心理学が発達し、その知識が世間に浸透するようになったことから生じているという。女性の同性愛を表すレスボスのサッポーにちなんだ「サフィスト」という用語も、ハヴロック・エリスの『性心理の研究――性的倒錯』（一八九七）など性科学の著作に出てくるまでは存在しなかった。レズビアン小説の嚆矢とされるラドクリフ・ホールの『さびしさの泉』（一九二八）も、

『ホテル』の翌年、こうした流れの中で生まれている。だが同性愛は医学的に「病気」、「異常」とみなされていたことや、当時話題のオリーヴ・ムーアの作品がモダン＝レズビアン（性的倒錯）＝フェミニズムという連想を世間に伝えたこともあり、この「異常」のレッテルを回避するためにも女性作家たちはレズビアニズムをストレートに描くことははばかられた。それは束の間の至福の体験として物語に挟み込まれ、最終的に異性愛プロットのテクストに回収されていくのである。いずれにしても彼女たちにとって女の同性愛を描くことは、真にリアリティの感じられる名づけられない経験を表現し、伝統的リアリズムを脱する最初のステップの一つでもあった。

これまで過小評価されてきた第一作の『ホテル』の際立った特色は、この異性愛プロットへの回収がぎりぎりまで引き延ばされていることである。孤児である主人公は医学を学ぶ二十二歳のモダンで知的な女性である。シドニーという男性的名前を持ちボーイッシュであるという風にジェンダー区分があいまいに描かれた彼女は、イタリアのリヴィエラに休暇を過ごしに来ている。ここで同じホテルの滞在客ミセス・カーに心惹かれ、彼女の魅力のとりこになってしまうのである。シドニーにとってリアルな世界は夫人との関係だけに絞られていく。二人の物語をサンドイッチ状に挟んでいるのが、最初と最後の章で語られるミス・フィッツジェラルドとミス・ピムという二人の独身女性の喧嘩と仲直りの話である。たわいのないおしゃべりを続けるこの女性たちの一見無関係に見える挿話は、「〝人生〟の素晴らしい土台は〝友情〟だ」とのミス・ピムの感慨通り、女同士の絆こそが女の生にとって不可欠なものというメッセージを明確に伝えている。このように『ホテル』では物語の初めから、異性愛プロットを封じようとする工夫が巧みに施されているのである。独身女性たちの絆の挿話は、シドニーとミセス・カーの同性愛的関係のカモフラージュ、ないしはそれとパラレルになったものとみられる。教養小説風な読みからすればシドニーの成長はミセス・カーの裏切りに気づくところにある。シドニーは夫人に何を求めているのか、夫人がなぜそれに答えることができないのか、このテーマは以降、様々に変奏されて作品に現れてくるのである。

ボウエンがこうした問題をしばしば言語習得のトラブルと合わせて表現していることは二十世紀後半の四半世紀にわたり、女のセクシュアリティと言語の関係が、リュス・イリガライやジュリア・クリステヴァなど精神分析に通じた多様なフェミニズム批評家たちによって論じられてきたことを考えれば興味深い。「エディプス・コンプレックス」

という欲望の見取り図によれば、人が一個の主体として形成されるには母と子の未分化状態（想像界）である前エディプス期から切り離され、言語が支配する父の領域（象徴界）、エディプス期へ移行しなければならない。語る主体になるためには母の身体（女なるもの）を廃棄しなければならないのである。しかし男性中心主義の異性愛制度というイデオロギーに支配されているナラティヴ（物語）では、例えば『日ざかり』のヒロインであるステラが終始、孤独感や寄辺なさに付きまとわれていることが示唆するように、女は常に男との関係においてのみ表象され、自身の生を語る空間をあたえられていない。このエディプス・コンプレックスのモデルからの脱却を図ろうと、フェミニストたちは主体形成において土台となる母と子の相互関係の果たす重要な役割に着目するのである。イリガライは母体とセクシュアリティを通じて女を自立した性的存在として表象する新たな言説を創造しようとした。基盤となるのが、女同士のエロティシズムや共有しあう経験である。同時代の精神分析にも通じていたボウエンは、このようなフェミニストたちの言説を先取りしているともいえよう。言語の運用法を身につけないゆえに「意味」を持たない女は、果たしてどのようなナラティヴで表象され得るのか。これをボウエンは一九二〇年代末よりすでに執拗に問い続けている。

ボウエンのサフィズム的主題追及に際しての特殊性はそこに彼女の生い立ちが深くかかわっていることである。ボウエンは子ども時代に母を失ったことで受けた生涯癒えることのない痛手を作品のキーポイントとして埋め込んでいる。その原型的パターンは、孤児の少女が母への強い執着のため、年配の女性にその代替えを求めるというものである。少女のこの不可能な欲求を満たすものは存在しない。このため彼女は常に裏切られてしまうことになる。このようにボウエンが考える女性同士の関係において決定的な役割を演じるのは「母」である。いつくしむ母ばかりではなく、先のミセス・カーやマダム・フィッシャーのような魔女的、破壊神的母の場合もある。重要なのはいつくしむ母であり、その母と娘の絆、もしくは母の身体との合一、融合である。ポーシャ（『心の死』）の心に刻印された記憶が物語るようにそれは失われた時にますます強烈に意識され、癒《いや》すことのできない渇望となっていく。亡くなる前の母と町の散歩道を腕を組んで歩いたポーシャは、「夜になると、母から分離して生まれ出たことをできるなら克服しようと、ベッドを近づけて、あるいは同じベッドの中で寝た」のであった。

この母の子宮への回帰願望は、女の語る行為の土台として、抑圧され排除されてきた母の身体への回帰を提唱するクリスティヴァを想起させる。女として語ることは家父長社会の単一な権威的声への挑戦となるのである。とはいえ身体に基づく女の言語は意味伝達の危ういもので、狂気やゴシックの世界ともなりうるため、書くという行為を遂行するには言語習得が必須である「父の世界」と、物言わぬ母の身体を土台とする「母の世界」の間でどうしても揺れ続けなければならない。このジレンマはボウエンの後期の作品にいくにつれてますます強まっていき、同時にその問題解決に向けた試みも行われている。

モンスターのような味つけをされた孤児エヴァが主人公である最後の長編『エヴァ・トラウト』では、それまでのヒロイン像の完結版ともいうべきものが提示されている。フェミニズム精神分析の視点から革新的な読みをする批評家のひとりホーグランドは著書『エリザベス・ボウエン』において、この作は父（言葉）の世界にうまく参入できず、掟・法・秩序に支配された場に立ち位置を見いだせない個体に起きる出来事を物語ったものだと述べている。事実エヴァはエディプス期への移行を完了しないまま世に投げ出され、少女というアイデンティティも獲得していないジェンダー未確定のような存在である。言語習得も未完であるため「自分は誰でもなく、どこにもいない」という悪夢の中で過ごしている。物語の前半部を占めるのは、彼女が母との絆を激しく渇望する姿であり、その代替えのように現れるのが少女エルシノアである。寄宿学校で同室となった彼女が自殺を図り昏睡状態で横たわっている時、その身体に触るエヴァの手に原初の振動が伝わってくる。「何ものもこの愛を禁じることはできない。……二人のもので、不即不離のこの関係は、今まで抱いてきた切なる願いのすべてに報いるものとなった」と感じる彼女は得も言われぬ至福の瞬間を味わうのである。エヴァがここを「結婚の部屋」と確信するように、ボウエンのヴィジョンにおいて成熟前の「無垢の領域」には、名付けられない欲動がうごめく場としてエロティックな要素が付与されている。エルシノアをも奪われた後、エヴァの愛は次に言語教師ミス・スミスに向けられるがこれも裏切られてしまう。しかし物語はこれまでのように異性愛テクストの中に、ヒロインが黙従のポーズでたたずむ形では終わらない。エヴァは猛然と驚くべき反撃に出る。前エディプス期への回帰を自らの手で果たすため、闇市で子どもを買い、その聾唖の子どもと沈黙の融合状態のような生活を送る。だが子どもの成長とともに、社会が立ち現れ、言語活動が避けられなくなる。ここでエヴァが試みたことは、自分が書いたシナリオでジェンダー化された社会生活を送る演技をし、異性愛テクストに適合したふりをするというもので、これが作品の後半部になっている。ところがこの芝居の途中、エヴァは思いもよらず相手の男を愛してしまう。つまりそれは自身の「半身」である子どもへの裏切りであり、これによって子の復讐ともいうべき弾丸を受け、エヴァの書いたテクストは中断されてしまうのである。

ここで目を引くのは、エヴァによる母の身体への回帰の試みが、女の書く行為の問題と重ねられて表現されていることである。このようにボウエンの描く母の娘は、自らの主体の場を切り拓こうと、父の法が支配する伝統的テクストに密かな反逆を試みている。しかし同時にそのテクストから追放され、消去されてはならないということもまた重要であった。女が書くためには、沈黙の世界と言語の世界との間を、大人でもなく子どもでもなく、絶えず揺れ続けるしかない。

永遠に大人になれないのではないかと危惧していたボウエンだが、ペンを持つことで大人の世界（象徴界）への参入を果たした。しかし作家になることは母との沈黙の関係を裏切ることであり、ボウエンは先のポーシャのようにその喪失に生涯苦しむことになる。夫アランの死後の六〇年代、ボウエンはついに心の原風景ともいうべき子どもの頃母と過ごしたケント州ハイズに戻る。この頃に書いたのが『エヴァ・トラウト』である。この作において彼女が生涯追及してきた問い――母の身体を持つ女（意味を持たない未分化な女なるもの）はどのように語ることができるのか――を大胆に物語化できたのは、このように母の身体との融合を象徴的に果たしたからではあるまいか。

グレンディニングの著したボウエンの伝記によれば、ボウエンは「私はレズビアンではない」と語ったという。だが現実生活の性的指向が何であれ、ボウエンは大きな関心を抱くレズビアニズムをエロスに満ちた無垢性というテーマにつなげ、言語と主体形成の関係に切り込みながらそれを演出することで、女（母）の身体を基礎にした独自のテクストを編むことができたといえよう。その作品は実に先鋭的なフェミニスト・テクストとして読むことができるのである。

8 幻想のシスターフッド

田中慶子

「幸せな秋の野原」はC・サマーズの『ゲイ・レズビアン文芸遺産』(一九九五)に収録され、「侵入する男性の存在を排除しようとする情熱的なレズビアン関係」と説明されている。だがボウエンの別の一篇の「幻のコー」については、コーリーとペピータはルームメイトではあるが、堅気なコーリーはペピータとベッドを共にすることについて強い抵抗感をもつので、二人がレズビアン関係にあるとする分類は粗雑な解釈といえる。「幸せな秋の野原」は枠物語の映画的な構造の作品で、ヴィクトリア時代のアイルランドのビッグハウスと幕間のような第二次大戦中のロンドンの二ヶ所を舞台にしている。メアリとして登場する女は爆撃のなかで家族史「ボウエンズ・コート」を執筆中のボウエン自身であろう。メアリが夢の中に見る祖先のサラが憑依したとして、場面はヴィクトリア時代のアイルランドからロンドンへフラッシュ・フォワードする。テニソンの「涙よ、むなしい涙よ」の「絶望の深みから涙がこみ上げ、あふれる/幸せな秋の野原を見渡す時、もうあのころは戻らないと思うと」という詩行に想を得た短編とされる。アイルランドの田園の広大な収穫後の領地を大家族が散歩している。三人の息子が翌日、寄宿舎学校に発とうとしている惜別の会である。末の姉妹ヘンリエッタとサラの関係は一心同体であることが、その会話と行動、野原の前で手をつないだ若い二人の女性の写真から明らかである。「二人が同じベッドで眠るのをやめるくらいなら、同じお墓で眠れますように」とサラは祈る。後から散歩の一行に加わるのは馬に乗った長男とその友ユージンである。ユージンはサラに恋したようである。ヘンリエッタはサラが奪われてしまうのを恐れる。散歩の途中でサラが「私たちは永久にここにいられるわけではないのよ」と言うのは、文脈上は他の一行に早く追いつかなければならない、ということを示唆することばだが、いつまでも子ども時代に留まっていられないという戒《いまし》めにも聞こえる。楽園希求、残留願望というのは、ボウエンの最終作品まで継続するテーマである。

ロンドンの空爆を受けた家でメアリは、衝動的にヘンリエッタの名を口にして目覚める。メアリは屋敷で古い手紙の入った箱を見つけて、サラの心の葛藤を知った。メアリの婚約者のトラヴィスは、危険な半壊した家屋からメアリを連れ出そうとするのだが、メアリはまだ姉妹の行方を見守りたいので、二時間の猶予を求める。トラヴィスは箱を持ち去る。

夢の続きを説明する箇所では、散歩の日の夕べが描かれ、家族が居間に集まっている。ユージンもいて、その素振りからサラへの想いは明らかである。彼が「明日来ます」と言った時、ヘンリエッタはプロポーズを予感し、これまでの二人だけの世界が変化するのを恐れる。ヘンリエッタはユージンに何者も私たちを引き裂くことはできない、と宣言し、サラに同意を求めるがサラは何も言えない。

Christina Rossetti *Goblin Market and Other Poems* (1862)
兄Dante Gabriel Rossettiによる扉絵

メアリはサラの無言を意識しながら近くの爆撃で目覚める。トラヴィスが心配して迎えに来る。メアリは現実に戻り、分裂した夢の一日の生なましさを口にし、自分はサラの子孫なのかしら、といぶかる。だが、トラヴィスは箱の中の手紙をすっかり読んでいて、その後のヘンリエッタとサラの言及はないので、姉妹は未婚のまま若くして死んだと考えられるから、子孫であることはありえないという。もう一通の手紙には長男からロバートに宛てて、秋の夕べに訪ねてきて落馬して死んだ友人のことが書いてあった。誰もいない野原でなぜ馬が驚いたのだろうと、と不思議がっていた。二人の夭折は成熟拒否の報いであろうか。

サラとヘンリエッタの関係はクリスティナ・ロセッティの「ゴブリン・マーケット」(一八六二)のローラとリジーを思い出させる。「ゴブリン・マーケット」の姉妹は、兄ダンテ・ガブリエルが挿絵を描き、後世にポピュラーカルチャーにも浸透したアイコンである。クリスティナは創作だけでなく奉仕活動でもフェミニズムを実践した。ヴァージニア・ウルフは「私はクリスティナ・ロセッティ」と題して生誕百年の礼讃エッセイを書いた。「ローラとリジーは頬を寄せて胸を合わせて共にベッドで眠る」とあるが、ヴィクトリア時代の上流家庭の家父長制のもとでは姉妹の同性愛的な関係は生じえない。『モスリンのドラマ』では修道院学校の同窓生のレズビアニズムがサブプロットとしてあるが、娘を良家に嫁がせるように育てるのが方針だからである。むしろ姉妹は、良い結婚相手をめぐってオースティンの小説に見られるように張り合う。

「ゴブリン・マーケット」は、寓話のような姉妹の冒険談である。姉妹たちのもとにゴブリン商人が来る。ローラはお金がないので自分の髪と涙で支払いをし、甘美な果物をむさぼり食す。帰宅してローラが妹リジーに話すと非難された。過去にゴブリンの果物を食べ、その果てに亡くなったもう一人の少女、ジーニーがいたのだ。ローラは妹の心配をよそにして、次の夜に自分とリジーのためにもっと果物を買うつもりだった。姉妹は共有のベッドで眠りに就く。翌日、ローラとリジーが家事をしながら、ローラはゴブリンを待っていた。しかし妹にはゴブリンの呼び声が聞こえているのに、ローラには聞こえない。禁断の果実を買うことができず、ローラは衰弱していく。リジーはローラが死んでしまうのではないかと危ぶみ、姉のためにゴブリンの果実を買いにいく。リジーは小川に行き、ゴブリンたちに歓迎される。だが彼女がその果物を食べようとしないことに気づかれ、無理やり食べさせようとされてリジーは果汁まみれになる。リジーは家に逃げ帰り、瀕死のローラはリジーの体に付いた果汁を口に含むと苦しんだが、翌朝、奇跡的に回復した。

この詩はさまざまな解釈を引き起こした。フェミニストの批評家ギルバートとグーバーは、この詩をフェミニズムと同性愛のポリテックスの表現であるとみなした。この詩に暗示されているのは女性のセクシュアリティとヴィクトリア朝の社会慣習との関係であり、最後は姉妹は結婚の幸福に回収される。聖書のアダムとイブ、禁断の果実、魔性の誘惑、堕落の暗示に加えて、姉妹愛を賛美している。

姉妹愛について他のテクストに照らしてみる。ヘンリエッタがサラに「あなたが私より早く生まれたのが許せない」というのは、レ・ファニュの『カーミラ』(一八七二)の女吸血鬼の誘惑の言葉を思いださせる。「私はあなたの中に生きているの。あなたは私のために死ぬのよ」(『カーミラ』)の延長にある。近親相姦的同性愛を思わせるカーミラの甘言には実は別の目的——ローラを肉体的に搾取しようとする——があるのだが、ローラにはわからない。

ルイザ・メイ・オルコットの『若草物語』(*Little Women*, 1868–9)はアメリカ東部が舞台であるが、父は牧師として南北戦争に従軍していて、すなわち家父長は不在である。長女の男っぽい次女のジョーが戸主の代理を担っている。

メグに求愛者が現れた時、ジョーは激しく不満を募らせる。親友のローリーからメグの失くした手袋の片方は、家庭教師のブルック先生がポケットに入れて持っている、と聞かされたときはいやらしい、と反感を持つ。さらに彼女はブルック氏がメグに近づくのを妨害する。「いっそ、私が姉さんと結婚したいくらい」と母に言う。だがマーチ家の四姉妹はもともとメグとエイミー、ジョーとベスがセットであるように書かれ、ジョーとエイミーはあまり仲がよくなかった。だからジョーはメグのレズビアニズムの相手というわけではなく、この言葉はメグへの幼稚な支配欲の表れと見るべきである。

「幸せの秋の野原」の場合も、ヘンリエッタはサラを奪われるのが許せない。ユージンの求婚はその居心地のよい世界から脱却して、大人になることを迫っている。末娘のヘンリエッタのスカートは床面まで届いていない丈である。分離不安にとらわれる幼いヘンリエッタにはサラの結婚を妨害する理由は十分ある。ヘンリエッタは夕刻の野原に行き、邪視を向けてユージンの馬を驚かせて、彼を死なせてしまった、という解釈が優勢である。

『ボウエンズ・コート』に付記された家系図を見ると、時代からいって祖父ロバートの子どもたち――父ヘンリーを含む――をモデルにしていると考えられる。ロバートには十三人の子どもがいたが、男の子三人と女の子一人は夭折している。男児の生存率が低かったうえ、植民地戦争の出征で男女の人口比率から「余った女」が出現した時代だった。「新しい女」ともいえるロバートの娘たちは誰も結婚しなかった。サラはレディ・キングストンのそばに行き、アンは学究肌でオックスフォード大学に進学し、リジィは画家を志したが、神経衰弱になってしまった。曾祖父の五代ヘンリーにはサラ、アン、ヘンリエッタという娘がいたのでそこから名前を借りたようだ。『パリの家』もヘンリエッタという少女が出てくる。サラは国教会牧師補と結婚し、ヘンリエッタはドネレイルの名門クリー家に嫁ぎ七人の子をもうけた。一九一一年の国勢調査によればアンは未婚のまま、サラは未亡人となってクリー家に身を寄せていた。『ボウエンズ・コート』には随所にきょうだいたちの日記の引用がある。ボウエンが家系図を作り、家族史を編集中に過去の人々の運命に思いを馳せ、戦時下のロンドンで現実逃避的にヴィクトリア時代の家族の悲劇を夢想したと考えられる。

「幸福な秋の野原」のヴィクトリア時代の姉妹の近親相姦的レズビアニズムは、ロセッティの「ゴブリン・マーケット」、レ・ファニュの『カーミラ』、オルコットの『若草物語』の姉妹関係のパスティーシュであり、時代設定をずらして、同世代のフェミニストの家父長制からの解放を夢みるシュールリアリズム的作品と読むことができる。ウィリアム・トレヴァーはボウエンのこの作品を高く評価し、BBCラジオでドラマ化された時、脚本を書いた。

9 怪奇小説と心霊主義

田中慶子

怪奇小説の場所

十八世紀のヨーロッパでは、中世ゴシック様式が再発見され、建築と文学という、一見するとまったく異なる分野で復興した。「理性の時代」に抑圧されていた不安、憂鬱、恐怖の感情がクローズアップされ、文学のモチーフに死の恐怖をかきたてる幽霊や墓地、納骨堂、廃墟など、怪奇的な要素が盛り込まれた。先駆的なロマン主義と考えられる「墓場派」詩人、トマス・グレイ（横浜外国人墓地の門柱に「悲歌」の一行が刻まれている）の親友がイギリス初代首相ロバート・ウォルポール伯爵の息子のホレスだった。彼は政治家となったが、かなりの趣味人で小説も書いた。テムズ河畔に酔狂そのものの凝ったゴシック風建築のストロベリー・ヒルズという私邸を建て、そこで見た奇怪な夢を書き起こしたというのが小説『オトラント城』である。だが作者は当初、素性を隠し「中世のイタリアで書かれた物語の翻訳である」として発表した。中世イタリアを舞台にした城主家族の愛憎劇は古城、地下通路、修道院、礼拝堂、墓地を舞台とし、超自然的な幽霊、怪物が登場する筋立てである。一方、ゴシック小説『ヴァティック』を書いたウィリアム・ベックフォードもウォルポールに対抗するかのように、フォントヒル・アビーの完成に力を注いだ。これらのゴシック建築は怪奇文学の立体化されたイラストレーションとして読者を惹きつけて観光地となった。

オースティンの『ノーサンガー・アビー』（一八〇三）において既にこのようなゴシック趣味はパロディになっていたが、後年のブロンテ姉妹の『ジェイン・エア』（一八四七）も田園の領主館の屋根裏部屋の幽閉がモチーフで、『嵐が丘』（一八四七）の荒野の廃屋、亡霊、墓あばきがゴシック小説の継承要素といえる。ブロンテの父はアイルランド人である。アイルランドのゴシック小説の舞台は人工的な廃墟よりも深い森の古城、荘園、僧院といった場所が典型である。アイルランド建築にも一八〇〇年前後の数十年間にゴシック様式の流行が押し寄せた。リズモア城、ウォーターフォード城が古いアングロ・ノルマンの要塞の上に建てられた。これらの城は必ず幽霊を引き継いでいる、とボウエンは『ヴォーグ』に掲載したアイルランドの名所案内で述べている。（「アイルランドがアイルランド人を作る」'Ireland Makes Irish' 1946）

ブロンテ姉妹も愛読したシェリダン・レ・ファニュはアイルランドホラーの父と呼ばれる。シェリダン・レ・ファニュの複合姓はダブリン生まれの十八世紀の代表的喜劇作家リチャード・シェリダンとの姻戚関係を示している。レ・ファニュが二十世紀になって再評価されたのは、一九二三年M・Rジェイムズが発掘・編集した著作集の出版がきっかけである。ボウエンが序文を書いた『墓地のそばに立つ家』をジョイスは『フィネガンの通夜』の典拠とした。ボウエンの短編小説に幽霊がしばしば登場するのは、大衆受けを狙った出版者の要請であろうが、少なからずレ・ファニュの影響が考えられる。ボウエンはイングランドを舞台にした『アンクル・サイラス』の序文も書いたが、『墓地のそばに立つ家』のアイルランドの強い地方色の魔力を認めている。

『セカンド・ゴーストブック』（一九五二）に収録されたボウエンの短編「手袋をはめた手／結託して」はヘンリー・ジェイムズの怪奇短編「古い衣装の物語」を下敷きにしている。一九六〇年ボウエンは客員教授としてヴァッサー女子大で短編小説の連続講義を担当した。講義ノートでは長編小説は〈魔力〉の雰囲気を持続させるのは難しく、短編小説が怪奇小説や気味の悪い出来事を伝えるのに適していると述べている。ポオの短編やヘンリー・ジェイムズの『ねじの回転』が好例である。現代においても幽霊物語の語り手は座持ちになることができる、と彼女は述べる。日本では怪談は夏場の暑さしのぎであるが、イギリスでは冬物語といって冬の夜に暖炉の前で老婆が語って聞かせる座興であった。ではボウエン自身は怪奇現象をどのように描いたのだろうか。彼女の短編作品に超自然はどのように扱われたか、以下、ゴーストストーリーの手法と実践を探ってみる。

「奥の居間」は『最後の九月』と同じロイスという名の若い女性が登場し、ビッグハウス（アイルランドの領主の館）の焼き討ちが枠物語のテーマとなっている。ヘネカー夫人を囲んで霊魂の存在が話題となっている。ヘネカー夫人がアイルランド人は「樹木に囲まれた屋敷で蒸し暑い夜に見る夢の中で暮らす」といったが、ここイングランドから見た場合、アイルランドは〈外〉である。ストーリーの中心はそこに居合わせた素性のしれない小柄なイギリス人の客の話すゴーストストーリーである。男は自転車旅行で奥深い領地に迷い込み、雨に降られタイヤがパンクして、やっとたどり着いた屋敷に救助を求めようとした。屋敷はテニスゲームの音がし、廊下にレインコートが掛けられて生活感があった。玄関ホールに現れた一人の女を追って奥の居間に入ると、ソファのクッションに泣き伏している女がいた。奥の居間は女性の私室（boudoir）であり、他人が踏み込んではいけない領域であった。聞き手たちはすっかり話に引き込まれ、彼が言葉に詰まると助け船を出した。「彼女に顔があるとは思わなかったのね」。顔がない、とは、つまり幽霊だと思った、ということである。（アイルランドのコークにあったベルヴェリー城にまつわる有名な伝説の女幽霊には顔がない。日本の『怪談』を収集し再話したラフカディオ・ハーンは幼少時代ダブリンで乳母からアイルランドの妖精譚や怪談を聞いて育った、とイェイツに手紙で述べている。「ムジナ」の話はハーンが日本の伝承に、アイルランドに通底するモチーフを発見したのである）。

ところが「奥の居間」の女には顔があり、彼を見上げた。その表情に身の危険を感じ、男は命からがら自転車を押して二時間かけていとこの家に逃げ込む。いとこの家で明らかにされたのは、その屋敷は焼き討ちにあって現存していないという事実だった。焼き討ちの現場に残った情念が、在りし日の幻影を現出させたとしか説明つかない。話が終わるとヘネカー夫人は物思いに沈んで、座は自然にお開きになった。空気を読めないよそ者は、ヘネカー夫人に話しかけようとするが、無視される。彼の話の女はヘネカー夫人の家族かあるいは彼女に似た境遇だったので、心の琴線に触れてしまったらしい。男は奥の居間とヘネカー夫人の心を二たび侵害してしまった。

心霊主義

ヘネカー夫人はテーブルたたきや自動筆記には嫌悪と軽蔑を示す。そのような心霊主義の発端は十七世紀にさかのぼるが、十九世紀になるとアメリカでキリスト教の一派クエイカー教と異教的なケルトの迷信が結びついて、死者との交信は可能だと信じられるようになった。これが商業化されて降霊会が盛んに開催され、死者との仲介をする霊媒をなりわいとする者も現れた。（自動筆記に似た日本のコックリさんも、元々は伊豆の下田に停泊していたアメリカ人船員から伝わったとされる）。そもそも交霊術がアメリカで広まったのはケルト系の精神的土壌があったせいだと考えられる。ハロウィーンは元来ドルイド教の祝祭であったが、国民的行事として定着させたのはスコットランド、アイルランドからのケルト系移民の勢力である。交霊術はアメリカからイギリスに伝播して、ロバート・オウエン父子がキリスト教信仰を捨て信奉した。ライダー・ハガードの実家も熱心な心霊主義の信者であった。この現象を解明するために、ケンブリッジ大学学生の幽霊研究会が中核となり、心霊現象研究協会（SPR）が物理学の権威オリヴァー・ロッジを含む各界の名士で結成された。初代会長はケンブリッジ大学の倫理哲学教授のヘンリー・シジウィックである。結成時の名簿にはチャールズ・ドジソン（ルイス・キャロル）、レズリー・スティーヴン、ジョン・ラスキンの名もある。ヘンリー・ジェイムズの兄で心理学者のウィリアム・ジェイムズは第五代会長であり、古典学者で民俗学者のアンドルー・ラングは第十四代会長、後に作家のコナン・ドイルも参加した。ウィリアム・イェイツも心霊主義の団体に加入して、マダム・ブラヴァツキーの影響を受けてオカルト研究に没頭し、後年に若い妻の託宣の呟《つぶや》きを創作のインスピレーションとした。妻を霊媒とする問答を『ヴィジョン』としてて心血を注いで大著にまとめた。

戦争は生き残った人々の死生観も変えたが、世紀末から第一次世界大戦にかけてイギリスで心霊主義を流行させたのは、戦死した息子や兄弟、恋人、夫への未練である。心霊写真もこれに加勢した。ドイルは後に再婚の妻の親友で、子どもたちの乳母、リリー・ローダー・サイモンズの霊能力を認め、心霊主義にのめりこんだ。このため親友J・M・バリーからも距離を置かれ、世間からバッシングを受けたが、彼は晩年まで心霊主義の布教に時間と私財を費やした。シャーロック・ホームズが復活するまでの空白期間にチベット、ラサを訪れラマ僧から仏教を学んだという経歴は作者ドイルが神智学の基礎を築いたマダム・ブラヴァツキーをなぞったものなのか、それともノトヴィッチの偽書にちなんだものかは判断できない。だが「写本の発見者」ノトヴィッチによる『イエス・キリストの知られざる生涯』はアメリカのランド・マクマリー社（地図の専門出版社）の一般書部門の普及版の「グローブブックス」の新刊目録にドイルの『白騎士団』、『都市郊外で』、『緋色の研究』、『四人の署名』、『マイカ・クラーク』、『体外遊離脱実験』と同時にある。いずれにしてもホームズの偶像性を強めるために付与された履歴である。

二十世紀も半ばになってもボウエンの友人、ロザモンド・レーマンは愛娘のサリーの死が受け入れられずに、イーディス・サマーヴィルもロス（ヴァイオレット）の死後、心霊主義に帰依した。それでもボウエンはイーディスへの敬愛を失わなかったことは、晩年『スペクテイター』誌に発表した『アイルランドのいとこ』の書評からもわかる。ボウエンとは二人はコークの同郷で、同じアングロ・アイリッシュの支配階級の出身である。

ボウエンの処女短編集『出会い』（一九二三）に「幽霊の第三者」がある。プシーと呼ばれる後妻として迎えられた女は、夫マーティンの帰りを待っている。先妻は産褥精神病、今でいうマタニティ・ブルーズの果てに死産し、亡くなった。マーティンは母もなく姉も亡くしている、どことなく不吉さが漂う男である。夫の出勤中、新妻は庭いじりや家具の配置換えをしては孤独を紛らす。だが先妻への嫉妬、夫の性的不能から夫の愛を信じきれない。鍵のかかった引き出し、夫の何げない生活習慣にも疑惑がつきまとう。先妻の亡霊は彼女の心に巣くい始めた。このケースは戦間期のイギリスでよく見られたといわれる主婦の「郊外ノイローゼ」として説明がつく。クライム・ノヴェルでもゴーストストーリーでもない、新婚のエリザベスとアラン・キャメロンの関係を思わせるサイコホラーである。亡妻の怨霊が新妻にとりついて、その幸せに影を落とすというプロットは、後年のデュ・モーリアの『レベッカ』（一九三八）にもあるが、アニー・M・P・スミソン（Annie M. P. Smithson 一八七三―一九四八）というアイルランドの二十世紀前半のロマンス小説のベストセラー作家が先行していた。

戦争と妄執

ボウエンは『セカンド・ゴースト・ブック』（一九五二）の序文に、モダンな幽霊のありようを「集合住宅でも平気だし、大邸宅の住人にもなる。電灯を暗くする、暖房を冷房にする、エアコンの調子を狂わせる術も知っている。（……）電話、自動車、飛行機、ラジオの電波が彼らに出現の場を与えた」と、テクノロジーの進化に難なく順応していると述べる。そういえば、イギリス空軍を悩ませた戦闘機の不調は昔から伝わる妖精グレムリンのせいだとされた。ウォルト・ディズニーは空軍のパイロットだった作家ロアルド・ダール原作の「グレムリン」の映画化を構想していた。しかしイギリスに居たダールにはアメリカへの往復に無理があったし、もう大戦の記憶は忘れ去りたいのが世情だったから、製作・興行は見送られた。

一九四一年『リスナー』誌に発表された短編「悪魔の恋人」は同名の古いバラッドの先行テクストがある。家庭をもって乳飲み子もいる女のもとを、行方不明だった昔の恋人が訪ねてくる。女は彼が財を成したという話に目が眩《くら》んで、家族を捨てて家を出る。だが恋人と乗り込んだ船は姿を変えて巨大化して、彼女は命を落とす。さらにボウエンが若いころ愛読者であったネズビットの「約束を守った花婿」という怪奇短編にも結婚の契り、言質の固守、乗り物の密室空間の恐怖という点で通じるものがある。誠実な花婿は出張先で挙式の直前に事故死していたが、変わり果てた姿の幽霊になって戻ってきて結婚式に出席した。挙式後の馬車で新郎と二人きりになった妻は、到着地で息絶えていた。彼が黄泉の国に連れ去ったのである。

ボウエンの描いた「恋人」は第一次大戦のフランス戦線に出征した兵士だった。戦時休暇で戻ってきた彼と若い娘は、出立前の時間を彼女の実家の庭で過ごす。だが、別れ際の彼の動作はあたかも彼女の身体に刻印を残すかのように乱暴で、彼女は一刻も早く室内の家族のもとに逃げたいほどだった。結婚の約束も強圧的で、娘が彼の戦死の可能性を仄めかしても、死が二人を分かつことはないと男は断言した。婚約者の戦死の知らせを受けてから、娘は「余った女」になりかけたが、三十を過ぎて結婚相手が見つかり、「ドローヴァー夫人」となった。バラッドの主人公と違ってドローヴァー夫人に非があるといえば、ただ若い日にうかつに結婚の契りを交わしてしまったことである。

今、第二次世界大戦のさなか彼女は空襲を逃れて疎開先から、ロンドンの留守宅に私物を取りに来ていた。そこに思いがけなく置手紙があった。夫人にはあの死んだはずの男の執念が彼女の家庭を突きとめ、手紙を置いたとしか考えられなかった。一枚の置手紙によって、どちらかというと理性的な彼女が二十四年間築いてきた生活の基盤の安定が失われようとしていた。無人の家から逃げ出したい、だが疎開地に帰る汽車の時間まで居場所がない。もう電話も使えない。救いはタクシーだ、タクシーの運転手が荷物の回収も運搬も移動も手伝ってくれる、そう思いついた彼女は、タクシーを捕まえに外に出る。折よくそこにタクシーが来た。乗り込んだタクシーは行き先は告げる前から知っているかのように向きを変えた。タクシーの運転手は——あの男だった!現代の幽霊はタクシーの運転手にも化けるのか。これはドローヴァー夫人の悪夢なのか、現実だったのかはわからないが、善良な人間がこの世で一番怖いのは自分が裏切った相手だった。

樹木の邪霊

「ピンクのサンザシ」は戦時中のロンドンの話で、同じ本に発表された「父がうたった歌」と同じように、酌婦の一人称の告白体の作品である。彼女は夫とロンドンの古い屋敷を借りて住んでいたが、戦時雇用で夫とすれ違いの生活であった。夫は不能で、彼女は不貞によって憂さ晴らしをしていたらしい。屋敷の主は地方に疎開していて不在である。彼女は夫の留守に男とデートに出かけるが、語り手によれば、に見えない何者かの存在に苦しめられる。

幽霊は「清教徒のように」夫がいながら自由奔放に遊ぶ彼女の不貞を責めているか、嫉妬しているかのような妨害行動をする。メイフラワーとも呼ばれるセイヨウサンザシは白とピンクがあり、よく生垣や屋敷の周囲に植えてある低木で、雷除けになる。ピンクの花はドルイド信仰では「生と死」「保護」を意味するが、家を悪霊で満たすともいわれる。飾り花の花芯を「眼」と表現したのはキャサリン・マンスフィールドだった。語り手の女は最初、幽霊の存在をものともせず、自信に満たされて勝ち誇ってみせるが、満開の後、徐々に女の元気は失せていく。女は「(視線が)私を刺すの」と訴える。一ヶ月後、花の朽ち果てた頃にはもう結婚生活は破綻し、家を出る。女の感受性が過敏なのか、精神を病んだのか、いずれにしてもサンザシの花に彼女が影響されていたことは明らかである。「心理学の発達は幽霊たちに大変都合がよかった。罪悪感は彼らの親友である」とボウエンは『セカンド・ゴーストブック』の序文で述べている。

一九三四年の「りんごの木」も樹木にまつわる話である。白い花、赤い実をつける木はケルトの妖精に特に好まれるという。季節は冬であるが、幽霊屋敷となる舞台にはボウエンズ・コートを思わせる図書室がある。若妻マイラが寄宿学校の生徒だったとき、除け者同士寄り添っていた相方の少女がりんごの木で首つり自殺をした。自殺に追いやったのは他ならぬ自分であった、と新婚の妻マイラは罪の意識におびえ続けていた。マイラは孤児であった。救済するのはカトリックの聖職者ではなく、夫の友人であるベタスレー夫人であった。彼女がどのようにして「悪魔払い」を遂行したのか、そのプロセスは省略されているが、典型的な妖精の教母 (fairy godmother) である。問題はマイラの子ども同然の精神状態が新婚生活に支障をきたしていることである。りんごは古代ギリシャ伝説では処女性、罪を象徴する。「夫婦は幸福、崇高な無名性へ姿を消した」というエピローグから、りんごの木の悪魔祓いというのは完全な結婚生活への教育であったらしい。

ボウエンのゴーストストーリーは精神病理を扱っているのだが、ケルト伝承をふまえた妖精や精霊の存在も暗示している。「奥の居間」の心霊術が嫌いなヘネカー夫人はボウエン自身と見てよいだろう。ゆえにボウエンの作品では霊は敵であって、交霊、人と霊との親しい交歓はない。人間は霊に襲われたり、憑かれたりして勝者か敗者になるか、あるいは逃走するという結末である。ボウエンはなぜゴーストストーリーを書いたのか。ボウエンの見解では神経症患者は「幽霊の餌食」なのである。恐怖と対峙し、不安に対する耐性を強める文学を彼女は「レジスタンス」と称した。ボウエンは理性を失わず作家として夢や現実逃避のファンタジーで心を支えながら、ロンドン大空襲の死と隣り合わせという極限状況を生き抜いた。彼女には心霊主義というカルトは必要なかったのである。

10 女性使用人たちの事情

田中慶子

『心の死』に登場するマチェットは、先代のクウェイン家でメイドとして雇われて長年勤めて、息子夫婦のリージェンツ・パークのウィンザーテラス二番の家で家政婦（house-keeper）となった。使用人ながら唯一ポーシャを思いやる重要な存在で、孤児のポーシャの代理母のような役割を果たす。マチェットのポーシャへの愛は支配欲も出てしまうが、作者が愛情をこめて描いたキャラクターである。最後のカラチホテルにポーシャを迎えに行くシーンは、それまでの全知の視点からマチェットの意識の流れに切り替わっている。

二十世紀の大邸宅と使用人の歴史を顧みると、第一次世界大戦が勃発したとき、新聞や家庭雑誌にも志願兵勧誘の広告が掲載された。あらゆる階級の男性が愛国心のために入隊し、そのため大邸宅は管理が滞り、部分閉鎖された。地主階級はこぞって連隊士官として、使用人を部下として伴って入隊した。

女性の使用人はどうかといえば、ヴァージニア・ウルフのロンドンを舞台にした『歳月』という年代記小説に、それに関した記述がある。『歳月』で、一九一三年エリナがロンドンのテラスハウスのエヴァコーン・テラスを引き払うとき、料理女のクロスビィと別れを告げる場面では、ヴァージニアの実家であるスティーヴン家に仕えたソフィの長年の労苦がしのばれる。一九一四年以前は多くの家庭で最低一人の使用人を雇うことができたが、戦争が始まると、まず女性は軍需工場に職を得ることができるようになり、家内労働に就こうする人材を得ることが困難になった。『歳月』で、一九一七年に第一次大戦のさなかエリナは晩餐によばれたが、使用人のサービスの劣化は著しかった。公教育の発展によって、男子は労働者階級でも肉体労働ではない事務職にはより安定した収入が期待できて、鉄道や造船、鉄鋼業界にも新たな労働力の需要があった。女子も住み込み使用人より女工のほうが余暇の時間が確保され、都会ではミュージックホール、映画館、ダンスホールなどの娯楽が魅力的だった。戦時労働に雇用された女子にとっては、もはや従来の家内労働の待遇では満足できなかった。

キャサリン・マンスフィールドの短編「亡き大佐の娘たち」に登場する老姉妹も、料理女の雇用を維持するのは死活問題であったように描かれている。彼女たちは父親の死後、太々しい召使の態度に我慢できなくなっても、解雇できない。未だかつて自ら料理をしたことがないからである。それがヴィクトリアンの中産階級の深窓の令嬢の典型的な在り様であった。

戦後、古城や荘園、館に相続税が課され、売却か使用人の数を縮小するしかなく、管理も行き届かなくなった。「使用人問題」は上流階級だけでなく、どこの家庭でも見られたことで、戦後の景気後退と重税のため使用人の待遇は引き締められた。使用人の払底の時期にヴァージニア・ウルフもブルームズベリーグループの身内で召使の交換、貸し出しを繰り返した。ハーマイオニ・リーの伝記に詳しく描かれているが、ウルフ家に十八年も仕えた料理女ネリーとのバトルは壮絶だった。ウルフにとってこの使用人は知的レベルの違う〈他者、異人種〉でしかなかった。

使用人問題はロンドンと、人口と就職口の少ないアイルランドの田舎とでは、待遇においてやや事情が違った。ヘンリー・グリーンの『愛する』(*Loving*, 1945)は第二次世界大戦中のアイルランドのビッグハウスの執事の後継問題を扱っていて、モダン・ライブラリーの二十世紀の小説百選に入るほど愛読されたが、作者自身はアングロ・アイリッシュの出自ではなく、戦時の消防隊の仕事仲間から得た着想だったという。女子の場合は、最初、下働き(scullery maid)として雇われた少女がひとり残って、雑役婦(maid of all work)となるのはよくあるパターンである。戦後のアイルランドの農園を舞台にしたボウエンの『愛の世界』では館内で働くのはキャシーひとりである。主人のフレッド・ダンビーは農場経営はしろうとであるが、監督のいない使用人の惰性の家事作業が、住人の精神状態にも影響していることは、ことに台所の劣悪な環境からみてとれる。

ボウエン家の使用人

『日ざかり』でロデリックが相続したアイルランドの屋敷「マウント・モリス」荘の番をしているのは、男やもめのドノヴァンとその二人の娘である。ボウエンズ・コートを主亡き後も守っていたのは、やもめのサラと息子のパディである。サラの死に際してボウエンは『ウィンドミル』誌に「もっとも忘れがたき人」と題して追悼文を寄稿した。サラ・カーティは十四歳の時ボウエンズ・コートにキッチンメイドとして、五十マイル離れたティペラリィ、ニナーからボウエンの祖父ロバートに馬車で連れてこられた。当時、祖父はティペラリィの不在地主を兼ねていて、領主としてボウエン家の名はとどろいていたので、彼女の母にも実家の界隈の人々にもサラの就職は祝福された。当時のボウエンズ・コートは、ヴィクトリア時代の全盛期には九人の子どもと八人の使用人がいて、来客も多かった。ボウエン家の長女もサラというファーストネームで、二人は生涯、仲良しだった。サラは利発で愛想がよく、主人は他の使用人には恐れられたが、彼女だけは可愛がられた。身分が下だといっていじけたりせず、誇りをもって自分の務めを果たしていた。

やがてボウエンズ・コートに危機が襲ってきた。女主人が天然痘で亡くなった。外国帰りの長男から感染したのだった。主人は再婚したが、子どもたちは後妻に反抗的で、家庭の雰囲気が悪くなった。主人が亡くなると、統率力は失われ、農園の労働者は去り、使用人の大半は暇を出された。ボウエンの父ヘンリーが後継ぎとなると、妹のサラ・フランシスと残った使用人のサラは結束して、若い当主の補佐を担った。サラ・カーティは、ボウエンズ・コートが資金難で世間から葬られるなんてことになってはいけない、と男の子たちに積極的に大学の学友を連れてこさせ、女の子たちにもてなしをさせた。サラひとりで、料理、洗濯、掃除とすべてこなした。そのうえ娘たちが母親を亡くしたのを不憫《ふびん》がり、彼女なりの母性愛を注いだ。

美人で明るいサラは、縁談が来ても、忙しがって耳を貸さなかった。だが彼女が三十歳の時、ボウエン家の従僕のパトリック・バリーと結ばれた。バリー家は代々、ボウエン家の使用人で、そのなかには乳母もいてアイルランド王家の血筋だった。先祖はクロムウェル征服以前のコーク北部の有力者であったらしい。新婚夫婦は通り沿いの裏窓からボウエンズ・コートが見えるところにコテージを建て、ボウエン家の用立てをした。

ヘンリー・ボウエンが妻を迎えると、きょうだいたちはボウエンズ・コートを出た。エリザベスの母フロレンスはサラ・バリーに頼りきりで、毎日屋敷に通いで来てもらっていた。物心つくとエリザベスはサラの仕事場である洗濯室に入りびたっていた。父の病状が思わしくなくボウエンズ・コートから母子が遠ざかっている間に、息子のパディが生まれた。サラに似て可愛らしく、夏にエリザベスが行くと、サラは管理人としての仕事に勤しんでいる最中に、二人で遊ばせてくれた。パディがまだ幼いうちに、夫パトリックは病死した。それでも泣くだけ泣いてサラは夫の死から立ち直り、以前のサラに戻った。だがエリザベスは大人になって改めて、サラの瞳に宿っている喪失感を認めた。サラは息子を連れてティペラリィに帰らず、ボウエンズ・コートに留まることに決め、道路沿いのコテージに住み続けた。夜は寂しく物騒で、庭先の殺人事件の証人として裁判に出頭したこともあった。世間の動乱――蜂起、大戦、内乱、焼き討ちを見聞きしながら、信仰を捨てず勤勉に生きた。エリザベスは成長してケントやロンドンに行ったのに、サラは南アイルランドから出たことはなく、エリザベスがローマに行ったときは、カトリック教徒である彼女に教皇が清めたロザリーを持ち帰ってあげた。エリザベスがアメリカに行くといった時は、向こうに移住してしまうのかと心配した。

サラはその一生を見守ったヘンリーの最期を看取り、死化粧を施した。エリザベスが戸主となったが結婚してイギリスにいたので、サラとパディはコテージを閉めて、ボウエンズ・コートの奥に寝起きして館を管理した。夫妻が客を連れていくと、夏でもクリスマスでも、とびきりの歓待をしてくれた。エリザベスの招待客たちを通して、サラは世間の風俗の移り変わりを見ていた。サラは愛され、客たちは姿が見えないと決まってサラの仕事場である台所で邪魔をしているのだった。

エリザベスが選んだ作家という職業は、サラには理解し難かったかもしれない。彼女は本は読まないし、タイプライターは男性の商売道具だと思っていたらしい。エリザベスは、これで館を維持する収入を得るのだと説明し、納得してもらった。（そのタイプライターはダブリン作家博物館に展示されていた）

第一次大戦で懲りたのだから戦争は二度と起こらない、というサラの無邪気な楽観は裏切られた。アイルランドが中立国となると、ロンドンにいたボウエン夫妻はボウエンズ・コートにも行きにくくなった。サラはロバートの書斎を居間として、図書室にラジオを置いて、毎日パディが彼女に戦況を説明した。石炭もお茶もろうそくも在庫が不足した。

開戦の四年目にサラの体に腫瘍が見つかって、ダブリンで治療を受けることになった。八十歳近くなったサラは屋敷を去る前に隅々まで点検し、コークの皆に見送られてパディとダブリン行きの汽車に乗り、生まれて初めて車中のティタイムを満喫した。病院ではエリザベスの見舞いの品を看護婦や周囲の患者に配らせて、さながら女王のようにふるまった。エリザベスはクリスマスの贈り物としてドレスの生地を用意したが、サラは手術中に絶命した。ボウエン家の使用人はセント・コルマンズ教会墓地に埋葬されていたが、カトリックの彼女はティペラリィに葬られることになり、ボウエンズ・コートでの長い献身の歳月を経てサラはやっと帰郷した。

ボウエンズ・コートにサラがいなくなった空虚感を、エリザベスは何とか克服しようとする。館のそこかしこにサラの存在を懐かしむ。この家に生命を吹き込み、生涯尽くしてくれたサラに感謝し、自分はサラの遺志を絶やしてはいけないと思った。ウィリアム・プルーマーは一九三五年の夏ボウエンズ・コートに招待されてボウエンの会話もサラの料理も楽しんだが、電灯もバスルームもなく、彼女がなぜこの時代に取り残された屋敷を持ちつづけているのかと、いぶかった。その理由のひとつがバリー母子がいたからだった。管理者の手当てもかなりの出費を要したであろう。このサラ・バリーの存在を知ることで、エリザベスのボウエンズ・コートに対する愛着、作品中の使用人のキャラクターのメイキングをさらに理解できる。

逸材の家庭教師

ボウエンは一九三〇年代前半オックスフォードとロンドンを行き来する生活をしていて、ジョン・バカンと家族ぐるみの交際をして、特に妻のスーザンと親しかった。短編集『あのバラを見てよ』は彼女に献呈された。このタイトルピースの「あのバラを見てよ」は車でサフォークからロンドンに週末ドライブ中のできごとである。「訳あり価格」はエルズフィールドのバカン家の書斎を借りて執筆された。カーベリィ邸は電気も通っていなくて陰鬱で、図書室が客間になっていてボウエンズ・コートを思わせる屋内であるが、「ディーンの森」があるので、『友達と親戚』の舞台チェルトナムに近い。ヴィクトリア時代からエドワード時代までは、上流階級の子女には家庭教師がついていた。カーベリィ家は上流階級というわけではなく、中流上層すれすれの見栄を張った倹約生活を送っていた。そこの住み込みの家庭教師のミス・ライスにまつわる物語である。タイトルの「訳あり価格」は買い物上手なカーベリィ夫人が娘たちに買うバーゲン品とミス・ライスの格安の報酬をかけている。

ローリー夫人は暇と孤独を持て余して、カーベリィ夫人のお茶によばれる。文通はしていたが、ともに同時期のインドの植民地育ちという縁だけで、特にカーベリィ夫人に親愛感があるわけではない。相客のフランクも遠縁で、シャムから一時帰国中で他に行くところもなかった。ローリー夫人は家庭教師が娘たちを手なづけている鮮やかな手際に感心し、けちなカーベリィ夫妻がこの人材をどこで見つけたのか興味を持った。カーベリィ夫人から聞き出してわかったのだが、やはりミス・ライスには忌まわしい過去があった。彼女は殺人事件の容疑者になっていた。無罪となったがその汚名が世間に知れ渡ってしまったとき、カーベリィ氏は飛びついた。彼女に手紙を書き、割安の報酬で雇用契約したのだった。娘たちは前任の家庭教師にうんざりしていて、彼女が死にますようにと祈るくらいだったが、うまい具合に結婚してくれて退職していた。新任のライス先生にはたちまち懐《なつ》いた。

女性たちにフランクは寝込んでいるから内緒話は安全と思われていたが、彼は実は彼女たちのおしゃべりをしっかり聞きかじっていた。彼は子ども部屋に闖入《ちんにゅう》し、無邪気に噂の「ヘンリエッタ・ポスト」の名を口にする。彼もまた外地滞在で、事件の情報はあいまいでしかなかったが、観念した当人のミス・ライスがフランクのうろ覚えのストーリーを補足してやる。事件はあまりにもセンセーショナルなものであったので、植民地にまで醜聞が大きく伝えられていたのだった。若い女性が被ったセクシャルハラスメントが絡んだ事件に、男性は同情的だった。だが事のいきさつを聞いたローリー夫人の反応で、カーベリィ夫人はこのままミス・ライスを置いておくことに迷いが出てきた。母親がライス先生を追い出そうとすると、娘たちは反乱を起こす。

ミス・ライスの読みかけていたのはオースティンの『エマ』で、結婚という幸せをつかんだ家庭教師アナ・テイラーが出てくる。ヴィクトリア時代のフィクションでは、家庭内では地味な存在ながら家庭教師がときに重要なキャラクターとなる。レ・ファニュの『アンクル・サイラス』はフランス人家庭教師が殺人計画に加担させられるし、シャーロット・ブロンテの『ジェイン・エア』はヒロインの家庭教師が主人から求婚され、あやうく重婚に巻き込まれるところだった。ヘンリー・ジェイムズの『ねじの回転』は若い家庭教師が二人の子どもと幽霊の幻影に悩まされる。川本静子によれば当時の統計では、仕事の重圧で精神を病んだ女家庭教師は少なくなかったといわれる。コナン・ドイルの「シャーロック・ホームズ」シリーズでも「ブナ屋敷」、「美しき自転車乗り」、「ソア橋」など若くて美しい家庭教師が事件に巻き込まれる話がある。美貌の家庭教師は雇用主とその妻の間に問題が起きやすいので、望ましくなかった。サッカレーの『虚栄の市』で、求人を受けたピンカートン女史は紹介状に候補者の容貌についてしっかり書きそえていた。

ディケンズの『ブリークハウス』で、エスターが就労の道はお針子か家庭教師しかないと将来を憂える。女性は父親を亡くすと大地主の出自でなければ、結婚しない限り、生計の手段を得なければならなかった。それでも住み込み使用人として、中流階級の家庭の同居人になるにふさわしい、相応の教養と品格を持ったレディでなければいけなかった。指導内容はフランス語、音楽、絵画が中心であった。他の使用人とは一線を画した職種だったが、『ビートン夫人の家政読本』によると子ども部屋付きの家庭教師には針仕事も必須だった。

新しい女

お針子は、もうひとつの淑女の卑しくない仕事であった。「針箱」は短編集『猫は跳ぶ』に収められているが、前出の「訳あり価格」と同じように、格安の報酬で頼まれる家内労働者、ミス・フォックスというお針子の話である。お針子は住み込みではないが、短期間、屋敷に部屋を与えられて泊りがけで仕事をする。ミス・フォックスのキャラクターは、ボウエンの叔母のサラがヒントになったのではないかと思われる。なぜならサラ叔母は生涯独身で、父ヘンリー・ボウエンが結婚してボウエンズ・コートの当主となると、実家を出てミッチェルズタウン城の近隣に住む。戦時の勤労動員のリストに彼女の特技として裁縫、編み物という記録があるので、ミッチェルズタウン城のレディ・キングストンのお針子をしていたのではないかと考えられるのだ。

「針箱」の時代は経済不況の一九三〇年代で、地方地主の命運は相続した屋敷の保持にかかっていた。ここでも前述の「訳あり価格」でトリックスターを演じたフランクと同じ名の次男が登場する。職にもあぶれて、人気者の兄のアーサーとは差をつけられていた。フランクを迎えた妹のアンジェラはお針子のミス・フォックスの噂を吹き込む。由緒あるお屋敷のお抱え針子だったのが、不義の子を出産した、ふしだらな女として――例の素晴らしく勇敢な女性のひとり、とアンジェラは言うが――身をやつし、格安の料金で周辺の屋敷を渡り歩いていた。針子として、ミス・フォックスは仕事能力を買われていて、姉妹の縁談の成功も彼女の腕にかかっていた。古いドレスをリメイクして、安上がりで見栄えをよくしてもらう。ドレスの仕立てと修繕だけでなく家具の張替もする。長男のアーサーが連れてくる娘の気を引くことに成功すれば、持参金が期待できる――いうなればささやかな先行投資だった。暖房代を節約している屋敷で、兄妹たちはミス・フォックスその人よりも、彼女のいる屋根裏の部屋の暖炉に引きつけられて入り込んだ。

長男のアーサーは話題にのぼるだけで、最後まで登場しない。ミス・フォックスが語りだすアーサーの思い出話は、八年前のことだった。アーサーがよその屋敷で彼女の服作りで用いるトルソーを余興で使うため無理やり借り出したが、壊してしまい弁償するといって彼女に大謝りした。だが、それっきりで何の補償もなかった。おかげでミス・フォックスはその屋敷からお払い箱になったが、アーサーに恨み言はなく、貸し出した自分の落ち度だと認めている。兄妹がふと目にした針箱の蓋の裏側に貼り付けてある写真の子どもの、その面影には見覚えがあった。幼年時代のアーサーではないか。アーサーを恨まず敬意を保つミス・フォックスを支えるのは母親となれた誇りなのであろうか。傷物にされたトルソーと身ごもったミス・フォックスはパラレルであり、落魄の戸主アーサーのだらしのなさを物語る。傾いた屋敷の経済も、アーサーの責任が大きい。最後にアンジェラのストッキングの伝線に「転落」(ladder's run down)をかけて、ミス・フォックスは「心が折れるものですね」と言った。彼女は二十世紀の自由な女性の時代の夜明け前の、最後の「新しい女」であった。

語り手が屋敷を「マンスフィールド・パークの出来損ない」と表現したように、この短編も前述の「訳あり価格」と同様にオースティンの小説を下敷きにしている。戦間期のビッグハウスに、かつて大英帝国の栄華を極めた世襲の荘園の末路がみえる。屋敷はジョージアン様式で、娘の一人、トディがドレスの裾のほつれを軍靴に引っ掛けたので、兵舎のある町のダンスパーティにボーイハントに通っていたことがわかる。周囲は田園地帯、川沿いという背景からも、ダブリン近郊のコリー家のビッグハウス、コーカーと思われる。

戦中戦後、女性の仕事の領域が広がり、家庭教師もお針子も住み込みの使用人の働き口はイングランドではほぼ消滅し、遅れてアイルランドでも消滅した。かつて生きるためにプロフェッショナルの誇りを捨てずも、自分の天職を安売りしたミス・ライス、ミス・フォックスのような女性がいたのである。

11 インドとアフリカの表象

田中慶子

アングロ・アイリッシュは、東インド会社の設立時代からインドに渡っていた。初期の渡航者は貿易業者か軍人だった。ボウエンの母方の祖先は植民地統治と深い関りがある。ポメロイ家は相続の都合でコリーに改称したが、その家系でもっとも有名なのは、後にイギリスの首相になる、ナポレオン戦争で手柄を立てたウェリントン公爵、アーサー・ウェルズリー将軍と、兄であるチャールズ・コリー・ウェルズリー卿である。

アーサー・ポメロイ（第一代ハーバートン卿）の妻メアリーは、ボウエンの母フロレンスの父の曾祖母である。その父親はヘンリー・コリーで、有名な初代ウェリントン公爵アーサー・ウェルズリーの大叔父であった。初代モーニントン伯爵の三男アーサーはイートン校に在籍し、一七九六年にイギリス東インド会社が支配するインドへ派遣され、同じ頃にインド総督となった兄リチャード・コリー、ウェルズリー侯爵のもと、インド征服戦争の指揮を執り戦功をあげた。

コリー家はウェルズリーとポメロイの分枝となり、カーベリィ城を相続したヘンリー・フィッツジョージはコリーを名のった。第一代ハーバートン子爵ジョン・ポメロイの孫はジョージ・ポメロイ・コリーで、ナタールの知事兼最高司令官および南東アフリカの高等弁務官になった。陸軍大学校教官として勤務中、『ブリタニカ百科事典』第九版のために、六十ページを超える記事「陸軍」（Army）を執筆した。インド総督のリットン卿の私設秘書として重要な役割を果たし、インドの星勲章のナイトを叙任したが、第一次ボーア戦争のマジュバヒルで戦死した。

ジョージの兄ヘンリー・フィッツジョージ・コリーは、エリザベス・ウィングフィールドとの結婚により、十人の子が生まれた。その中に仲良しのいとこオードリーの母ガートルード・ファインズ、ボウエンの母となるフロレンス、女医になったコンスタンス、少女のボウエンを預かり、キャメロン夫妻の挙式をとりもつウィングフィールド牧師、独身時代の兄の世話をしていたローラ、タイタニック号で没したエドワード・コリーがいる。

ボウエンの作品にも、そこはかとなく植民地時代の気配がつきまとい、エキゾチックな小道具がさりげなく描きこまれている。『最後の九月』（一九二九）の冒頭、ダニエルズタウン邸には虎の毛皮の敷物があり「夜、自室に戻るときにロイスはいつも虎の牙につまずいた」、控えの間には「誰がインドから持ち帰ったのか彼女は忘れてしまったが、黒檀の象の群れが書棚の上を行進していた」という描写がある。

ボウエンと植民地の関係は母方の親族だけではない。父方の祖父ロバートの息子のチャールズ・オトウェイは二度のボーア戦争に徴兵され、工兵隊少佐に昇進し、殊功勲章を受けた。もう一人の息子セント・ジョンは南アの常駐行政長官であった。父ヘンリーの後妻となったメアリ・グウィンの弟ジョンはマドラスの文官だった。

「告白」（Telling, 1929）という短編がある。ボウエンズ・コートを思わせる古い礼拝堂のある田園の屋敷である。娘がソファの脚が見えるのも恥じらう時代である。きょうだいの中の出来そこないのテリーは、パブリックスクールでもケンブリッジ大学でも植民地セイロンでも落ちこぼれて、実家に舞い戻った。いま彼が完璧にやり遂げたことがひとつあった。彼は食堂の壁にかかっていたアフリカンナイフを手にした。ナイフは自分をあざ笑った、高慢で軽薄な娘ジョセフィンに対する制裁に使用した。殺害の直後、これで自分は一人前の男になったのだ、と決め込む。

晴れた昼間の荘園の庭とはまるで相容れない陰惨な衝動殺人である。きょうだいたちはそれぞれ自分のことにかまけて庭先の惨劇に気づかない、というよりもテリーの発言、存在にまったく無関心である。現場は廃墟となった礼拝堂の前であるが、妹にとってそこはボーイフレンドとの夜の密会の場所でしかない。兄はまったくとりあわない。テリーは思い切って、父の書斎へ告白に行く。証拠のアフリカンナイフを取り出そうとしたが、――ない。テリーの行為は白日夢だったのか。すべては彼の妄想に過ぎなかったとしても、最後の「ぼくは何人《なにびと》でもない」という自己認識に彼の暗黒の未来を予感させる。nothing（とるに足らない人間）とはテリーはいつかなれると思っていたsomething（ひとかどの人物）の逆で、結局、はためにはエリートコースにいた彼の自信は全て崩れ去ったということである。

壁の装飾であったアフリカンナイフが引き金となった事件であるが、凶器がアフリカ製というところが有標である。ヴィクトリア時代のイギリス人のイメージは正義と悪、清浄と汚濁、理性と狂気という対極が本国と植民地にそれぞれ振り分けられた。『ジェイン・エア』からシャーロック・ホームズまで、それに基づくプロットが定番になっている。厄災、犯罪、病、悪意は非ヨーロッパ世界からイギリスに持ち込まれる。犯人はイギリスが最後の逃避場となるから、犯行はイギリスが舞台になる。植民地が悪の根源であり、テリーは本国で落伍したセイロン帰りの〈加害者〉になっている。

「猫背の娘」という短編のティビーは保養地で、車いすの青年フランシスに見染められて、強引にプロポーズされるが、彼女にはインドに婚約者がいた。インドに嫁ぐことも、いくら裕福でも身障者の介護をする生活もティビーにとっては気が重い。そもそもフランシスがティビーに目をつけたのも、程度の差こそあれ身体障碍という自分と共通する負い目をもっていたからである。この奇形はムーアの『モスリンのドラマ』に登場するセシリアも負っていた。

「結託して／手袋をつけた手」はアイルランド南部の兵舎のある町が舞台である。手だけの幽霊というのは、レ・ファニュを始めモーパッサンの短編にもアンドルー・ラングの収集したスコットランド、イングランドの伝説にもあり、また降霊会では招霊に手が欠かせないので古典的なモチーフであった。時は一九〇四年のジャスミン・ロッジという邸宅に居住するトレヴァー家に娘盛りの姉妹がいて、ダンスやテニスなどの社交に飛び回っていた。邸内にはヴァーリ・ド・グレイ夫人というインド帰りのやもめの伯母が同居していた。かつては彼女も美貌の娘で玉の輿とされた結婚をしたが、それも不幸にも夫はインドで借金を抱えて自殺し破局にいたった。帰郷した彼女の財産といえば七つのトランクに詰めた上等な衣装だけだった。姉妹の両親が立て続けに亡くなり、伯母は姉妹のシャペロン役を果たしてきたが、評判の美人姉妹に成長し、その役目も近所のおせっかいな女性たちが競争のように買ってでるようになった。すると伯母は無用となり、屋敷の隅で幽閉状態にされた。

姉妹は利発な会話術に加え、着こなしも抜群に魅力的だったが、その裏には彼女たちの器用さと徹底した経済観念とがあった。屋根裏にしまい込まれた伯母の古着をうまく加工して、最新流行の豪華なドレスに仕立て直していた。姉妹は伯母の医者の往診代も出し渋った。姉のエセルは伯母の機嫌をとり、男をものにする秘訣を聞き出そうとする。だがついにエセルの悪事は暴かれ、瀕死の伯母は見殺しにされる。

植民地のインドは不吉な土地として描かれている。伯母の結婚は破れ、精神を病んで帰国する。見かけは富んでいる姉妹はアングロ・アイリッシュ、すなわち大英帝国の表象であり、病弱の伯母はアイリッシュ・インディアンでインドの表象である。伯母の衣装は植民地由来の資源であり、姉妹の繁栄と伯母の窮状、衣装の利用は資源の乏しいイギリスの、インド植民地への経済的な搾取と虐待を映している。姉妹のずる賢さも強欲も宗主国の支配力を表し、やがては、しっぺ返しをくらうのである。

アングロ・アイリッシュとしてボウエンはインドに対しても、対アイルランド同様に支配側の立場だった。インドとアイルランドは意外な親近性があり、アイルランドの独立運動のイデオロギーはアングロ・アイリッシュの神智学者アニー・ベサントを介してインドに波及したと考えられている。インド独立は一九四七年で、「結託して／手袋をつけた手」はシンシア・アスキスの依頼で一九五二年に書かれた。インドの高級品の珍重、イギリス人が植民地で身をやつして帰国する、里帰りした屋敷が忌まわしい事件現場となるという十九世紀風の設定はそのままに、エセルは伯母の高級品の手袋とイギリス士官という獲物を取り逃がす。皮肉にも伯母と同じ墓に葬られ、姪の虐待は終わり、殺人の罪は永久に封じ込められたという、悪は罰せられ「終わりよければすべてよし」となる結末である。

12 戦時下ロンドンのシュールリアリズム

田中慶子

メニー・ジレット

ボウエンはダブリンの少女時代に、エリザベス・イェイツの絵画教室に通っていた。エリザベス・イェイツはウィリアム・バトラー・イェイツの妹で、父が画家だったのでウィリアムも画家を目指したが挫折した。絵を習っていたことと七歳まで読み書きを習わなかったことが、後にボウエンが自身を語る視覚的傾向とジョスリン・ブルックが指摘する小説の絵画性を育んだ要因だった。短編小説「訳あり価格」の家庭教師がいる部屋には、「暖炉の上に一列に並んでいるのは少女たちが作ったプラスティック粘土の動物ばかり」で、先生は、少女たちに「ギリシャ神殿」を絵の課題として出していた。

「こういう夕日だったら、白い石に反射するでしょうね、クローディア。ペニー、こんなに晴れているなら、影ができるはずよ」。先生のおっしゃるとおりだった。先生はいつも私たちが思いつきもしないことをご存じなのだわ。(「訳あり価格」)

ボウエンはこの少女たちのように、幼児期の造形と色彩の教育で感性が磨かれたようである。絵画教室が開催されていたのは、ダブリンのフィッツウィリアム・スクエアのジレット家の台所であった。そこで、アイルランドの誇る画家メニー・ジレットが育ったのであった。ボウエンは画家になる夢には届かなかったが、後になると、彼女の回想から同時期にメニーと絵画を習ったことを誇りに思っていることがわかる。

ジレットは、ダブリンのメトロポリタン美術学校で学ん

Mary Harriet "Mainie" Jellett (1897–1944)

だが、画業の進路については迷い、コンサートピアニストを目指してピアノのレッスンを受けていた。一九一七年ロンドンに出てウェストミンスター工科大学でウォルター・シッカートに指導を受け、画家になることを決心した。シッカートは代々画家の家系で、ホイッスラーに師事し、後にドガに傾倒して印象主義的な画風を確立した。当時は、ロンドンの指導的な画家で、たびたび美術学校で教鞭をとった。前衛的なフィッツロイ・ストリートグループやカムデンタウン・グループを率い、ディエップにもアトリエを持ったが、一九二〇年代から王立芸術院で地位を固め、王立芸術家協会会長に選出された。

シッカートはウェストミンスターを去ったが、ジレットは印象派の画家として才能を示した。一九二〇年テイラーアート奨学金を獲得した彼女は、王立ハイバーニアン・アカデミーの年次展示会に出展した。一九二一年彼女は友人エヴィ・ホーンと共にパリに渡り、そこでキュビズムに出会い、新たに抽象芸術へ向かった。ダブリンに戻っても毎年パリ通いを続け、色やリズムにおいて大きく影響を受けた。ジレットは自身の芸術はシッカート、アンドレ・ロート、アルバート・グレイズという三人の師に革命的に触発されたと述懐している。一九二三年、彼女はダブリン画家展に八点のキュビズム絵画を出展したが、「解けないパズル」と酷評された。敬虔なクリスチャンであった彼女には、宗教的なタイトルの作品もあった。アイルランド国外ではあまり知られていなかったが、ジレットは初期の抽象芸術の支持者として、またモダニズム運動の擁護者としてアイルランドの美術史において重要な画家だった。彼女の絵はしばしば攻撃されたが、彼女は雄弁に自己を弁護した。亡くなる直前には、アイルランドの数人の現代画家とリビングアート展を共同設立していた。その著書『絵画へのアプローチ』(一九四二)では芸術家の社会的存在意義を述べた。

ジレットは一九四四年二月にダブリンにて膵臓癌で亡くなった。同年十二月に『ベル』(ショーン・オフェイロンが編集したアイルランドの雑誌）にボウエンの追悼文が掲載された。彼女はジレットが天才作家ドロシー・リチャードソンの作品に言及した最後の講演について、ジャンルを超えた女性の創造者とフェミニスト運動との連帯に注目した。ダブリンのアッパーペンブローク・ストリート二十四番地にある彼女の住居とアトリエをプラークが表示している。

ボウエンは若き日に婚約破棄した後、ロンドンに出て美術学校に入学し、才能の無さを自覚して一年足らずで退学した。ボウエンは小説家の道を選ぶが、折に触れて視覚芸術とへの親和性を表明している。ジョスリン・ブルックとの対談でも、彼女は創作においては人物よりも場面の着想が先立つと述べている。

ウィリアム・プルーマー

ロンドンのメイダ・ヴェールには昔から文化人が住んでいた。一九三〇年代には街娼が立つような場末の下町だったが、ウィリアム・プルーマーは、そこの自分のフラットの内装は、まるでシッカートのカムデンタウンの絵のモデルのようだったと回想している。彼の近所にはスティーヴン・スペンダーやジョー・アッカリーがいた。アッカリーは『リスナー』誌の文芸担当の編集人で、プルーマーも詩や評論を寄稿した。プルーマーのパートナーであったアントニー・バッツは、ウォルター・シッカートの弟子だった。プルーマーはシッカートを「文学的画家」として愛好し、ベッドに横たわる裸の娼婦の構図にはモーパッサンの小説の一場面の雰囲気を感じていた。下層の人々がシッカートのモチーフだった。プルーマーはオットリン・モレルとシッカートを自宅で接待したが、その時すでにシッカートが愛したミュージック・ホールの時代は終焉を迎えていた。

一九三八年にはロンドンのレスター・ギャラリーでシッカートの晩年の作品展が開催され、プルーマーが『リスナー』誌に講評を書いた。プルーマーはシッカートの写真を使った手法を批判はせず、記憶に瞬間を定着させる補助手段として有効であるとし、また写真をもとにした「ジョージ五世」、「エドワード八世」の肖像画は生身のモデルに劣らず内面を写し出しているし、演劇『じゃじゃ馬ならし』の名優によるシーン、映画『弾丸か投票か』のシーンも、臨場感溢れると賞賛した。

ボウエンとプルーマーとの交友はそもそも彼女がファンレターを出してから、始まったのだった。おそらくプルーマーのつてで、ボウエンは大戦前に『リスナー』誌と『ニューステイツマン』誌に王立芸術院展の「しろうと」の講評を寄稿している。王立芸術院展はイギリス最高の権威と伝統ある美術展覧会で、一七六九年からバーリントン・

ハウスで毎年開催されている。『リスナー』誌では、「シッカートのような場違いな作品は一点もない」としており、『ニューステイツマン』誌では、国粋主義的な画法の中流階級、上層中流《アッパーミドル》階級向けの幸福の連想を誘うテーマの無難な作品が揃っている、と書いている。

一九三六年六月ボウエンはウィリアム・プルーマーとロンドンで開催された国際シュールリアリズム展の初日に待ち合わせをしたが、混雑ではぐれてしまった。その展覧会には千百人の観客が押し寄せ、ロンドンに交通渋滞を引き起こしたほどの盛況だった。同年一月にはプルーマーは、『リスナー』誌に、詩人のディヴィッド・ガスコイン（一九一六―二〇〇一）が著した『シュールリアリズム小史』の書評を寄せていた。ボウエンの作品のシュールリアリズムとの近似性は、既にケリ・ウォルシュ（ジョイスを主としたアイルランドのモダニスト文学研究者）、ニール・コーコラン（アイルランド、コーク出身の英詩研究家）の指摘するところである。ウォルシュは、絵画のシュールリアリズムはボウエンの創造力と批判を喚起し、シュールリアリスト画家とアイルランドのモダニスト画家の成果を吟味しながら、ボウエンは創作に取りこもうとしたのだという。そうだとすれば、ボウエンはフランス語は読まないので、アンドレ・ブルトンの理論――「シュールリアリズムとはある種の心的自律性で、夢の状態に対応している」、「自動筆記は理性による統御のないあらゆる美的、道徳的先入観からはずれた思考を書きとったものである」、「真実という外面の裏には狂気、夢、不合理、支離滅裂、誇張がある」など――を知るにあたって、英語の『シュールリアリズム小史』は有用なテクストになったことであろう。だが、ウォルシュはボウエンに絵画鑑賞の手ほどきをしたと考えられるプルーマーの存在には注目していないし、ボウエンがダリ以外のシュールリアリズム画家に特に言及した例は見あたらない。

「幻のコー」

ボウエンは、アントニア・ホワイトの自伝的な小説『五月の霜』の序文を寄せた。ホワイトはコレットの小説の英語訳で知られる。大人向けの学校小説なのだが、少女でも楽しく読めると書いている。少年の学校小説の定番は『トム・ブラウンの学校生活』（一八五七）が多数の安っぽい後継の大量生産の発端となる。そこには男らしさの美徳が報われるというパターンが繰り返されているが、少女向けの本よりもはるかにましだと述べている。なぜなら、少女向けの学校小説はわざとらしいのである。その登場人物たちは「子ども部屋を出てきた少女たちにとっては明らかに侮辱的な程に非現実的である」とボウエンはいう。ボウエンによると、彼女の周囲の女学生はむしろ少年向け小説を愛読していたのである。「子ども部屋を出てきた少女たち」というのは中・上流階級家庭の子女である。つまり少女向け学校小説の読者は、グラマースクールの生徒や労働者階級の女工など、私立の女子学園の外にいた存在で、学園物語で夢と憧れをかきたてられていたのである。ハーペンデン時代のボウエンもアンジェラ・ブラジルの本で寄宿学校への憧れと幻滅を味わったのではないだろうか。

ボウエンの少女時代の読書は十歳から始まったが、ディケンズ、E・ベンソン、ネズビット、ゴルズワージィ、コナン・ドイル、コンプトン・マッケンジーと、手あたりしだいであった。（回想「ロンドンにやって来て」）彼女は十二歳の時、ハガードの『洞窟の女王』（*She*）を読んだ。血沸き肉躍る少年向け冒険小説である。（ロンドンに来る前にすでに、『洞窟の女王』を読んでテムズ川を知っていたので、現実のテムズを見た時にはがっかりした）ハガード自身がアフリカで体験した灼熱のさなかの果てしない徒歩の行程の、小舟を呑み込む巨大な波、蚊の襲来、ワニとライオンの壮絶な死闘、食人種の格闘、飢えの恐怖、喉の渇き、深淵に切り立つ断崖、洞窟の漆黒の闇といった描写の迫力に味をしめたら、ボウエンが少女向け学校小説に満足しないのも道理である。ボウエンのような元トムボーイ（ボーイッシュ・ガール）が「幻のコー」の娘ペピータである。ペピータという名は普通のイギリス人の女子名ではない。友人のエディ・サックヴィル＝ウェストの祖母がペピータというスペインの踊子で、いとこのヴィタが一九三七年に伝記を書いている。「幻のコー」はエディを意識して、あるいはエディのために書かれたのかもしれない。

時は第二次大戦中のロンドンの、めずらしく爆撃の無い月夜である。ペピータと兵士のアーサーが都心を二人きりになれる場所を求めて彷徨《さまよ》っている。ペピータはロンドンを『洞窟の女王』に描かれた消滅した古代都市コーに見立てる。ペピータが暗唱する「幻のコー」の詩行は民俗学者で詩人のアンドルー・ラングがハガードに捧げた詩からとられている。（マードックの夫ジョン・ベイリー教授は、授業でボウエンのこの短編を講読した際、その出典がわからなかった。後年、学者となった彼の学生が教示してくれた）。ペピータは時の支配から逃れて、そこでなら彼らは永遠に二人きりになれるのだと夢想する。

『洞窟の女王』はアフリカの奥地に住む不老不死のギリシア人の乙女、アッシャのことで、彼女は自分が殺した恋人であるカリクラテスの生まれ変わりが来るのを二千年間ひたすら待っていた。ケンブリッジ大学のホリー教授は、託された古代の壺の陶片に書かれた情報を解読し、ギリシア人を祖先に持つ養子のレオと共に探険の旅に出る。死の谷を越えて、命からがらたどりついた秘境に古代都市コーの跡地があった。アッシャはそこで今も原住民に非情な独裁を振るっていて、自分の意に介さぬものは殺してしまう。ユングの〈アニマ〉の発想源とされるイメージである。だが、レオもホリーもアッシャの魅力に取りつかれてしまう。レオこそが、アッシャの待ち人であった。レオと共に再度、断崖の果ての火の山の火柱を浴び、永遠の生命力を強化しようとするが、無残にも女王は猿のような姿になり息絶え、レオの故郷イギリスに行って支配者になるという野望も空しく潰える。

コーはアフリカ東部の盆地にあり、古代に建設された都の濠、外壁、納骨堂に取り巻かれた大神殿が、中国の宮廷のように迷路が入り組んだ庭内の奥にある。ここは母系社会で、高度な建設技術ばかりでなく広大な洞窟には野蛮な処刑や拷問の形跡があり、古代文明のエッセンスが見られる。コーは疫病のために滅び、廃墟になったとされる。ペピータは男の子のような読書趣味を持っていたので、兵士アーサーと冒険小説的な幻想世界を共有できる。ボウエンは大戦半ばまで、リージェンツ・パークを見渡すロンドンのテラスハウスに住んでいたので、閉鎖された無人の公園が月光を浴びる光景を独占できた。

月光が明るくかがやいて、円柱や、神殿や、崩れ落ちた壁や、その裂け目や、崩れた部分を銀色の衣でおおい、その荘厳さを夜の不思議な光で包んでいた。満月が、この廃墟と化した神殿を照らし出す光景はなんともいえないほど美しかった。(『洞窟の女王』大久保康雄訳)

ペピータとアーサーは他に行くところがないので、ペピータの下宿にアーサーを連れて帰る。そこは女性専用の安下宿で、ヴィクトリアンのタウンハウスを薄い板で仕切ってあり、ルームシェアをしているコーリーが待っている。ペピータはコーリーが自分たちのために部屋を明け渡してくれればいいのに、と思っているが、堅物のコーリーは忠実なシャペロン役に徹している。アーサーはコーリーの楚々とした姿を見て、初めて、ペピータは自分にとって遊びの対象でしかないことに気づく。ペピータは頭でっかちで小柄な容貌からしてファム・アンファン(幼い女)で全然彼の好みでなくて、この交際も破れかぶれの戦時ロマンスに過ぎなかったのである。ペピータはアーサーに長椅子を提供し、仕方なくコーリーと窮屈なベッドを共にする。ペピータはぐっすり眠り、独りコーの世界に入っていった。夜明けに眠れないアーサーの気配に気づき、コーリーは起きて行って言葉を交わすが、『洞窟の女王』を読んでいない彼女には意味が分からず、コーの世界には入れない。コーリーにも月光の恩恵は皆無というわけではないが、ペピータはアーサーという恋人がいて遊ばれているにすぎないにしても、戦時のロンドンで同伴して現実逃避できるコーの世界がある分だけ、コーリーより幸せだといえる。

ポール・デルヴォー

コーの月光に照らされた「広い純白の大路」、「あまたの立像と円柱、その陰影の影をぬって円天井と柱廊が続く」古代都市の光景と細い蠟燭のような背の高いコーリーの姿はシュールリアリスト、ポール・デルヴォーの絵を思わせる。デルヴォー展は、一九三六年と一九三八年にロンドン・ギャラリーで開催された。ハーバート・リードは、先に述べた一九三六年のロンドンで開催されたシュールリアリズム展の企画者の一人であったが、彼は『リスナー』誌に「ポール・デルヴォーの重要性」と題してロマン主義的立場から紹介を書いていた。その主意は以下のとおり――現代美術批評は形式と技法の分析に徹して、内容はおざなりである。ブルームズベリーグループの美術評論家、ロジャー・フライが絶賛するセザンヌには想像力が欠如しているのではないか。そんな閉塞状況のルネサンスがポール・デルヴォーの世界である。シュールリアリストの画家たちが求める現代の新しい神話は無意識の発見、夢想なのである。彼は「現実界が夢の世界につづく詩的な通路」を与えてくれた。彼の神話は私たちの生ける意識に根ざしている。サルヴァドール・ダリは既にシュールリアリストの画家として名を馳せ、彼の「現実性の創案」は素晴らしいが、彼は自身の象徴界を冷徹に論理的に動いているだけなのに対し、デルヴォーは感覚的で直観的である。

『リスナー』誌はBBCの機関誌で、寄稿者でもあるボウエンは当然この記事は読んだと考えられる。たとえデルヴォー展に行っていないとしても、コーのイメージが廃墟の裸身の美女の幻想と軌を一にしていることは確かである。デルヴォーが創作の源泉としていたのは、『オデッセイア』とジュール・ヴェルヌの冒険小説である。ハガードも『砂漠の秘密都市』や地球の胎の描写からも当然ヴェルヌを読んでいたと考えられるし、ホメロスの翻訳者のアンドルー・ラングと共作で『世界の欲望』という「オデッセイア」の異本を書いていた。『洞窟の女王』のアッシャには、トロイのヘレンを超えた美貌とキルケーを超えた魔性が備わっていた。ヘンリー・ミラーは、アッシャにブルトンの『ナジャ』に通じるシュールリアリズムの先駆性を感知していた。

ボウエンは一九四七年BBCラジオ放送で『洞窟の女

王』の話をする。冒険小説と銘打って大人向けに書かれたのかはわからないが、児童文学として魅力がたっぷりである。少年向けに書かれていたとしても、少女が嫌がる暴力、性的描写もない。十二歳の時に読んで、つい最近まで読み返すことはなかったが、その筆力が彼女を子ども時代に引き戻したという。だから「幻のコー」のペピータと違って、ボウエンは『洞窟の女王』をバイブルのように愛読しながら年をとってきたわけではない。ハガードの人気も、ドイルと同様に心霊主義に傾倒してから下火になった。あくまで仮説であるが、ボウエンにはデルヴォーの絵がイラストレーションのようにコーの世界を彼女の記憶から呼び覚ますきっかけとなったのではないだろうか。ボウエンの親友であるシリル・コノリーが編集する雑誌『ホライズン』誌一九四六年一月号でも、デルヴォーの紹介記事を翻訳して掲載している。ドイツのベルギー解放後、デルヴォーとマグリットの作品の展示をナチス支配下でも続けていたブリュッセルの画廊に、戦前ロンドンでデルヴォー展を見ていたイギリス人兵士が詰めかけた。デルヴォーはマグリットと同じくベルギー出身のシュールリアリストであるが、どの芸術運動にも属さず、終生一貫して独自の神話的幻想世界を描き続けた画家である。

13 窓と光

田中慶子

メトロポリタン美術館で‘Rooms with a View—The Open Window in the 19th Century’という特別展が開催された。(二〇一一年)ドイツ、デンマーク、ロシアなど主に北欧の画家たちの、開いた窓の構図の作品が集められた。窓の外を眺めるか、窓辺で本や手紙を読む人物、書き物をする男性、写し絵、縫物をする女性がいれば、無人の部屋もある。窓をのぞむ人間の〈満たされない願望〉の象徴として、窓はドイツロマン派絵画で繰り返し使われたモチーフである。だが、E・M・フォースターの小説に因んだ展示のタイトルなのであろうが、イギリスの作品はキーツの肖像画一点のみであり、その構図も窓を眺めるのでなく窓辺で書斎の書物に没頭する様子である。イギリスではカンバセイション・ピースといわれる家族の肖像画は描かれたが、依頼人の富を誇示するためか窓よりも家具やその他の調度品が描きこまれ、それらの贅に囲まれた人物の居心地の良さが表現された。イギリスで市井の人々の日常生活を描く風俗画(genre painting)はウォルター・シッカートがフランスでドガに学んだ。フランス絵画でも窓はよく使用された。窓は採光、通風、換気という機能を果たすが、開いたり閉じたり、さらにブラインドを下ろしたり、カーテンを開けたり、鎧戸を閉めたりさまざまな表情を見せる。ゴッホ、スーラやマティスの描く窓の現実空間から想像空間を切り取る、枠取り(framing)という手法は美術評論家ロジャー・フライが注目し、ブルームズベリー・グループの画家たちも窓を描いた。

フライと親交があったヴァージニア・ウルフも窓の絵画的効果を意識したようである。文学でも「窓」は人間の意識に大きく作用する。窓は外界を見るだけでなく、本来、外界の脅威から人間を守る装置でもある。『嵐が丘』のラストではヒースクリフはキャサリンの霊を迎え入れようと窓を開けたまま雨に打たれて凍死した。レ・ファニュの『墓地のそばに立つ家』では〈ドア〉と〈窓〉が言及される頻度はほぼ同じくらいで、窓はゴシック小説では幽霊や吸血鬼の出入り口となっている。第12章では「太った白い手」が窓ガラスを透過しないで、執拗なノックをする。レ・ファニュの *In a Glass Darkly* という短編集の表題は聖書の「コリント人への手紙」の誤訳に因んで「鏡のなかにおぼろげに」とされているが、そもそも「鏡」ではなく「ガラス」である。初期の窓ガラスは現代の薄くて透明な板ガラスとはまるで違い、円筒を冷まして延ばして、分厚く泡や不純物が混ざった小片が狭い窓枠にはめ込まれたのである。

ウルフは死後発表された「蛾の死」('The Death of the Moth')というエッセイで、蛾の「光」を求める習性を翻弄する窓ガラスという透明な遮蔽物、それによって命を落とす蛾と、晩年の『幕間』でも蝶が同様に窓辺で短い命が尽きる様子をスケッチしている。(ボウエンにも中編「勘当された者」で、プロセロの殺害シーンで効果音のように窓にぶつかり続ける蛾の描写があった)ウルフといえば、名作『灯台へ』の第一部のタイトルは「窓」である。窓は建物の内と外という別空間を隔て、同時に連結させる。夜は外の闇を透かすと同時に室内を反映する鏡の作用をする。ラムゼイ夫人はカーテンの引かれていない窓に映る食卓の情景を見て、至福の瞬間を実感し、晩餐の成功を知るのである。ラムゼイ夫人には「窓は開けて、ドアは閉めて」という口癖があった。好運を呼ぶ呪文という民間信仰もあるが、ただ単にドアが風にあおられて閉まると騒々しいから、という意味かもしれない。しかし翌日に計画されていた灯台行きは荒天で中止になった。ラムゼイ夫人は急逝する。大戦がはじまり、別荘は訪れる者もなくなり荒れ果てた。ラムゼイ氏と末の子どもたちの灯台行きが実現するのは、十年後のことだった。ドアは開けて出ていけば対象に接近できる。だが、閉ざされたドアによって運命的にラムゼイ夫人は灯台に行くことなく、ドイツロマン派の画家フリードリッヒの「窓辺の女」のように窓の外を眺めるだけの存在となっている。灯台の子どもたちに編んだ靴下を届けることもなく、娘は産褥で死ぬし、息子は戦死した。リリー・ブリスコウとバンクスを結婚させることもできなかった。「窓」は通過を阻む

カスパー・ダーヴィト・フリードリヒ「窓辺の女」(1822) ベルリン、ナショナルギャラリー

〈不可能〉のメタファーであって、ラムゼイ夫人の途絶した願望をあらわす。

ボウエンは「窓」をどのように使っていたのだろうか。ボウエンは小説描写では室内空間を重んじる傾向があるが、「窓」は変化する自然の光陰、気象を見せて、人間の情緒にも影響を与える。ボウエンはクラレンス・テラスの修復費やボウエンズ・コートの維持費を稼ぐために小説以外の評論、エッセイを数多く英米の一般誌に寄稿したが、それらをアラン・ヘップバーンが編纂したエッセイ集には光をテーマとした数編がある。冒頭は「現代の照明」というボウエンの初めての雑誌記事で「ブリテン諸島のことをいえば、一日中私たちの生活は、天気雨、陽ざし、深い霧、金属的な曇天に左右される。窓はこうした現象をとりいれ、鏡は再認識させる」として、電灯によって夜の闇を調整できる新世紀の生活を謳歌しつつも、十九世紀小説の『ボヴァリー夫人』、コンラッド、R・L・スティーブンソン、ポオ、プルーストの登場人物たちの情緒には宵闇や灯火が合っていると述べる。四十年後に同じテーマを扱った「未来の新しい風潮」は『アメリカンホーム』誌に寄せた彼女の所感の集結といえる最晩年のエッセイである。戦争を経てもボウエンが天気、特に悪天候が人間の心理に影響すると指摘する感性はそのままである。どんなに照明のデザイ

ンが進化しようとも、昔ながらのろうそくやランプはなくならないでほしいと彼女は願う。『愛の世界』ではレディ・ラタリーの改築した城に電灯が煌々と照らされているのに対し、古いビッグハウスのモントフォート農園は依然としてろうそくとランプの生活である。短編「ある街区で」は大戦中のクラレンス・テラスの内部が描かれ、電気スタンドが主流だったが、古いランプも捨てられていなかった。

ロンドン空襲を受けて、建物の「窓ガラス」は粉砕される。戦時に発行された『ソーホー百年―ソーホー婦人科病院への、作家、芸術家、音楽家からの贈り物』という小冊子にボウエンが寄せたのが、「キャラコ窓」(Calico Windows)という代用窓についてのエッセイである。作業員が来て、窓枠のギザギザのガラスを取り払い、地面のガラスの破片を回収し、壊れた窓枠を取り外した。そのあとには、透けるオイルコーディングした繊維が窓ガラスの代用にされ、窓枠には厚いボール紙で作られた「キャラコ窓」がとりつけられた。ガラス窓は外を透かして、音を遮断するが、この代用品は音を筒抜けにして、視界をさえぎる。夜、内側にランプを置くと、影絵のように見せる。

同時期の短編「幸せな秋の野原」では「窓に張ってたくし込んだキャラコの布を通してピアノの音が流れてきた。誰かが窓かドアの無い部屋でチャイコフスキーを下手に弾いている。どこかほかの空洞から一連のハンマーの音が聞こえてきた」と窓を通して聴覚的刺激のみが描かれる。主人公のメアリが爆撃中も居続けたロンドンの屋敷では、このキャラコ窓も破壊される。「腕時計を見たら止まっていたが、別に驚かなかった。この二日間、ねじを巻いた記憶はなかったし、何かを覚えているわけでもなかった。割れた窓から見えたのは、何ひとつ通さないほど曇った暮れゆく夏の無時間性だった」。(「幸せな秋の野原」)一方、メアリに憑依したサラがいたアイルランドの屋敷では、窓を通して太陽の位置が時間を告げていた。「既に太陽は林の後ろに沈み、枝と枝を縫うまばゆい光線だけが、美しい赤い暖かい部屋に差し込んでいた」。(「幸せな秋の野原」)

同じ時代を描いた長編『日ざかり』ではロンドン空襲が激化して、いよいよ「キャラコ窓」も窓の用をなさなくなった。「秘密兵器が発射され始め、夜も昼も、唸り声を立てるものがしきりに飛んできて、ロンドンのキャラコを引き裂き、心の底にたまっている混濁した感情をかきたて、恐怖が思考を痛切にゆがめたことは情けなかった」。(『日ざかり』17章)『日ざかり』がボウエンの他の作品と比べて「窓」の語の使用頻度が少ないのは、このような窓の壊滅という戦争の置きみやげのせいである。吉田健一も「爆撃で壊された窓ガラスの破片が道に散ったのを掃き集めている音が、その破片が反射する秋の朝の日光と一緒になって耳を打つ感じである」とロンドンの破壊された窓のイメージに着目している。(「ボウエンの「日ざかり」に就て」)

ボウエンの「窓」への愛着は何よりも「光」への希求と考えられる。ボウエンの曾祖父母の時代には太陽光は忌避されていた。日光にさらされることによって肌はシミ、そばかす、日焼け、しわをきたし、家屋の内外は色褪せ、ひび割れ、植木が萎える。ヴィクトリア時代の慎みも相まって上流階級の人々には日傘、あずまや、庭の緑陰がなくてはならなかった。

カーテンは窓からの日光の進入を阻む。『日ざかり』のステラのアイルランドのビッグハウスでの朝の目覚めの場面を、戦間期の中編「勘当された者」の一夜が明けた情景と比較してみよう。〈朝日〉の希望、再生、啓示のキリスト教的メタファーは、終わりの見えない戦争によってすっかり希薄化されているのがわかる。

翌朝、目を覚ましたステラは自分はどこにいるのか、今がいつなのかわからなかった。時間の流れの中に自分の居場所がなかった。確かに新しい日がカーテンから差し込んではいたが、どの日なのか。(……)仰向けになり光で明るい黄色のカーテンの模様に何かを読み取ろうとした。(……)深い眠りは定期的に訪れる忘我で、彼女の精神がもう一つの季節に移行するのか? それらは始まりの眠りで、そのたびに深い変化が生まれるのか。確かめてみる必要があった。彼女は起き出してカーテンを引いた。(『日ざかり』9章)

戦時中はたとえ晴れた日であっても、日中の現実から目を逸らし本能的に夜の眠りに逃避したいのである。このように逡巡した後、ステラは屋敷の周囲をさまよい、じかに朝日を浴びて木漏れ日を眺めているうちにようやく我に返った。

ボウエンは一八九九年生まれだが、マーティン・グリーンが「太陽の子たち」と呼んだ第一次大戦後のイギリス文学の新しい世代に入るといっていいだろう。美とダンディズムを信条として、オックスフォード大学やケンブリッジ大学の若い美しい男たちが中心になって前世代の価値観を転覆させた。イヴリン・ウォーの『ブライズヘッド再訪』でもその生態がうかがいしれる。皇太子時代のエドワード八世も世代の代表格であった。そしてスティーヴン・スペンダーもワイマール時代のドイツで流行していたヌーディズムや日光浴を見聞していた。

私たちの太陽崇拝は不謹慎に思われ、私たちの大胆さは革命といえる。私たちは太陽の真下で長時間半裸で体を伸ばす。（前世代の人々は）日光がちらっと触れただけで、顎まで隠して逃げ出した。そしてあの新参者たちは野蛮人なのか、それとも神の子だとでも思いあがっているのかと、いぶかったであろう。よって今日の私たちの体質の変化は単に世代が違うだけではなく、人種が違うといえるくらい絶対的なのである。私たちはヴィクトリア朝人が認めた科学の恩恵をこうむっている。オイルを使い、技術を考案し、化粧品や服飾を供給し、褐色の肌に軍配をあげて、色白を形無しにして、私たちの革命を後押ししてくれた。（「未来の新しい風潮」）

さかのぼって十八世紀から十九世紀にかけて帝国の富裕層は太平洋の領土拡大で南洋、グランドツアーによって南欧へと知見が広がり、日光浴は療法、健康的な娯楽として意味合いが変わってきた。世紀転換期には、骨の発育やくる病の予防に日光浴が有効であることが、医学的に実証された。貴族の肖像画で見る限りそれまでは白磁のような肌が審美的水準だったのだが、晩年のルノワールは薔薇色の顔の女性を描いている。一九二〇年代以後、（紫外線が皮膚癌の原因であることが解明されるまでは）特にアメリカでは日焼けが富裕層の証として文化的価値をもった。ココ・シャネルが水着をデザインして、褐色の女王、ジョセフィン・ベイカーが人気を博し、サンタン・オイルが商品化された。アメリカの雑誌『ハーパーズ・バザー』や『ヴォーグ』の表紙、旅行社のポスターに水着姿の人々がイラストで、戦後はグラビアで登場した。

ゲーテの『ミニオンの歌』の「檸檬の花咲く国」が盛んに歌曲化されたように、イタリアは長らくヨーロッパ北方の人々にとっての憧れの的であった。やがて陽光のリヴィエラは世界のセレブの注目のリゾート地に変貌していく。リヴィエラのフランス領が拡大する以前から、トマス・クック社はツアーを企画していた。ニースはイギリス人向けの保養地ができて、海辺の「イギリス人の散歩道」が今なおその名残をとどめている。ニースにはヴィクトリア女王のために離宮が建てられた。スティーヴンソンは幼少のころ医者の勧めでマントンに滞在し、結婚後もまた南仏に戻ってきた。キャサリン・マンスフィールドは避寒と結核の療養のために南仏のバンドルとマントンに逗留した。ロレンスもリヴィエラを愛し、ヴァンスのサナトリウムで生涯を閉じた。イェイツはマントンのホテルで客死した。ロ

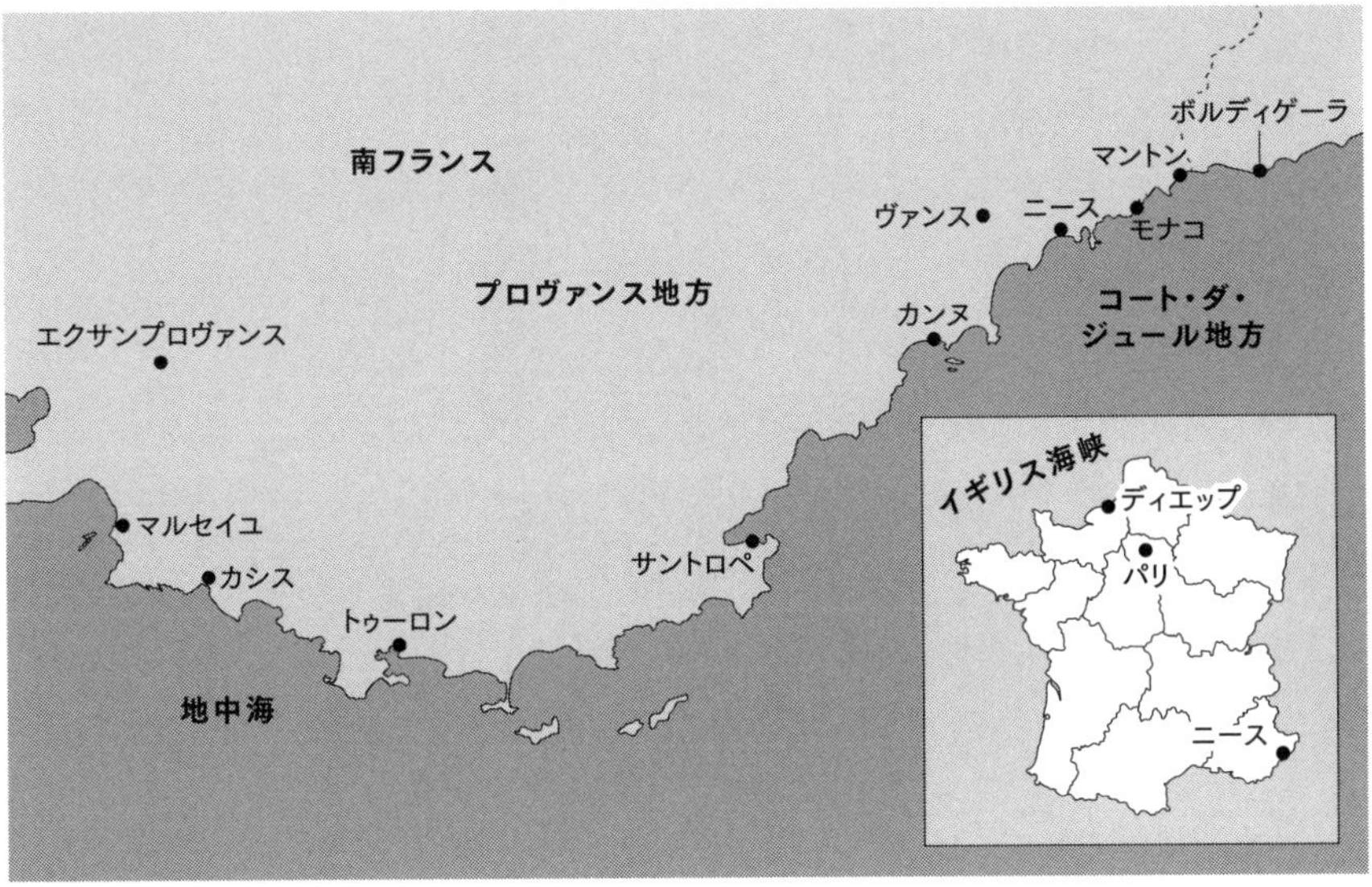

リヴィエラ周辺

ジャー・フライがジョルジュ・ブラックに惹かれてラ・ショッタに行ったのをきっかけに、ウルフの姉ヴァネッサ・ベルはカシスにもアトリエを持った。マンスフィールドのいとこで、プロイセンの貴族と結婚したエリザベス・フォン・アーニムの『魅せられて四月』は大衆小説だが、イギリス人の彼の土地への賛美がよく理解できる。彼女がかつて居住したリヴィエラの古城を舞台に、第一次大戦直後に四人の女たちが、陰鬱なロンドンを逃れてひと月間、古城を共同で借り切る話で、ミュージカルやラジオドラマ、映画化もされた。ボウエンの母方の親戚もリヴィエラに別荘を持っていて、彼女の初めての長編小説『ホテル』はリヴィエラのイギリス人を描き、『心の死』では、ポーシャの両親は冬のリヴィエラを転々として、ポーシャはマントンで生まれたという設定である。『パリの家』のヘンリエッタの目的地もマントンである。

　ボウエンのこの光線に対する敏感さの一つの説明として、彼女がアイルランドで生涯の多くを過ごしたという事実を、ジョスリン・ブルック（Jocelyn Brooke 1903–66）は指摘している。それでもボウエンズ・コートは「窓税」とは無縁で、大きい窓がたくさんあった。ジョスリン・ブルックはケント州フォークストン生まれで、比較的気候が温暖なイギリス南部が彼のテリトリーである。ヴァージニア・ウルフはイーストサセックス州のロドメルに別宅を構えていたが、子ども時代に父がイングリッシュ・リヴィエラとも称されるコンウォールのセント・アイヴスに別荘を持っていた。長じて南仏に行き、かつての陽光の海辺の追憶から『灯台へ』を書いたのである。だがブルックは、ボウエンと比較してもウルフはそのもの自体のために眺められた事物に没頭しがちな「詩人」であったが、ボウエンは風景がそこに存在している人々を飲み込んでしまうことは決して許さない「小説家」なのだ、と述べている。「窓」はボウエンにとっての重要な舞台装置なのである。

14 お茶の時間とケトル

田中慶子

ケトル

イギリス人は飲用に適した生水に恵まれず、古くからエールやサイダーなどの発酵飲料が発達したが、近世から中国で発祥した飲茶の習慣が根づいた。ボウエンは戦後イギリスで復刊した家庭雑誌『ハウス・アンド・ガーデン』に「ティーケトル」というエッセイを寄稿した。一九六三年の同誌の「生活の中のささやかな小物」という連載企画で、ボウエンのエッセイが皮切りとなった。マリアン・ムーアが「ナイフ」、オルダス・ハックスリーが「塩」、ルーマー・ゴッデンが「パン」を執筆し、単行本としても出版された。ティーポットの間違いでしょうと反論されても、ボウエンはティーケトルなしのティーはありえないのだと主張する。有名な童謡の「ポーリー、ケトルを火にかけなさい」にちなんだのかもしれないが、ボウエンの作品の中でもティーケトルはさりげなくその存在感をあらわす。中編小説「勘当された者」（一九三四）のオリヴァーの知人ミリアムはお茶とケーキのセット、デヴォンシャー・ティを出す店を経営していて、その名も「キャット・アンド・ケトル」である。そもそもディケンズの『クリスマス・ブックス』の一編「炉辺のコオロギ」（一八四五）の冒頭は「ケトルが最初に鳴り出した」で始まる。ケトルはイギリス人にとって幸福な家庭生活の象徴であった。

イギリス人の午後のお茶

『パリの家』（一九三五）でナオミの伯母が遺したロンドン郊外トゥィケナムの家を明け渡すことになり、カレンとマックスは荷造りをしている。彼らは「イギリス滞在中はお茶の時間を重んじていた」ので、荷造りから漏れたありあわせの茶器と店で買ったバンズで午後のお茶にする。カレンは芝生の上に裏返ししたボール箱をおいて新聞紙のテーブルクロスを敷いて、マックスとケトルを火にかけているナオミを待っている。

ヘンリー・ジェイムズの『ある婦人の肖像』（一八八一）は「午後のお茶として知られている儀式の時間ほど楽しいものは人生においてあまり見あたらない」という一行とともにロンドン郊外の豪邸の庭での午後のお茶の場面から始まる。ジョージ・ギッシングは、『ヘンリ・ライクロフトの私記』（一九〇三）で「赤の他人にお茶のテーブルに同席を許すことは冒瀆である」とする一方、「イギリス人の歓待の精神はここでもっとも発揮される。友人が立ち寄って一杯のお茶を所望するときほど歓迎されることはない」と述べる。ボウエンの戦間期の怪奇短編小説でも、お茶の描写が家事の完成度の目安となっている。短編「奉仕会」は田園地帯の教会の婦人会の慈善活動の裁縫をするお茶会である。（キャメロン夫妻が新婚時代にいたノーザンプトン州が舞台と思われる）会場は当番制で、辺鄙な農家に住んでいた若妻ミセス・フィスクは、数々の会場に招かれてお茶を供する作法を会得し、ようやく自宅で接待をする自信がついた。

お茶は四時半を定刻としていた。ミセス・フィスクは、時計と向かい合い、その両針を油断なく見つめ、時間を逃さないように見張っていた。そしてもう一度ケーキの数をお客の数で割ってみた。ティートレイが運ばれて、然るべく出てくる様子を思い描いてみた。フィリスは茶漉しを忘れないでくれるかしら。彼女は茶漉しを使ったことがなく――フィリスと一緒に、茶碗の中で踊るお茶の葉で占いをするのが楽しみだった。やっぱり紙のレースのドイリー（下敷き）よりもレース編みのほうが、高級菓子（ガトー）はずっと映えるわね。（「奉仕会」一九二九）

「人家《じんか》」は、二人の大学生がイギリス中部を徒歩旅行して道に迷う話である。暗くなり土砂降りの雨に遭いずぶ濡れになって、奇跡的に人里離れた一軒家を発見して道を尋ねる。若い女に二人は招き入れられ、家の中に天国のような家庭の幻影を見る。ちょうどティー（労働者階級の夕食）の直前だった。彼女は彼らが空腹だとわかると夫のために用意したというキッパーや卵を勧めるが、彼らは固辞してお茶とバターつきパンだけ頂戴する。連れの一人ジェフリーズはミルクティーを飲み一息つく。「お茶は茶碗の中で湯気を立て芳香を放っていた。ジェフリーズは半透明の茶色を見つめ、大盛りにすくった砂糖が溶けるのを見届けた後で、澄んだ液体をひとすじのミルクで濁らせた。彼は茶碗に指をしっかりあてると、かじかんでいたのが徐々にほぐれてきた」(「人家」一九二六)

午後のお茶の終焉

『日ざかり』(一九四九)のステラ・ロドニーが経験するロバート・ケルウェイの実家でのお茶の時間は、D・H・ロレンスの『息子と恋人』(一九二〇)と比較すれば、その不愉快さと時代性が明らかになる。ポール・モレルの恋人クララはモレル家のお茶の席で、家族に溶け込み受け入れられるのを感じた。一方、『日ざかり』のケルウェイ家では戦時中のお茶の時間では客は配給分のバターを持参することになっているが、ロバートとステラはその用意がなかった。ロバートは幼い甥と姪に、鷹揚なジャムの使い方をなじられる。ケーキは干からびて、何度も繰り返し出された代物らしく誰も手を付けない、単なるテーブルのお飾りである。

ステラがお茶のお代わりを遠慮しないので、ロバートの母親にがっかりされる。ステラがオフィスではたくさんお茶を飲むのです、と弁解すると、そんなオフィスでの悪習だけ持ち込んでくるの、という顔をされる。ティーブレイクの制度はイギリスでは十九世紀前半から工場で広まっていたが、第一次世界大戦からは軍需省保健委員会が、労働者の生産性と効率を上げるために奨励した。戦争と配給制度によって、労働者層と中産階級のお茶の需要はそれぞれ真逆の方向にいくことになった。ケルウェイ夫人は「私どもは今では一日に一回しかお茶を飲まないんです。そうしないとお客さまに出せなくなりますから」と言い、かつてのお茶の時間の雰囲気がなくなったので、ティーテーブルも片づけてしまった、とこぼす。

このようにイギリスでは大戦中に午後のお茶の贅は縮小され、中産階級の箔は剝がれ落ちる。ジョージ・オーウェルは一九四六年一月の「イヴニング・スタンダード」紙に「一杯のおいしい紅茶」というエッセイを発表し、ミルクよりも紅茶を先に注ぐべきだとか、茶漉しは使うべきでないと主張している。けれども戦後は女性の社会進出で中流階級の午後のお茶の習慣はすたれていき、階級を超えたティーブレイクにとって代わるようになる。また風俗のアメリカ化現象も伴って、若い世代は親の世代の価値観を否定し、紅茶よりもコーヒーが好まれるようになる。教師を退職して作家になったピップ・グレンジャー(一九四七—)

はソーホーのティーンエイジャーを取材して、大人に対する幻滅、伝統と社会構造の破壊、アメリカへの憧憬は戦争がもたらした世代の分断だと説いている。

『リトル・ガールズ』（一九六四）では、かつての盟友ダイナの召集を受けたシーラとクレアはロンドンのナイツブリッジにあるデパートの最上階のティールームで密談する。シーラ・アートワースはクレアと話しながら無心にレモン・ティのレモンをスプーンで攻撃している。「紅茶の葉に混じってレモンの円盤が浮かんでいた。しかしスプーンの先端はさらにレモンをとことん追い詰めてカップの底に沈め、無情にもとどめをさした。ふわふわとレモンの先端が表面に浮き上がった。「それで？」ミセス・アートワースはレモンの始末をつけてから訊いた」（『リトル・ガールズ』Ⅰ―3）。紅茶にレモンを添えるのは、大戦後に流入したアメリカ作法だと思われる。

アイルランド人のお茶

アイルランドではダブリンを中心にアングロ・アイリッシュが午後のお茶の慣習を持ち込んでいて、上流階級の洗練されたお茶会の場面はマライア・エッジワースの小説にも出てくる。ボウエンの『パリの家』で半ば不本意に婚約を決めてしまったカレンは精神の疲労をいやすためアイルランドのコーブの伯母を訪ねてしばらく滞在するが、老夫婦の生活は一見して単調で平穏だった。

五時十五分前にはお茶が応接間に運ばれ、真鍮のケトルが薄青い炎の上をまたぐ三脚台の上に載っていた。これには銅鑼は鳴らなかった。（……）ほとんど間を置かずに互いに待っていたように、ヴァイオレット伯母がフリルをつかんでポットカバーを外すと、ビル伯父がマフィン入れの蓋を開けて、今日焼いたケーキで何が出てくるのかを見るのだった。ホットケーキはいつもバターが流れていた。（『パリの家』Ⅱ―2）

アイルランド人は上流階級から労働者階級までイギリス人と同様に紅茶好きである。「日曜日の午後」（一九四一）は省庁に勤務するヘンリーがロンドンからダブリン郊外の親戚の家の午後のお茶会に赴くという設定である。先述の『日ざかり』のロンドン郊外の中流家庭と違って、ダブリンの上流家庭らしくキュウリのサンドイッチやヘンリーの子ども時代と変わらないチョコレートケーキが供される。

『愛の世界』（一九五五）では戦後の田舎のむさくるしい農場の台所でも、紅茶を切らさない様子が描かれている。紅茶を大量に煮出すのはアイルランドの農村部のホスピタリティである。モントフォード家の主人はアングロ・アイリッシュでも、台所は地元出身のメイドのキャシーが自己流で切り盛りしている。「大きくて貪欲な料理用ストーヴは、黒ずんだ専用のくぼみに据え付けてあったが、その燃えさかる火力を弱める方法は誰も知らなかった。その上に置かれたケトルは絶え間なく細い蒸気の糸をしゅうしゅうと吐き、お茶が一日中煮だされ、蓋を持ち上げたら、傍のぎっしり重なった鍋か釜のどれかの上に置かれた」（『愛の世界』1章）。モントフォート家で使われるのは磁器でなくデルフト陶器の厚手のマグである。

従来アイルランドの労働者には「スプーンが立つほど」濃い紅茶が好まれた。インドからのイギリス商人経由の紅茶は値段が高くても品質が粗悪だったので、濃く煮だしてミルクを垂らす飲み方が定着したのだった。十九世紀にイギリスと同様に禁酒運動が起こって、労働者階級の男性には酒の代用品として紅茶が愛飲された。女性には紅茶の薬効が信じられたが、濃い紅茶は飲み過ぎで心身を損ないがちであった。アイルランドで「バリィズ」とか「ライアンズ」のような食料品店がしだいに成長して企業化し、一九六〇年代以後はインドから直接取引し、ケニアからも輸入が始まった。紅茶に添えるビスケットもダブリンに「ジェイコブズ」の大工場ができた。アイルランドでは戦時中は配給制はあったが、イギリスのように伝統的食文化が戦争の影響をうけることはなかった。マーガレット・ヒッキーによるアイルランドの食文化史『アイルランドの緑の食糧棚』によれば、紅茶嗜好の伝統は続き、今やイギリスをしのぐ紅茶の消費大国となっている。

結び

アイルランドで生まれ、イギリスで育ったボウエンは両国の紅茶への愛着を受け継いで、二度の大戦を経て半世紀以上、紅茶を飲んできた。エッセイ「ティーケトル」を書くにあたって、ボウエンは古代中国にさかのぼってイギリスのティーケトルの歴史について調べた。彼女はイギリスで午後のお茶会が形骸化し、ティーケトルがもはや骨とう品となり果てたのを目撃している。「ケトルをポットにではなく、ポットをケトルに近づけること」という古い格言が示すように、ケトルがポットより地位が高い時代がかつてあった。ティーケトルはそもそも沸騰にいたる蒸気の絶妙な音楽を楽しむものなので、笛吹ケトルは邪道だという。女主人がティーガウンをまとい、居間で手ずから紅茶を供した時代、ティーケトルとティーポットは「二卵性双生児」だった。午後のお茶という格式がすたれても、友人とお茶を飲む時間の価値はかけがえがない。たとえ独りでいても本を読みながら、あるいは相伴を夢想しながら。庭もいいが、炉辺で飲む紅茶が彼女の理想である。紅茶と共に生きた彼女は、テクノロジーが進化し形が変わろうとケトルの存在価値は決して忘れない。「親愛なるケトルよ、あなたがどこで働こうと、どのように沸騰しようと、――円形のガスの炎、電気、ゆらめくアルコールコンロであろうと――愛しているわ」と結んでいる。

15 時を刻む――写真と時計

田中慶子

写真

ナポレオン戦争の時代から出征する軍人たちのポートレイト・ミニアチュールの需要はあったが、ボーア戦争以降、もっぱらポートレイト写真が普及し、戦地の兵士と銃後の家族のそれぞれの形見として大切にされた。モダニズムは絵画と写真が相互浸透的に発展した。ボウエンは画学生だったこともあり、視覚芸術にはかなり関心があったようだ。写真に対する関心は友人であるアメリカ人作家ユードラ・ウェルティとも共有していた。乾板式からフィルムへ、心霊写真の発見と偽造、肖像写真からスナップ・ショットへと、写真技術と写真のもつ価値が劇的に変化した時代にあって、ボウエンと彼女のキャラクターたちにとって、写真がどのような役割を果たしているのかを本項においては考察する。

「ぼやけたもの、異形、むらのある明度、人の顔を月面図のように非人間的にする暗いくぼみは、あの時代のカメラも否定したように、マイクリス夫人はことごとく否定した。彼女はそこにあると承知しているものだけを見た」（『パリの家』II―6）。『パリの家』のマイクリス夫人の人間観は、いうなればモダニズム以前のものである。十九世紀から二十世紀初頭までは、ピクトリアリズムという絵画美を志向する傾向が強かったのに対して、その後は、ストレートフォトグラフィという写真本来のリアリズム機能を活かした表現手段が認められた。モダニズム運動が西欧文化のあらゆるジャンルに影響して、絵画が写実から主観に向かったように、写真はその独自の表現媒体の可能性を追求し、美的効果よりも偶然性にこだわるようになった。

写真は報道においても実証性の価値が大きい。中でもスナップ・ショットは強いイメージの喚起力がある。ボウエンの短編「最近の写真」ではロンドン郊外、ハートフィールドの住宅街で妻が殺され、夫が自殺するという事件が起こる。タブロイド紙の記者は現場に取材に出かけ、近所の娘から当事者夫婦の「最近撮ったスナップ・ショット」をもらう。報道写真は事件を裏づけなくてはならないのに、仲良さげな夫婦の写真は事件の悲惨さと合わない。特ダネをつかんだはずの記者はその写真を使うことはできない、とがっかりするが、たちまち、「夫の失業が崩壊させた幸福な家庭」という暗転のストーリーのセンセーショナルな見出しを思いつく。それは事実とはかけ離れていたかもしれない。近所の娘の話には、うがった見方をすれば常日頃、妻が夫の人格を根本的に否定していることが、夫の自尊心を踏みにじった果てに、とうとう殺意へ導いた可能性があった。

同じく初期の短編小説「水仙」は、ポートレイトをめぐる独身の女教師と女学生の会話を描いている。ロンドンの女学校の近くに住む教師のミス・マーチェソンは自宅で生徒たちから提出された課題を点検していると、窓の外にひそかに目をかけている女生徒たちが通りかかった。部屋に招き入れると、彼女たちはマントルピースに飾られた写真にミス・マーチェソンの別の顔を発見し、写真の争奪戦の話と水仙に、先生の求愛者を想像し興味津々になる。だがミス・マーチェソンにはやっぱりロマンスの匂いはない。写真は同居している母親の所有だという。先生の文学談義が始まりかけると、白けて生徒たちは口実をつけて逃げ出してしまう。

『日ざかり』の中には、男の写真をマントルピースに飾る二人の女が登場する。ルーイは銃後のロンドンで、出征した夫トムの留守の寂しさから、行きずりの男と遊んでしまう。出征する夫トムが置いていった形見のポートレイトは、ルーイにとっては邪魔でしかなかった。写真は不吉な不在感を放ち、写真のトムのまなざしは今の自分ではなく、あの時の写真スタジオのカメラに向けられたものだったので、ルーイは見るにたえなかった。彼女にとっては写真の表す過去は継続ではなく完了で、トムは遺影のようでしかなかった。

ステラは愛人ロバートの実はナチスのスパイをしているという告白を聞いて、もう彼と別れようと、彼なしの生活はどんなものかと想像しようとして写真を裏返してみる。するとｒ不安のあまり動悸が高まり立っていられないほどだった。その後、裏返した写真はロバートの運命を暗示するように床に落下したが、その時ステラはそれに気づかなかった。

逆に短編「チャールズと合流する」では、ルイーズにとって夫チャールズのポートレイトは、彼の存在を否定したいので、不吉である。ルイーズはイギリスの夫の実家からフランスのリヨンで待つ夫の元へ旅支度をしていた。あやうくポートレイトを荷物に詰め忘れるのに気づいてぞっとしたが、眠りに落ちるときも目覚めるときも、視界に入れたくはなかったのが本音だった。写真に対する抵抗感はチャールズに対する恐怖心そのものだった。片目をつぶされていた飼い猫からもわかるように、実はチャールズは凶暴な夫であった。ルイーズは彼の写真をマントルピースに置く、という型通りに幸福な新妻の役割を演じていたに過ぎなかった。

『日ざかり』のステラは恋人ロバートの実家を訪れて、ロバートの寝室には二面の壁に彼の写真が六、七十枚貼りめぐらされているのを見た。写真は「記憶のある鏡」(タゲレオ・タイプの別名)と言われるが、おびただしい数の写真が同時に語りかける亡霊の物語はうるさ過ぎてロバート本人の現在を呑みこんでしまったかのようだ。スーザン・ソンタグは「写真は偽りの現在であり、不在のしるしである」と述べる。

写真は時間の断片(ソンタグ)であり、単独では時の経過を表現できない。ボウエンの写真の使い方は、ときに恐怖の小道具となり、過去が現在を侵食し現実を錯誤させる魔術的な性質を帯びているため、精神状態に影響する力がある。

時計

『愛の世界』のアントニアは従弟ガイが戦死した後、ガイの婚約者であったリリアを利用した。アイルランドの田舎のモントフォート荘園の管理と、ガイの代わりとして従兄との結婚を都合よく押しつけ、自分はロンドンにいたまま写真家をしていた。荘園館には先代のガイの写真が無造作に掲げられていた。停止した時計はポートレイトと並べたとき、違和感がない。ガイの複数のスナップ・ショットは、『日ざかり』のロバートと違って被写体がもはや存命していないので、無害でだいじな形見である。リリアの娘ジェインは、会ったこともないガイの書いた手紙を読んで彼に恋していたので、写真のガイの発する声を一心に聴きとろうとしていた。

モントフォート荘園の台所は、古いカレンダーが捨てられず、複数だらしなくかけられたままにしてあった。「これらのカレンダーは、ボウルや皿の間に押し込まれて忘れられた、ぐずぐずしながらよく停止する真っ赤な安物の時計と一緒に、ほとんど完全に狂った「時」を抽象的にこのせわしない台所に告げていた」(『愛の世界』第一章)。ユードラ・ウェルティは「ボウエンの書いたどの小説にも時計があった。正常に動いていない時計はある種の警告となった」と指摘している。フレッドは自分の腕時計で農作業を管理していた。十二歳の次女モードだけは時計をめぐって大騒ぎし、毎日ラジオのビッグ・ベンの時報を聞くことに執心していた。これは、一見すると奇矯な行動である。だが、彼女は学校の夏休みの帰省中である。たとえ問題児であっても学校ではモードは時間の枠に縛られている。このような荒廃した、正確な時の計測を遮断された環境においては、日々の彼女の自分を律する行為であると考えられる。実家の時計の管理は、無学のメイドのキャシーが放置している。あるいはキャシーは時計が読めないのかもしれない。時報を聞くとモードは法悦に浸り、魂が救済されるかのようで、彼女にとってのビッグ・ベンの時報は、まるで渇いた者にとっての水、荒野で与えられたマナであるかのようだ。

家族がモードと共にラジオのビックベンの時報に最後まで耳を傾ける場面がある。ここで早く終わらないかと願う辛抱が連想となり、戦争責任が問われる。「時を告げるものは長いことかかって、全力と耐え難い衝動を結集して、最終的な総計を要求した。皆が最後通告に耳を澄ませていた。期間が設定され、期間は何度も何度も延長され、その間、国家の命運はむだな準備を繰り返した。それはいかなる達成のため？　何のために？　数々の擦り減った情熱は言い分がありながら、何も言わないままになった。だがここに「今」が来た——至上命令としての分裂の時が。呪文を解くものが。他のものは全て背後に投げ捨てられ、現実から姿を消し、終わってしまった」(『愛の世界』第十章)。

ロラン・バルトはソシュールの言語学に基づき、文学作品のみならず社会現象を解読する評論家である。彼は写真機を「ものを見る時計」(『明るい部屋』)と称し、シャッター音に「時を刻む音」を聞いた。ボウエンの写真の時間を解釈するためにバルトの写真論が有効である。『パリの家』のカレンは独り真夜中に目を覚まし、「蛍光時計は何と怖いのだろう、時計の目がいつも必ず見張っているなんて」とおびえる。写真も時計も暦も過去の記録、履歴である。ボウエンは時計や暦の示す日時を現在完了とみたて、時間の経過を歴史化する。『日ざかり』のステラが居た戦時下のロンドンでは、灯火管制で窓はカーテンを閉め切ったままなので、季節感も時間感覚も失われ、時報に依存するしかない。『愛の世界』のモードが隔絶した田舎の農場で、時計や暦の管理に無頓着な環境に置かれているのも同様である。

時間を知ることとは、孤独から逃れ外界とつながり、他者と共時性を所有することである。戦時下の極限状況や僻地の時間の管理から解かれた環境にあって、時計と写真は時として狂気をいざない、または「今、ここ」という自分の立ち位置を確かめるアイデンティティの回復をもたらす。

「遺贈された時計」という戦時中に発表された短編がある。いとこのロザンナが亡くなった時、遺言通り叔母から年代物のスケルトン時計が渡されるが、クララはなぜかその時計に恐怖を感じる。部屋に置いてあると振り子の音が耳障りで居たたまれないので、気を紛らわそうと恋人や友人に電話をかけてみたが、うまくいかず、灯火管制の深夜の街に懐中電灯を持って散歩に出る。数日後、クララが留守で時計の修理人が入っている間にいとこのポールが彼女のフラットに入り込んでいた。クララが感情的になり、いっそのこと窓からその時計を投げ捨ててやりたいくらいと口にすると、ポールは実は自分はずっとその時計が欲しかったと告白する。そして忘れていた彼女のトラウマとなった事件——二十四年前、ポールが時計を譲られると決まった六歳の彼女に、時計の中に指を突っこませたこと——をその動作を再現して、彼女に思い出させたのである。

あのときポールは「一分って見たことあるかい。そいつをおまえの手のなかで、のたくらせたことあるかい。時計の中に一分間指を入れたままにすれば、その一分を捕まえて、持ち帰ることができるって知ってたかい?」と、クララをそそのかした。彼はクララの指を無理やり時計の内部に押し込んで、歯車に食い込ませた。「そのままにしてなくてはだめだ。「分」を逃がしちゃうぞ。ぼくが六十まで数えるからな」。だが六十まで行かないで、百年間動き続けた時計は止まってしまった。停止した時計を見てその場を逃げるように立ち去った時計の修理人は、直後に事故で亡くなってしまった。時間が目に見える生きものだと言っても、ナイーヴな子どもしか信じない。しかし大人になったクララは今の自分の停滞状況が、停止した時計と同じであることを自覚する。既婚男性と将来性のない交際を続け、狭いフラットに孤独を抱えたまま一人で暮らしている。時計が動くように、彼女も前進しなければならない。「訪問者」という短編でも時計の文字盤に強い興味を持つ少年がいるが、それは少女時代のボウエンだったのかもしれない。

短編「日曜日の午後」では、ダブリン郊外の親戚の茶会の席で、ロンドン空襲ですべて失ったヘンリーが過去にとらわれている様子を、姪のマライアが軽蔑して見ている。マライアは、自分も間もなくロンドンに行きたいという望みを持っているので、ヘンリーが足がかりになればいいと思っている。コリー家の末娘でＢＢＣで仕事をしたローズマリーがモデルだといわれている。マライアは常に未来を見て今を生きている。一方ヘンリーは、戦禍で失われたものへの感傷と未練を抱える、かつてのボウエンがそうであったと想像される姿をしている。彼はマライアの浅薄さを見抜いて、シェイクスピアの『テンペスト』のミランダになぞらえて冷やかし、彼女の甘い見通しを否定する。だが最後にマライアがずっと腕時計を気にしていたのは何故だったのかわかる。ヘンリーがバスに乗り遅れることなく、彼のお茶会訪問を完璧な一日に仕上げたかったのである。マライアの近接未来への配慮も捨てたものではなかったが、「今」への集中力はそがれている。ロバート・ヘリックの「乙女らよ、時を上手に使いなさい」の詩句を連想させる構図である。やがてマライアがロンドンに行ったとき、苦労するにしてもミランダのように世界を始めて見たかのような感激を味わうのではないだろうか。ヘンリーと若いマライアの対話は、分裂したボウエン自身の心の葛藤を表している。

戦後、BBCラジオで放送した原稿を『リスナー』誌に寄せたエッセイで、ボウエンは「懐旧《ノスタルジア》」というカルトを否定した。「私たちは今日、懐古に対する嫌悪感が最も強いのは若者において顕著であるということに注目する」(一九五一年八月四日)。今の瞬間を永遠化するために芸術作品はあるから、その創作は有意義な時間である。だが今を充実させるためには、無為に過去を振り返って感傷に浸っているひまはない。それがボウエンの哲学となった。若い人に限ったことではない。老人なら尚更、人生の残された時間には限りが見えている。『リトル・ガールズ』ではダイナは老年になった同級生シーラの家のラウンジの壁にかかっている学校時代のオールド・ハイストリートの水彩画を見て「(爆撃で)消えた場所を描いた絵など無くていい」と言う。戦争体験を経たボウエンにとっては古き良き時代は、引き裂かれて深淵の彼方に遠ざかってしまったのである。

〈第五章〉ボウエンゆかりの土地・場所を巡る

1 ダブリン

田中慶子

ダブリンには先史時代から人が住み、十世紀にヴァイキングが入植した。十六世紀からイングランドに支配され、十七世紀後半から十八世紀にかけて移住してきたイギリス人の支配階級によって、ジョージ王朝期のヨーロッパ屈指の上流社会の都となった。ダブリンの中心は古くは火災、リフィー川の氾濫、そして二十世紀までイースター蜂起をはじめとする大ブリテンへの抵抗が激化して戦場となり、痛ましい損傷と破壊をこうむった。町並みは復元されたが、ジョージ王朝の栄華を偲《しの》ぶよすがとなる建築物の一部は消失した。ボウエンはダブリンのハーバート・プレイス十五番に生まれ、七歳まで冬季はダブリン、夏季はコークのボウエンズ・コートで過ごした。ダブリンはリフィー川で区分されるが、ダブリンでの七年間についての『七たびの冬』という自伝的エッセイを読むと、子どものエリザベスの行動範囲は、クロンターフの母方の実家を除けば、家庭教師との散歩、礼拝、バレエのレッスン、買い物とリフィー川の南側と運河までの極めて限られた地区である。ボウエンの幼少時代にはまだ乗り合い自動車はなく、路面電車は一九二〇年代まで運行していた（現在は「ルアス」がある）。これより『七たびの冬』と『シェルボーン』を手がかりとしながら、時空を超えてボウエンの育ったダブリンを歩いてみよう。

レンスターハウス公邸はダブリン城に次ぐ規模を誇り、レンスター伯爵によってダブリン王立協会に売却された。ダブリン王立協会の本部として春の共進会や馬術競技会、産業博覧会が開催された。一九二二年からはアイルランド国会議事堂となり、レンスターハウスはアイルランドの政治を表す名詞になった。メリオン・ストリート24番は現在はメリオン・ホテルの一部であるが、アーサー・ウェルズリー、ウェリントン公爵の誕生の地である。フォーコーツとはリフィー川の岸壁に沿った四つの裁判所――最高裁判所、控訴裁判所、高等裁判所およびダブリン巡回裁判所で、ボウエンの父の勤務先であった。「そこに父は毎朝通って、そこから太くて赤い帯紐のついた父の書類鞄は我が家まで謎の旅をする」(「散歩」『七たびの冬』)

ハーバート・プレイス十五番の家は東向きのテラスハウスで向かいに運河がある。バゴット橋を横断してウィルトン・テラスに出ると、運河に向かってベンチに坐っているパトリック・カヴァナの銅像がある。カヴァナはモナハン、イニスキーン出身の農民文学者でシェイマス・ヒーニーが影響を受け、「ダブリンの大運河の前に坐して書かれた詩行」という作品に因《ちな》んで銅像が作られ、毎年その場所で聖パトリック・ディに追悼会が守られている。ハーバート・プレイスを北上すると大運河があり、子どものエリザベスには、はしけ船の通行する閘門の開閉が最も興味ある見ものであった。

アッパー・バゴットストリートはボウエン家が薬局からパン屋、郵便局、カーテン屋まで日用品の調達をした小洒落た商店街であった。子どものエリザベスの視点ではグラフトンストリートなみの往来があった。一八九〇年に当地に開業したフィンドレイターズ食料品店が一九六〇年代に閉店し今はテスコになっているように、個人経営の店は姿を消し、町並みは様変わりしている。ロウアー・バゴットストリートがジョージアン様式の建物が特徴なのに対し、ヴィクトリアン様式が主流で、旧アイルランド銀行本部や王立ダブリン病院などの目立った建物がある。

ロウアー・バゴットストリートには現代美術の巨頭フランシス・ベーコンの生家があり、プラークがついている。ロウアー・バゴットストリートをさらに進みメリオン・ロウを超えると、右手にシェルボーン・ホテルがあり、左手がセントスティーヴンズ・グリーンである。シェルボーン・ホテルは、一八二四年シェルボーン伯爵の住居であるケリー・ハウスの敷地にマーティン・バークによって建てられた。サッカレーが一八四二年に宿泊し、『アイルランド素描』を著した。現在でもダブリンの社交の中心である。ボウエンはロンドンからコークへの足がかりとして利用し、

ボウエンの生家の周辺

第二次大戦中はそこでイギリス情報省の諜報員の仕事をして、戦後もヘッドフォード侯爵夫人と常連客としてバーで飲んで語らった。一九五一年にホテルの歴史を一冊の本にまとめた。シェルボーンはホテルとして一八二四年に開業し、一八六五年に改築され、建築家マカーディは、建物を向かいのセントスティーヴンズ・グリーンの風景と見事に調和させた。シェルボーンはあらゆる大型ホテルの模範であり、他のどの首都にもこれほど大きな役割を果たしたホテルは類を見ない、と述べているように、ダブリンの激動の歴史と共に歩んできた。

　エリザベスのダブリンの子ども時代は、シェルボーンはアイルランドの地方の郷紳たちの冬の社交シーズンの「町屋敷」となった。シェルボーンのティールームで、令嬢たちが社交シーズンのフィナーレとなるダブリン城での舞踏会の招待を待っている情景が見られた。ジョージ・ムーアはシェルボーンに滞在しながら執筆活動をしたが、そこで取材もした。小説『モスリンのドラマ』（モスリンは夜会服の提喩であるとともに、「デビュタント」〔社交界デビューの令嬢〕の換喩）（一八八六）はアイルランド上流階級の娘の夫探しがテーマである。一八八九年にはウィリアム・バトラー・イェイツのアビー劇場の前身であるアイルランド文芸劇場の設立を祝して、作家や詩人の集う晩餐会が催され、ジョージ・

ムーアの基調講演がアイルランド文芸復興運動の起源となった。ゲイアティ劇場もホテルから程近かった。大西洋間の客船、市内の交通網と商業演劇の発展がダブリンの観光を振興したのである。

一九一六年のイースター蜂起で反乱軍はセントスティーヴンズ・グリーンに陣取ったが、イギリス軍にシェルボーンホテルから攻撃されて撤退を余儀なくされた。一九二二年にはアイルランド自由国の憲法が起草された。シェルボーンはダブリンの最高級ホテルとして世界中の王侯貴族、政府の要人、セレブリティに選ばれ、黄金時代のハリウッドスターやモナコの大公夫妻、ケネディ大統領夫妻が常連客だった。時代は移って、シェルボーンは大手のホテルチェーンのフォルテやメリディアン、マリオットの傘下に入った。「エリザベス・ボウエン」の名を冠したスイートルームもある。ボウエンが言及していたホテルの正面のエジプトの王女とたいまつを掲げたヌービア人の奴隷の少女の四体の銅像は帝国主義批判運動の高まりをうけて一時撤去されていたが、歴史家の調査で奴隷の表象ではないと主張され、復元された。

セントスティーヴンズ教会。その頂塔の形からThe Pepper Canister（胡椒入れ）の愛称で親しまれている

ハーバート・プレイスから北に向かいアッパーマウントストリートに入ると、ボウエン家の教区教会セントスティーヴンズ教会がある。エリザベスはここで洗礼を受けた。胡椒入れに似た頂塔の形から「ペッパー・キャニスター」の愛称がある。そこをさらに上るとメリオン・スクエア広場がある。北西の隅にオスカー・ワイルド（一八五四―一九〇〇）の記念像が一九九七年設置された。一対のコンパニオン・ピースは妻のコンスタンスの裸身とバッカスのトルソーであり、その柱にワイルドの他シェイマス・ヒーニーなどの詩の碑文が刻まれている。

メリオン・スクエア一番にはオスカー・ワイルドの父の外科医ウィリアム・ワイルドが邸宅を構えた。彼はアイルランド王立外科学院（ＲＣＳＩ）の卒業である。八二番の住居はイェイツが数年居住しサロンを開いた。七〇番はボウエンが愛読したゴシック・ホラーの作家シェリダン・レ・ファニュの妻の実家で、夫妻は後年そこで暮らし、セントスティーヴンズ教会の会員だった。妻に先立たれた後も、彼は残された子どもたちの養育をして屋敷にこもって創作を続けた。

セントスティーヴンズ・グリーンは十九世紀に醸造家のサー・アーサー・ギネスによって市民に開かれた公園となったことを記念して、ギネスの銅像が西側に建てられた。イェイツの功績を称えて一九六七年ヘンリー・ムーアの「ナイフエッジ」の彫刻が設置された。ジョージ二世の銅像は一九三七年ジョージ六世の即位の際、イギリス支配の象徴としてアイルランド共和軍（ＩＲＡ）によって破壊された。北西にはＪ・Ｃ・マンガン、南西にはジェイムズ・ジョイスの生誕百年を記念して一九八二年銅像が設置された。ボウエンの母フロレンスの母校アレクサンドラ・カレッジは、かつてアールズフォートの国立劇場のはす向かいにあり、彼女は授業の合間にセントスティーヴンズ・グリーンに気ばらしに来ていた。エリザベスは乳母と散歩のつど、池のアヒルに餌をやっていた。

南に隣接するニューマンハウスは十八世紀半ばニューマン枢機卿がジョージアン様式の二つの邸宅を購入し、カトリック教徒のための大学として設立した。ジョイスが学生だった時の教室と、ホプキンスが教授を務めた時の書斎が当時のまま残っている。

ボウエンの父が卒業したトリニティ・カレッジは一五九二年にオール・ハロウズ修道院跡地にエリザベス一世によって創立された大学で、カレッジ制のオックスフォード大学とケンブリッジ大学をモデルにし、プロテスタント支配の大学であったが、一七九三年にカトリック教徒の入学が許可されるようになっても近年まで差別が残った。文学者ではコングリーヴ、ゴールドスミス、シング、スウィフト、レ・ファニュ、ベケット、ワイルドを輩出している。カレッジの正門は「カレッジ・グリーン」にあり、西側は中世建築の中庭構造であり、鐘塔楼のほか、礼拝堂、ミュージアム、劇場がある。ミュージアムのヴェネツィア様式は建築家がラスキンの「ヴェニスの石」（一八五二）に触発された。旧図書館の一般公開されている部分は、アイルランド国宝の福音書の豪華写本「ケルズの書」とロングルームを閲覧できて、ダブリンの観光名所のひとつとなっている。

グラフトン・ストリートはチャールズ二世の非嫡子グラ

フトン公爵にちなんで名づけられた。十九世紀には街娼が多くいて、馬車の轍の音を弱めるために松の木片で舗装されていた。ダブリンの最も高級な商店街となり、家庭教師のミス・ベアドのお気に入りだった。ジョイスの『ユリシーズ』（一九〇四）でもポイランがモリーにみやげ物を買う場面がある。今も歩行者でにぎわい、ストリートミュージシャンが賑やかである。

ボウエンはダブリンでバレエのレッスンを受けていた。

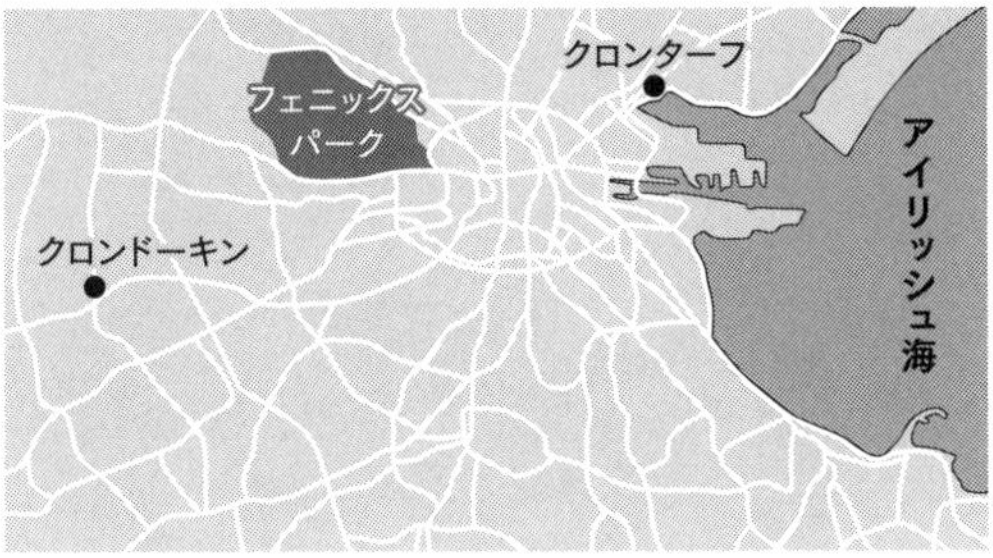

ダブリン広域

教室はキルデア通り東端のモールスワースホールであった。そこで同じころアイルランド国民演劇協会のジョン・シング（一八七一－一九〇九）の「谷の陰」、「海に騎りゆく人々」の初演が行われたが、建物は現存していない。ボウエンの初期の短編にジョイス・ジェイムズという女性が登場する「バレエの先生」という作品があるが、レッスン場はホテル・メトロポールになっている。同ホテルはオコンネル・ストリートのランドマークのひとつで中央郵便局の隣にあったが、郵便局が蜂起軍の司令部となったとばっちりで損傷し、一九七二年に閉館した後は、取り壊された。

「ダブリンの波止場が見えていたら――見たにちがいないのだが、もっとカモメを思い出せたはずだ。でもトリニティ・カレッジの欄干と橋を渡ったサックヴィル・ストリートの入り口の間は私の記憶にぼやけて抜けている」。（『七たびの冬』）この橋とはオコンネル橋のことで一八八二年に都市開発で再構築されたとき改称された。オコンネル・ストリートは十八世紀の区画整理で小路が拡大された時、アイルランド総督を務めたライオネル・サックヴィルを称えてサックヴィル・ストリートと名づけられた。世紀転換期には路面電車が通り、ビジネスと商業の拠点としてダブリンのメインストリートとなった。ところが一九一六年のイー

クロンターフ城。現在は高級ホテル

母方の実家、マウント・テンプル

スター蜂起によって町並みは壊滅的な被害を受け、一時は廃墟となった。その後ＩＲＡに占拠された郵便局、官庁、クレリスデパートなどは再建され、サックヴィル・ストリートは一九二四年にはオコンネル・ストリートと改称された。ジェイムズ・ジョイスの銅像が立っている。ランドマークであったネルソン像は、イースター蜂起後も残っていたが、一九六六年何者かに破壊され、その後尖塔に替えられた。

「私はサックヴィル・ストリートを見ると決まってうれしくなった。世界一広い通りだと聞かされていたからだ。動物園の向こうの緑がかった灰色の遠景のフェニックス公園が世界一大きいと言われたのと同じように」。(『七たびの冬』)フェニックス・パークは、十七世紀のオーモンド公爵の狩猟場で七〇〇ヘクタールのヨーロッパ最大の都市公園で、ウェリントン公爵のオベリスクもヨーロッパで最大の尖塔である。『ダブリンの市民』の「痛ましい事故」の主人公はここで女友だちと別れた。男はレ・ファニュの『墓地のそばに立つ家』の舞台にもなった近隣のチャペリゾットに住んでいた。動物園も園内にあり、世界で三番目に古い伝統を誇る。園内にあるアイルランド大統領官邸の隣にアメリカ大使公邸があり、両国の友好的関係を象徴している。フェニックスパークから東に10キロ行くとダブリン湾を臨むクロンターフ地区で、ボウエンの母の実家マウント・テンプルはマウント・テンプル総合学校の校舎となり、シリル・コノリーの母のムリエル(ヴァーノン大佐の娘)が生まれたクロンターフ城はホテルになっている。ヒューストン駅から西8キロのクロンドーキンには母方の親戚がいたコーカー・ハウスがあった。『最後の九月』などの舞台として描かれた。現在は公園になっている。

2 コーク

田中慶子

ボウエンズ・コートのあるコークはアイルランド最大の州であるが、アイルランド独立戦争の戦場となり、悪名高いブリテン軍（ブラック&タンズ）の共和国軍への報復の応酬、殺戮、略奪、放火などの破壊攻撃で歴史的建造物は消失した。独立戦争と内戦は映画『麦の穂を揺らす風』（二〇〇六）のテーマにもなった。交通は十九世紀には全土で鉄道網が発達したが、アイルランド独立後、長期にわたった（経済観念が欠如しているといわれた）エイモン・デ・ヴァレラ政権下でローカル線は廃止となり、国有鉄道のダブリン―コーク線では途中駅はチャーヴィルとマローしかなく長距離バスがカバーしている。

ボウエンは七歳まで冬はダブリンで夏はボウエンズ・コートで過ごした。ボウエンズ・コートはマローの北西十九キロメートルのファラヒーにあった。先祖のクロムウェルへの貢献の見返りに与えられた土地に一七七五年にヘンリー・ボウエンによって建てられたビッグハウスである。ボウエンはイギリスで教育を受け、結婚もしたが、父の死後に館を相続した。イギリスの同時代の作家仲間ばかりでなくアメリカ人作家、オックスフォードの大学人など多くの有名人が客となったが、とうとう維持しきれなくなって一九五九年売却を決めた。オキーフという農夫が買ったが、ボウエンズ・コートは取り壊された。ボウエンの読者には悲憤やるかたないが、ボウエンズ・コートがイギリス人のアセンダンシーの象徴でしかない地元の農奴の子孫にとっては非業ではなかったようだ。ボウエンズ・コートへの入り口のわきにもともと慈善学校として使われたセント・コルマンズ教会があり、ボウエンは夫アラン・キャメロンとともにその墓地に埋葬され眠っている。毎年九月の第一日曜日（変動有り）に恒例のボウエンの追悼礼拝が行われる。

ボウエンズ・コートへ向かうにはダブリンからバス・エーランのコーク行きでミッチェルズタウンで下車する。車ではN73（マロー・ダブリンロード）をミッチェルズタウンか、またはマローからアクセスする。マローから東に向かい、N73とファーモイロードの交差点にカウゲイトクリーム製造所跡があり、さらに東に行きミッチェルズタウンロードと分岐する手前にゲイツ家の家が復元されている。

次にボウエンズ・カントリーをコークの南端から見ていこう。

コーブは英語で入り江を意味する。アイルランドに襲ったジャガイモ飢饉で多くの移民がその港からアメリカに渡った。またオーストラリアなどの植民地に受刑者を送り込む乗船地でもあった。一八四九年にヴィクトリア女王が訪問し、クイーンズタウンと改名された。一九二一年イギリスからアイルランドが独立すると、地名は元のコーブに戻された。

『パリの家』でカレンが婚約者のアジア出張中にロンドンに心理的に居たたまれなくなって、コーブに近いラッシュブルックの伯母の家に身を寄せる。彼女はロンドンを夜出発して、翌朝コーブに到着した。「これは、うっすら色褪せたイタリアの丘に似ていた。それは過去を思わせる水平な澄んだ光の中にあり、身を切るような変化に屈する国には見えなかった」。(『パリの家』第二部「過去」)

コーブは十九世紀初頭から保養地となり、ネオ・ゴシック様式のヴィラとイタリア風建築が出現した。リージェンツ・パークやダブリン動物園などを手がけた都市計画デザイナー、デシマス・バートンの業績のひとつである。ランドマークのセント・コルマンズ大聖堂は一八六八年着工されたネオ・ゴシック様式の大聖堂で、尖塔にはアイルランド最大の四十七のカリヨン(組鐘)を内蔵している。

コーブ港は古くから造船業が発展し、一九一二年に沈没したタイタニック号の最後の寄港地であり、一九一五年のルシタニア号事件の犠牲者たちが運び込まれた。コーブはまたナポレオン戦争以来、軍事基地となり、一九一八年にはドイツのUボートに対抗したアメリカ海軍の空母基地が設置された。スパイク島とホーボウリン島が沿岸にあるという軍事的に有利な立地から、英愛条約でイギリス海軍の重要拠点となった。ボウエンの短編「彼女の大判振る舞い」は第一次世界大戦時の、「ラブ・ストーリー」は第二次大戦時のコモドール・ホテルが舞台となっている。一九二一年にクイーンズ・ホテルからステイツ・ホテルに、一九三九年にはコモドール・ホテルと改称したのは、その歴史的事情を物語っている。

マローはアイルランドのライン川と称されるブラックウォーター川の河畔にある物流の交差する市場町であった。ブラックウォーター川は鮭釣り場としても名高い。マローは温泉と十八世紀のバラッド「マローの放蕩もの」で有名であった。マロー周辺には廃墟となった古城は数多いが、ビッグハウスが点在しているので観光地としてボウエンズ・コートの生活を想像する手がかりとなる。バリーホウラ山脈南にキルコルマン城がある。十六世紀に王室からエドマンド・スペンサーに賜与され、彼はそこに十年住み、『フェアリー・クイーン』を書いた。近隣のプック城址のプッ

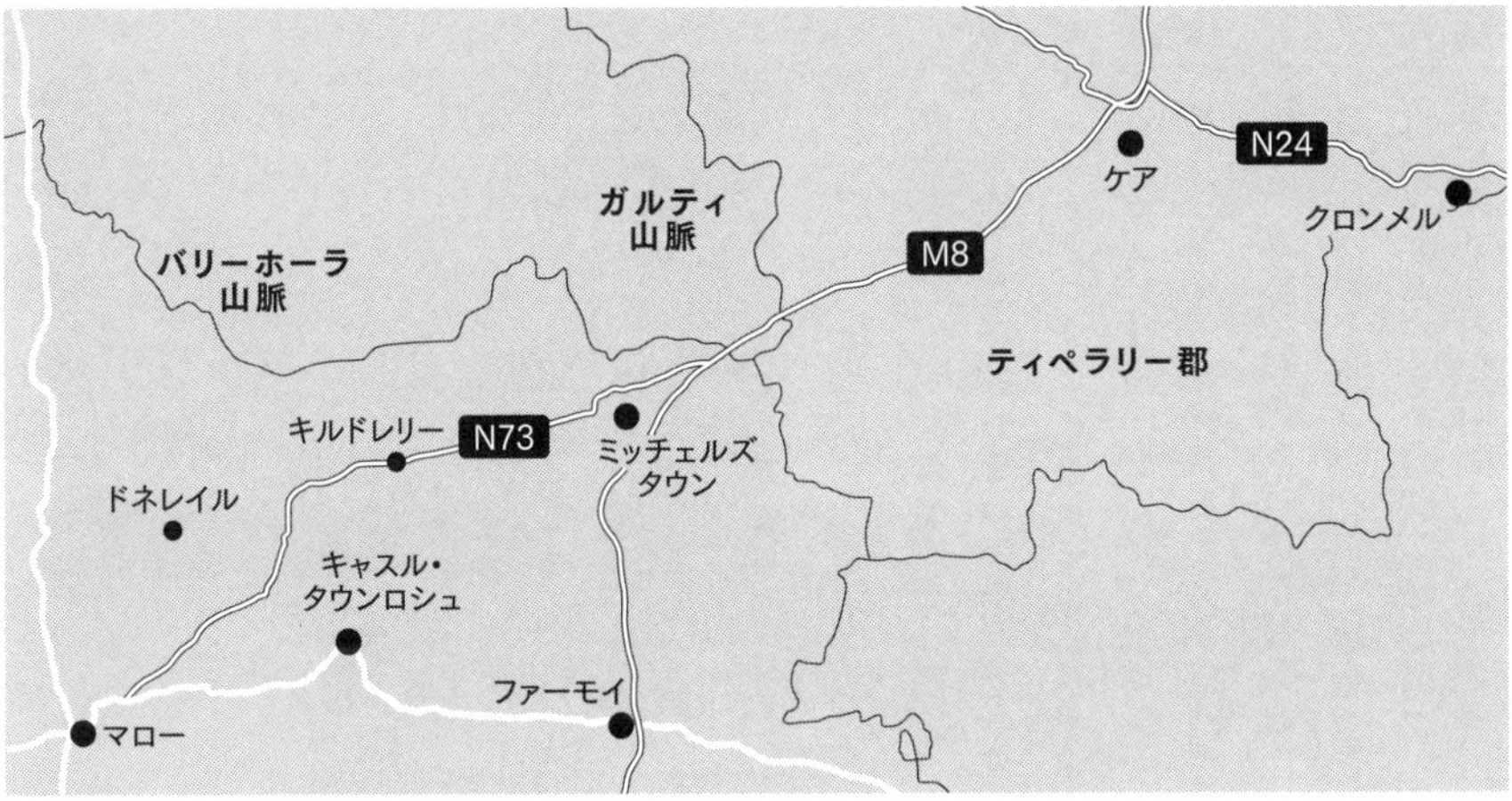

「ボウエンズ・コート」跡地周辺

クはスペンサーの祝婚歌に使われ、シェイクスピアのキャラクター、妖精パックの命名に影響したという説がある。

ブラックウォーター渓谷のロングヴィル・ハウスはクロムウェルから付与された土地にロングフィールド男爵が建てたジョージアン様式の大邸宅であるが、二十世紀半ばに元の所有者に返還され、宿泊施設と「プレジデントルーム」レストランが開業された。ドネレイル・コートと野生公園は、十八世紀の領主の館と広大な庭園で二十世紀半ばまでは一族が居住していた。現在は一般公開されている。ドネレイルのクレイ館を買ったブラック夫妻はボウエンと交際していて、彼女のボウエンズ・コートを失った哀惜を理解していた。クレイ館は『日ざかり』のマウント・モリスの正面の描写に使われた。

ドネレイルとキャッスルタウンロッシュの中間にアンズ・グローブ庭園がある。グローブ・アネズリー中尉は十八世紀初頭にグローブ家から土地を相続し、ウォールガーデンを設計した。第五代アネズリー伯爵はプラントハンターが集めた種子からエキゾチックな植物を育て、名高い庭園を造った。アネズリー夫妻は惜しまれつつ二〇〇九年に引退し、ケントに移住した。庭園の管理は公共事業局に委ねられた。妻のジェインはボウエンの追悼礼拝のガーデンパーティの主宰もしていた。

ミッチェルズタウンはガルディ山脈の南の谷間に位置するファラヒーから最も近い市場町である。ボウエンは後年ボウエンズ・コートに滞在中は、メイドに二日おきに百本ずつ煙草を買いに行かせた。メアリ・ウルストンクラフトは一七八〇年代ミッチェルズタウン城で家庭教師をしていた。城は一九二二年の内戦中に焼失した。『最後の九月』のダニエルズタウンはこの地名が改変されたのは明らかである。ダニエルズタウンは架空の地名で、しばしばボウエンズ・コートに同一視されているが、ボウエンズ・コートよりもむしろコーカー・ハウスに立地も規模も近似性が強い。ダブリンから近いし、派手なテニスパーティの描写も然り、散歩中にロイスとマーダが脱走兵に遭遇する製粉場の廃墟はカマック川のほとりで昔、製粉業が盛んだった事実を裏づける。

　キングストン伯爵夫人はシリル・コノリーの大叔母である。サラ・フランシス叔母は兄のヘンリーが不在中はボウエンズ・コートを守っていたが、キングストン伯爵夫人を慕って、ミッチェルズタウンに来た。ボウエンは一九一四年八月ミッチェルズタウン城で催される最後のガーデンパーティに出た。その直前、父とサラ叔母の家でランチを食べた時、イギリスがドイツに宣戦布告した記事を父が新聞で読んだ。サラは裁縫や編み物を特技としていて、第一次大戦中、赤十字に製作品を贈っていたらしい。短編小説「奉仕会」では新婚のミセス・フィスクが主人公だが、サラ叔母は独身でメイドと二人暮らしだった。「夏の夜」のフラン叔母はこの人を思わせる。一九三六年に七十二歳で亡くなり、セント・コルマンズ教会墓地に葬られた。

　ウィリアム・トレヴァーは三度ホイットブレッドを受賞

キングストン伯爵の居城、ミッチェルズタウン城 (1823)

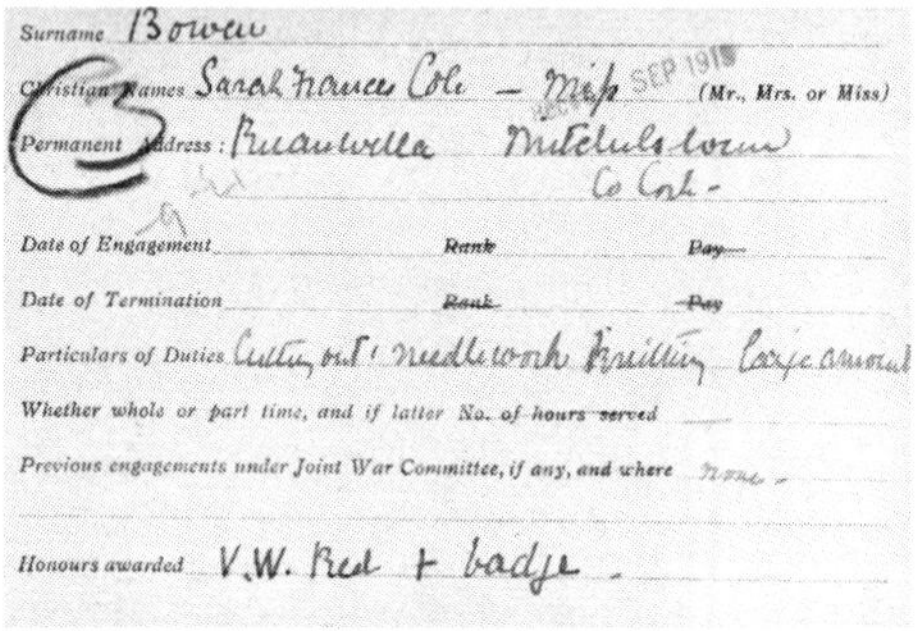
Surname Bowen
Christian Names Sarah Frances Cole – Miss (Mr., Mrs. or Miss)
Permanent Address: Mitchelstown Co Cork
Date of Engagement Rank Pay
Date of Termination Rank Pay
Particulars of Duties Cutting out & needlework knitting large amount
Whether whole or part time, and if latter No. of hours served
Previous engagements under Joint War Committee, if any, and where none
Honours awarded V.W. Red + badge

サラ・フランシス・コール・ボウエンの英国赤十字、第一次大戦の篤志登録

している作家で『フールス・オブ・フォーチュン』は映画化もされたが、この地で生まれ、父親はアイルランドの地元の銀行員だった。彼は「ボウエンズ・コートのテニスパーティのボール拾いの少年になっていたかもしれない」と、ボウエンとは同郷であることを言及するが、大学教育まではアイルランドにいたものの後年イギリスに移住した。トレヴァーとボウエンを記念してミッチェルズタウンでは文学フェステヴァルが催される。鉄道駅は一八九一年に開業したが、戦後に貨物線となり、一九五三年廃線となった。現在はバス・エーランのダブリン―コーク線の停車場のみがある。

3 ケント

田中慶子

ボウエンが少女時代を過ごしたケントはイギリスの南東部に位置している。ケントはユネスコ世界遺産のカンタベリー寺院を擁し、トーマス・ベケットの殉教の地として、中世の巡礼の目的地となった。チョーサーの『カンタベリー物語』は巡礼の旅を枠組みとしている。巡礼街道となったケント旧道はケルト人の時代にまでさかのぼるイギリス最古の街道のひとつであるが、ロンドンとケントの海岸線を結ぶ主要道路である。ボウエンが愛読した『ディヴィッド・コパーフィールド』の主人公がロンドンから逃亡して、カンタベリーの叔母を頼って歩きとおしたとされている。ボウエンの父が一九〇七年に精神の病に伏したとき、母は娘を連れて、ケント州に移り、ハイズ、フォークストン、ライミングと親戚の家を転々とした。フォークストンのランドー・パークのいとこイザベル・チェネヴィックス・トレンチとサンドゲイトに住むいとこのライラ・チチェスターがよりどころであった。ライラのヴィクトリアン・イタリア調の家は短編「遺贈された時計」の背景になっている。ボウエンの最初の学校はリンダムだったが、母子がシーブルックに住んでいるとき、ハイズのセント・マーティン教会のオールド・チェリトンで少人数教育を受けた。その後、ハイズとフォークストンの間にあるサンドゲイトのミス・クラークという若い家庭教師の個人授業を受けたこともあった。母フロレンスは一九一二年にこの地で亡くなった。ボウエンは最晩年に、ここに戻り、チャーチヒルに母の実家の城の名をとってつけたカーベリィという居を構えている。ボウエンの母方の叔父エドワード（エディ）・ポメロイ・コリーはカナダに渡り、クロンダイク金鉱であたってブリッティッシュ・コロンヴィアで成功をおさめたが、三十七歳でタイタニック号の事故に遭い、海の藻屑と消えた。ボウエンがハイズのセント・レナード教会とハーペンデンのセント・ジョン教会に彼を偲ぶ銅板プラークを残した。

「私を小説家にしたのは、おそらくイングランドだ」とボウエンは述べているが、彼女にとってのイングランドとはケントであり、その海岸線がアイルランドと対照をなす原風景であり、ケントの歴史と建造物も彼女を魅了しつくした。ケントはボウエンの作品の主要な舞台となっている。『心の死』、『パリの家』、『リトル・ガールズ』といった長編はもとより、ロンドンが中心の『日ざかり』でもルーイはケントのシール（ハイズ）の戦災孤児であり、最後に夫トム亡きあと私生児を連れて故郷に帰る。

ケントはボウエンが子ども時代に愛読した児童文学作家イーディス・ネズビットとも重なる。ネズビットはロムニーを第二の故郷として、晩年ニュー・ロムニーの海沿いの村セント・メリーズ・ベイに住んだ。セントメリー・インン・ザ・マーシュ教会に再婚の夫テリー・タッカーが造った墓がある。

ヘンリー・ジェイムズ（一八四三―一九一六）は、ライ（五港のひとつ）のラム・ハウス（現在はナショナルトラスト）に住んだ。数軒先にマーメイド・インというかつての密輸業者の宿屋と、ジェイクス・ハウスというアメリカ人作家コンラッド・エイキンが購入した家がある。エイキンはジェイムズの後を追うように、この地に来た。児童文学作家のジョーン・エイキンは彼の娘である。メイ・サートンがエイキンの部屋を借りたとき、ボウエンが招待に応じて彼女を訪ねてきた。

『パリの家』ではフォークストンは愛人たちの一時的な避難所とされていた。短編の「蔦がとらえた石段」は『リトル・ガールズ』と同じように戦前と戦後のフォークストンが描かれている。ボウエンが子どもの限られた知覚という手法でジェイムズの『メイジーの知ったこと』（一八九七）に影響を受けたと思われる。フォークストンはリゾートとして名をはせただけでなく、数多くの私立学校が開校された。戦前にセント・アガサ校の同級生だったダイナ、クレア、シーラが金庫にそれぞれ思い入れのある品物を入れ、学校の敷地に埋めた。ダイナの呼びかけで老年になって集まってそれを取り出そうとする。だが戦争の爆撃と歳月に

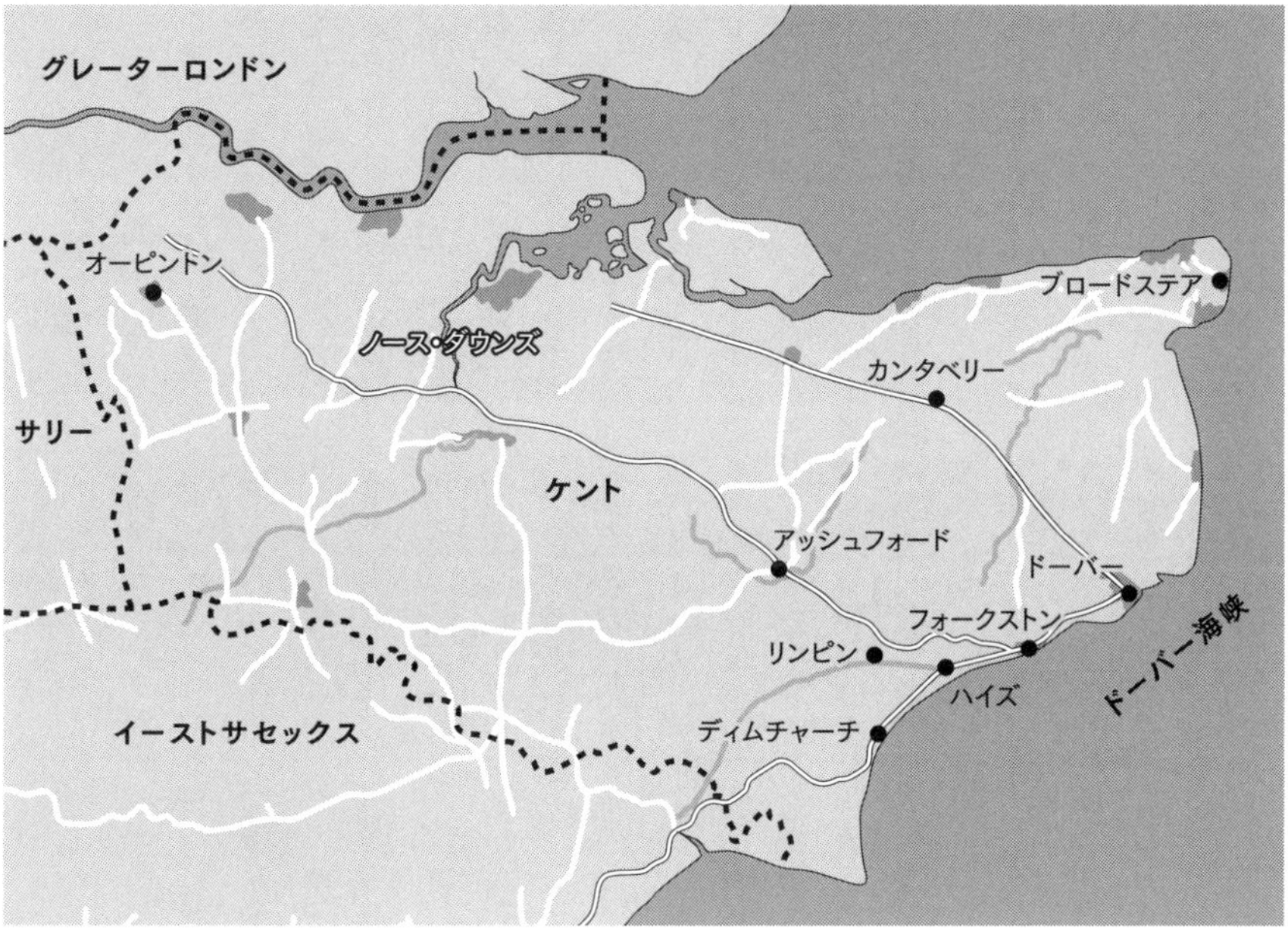

ボウエンが少女時代を過ごしたケント

よって形見の品は母校ごと破壊され、他人の所有となった敷地から掘り起こした金庫は空だった。

そもそも三人の少女が金庫を買おうとした店はオールド・ハイストリートの骨董店だった。だが予算の都合でダイナの家に死蔵されていた金庫を拝借することにした。「オールド・ハイストリートは急な坂道で恐ろしいくらいに玉砂利がデコボコした通りだが、サウストンのほとんどの交通網から見放されつつも、自転車という独自の交通手段があり、気ままに運行していた。低い切妻屋根の間にその騒音は響き渡った。坂を駆け下りる自転車が玉砂利で跳んだり弾んだりするので、自転車のベルは、鳴らすつもりはなくてもリンリン鳴った」。（『リトル・ガールズ』II－4）オールド・ハイストリートにある画商の店のショー・ウインドウにはオールド・ハイストリートを描いた水彩画と銅版画が展示してあるので、それを見ると視点が反転して画中の人物になった感覚を得ることができた。水彩画と銅版画は記念品として買われるものの、交通や異臭の難点があって、「ピクチャレスクな」その地区を観光客が再訪することはありそうもなかった。チャールズ・ディケンズ（一八一二－一八七〇）はブローニュ行きの定期船に乗るついでにフォークストンに立ち寄り、一八五三年パヴィリオンホテルに滞在した。一八五五年アルビオン・ヴィラを借りて『リトル・ドリット』の一部をここで書き、オールド・ハイストリートを闊歩した。

『リトル・ガールズ』のダイナとクレアが母校のあったフォークストンを再訪したとき、グランド・ホテルを待ち合わせ場所にした。「猫背の娘」という短編の、閑静な保養地の海に面した豪華なホテルという舞台はパレス・ホテルとされているが、「全面ガラス張りのラウンジ」のあるグランド・ホテルだと思われる。ザ・リーズのウェスト・エンドに一八九七年に開館したメトロポール・ホテルと一九〇三年その隣に建設されたグランド・ホテルは高級リゾートのフォークストンでも最も客層が上等の大型ホテルの双璧である。メトロポール・ホテルのダンスホールの会場でエドワード七世がアレクサンドラ王妃とダンスをした。このダンスホールはシーラがチャリティ・コンサートに出演することになっていた。シーラは将来有望なバレリーナだった。ボウエン自身もダブリン時代からバレエを習っていた。

『心の死』でポーシャはクウェイン夫妻の休暇の間、アナの元家庭教師、ヘカム夫人の家ワイキキ荘に預けられる。ヘカム夫人の義理の娘はハイストリートの図書館に、息子はサウストンの銀行にそれぞれ勤務している。ヘカム夫人がシールに来たポーシャに「スケートはするの」と聞くが、スケートリンクもシーラたち女学生の遊び場だった。一九〇八年にローラースケートのブームが再来し、これに乗じて、ロバート・フォーサイスが野外と屋内のスケートリンクを設置した。フォークストンは流行の最先端の娯楽を金持ちに提供する歓楽郷であった。ポーシャはロンドンからエディが遊びに来ると、ヘカム兄妹とその友人と連れ立って映画やパヴィリオンのコンサートに出かける。

ハイズはボウエンの小説ではシール（Seale）またはシール・オン・ザ・シー（Seale-on-the-sea）とされている。『日ざかり』のルーイ・ルイスはアッシュフォードで生まれて、両親の引退後にそれまで楽しい休日を過ごしたシールに一家で引っ越し、ドイツ軍の爆撃に遭って孤児になってしまった。

ハイズ－フォークストン間はバスが出ている。『パリの家』で、カレンとマックスが週末の逢瀬をもったのが、雨の降りしきるハイズである。二人は土曜日にフォークストンの桟橋で落ち合い、タクシーでハイズに向かいハイストリートの小さなインに投宿する。彼らは夜に外出して、運河に向かいレディース・ウォークを歩いた。「草原に乾いた潮風が吹き、真っ直ぐ伸びた暗いレディース・ウォークに沿った並木の大枝にはランプが下げられ、町から海まで続いていた。暑い日にはこの涼しい道を通って海水浴に行く」（『パリの家』II－9）。そこは一八一〇年にジョージ三世の即位五十年を祝して敷かれた並木道で別名、「恋人たちの散歩道」とも呼ばれる。グレンディニングによれば、カレンとマックスが泊まったのはハイストリートの古いインのひとつスワン・ホテルだが、ボウエンがカーベリィに転居してから、来客のもてなしはホワイト・ハートがよく使われていた。

ハイズはいわゆる「五港」のひとつで、かつて海賊取り締まりの司法権、貿易上の特権の対価として、戦時には船員と船舶をイングランド王に提供する義務を負った。またナポレオン軍侵入の防御のためマーテルロー塔が建設された。マーテルローはコルシカ島のモルテラポイントの塔にちなんで名づけられた。ナポレオン戦争後も密輸摘発に使用され、二度の大戦中に信号局と沿岸防衛として機能した。その風景は古くから常に立地的にキナ臭かった。

ハイズはロムニー・ハイズ・ディムチャーチ鉄道(ミニトレイン)の終点である。ボウエンは長じて自分がH・G・ウェルズとその主人公キップスと同郷であることに気づき感慨に浸った。(「一冊の本から」)一八九八年ウェルズは保養のためサンドゲイトにやってきて、一九〇〇年スペード館に入居した。彼はロムニー・マーシュの作家仲間と交流し、アーノルド・ベネットと一緒に仕事をした。『アーサー・チップス』はロムニーで育ち、フォークストンの服地商のもとに奉公する下層階級の若者の苦闘の物語である。

ハイズの南西にディムチャーチがある。『リトル・ガールズ』では「お化けが出そうな」ウォンチャーチと名前を変えて、この有名な砂浜でセント・アガサ校の同級生の誕生日のピクニックが開催された。『パリの家』でマダム・フィッシャーの家に預けられたヘンリエッタはフォークストンのひと夏を回想する。彼女は海辺の家で夏を過ごしていたが、姉のキャロラインは年上の男性に失恋し、家族でディムチャーチに行くのも断って部屋にこもって号泣していた。

ロムニー・マーシュは古くから密輸がさかんで、フクロウ稼業と呼ばれていた。ロチェスター出身のラッセル・ソーンダイクはシェイクスピア俳優だったが、「ドクター・シン・ブックス」(一九一五―一九四四)で十八世紀のロムニーを舞台として、この密輸稼業を少年小説に描き、自ら舞台で主役を演じた。ドクター・シンは、昼間はディムチャーチの教区教会の牧師でありながら、夜は密輸団の恐ろしい首領というダーク・ヒーローで映画にもなった。当地では毎年八月恒例の「シンの日」に彼の離れ業が再現される。

ディケンズは一八三七年九月に初めて、この地に滞在して以来、気に入って毎年夏に訪れていた。一八五〇年から住んでいたフォートハウスは、『ブリークハウス』の着想を得た館として、その名で呼ばれ一般公開されている。ボウエンの最後のヒロイン、エヴァ・トラウトはブロードステア近郊に家を買って、ジャガーを手放すと自転車で周辺を乗り回している。イズーはフランス語のディケンズ再評価の研究書を翻訳中に「ブリークハウス」を訪れてエヴァと待ち合わせをした。『ディヴィッド・コパーフィールド』はここで完成した。それまではアルビオン・ホテルがディケンズの定宿だった。その横道をはいったところに博物館「ディケンズ・ハウス」があり、その館の持ち主があのベツィ・トロッドウッドのモデルだった。周辺には行きつけの居酒屋もあり、「イギリスの海辺の町」と題するエッセイにその魅力を謳ったディケンズだが、やがて行楽地の喧噪に飽きて、この地を離れることになった。

4 ロンドン

田中慶子

一九三〇年代からボウエンはイギリスを舞台にした長編小説を発表し、最初の二作はいずれもロンドンが舞台となっている。『北へ』では家政婦のパトリック夫人がポーリーンに勧める十一番バスのシェパーズ・ブッシュからリバプールストリートに至るルートに、ロンドンの雰囲気が活写されている。

一九三五年ボウエンは夫アラン・キャメロンのBBC赴任に伴ってロンドンに引っ越し、リージェンツ・パークを臨むクラレンス・テラスの南西の角に入居した。同じ園内のチェスターゲイト側にアンソニー・パウエル夫妻がいた。シリル・コノリーがすぐ近くのサセックス・プレイスに引っ越してきたとき、二人は創作のうえで折半しリージェンツ・パークのローズガーデン、ベッドフォードカレッジ脇の湖にかかる橋までをボウエンの領分とした。

ボウエンの長編小説も短編も、ボウエンの生活圏であった戦間期と大戦中のロンドンの上層中流《アッパーミドル》階級が住む場所が主な舞台であるが、大戦が生活の階級格差を曖昧にしつつあった。彼女の行動範囲や見聞を反映して視点は下層階級の人々へ拡がっていく。以下、ボウエンが繰り返し作品舞台として使っているロンドンの場所を見ていくことにする。

名門リーズデイル家の令嬢ジェシカ・ミトフォードによれば、戦間期のウェスト・エンドは住宅地区が階層によって明確に区分され、思いがけない出会いなど一切なかったという。芸術家、文学者、ボヘミアンはチェルシーやブルームズベリーに引き寄せられ、ハムステッド、ハマースミス、セントジョンズウッドは中流階級の住宅地であった。箱入り娘のエリザベスは通学や友人との交際を通して徐々に行動圏を広げていった。彼女は女学校を卒業してからロンドンの美術学校（London County Council School of Art）に一年足らず在籍していた。ここはウィリアム・モリスとジョン・ラスキンのアーツアンドクラフト運動の流れから生まれた由緒ある学校で、のちに挿絵画家となる従妹のセリア・ファインズが学び、ルシアン・フロイドやインテリア・デザイナーのテレンス・コンランが在籍した。地下鉄のホルボーン駅近くのブルームズベリー・スクェア付近にあるこの場所は、初期の短編の冒頭に描かれている。「消防署のそばの曲がり角の、サザンプトン・ロウがセオボルトロードに合流する地点で、小柄な男が昼食時間を終えて事務所に戻るべく急いでいて、大型トラックに轢かれた」。（「人の悪事」）

『北へ』のキャリアウーマン、エメラインが営む小さな旅行代理店もこの付近のウォバン・プレイスにあった。一九三八年頃、スティーヴン・スペンダーは現在はトマス・コーラム博物館になっている捨て子施設のそばにあるセント・ジョージ公園に通っては、退役軍人の姿を見て心が癒されていた。

ボウエンは、最初はウェストケンジントンのリリー・ロードに住み、次にウェストミンスター、クイーンアンズ・ゲイト三十二番の

クラレンスステラス。キャメロン夫妻が住んでいた南翼

ボウエンが在籍した美術学校。現在はロンドン芸術大学に統合された

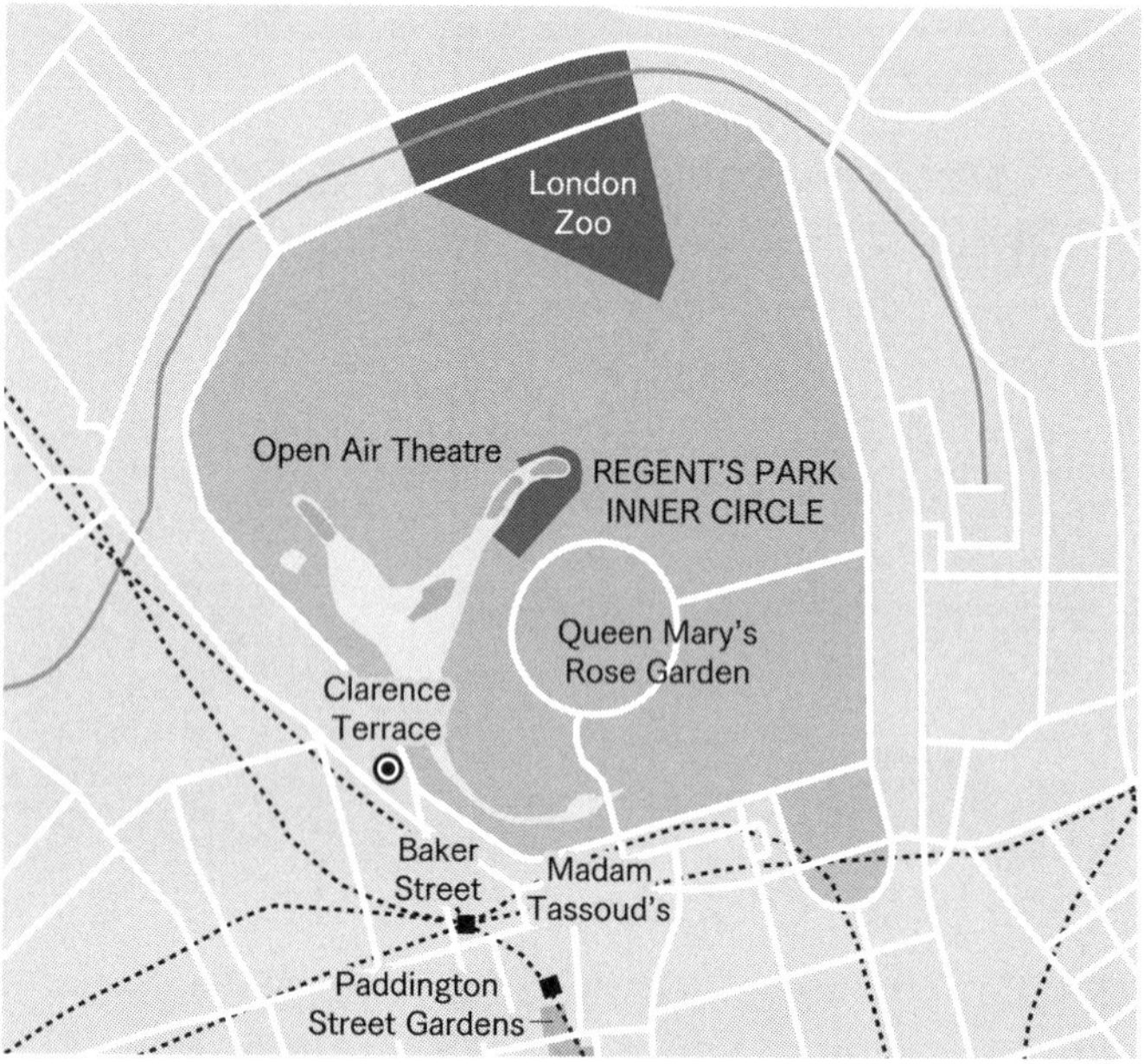

ボウエンの主要な作品舞台となったリージェンツ・パーク

イーディス大叔母のもとに身を寄せた。アレンデイル男爵の後妻となった彼女がレディ・ウォーターズのモデルであるらしい。「人の悪事」の人妻イヴリンのように、ボウエンはしばしば詩の朗読会に出かけた。彼女はボズウェル・ストリートに一九一三年から一九二八年まで存在したポエトリー・ブックショップでエズラ・パウンドの朗読を聞いた。イヴリンが崇拝者から受けとる手紙に「ひどい名前のついたあの町を歩くあなた」とあるのはコンプトン・マッケンジーの小説『シニスター・ストリート』をさす。やがて恩師のミス・ウィリスを介してローズ・マコーレイを知り、出版活動への道が開けた。

一九三一年彼女はレディ・オットリン・モレルに紹介された。彼女の主宰するガウアー・ストリート十番の木曜日の茶会にも招き入れられ、そこでヴァージニア・ウルフとも出会い、交友が始まった。そのためボウエンもブルームズベリー・グループとみなす人もいる。

リージェンツ・パークのクラレンス・テラスはデシマス・バートンの設計した壮麗なテラスハウスである。ボウエンの貴族趣味を満たした申し分のない立地環境で、彼女は大戦をはさんで十七年間にわたって所有した。ボウエンはそこに入居する前から既に『パリの家』で「リージェンツ・パークをとりまくナッシュが設計したテラスハウス群のひとつ」をマイクリス家の住居としていた。その後、ウィンザーテラス二番として『心の死』の舞台となり、『日ざかり』ではステラが爆撃を受けるまで借りていた住居となった。短編小説「涙よ、むなしい涙よ」の舞台にもなっている。空軍の操縦士の夫に死なれたシングルマザーは、泣き虫の息子を扱いかねて公園に一時置き去りにしたが、なだめてくれたのは失業中の労働者階級の女だった。クラレンス・テラスは激しく損傷したので、現在ブループラークがある建物は復元である。

『心の死』の冒頭はアナ・クウェインと友人クウェンティン・ミラーが凍てつくリージェンツ・パークを歩いて、アナの家に戻る場面から始まる。兄夫婦に引き取られた孤児ポーシャは眼前のリージェンツ・パークは「最後のジェントルマンの庭園」で、このテラスハウスは、父が「国王から直々に拝借していて、バッキンガム宮殿にふさわしい外観」である、と兄トマスの選択をほめそやしていたのを覚えていた。ウィンザーテラスの窓からは、しばしばリージェンツ・パークの眺めが借景のように描写されている。

ポーシャはレスター・スクェアのエンパイア劇場へマルクス兄弟の映画を見に連れて行ってもらったときは幼すぎて楽しめなかったが、エディというボーイフレンドができて、近隣のマダム・タッソー、ロンドン動物園などは彼らのプレイグラウンドになる。詩人のエドワード・リアはロンドン動物園から詩とイラストの素材を得た。ポーシャが最後にすがるエリック・ブラット少佐はホテルのマンサードに一人住まいをしていて、ベイカー・ストリートまで七十四番バスに乗って（ルートは現在も変わらない）戦友の恋人であったアナを定期的に訪問していた。ホテルは作中では「カラチホテル」と植民地的に名を変えているが、実際は五つ星ホテルと

ケンジントン・コート1番地。マイルストーンホテル

パディントンストリート・ガーデンズ、フィッツパトリック家の霊廟

して現存するマイルストン・ホテルである。ケンジントン・ガーデンの縁にあり、リーデスデイル男爵、ミトフォード家の屋敷が改造された。「こうした屋敷がホテルになってもほとんど何も与えないのは、ほとんど何も失っていないからだ」（『心の死』III－五）ポーシャがミス・ポーリーの私塾に通うとき、学友のリリアンと待ち合わせをし、近道をするのは、パディントンストリート・ガーデンズである。十九世紀末に墓地の一部が公園に転用されたが、アイルランド貴族のゴーラン男爵の息子、リチャード・フィッツパトリックのみたまやは残され、イングリッシュ・ヘリテージになっている。

「幻のコー」で兵士とペピータをひきつけた夜の公園は月光に照らされていて、二人はライダー・ハガードの幻想世界を共有する。ペピータはルームメイトの待つ下宿屋に彼を連れ込む。下宿屋のあるリージェンツ・パーク・ロードの路地裏はロンドン動物園側のカムデン地区、こちらはうってかわって「カムデン・グループ」の画家ウォルター・シッカートが好んで描いた下町である。北東のプリムローズ・ヒルのフィッツロイ・ロード二十三番はW・B・イェイツの子ども時代の住居で、イェイツに焦がれたシルヴィア・プラスの最後の家となった。（シルヴィアは学生時代、『マドモアゼル』誌の客員編集者で、ボウエンにインタビューしたことがあった）。

『北へ』の義理の姉妹であるエメリンとセシリアはセントジョンズウッドのアビーロード横丁にある「メデューサ・テラス」の家に同居している。セントジョンズウッドは瀟洒な住宅街で貴族、政治家やロイヤルアカデミーの画家が愛人を囲った高級住宅や売春宿があった。ボヘミアン芸術家たちを引きつけ、美術学校やスタジオがその名残をとどめている。ローズ（Lord's）というメリルボーン・クリケットクラブの本部がある。「十六番」という短編小説の舞台は『北へ』と同じだが、時代はもう空爆が開始され、落ち目の詩人、マクシミリアン・ビュードン以外の住民は逃げ出している。ジェインはかねてから詩人の崇拝者で、詩人からランチの招待が来ると、彼女は流感を押して、ロンドンにも文壇にも不案内なのに情熱のままにバスを乗り継ぎ、歩き続け、ようやくたどり着いたのは片割れが破壊された二世帯住宅（デュプレックス）だった。実際、ボウエンの知るスティーヴン・スペンダーやアイルランド出身のルイス・マクニースも当地に在住していた。だがケリ・ウォルシュによるとマクシミリアン・ビュードンとはアンドレ・ブルトンをはじめとする有名なシュールリアリズム作家たちの混成である。

ビートルズのアルバムで有名になったアビーロードの西

側にあるメイダ・ヴェールはボウエンの親友のウィリアム・プルーマーとスティーヴン・スペンダーが一九三〇年代に下宿していた。「マチルダばあや」（映画「ナニー・マクフィー」シリーズの原作）の作者メアリ・クリスチアナ・ルイスが住んでいて、その挿絵を描いた従弟のエドワード・アーティゾーニがアトリエにしていた「メイダ・ハウス」がある。エドワード・アーティゾーニは名前がイタリア風だが、スコットランド人の母を持ち、イギリス国籍をとった。彼はボウエンと同時代にイギリスの美術界で活躍した。レ・ファニュの『鏡の中におぼろげに』やジョン・バカンのエブリマンズ・ライブラリー版の『十三階段』の挿絵、グレアム・グリーン編集の雑誌『夜と昼』の表紙も描いたが、一九四〇―四一年のロンドン大空襲では、戦争画家に任命され地下鉄のトンネルに避難する人々をスケッチしていた。

『友達と親戚』ではレディ・エルフリーダはトレヴァー・ストリートに住んでいるので、ナイツブリッジのハロッズは行きつけである。『リトル・ガールズ』ではダイナの呼びかけを受けた二人がナイツブリッジのデパートの最上階の喫茶室で打ち合わせをする。（「ハロッズではない」と言っているので、ハーベイ・ニコルズあるいはピーター・ジョンズだったらしい）二人連れの上流階級の女性が訪れる「アン・リーの店」はこの界隈の帽子専門店である。アン・リーは高級帽子の創作と販売だけで生計を立てているわけではないようである。『北へ』のセシリアとエメラインを惑わすマーキィ・リンクウォーターはローワー・スローン・ストリートに住んでいた。そこもチェルシー地区で今でも高級ブティックやヘア・サロンが多く、かつてダイアナ元妃がファッション誌で「スローン・レンジャー」の異名をとった。スローン・スクェアから中心を走るのがキングス・ロードであり、チャールズ二世のキューガーデンへの私道であったことに由来している。ミニスカートの女王、マリー・クアントもここに一号店を出した。

ウェスト・エンドの中心にあるサウス・イースタン鉄道（SER）のターミナルであるチャリングクロス駅は第一次世界大戦前まで大陸への玄関口となっていた。ロンドンからドーヴァーまで開通したSERは、ひなびた漁村でしかなかったフォークストンを大陸横断フェリーの発着地として開港し、高級保養地として開発した。フォークストンはサウストンとしてボウエンの小説にしばしば出てくるが、『心の死』では、マチェットがミス・ヘカムの元へ預けられることになったポーシャを、チャリングクロス駅まで送り届ける。『愛の世界』（一九五五）で出征するガイ・ダンビーを従妹のアントニアと許嫁のリリアがチャリングクロス駅に見送りに行くシーンがあるが、ガイが期待していたのはどちらでもない、第三の人であった。

『北へ』のポーリーンはジュリアンの家政婦ミス・パトリックからロンドンのバスの女の子の一人乗りについて看護婦とチャリングクロス・ロードには気をつけるように警告された。この時代、夜は売春をしている看護婦はめずらしくなかった。チャリングクロス・ロードは北端に「フォイルズ」というスケールの大きさで有名な書店があり、詩の朗読の夕べのような文化的イベントも行われていた。ミュージックホール、劇場もあり本屋街としても知られている。だが鉄道駅と地下鉄の接続ができてから、街娼やポン引きの稼ぎ場となった。南端はトラファルガー・スクェアがあり、ジョージ・オーウェルの『牧師の娘』(一九三五)でホームレスたちが、そこで夜を明かし、彼らを相手に早朝一番に開店する安カフェがチャリングクロス・ロードにあった。

『心の死』のアナの実家はテムズ右岸のサリー州リッチモンドの「高台にある川の流れの眺めが素晴らしい屋敷」だった。だが家庭教師のミセス・ヘカムの義理の娘ダフネは出身地ゆえにアナを見くだしていた。『最後の九月』は自伝的事実が織り込まれていて、レディ・ネイラーがロイスの婚約者ジェラルドのおさとがサリーだなんて、とけなす。ボウエンが短期間婚約していたというイギリスの士官の出身地だったらしい。

テムズ川の左岸のミドルセックス州ステインズはグレーター・ロンドンの一部に含まれるが、現在はサリー州に編入されている。リッチモンドの西へ一〇マイル、ヒースロー空港の南西に位置する。古い街道の宿場町で、その起源は古代ローマにさかのぼり、地名はもともと境界をしるして置かれたストーンに由来する。テムズ川にかかる最古の橋があり通商の要衝であった。ヘンリー八世のウィンザー城への通路で、アン・ブーリンとの密会の場であったともいわれている。『愛の世界』のリリアは、ステインズでガイと婚約したが「あそこはロンドンじゃないわ」と言う。ハイストリートは中世から活気ある市場町であり、ジェローム・K・ジェロームの『ボートの三人男』にジョン王のエピソードが出てくる。

十九世紀末から二十世紀初頭にかけて、ロンドンの人口は爆発的に膨張し、低所得者向けに不健康な湿地も住宅地として造成されることになる。現在はキング・ジョージ貯水池も開発され、治水整備されたが、かつてはステインズ農村部も住宅難でテムズ河畔から安仕立てのバンガローがひしめいていた。中編「勘当された者」の不審人物プロセロの愛人が借りたバンガローはテムズ川沿いにあった。短編「父がうたった歌」(一九四四)に登場する酌婦もそんな

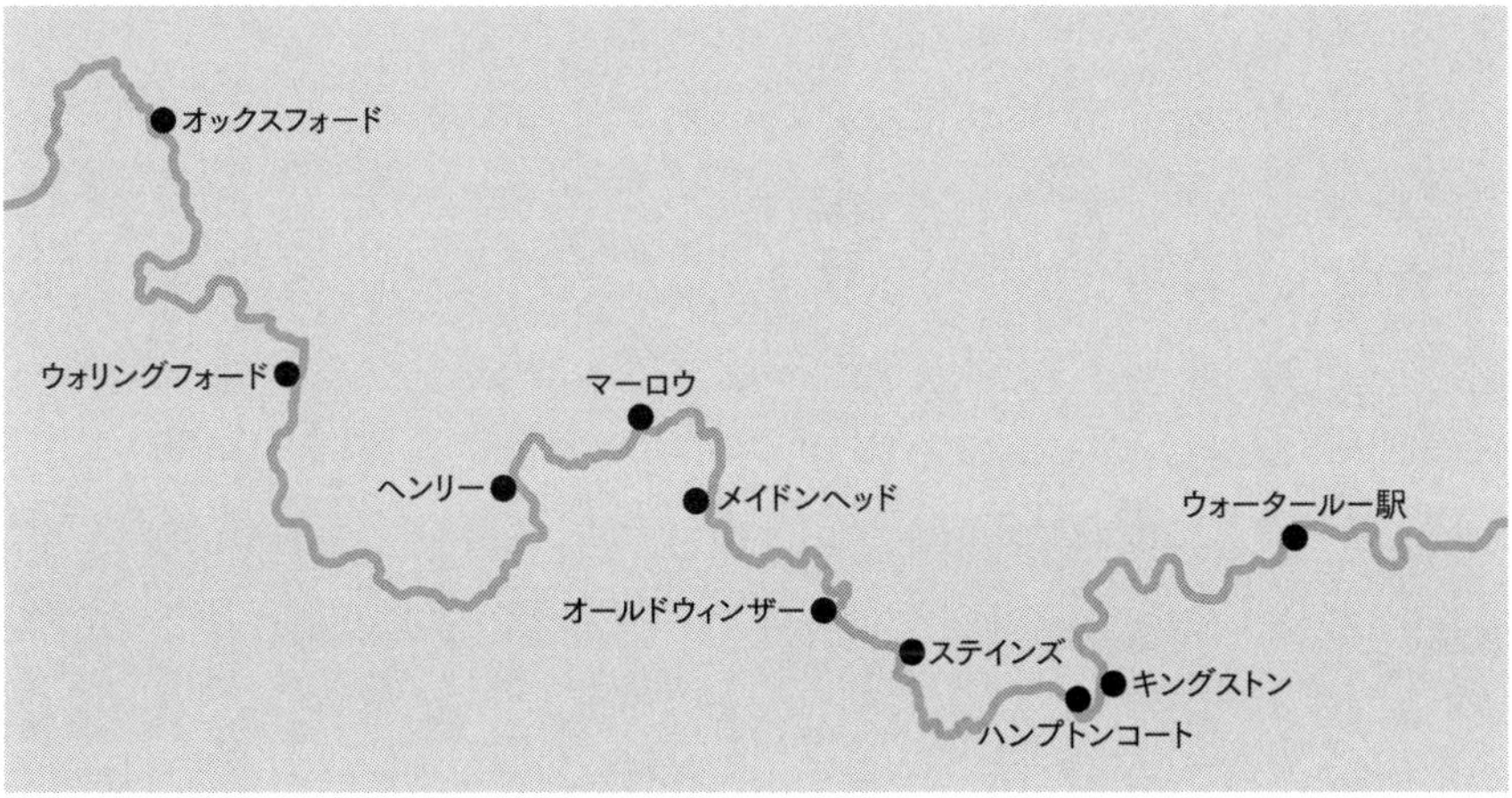

テムズ川流域（オックスフォード－ロンドン）古い町がある

環境で育つ。復員軍人だった父は母が世話した真空掃除機の訪問販売の仕事をしていて、娘の誕生祝の最中に妻の叱責に耐えかねて娘をドライブに連れ出す。彼は丘の上からバークシャー丘陵の景観を臨み「イングランド」と言って娘に見せる。妻に尻を敷かれアメリカ化した生活にイングランド軍人の誇りを奪われ、父親はその日を最後に妻子を残して蒸発してしまう。〈父がうたった歌〉は戦時休暇に生まれたロマンスの残響である。だがナイトパブで彼女の身の上話を聞いた男は、彼女の関心を帰らぬ父親からそらしたいと思う。ボウエンのロンドンに生きる下層の女性へのまなざしは暖かい。

最後にグレーター・ロンドンはエセックス寄りのエピングフォレストを訪れたい。『心の死』のポーシャの日記にはエピングフォレストを訪れたことが短く記されている。エピングは古代の森林で十二世紀から狩猟地として王室の所有となったが、ヴィクトリア時代からは国民の森として一般開放された。樹木のほか野生動物、羊歯植物や苔類の下生えのような生態系は生物学的価値があった。食事をした近隣の「ロビンフッド」というパブは由緒ある宿場である。またボウエンは短編小説「森の中の散策」でもエピングを舞台にしている。

秋の最後の晴れた日曜日になりそうとあって、ロンドンっ子と、ロンドンのこちら側の郊外一帯から人々が繰り出して、何百人となく森に入り込み、「国民の財産」として森は一般公開されていた――舗装された道路が縦横に走り、その上に黄色い落ち葉がはりついていた。ここに来た人々は多くは暮らし向きのいい人たちだった、というのもここまで容易に来るには車が必要だったからだ。だから何台ものサルーン・カーが道路をそれて、ブナの木と木の間の広い空間に進み、ぎっしり駐車しており、四角く太ったピカピカのブリキの豚が羊歯の湿原にいるみたいだった。（「森の中の散策」一九四一）

愛し合う場所を求めてやってきた厚化粧の女と年下の男のアベックと、彼らに目をつけた二人組の女学生たちはグリーンラインのバスに乗ってきた。一九一四年の「ロビンフッド」のポストカードを見ると、自転車乗りが少なからずいたことがわかる。当地は作中にでてくるように写真撮影のロケーションにもよく使われている。

5 イタリア

窪田憲子

かなりの旅行好きであったボウエンが、とりわけ好んで旅した国は、イタリアとフランス、アメリカである。なかでもイタリアは、彼女の生涯でもっとも長きにわたって訪れた国であった。ボウエンは二十歳そこそこの一九二一年に、おばと共に、地中海のイタリアのリヴィエラ海岸の保養地ボルディゲーラに滞在している。長編第一作『ホテル』の構想を得たのもこの地であり、また、ボウエンのイタリア探訪の発端ともなった経験であった。批評家グレンディニングによれば、ボウエンは第二次世界大戦前から、ほぼ毎年春になるとイタリアを訪れていたという。戦争によりそれが中断したが、一九五三年には十七年ぶりのローマ再訪を果たす。

それ以来、再びイタリアに行く年が続く。訪れる都市としてはローマがもっとも多いが、ローマ以外では、遠くはナポリまで足を延ばしているし、フィレンツェやヴェニスも何回か訪れている。さらに、古きよきイタリアの雰囲気をのこしているペルージアやルッカなどの小さな町や村も訪れている。また、個人の旅だけでなく、ブリティッシュ・カウンシルの依頼で講演を行ったり、またアメリカン・アカデミーからローマ在住作家として招聘されたり、と仕事で訪れることもあった。滞在期間も長期にわたることもあり、『ローマでのひととき』においては、三ヶ月分の荷物を抱えてホテルの部屋にいる、という一節もある。

『ホテル』の着想となったボルディゲーラのホテル

イタリアへの交通手段としては、戦後は飛行機を使うことが多かったが、飛行機だけでなく、汽車で行くこともあった。『エヴァ・トラウト』では、飛行機が物語展開において重要な移動手段として出てくるので、ボウエンは飛行機好きでは、という漠然とした印象を読者はもつが、ボウエンは実際には飛行機で嫌な経験もしているようである。アメリカから戻るときの飛行機について、「機内ではエアコンを使わないのか、鍛冶場のように暑く、高度を増すにつれ暑さもましていきました。……略……乗客のほとんどがイギリス人で、皆さんよい階層の方々なのに、臭い匂いを発していました。私の隣席の赤毛の御仁はアナグマのように臭く、私は睡眠薬を飲んだのに、よく寝られませんでした」と一九五九年八月の手紙で辛辣な感想を述べている。そのためだろうか、その年の秋にイタリアに行くときには、恋人リッチーに宛てた手紙で、「最近飛行機に乗りすぎて、もう飽きてしまいました。とくにアルプス上空を通過するときの飛行機の揺れは、もっとも嫌いなもののひとつです。だから今回は鉄道で行きます」という旨のことを述べている。鉄道、飛行機以外の手段としては、友人夫婦の車に同乗し、イタリアからイギリスまでドライブ旅行を楽しんだこともあった。さらには、一九六一年には地中海クルーズで、ヴェニスを海から訪れている。このように、さまざまな形でイタリアを訪れていたボウエンであったが、イタリアの中では、どの町が気に入ったのだろうか。ここで、ボウエン自身が記しているイタリアの町に対する印象をいくつか見ていきたい。

イタリアの都市の中で、ヴェニスは何回か訪れている町であるが、あまりボウエンの肌にあわなかったようである。ヴェニスはどうも好きになれない、とボウエンは述べる。すでにプルースト、ヘンリー・ジェイムズなどの作家や、十八世紀の風景画家のグアルディ、カナレットなど、多くの人々がヴェニスを描いているので、ヴェニスでは自分自身の「新鮮な感覚」から町を見ることが難しく、先達のヴェニスに対する感覚を意識せざるを得ないことが、純粋にこの町を楽しむことを難しくしているとボウエンは考える。ただ、サンマルコ広場は、無条件に楽しかったようで、まるで大きな客間にいるように、多くの時間そこで過ごした、とボウエンは述べている。(ボウエンはここで具体的な店の名は挙げていないが、サンマルコ広場には、世界でもっとも古いカフェと呼ばれている有名なカフェがあるので、おそらくそのカフェのテラス席にいたのではないかと思われる。そのカフェはまさにボウエン好みの、お洒落で華やか、かつ格式がある店構えである)。

一九五九年にはルッカ、フィレンツェを旅したボウエンは、ルッカについて、「庭園や樹々の緑が豊かで、陽気で優雅で、スタンダールのような味わい」がある町だと述べている。まるでフランスの小さな町のような住みやすさがある、とも賛美している。一方でルネサンス文化が花開いたフィレンツェについては、ボウエンは酷評に近い感想を述べている。フィレンツェは最高のものを内包しているのに、町としては、「最悪」である、とボウエンは述べる。「活気がなく、弱弱しく、埃っぽく、退屈で、どうひいき目にみても許せない混沌と騒がしさがある。まるでマドリードのような混沌と騒音だ」という。ボウエンは、普段あまり物音には敏感でない私なのに、フィレンツェの騒音には耐えられない、とも述べるのである。

ナポリについては、ローマより魅力的、とも述べているが、ボウエンがもっとも愛したイタリアの町は何と言ってもローマであろう。一九五五年二月に訪れたときには、恋人のリッチーに宛てた手紙に、「そうなのです。私はローマが好きでしかたないのです。毎日が充実しすぎていて本当とは思えないくらいです。どこをみても物語にあふれています」と述べている。その後一〇年ほど経っての手紙においても、以下のように語っている。

そう、ローマはすばらしいところです。この町を離れなければならない時には、いつも心が張り裂けそうです

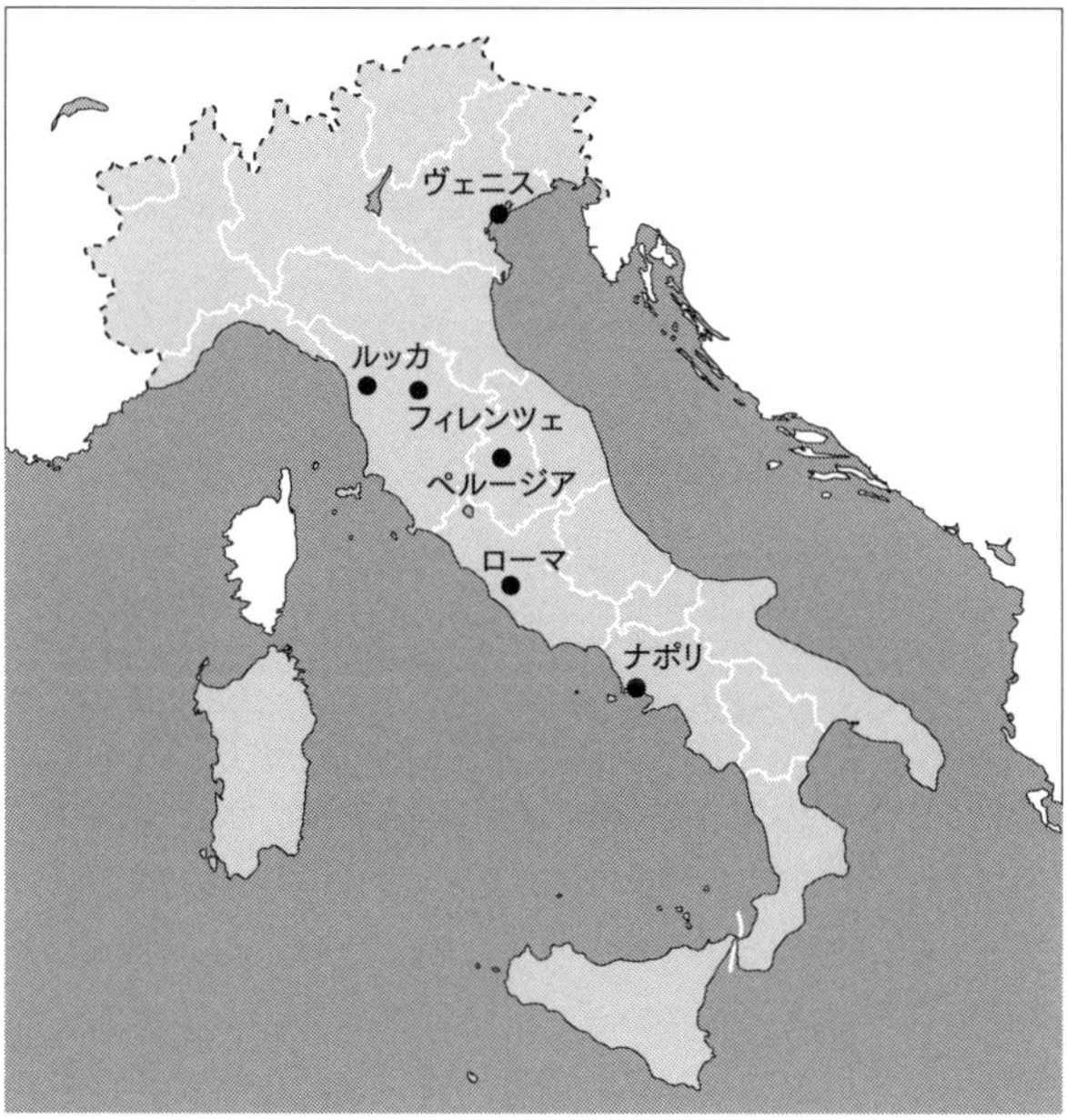

ボウエンが訪れたイタリア各地

……ローマは、そこにいるだけで心から幸せになることができる数少ない町といえます（ハイズもそうですが。そして、ずっとそうだとよいのですが……）。

幼い時母と過ごし、ボウエンにとっては思い出に満ち満ちた町ハイズと並んで、このようにローマを愛したボウエンが、その思いのたけを吐き出したのが、『ローマでのひととき』（一九五九年）である。この独特のトラヴェルライティングが執筆される契機は、夫の急死やボウエンの愛した自己の家の売却問題などであったが、根底にはローマに対するボウエンの強い愛着があってこそである。

『ローマでのひととき』は、ローマのガイドブック的な側面がないともいえない（ボウエン自身、六〇年代にローマを訪れたとき、この本を携え、ガイドブックとして利用したそうである）。しかし、一般にローマの観光名所として人気の高いスペイン広場やトレヴィの泉、ヴァチカン美術館やサン・ピエトロ大聖堂などにはボウエンは目もくれない。『ローマでのひととき』においてボウエンは、現在のローマを「下から支えてきた過去のローマ」に強い関心を抱く。古代ローマの生活はどうであったのか、それを今に伝えるものにボウエンは強く惹かれ、ローマの中でも、シーザーの神殿や、巫女たちの神殿の遺跡であるフォロ・ロマーノや、皇帝たちの宮殿跡であるパラティーノの丘に向かうのである。過去の栄華が滅び、形あるものが消滅したとき、後世にどう伝えらえているのか、ボウエンの問いに答えの一端を出してくれるのがローマという町であったと思われる。一九六九年にもイタリアを訪れたボウエンは、半世紀近い年月にわたって、イタリアを見続けた。そしてその背後にある、イタリアの長い歴史をも見据えてきたのである。

撮影者：オットリン・モレル　左から　ヴィヴィアン・ヘイウッド、ディヴィッド・セシル、エリザベス・ボウエン、T・S・エリオット　1931年12月

リッチモンド、テムズを臨むヴァージニア・ウルフ像（2022）

流が始まった。モダニズムへの関心はジャンルを超えてウルフの作品に重要な影響を与えた。彼女が夫に選んだのはセイロンの文官あがりのユダヤ人、レナード・ウルフだった。ウルフの処女作は異母兄弟の始めたダックワース社から出版されたが、その後はウルフ夫妻自らが経営するホガース・プレスから出された。ウルフは小説と文芸評論執筆の傍ら、フェミニズムを標榜し大学や女性権の民間団体で講演活動もした。

ボウエンとウルフはオットリン・モレルのサロンで出会った。ウルフはボウエンズ・コートに招かれて以後、戦間期のロンドンでお互いを訪問しあう間柄となった。二人はともに少女時代に母を亡くし、配偶者との関係もいわゆるマリアージュ・ブランクという境遇である。だが世代的に十年の差があって、家柄はロンドンの中流階級と、かたやアングロ・アイリッシュの上流階級では明らかな格差がある。ボウエンは長編小説の他、大衆向けの新聞雑誌の短編小説、スリラーやミステリー、評論まで手を広げたのに対し、ウルフは意識の流れやモンタージュ、詩劇など実験的手法を開拓し、文芸評論も手掛けたが純文学の域を出なかった。両者とも大胆にして繊細な感性を持ち、同時代のロンドンの空気も共有していた。ただウルフと決定的に違うのは、ボウエンには大戦を生き抜ける強靱でしなやかな精神力があったことである。ウルフが最晩年を過ごしたモンクスハウスは現在ナショナルトラストの管理下にあり、ウルフの墓はその敷地内にある。

（田中慶子）

イルランドのよりどころとなった。アーシュラは社交界の華で芸術家のパトロンをしていた。（田中慶子）

W

Veronica Wedgewood

《ウェッジウッド、ヴェロニカ》(1910–1997)

CBE, DBE

ボウエンがオックスフォードで出会い、後半生において最も親しい友人となった。ノーサンバーランド州ストックスフィールド生まれ。ラルフ・ウェッジウッド卿の娘で、陶芸家、園芸家のジョサイア・ウェッジウッド（初代ウェッジウッド男爵）の曾孫娘である。ドイツのボン大学とフランスのパリのソルボンヌ大学で学ぶ。オックスフォード大学レディ・マーガレット・ホールで奨学金を受け、現代史で学士号をとる。イギリス史とヨーロッパ史において17世紀を重視し、実証性と文学性で評価の高い歴史研究書に『オリヴァー・クロムウェル』伝、『イギリス・ピューリタン革命』、ヨーロッパの歴史では『ドイツ30年戦争』、『オラニエ公ウィリアム』などがある。国際ペンクラブロンドン支部、作家協会の会長、ロンドンの博物館や美術館の評議員など多くの社会団体の要職を歴任した。エリザベスII世の戴冠式ではBBCからボウエンと共にコメントを求められた。1969年には、メリット勲章のメンバーに任命された三人目の女性になった。生涯を共にした同性愛者のパートナーがいた。（田中慶子）

Eudora Welty

《ウェルティ、ユードラ》(1909–2001)

アメリカの女性作家。ミシシッピー州のジャクソンに生まれる。大学を卒業後一時は広告業に従事したが、作家に転身した。郷里のミシシッピー州を背景に、人間心理の微妙なアヤと平凡な現実の事件を陰影のあるこまやかな文体で描写する作品を次々に発表、アメリカ南部を代表する作家となった。短編集『緑のカーテン』(1941) のほか、長編小説に『泥棒花婿』(1942)、『黄金のりんご』(1949)、『重い心』(1953)、『イニスフォールン号の花嫁』(1955) などがある。『デルタの結婚式』(1946) についてのボウエンの好意的な書評に感激したウェルティはグッゲンハイム奨学金でヨーロッパ旅行中、ダブリンから面識のないボウエンに思い切って電報を打った。結果、ボウエンズ・コートへの招待が、二人の長きにわたる熱い友情の発端だった。大西洋を越えて、盛んに文通が交わされ、二人は高め合い、お互い創作を豊かなものにした。（田中慶子）

Virginia Woolf

《ウルフ、ヴァージニア》(1882–1941)

ウルフはヴィクトリア朝末期のロンドンで生まれた。両親はともに再婚で、異母きょうだいや異父きょうだいの多い複雑な家庭だった。父レズリー・スティーヴンはヴィクトリア朝文学界の著名な著述家であり、知的環境は上層であったが、経済的には余裕がなかった。兄弟はケンブリッジ大学に進学したが末娘の教育には出し惜しみされ、ウルフの受けた学校教育は古典語と歴史をロンドン大学で聴講したのみであった。

13歳の時に母が急死して激しいショックを受けて以来、ウルフは精神の病に生涯つきまとわれる。父の死後、画学生の姉ヴァネッサや兄のケンブリッジ大学の学友たちを中心としたブルームズベリー・グループと交

ペンダーはドイツとソ連の接近に幻滅して共産主義を離れ、1940年〜1941年シリル・コノリーと共同で文芸雑誌『ホライズン』を編集する。第二次大戦では徴兵検査で前線には送られず、国防の消防隊員になった。

1953年からは、文芸雑誌『エンカウンター』の編集に加わるが、1966年CIAの資金提供を知って辞任する。1970年からロンドン大学の教授になる。1957年国際ペンクラブ大会で来日した。視覚芸術と文学とのコラボレーションにも功績を残した。自伝『世界の中の世界』はアイザイア・バーリンに献呈されている。（田中慶子）

T

Tipperary County

《ティペラリィ》

シュール川の支流が縦断するのどかな平原が広がる「黄金の谷」がある。かつてバリマッキーにコール・ボウエン家が不在地主の土地と「カマイラ」邸もあったが、六代ヘンリーが売却してしまった。ボウエン家のメイド、サラ・バリーはこの地の出身であった。「遥かなティペラリィ」は第一次世界大戦中にイギリス軍人によって愛唱された。流行の発端はミュージックホールであるが、ブローニュでアイルランド人連隊（コノート・レンジャーズ）がこの曲を歌って行進し、その後、数々の映画でも第一次世界大戦を象徴する軍歌として使われた。『最後の九月』でフォガティ夫人のお茶の余興でも話題になる。1955年エディ・サックヴィル＝ウェストがボウエンズ・コートから8マイルのクロイーンに屋敷を購入した。（田中慶子）

William Trevor

《トレヴァー、ウィリアム》(1928–2016)

アイルランドのコーク州、ボウエン一族の屋敷ボウエンズ・コートからほど近い町ミッチェルズタウン出身の作家である。中産階級のプロテスタントの家庭に生まれた彼は、父の転勤でアイルランド国内を転々とし、二十代で英国に移住、生涯をその地で終えた。アイリッシュ・タイムズの記者に、土地への愛着を持つと同時に、どこにいても「ここに属していると感じたことはない」と疎外感を語る彼は、作品においても「ホーム」の感覚を持てないアウトサイダーをしばしば描いている。短編の名手として知られ、『ロマンスのダンスホール、その他』（*The Ballroom of Romance and Other Stories*, 1972）など20近い短編集を発表、さらに長編小説も数多く著した。その中には『運命の愚者たち』（*Fools of Fortune*, 1983）、『ルーシー・ゴールトの物語』（*The Story of Lucy Gault*, 2002）など、定評あるビッグハウス小説も含まれている。（松井かや）

V

Lady Ursula Vernon

《ヴァーノン、アーシュラ》(1902–1978)

イギリスの長者のひとりウェストミンスター公爵の娘で、ポロの選手と結婚するが、離婚し、スティーヴン・ヴァーノン少佐と再婚した。ヴァーノン少佐はリメリックのブルーリーで種馬飼育場を経営し、アーシュラの父が馬主だった。夫妻につきあってボウエンも競馬に行くようになった。夫妻はコークのキンセールにも「フェアリーフィールド」という海辺の別荘を持ち、ボウエンがボウエンズ・コートを手放してから、ヴァーノン夫妻がア

ウェストンホールのあるノーザンプトンに墓所がある。（田中慶子）

Somerville and Ross
《サマーヴィルとロス》(1858–1949)

イーディス・サマーヴィル（Edith Somerville）はコルフ島生まれのアイルランドの作家、芸術家。元軍人の父親は女性の独立心をうながすかたわら、彼女は女性も狩猟ができると示したり、学費を自ら工面しパリで絵画を学んだりした。生涯独身を貫いた。いとこのヴァイオレット・マーティン（Violet Martin, 1862–1915）とコンビで「サマーヴィル・アンド・ロス」での名義の共作で知られ、『アイルランドのいとこ』（*An Irish Cousin*, 1889）、地主階級と農民との対立を描き、ボウエンが高く評価した『ほんとうのシャーロット』（*The Real Charlotte*, 1894）、『アイルランド人R・Mの経験』（*Some Experiences of an Irish R.M.*, 1899）、『アイルランド人R・Mの更なる経験』（*Further Experiences of an Irish R.M.*, 1908）、『ノックス氏の国』（*In Mr Knox's Country, 1915*）を発表。ヴァイオレット死後も共同名義を捨てずに執筆を続けた。ボウエンが企画に大きく関与したジョナサン・スウィフト没後200年祭で、イーディスはコークで開催された祝宴の主賓だった。ボウエンはウルフが亡くなった今となっては、生きている作家で尊敬するのはサマーヴィルとコレットとイーディス・シットウェルだけ、とリッチーに打ち明けた。二人のパートナーシップについては、ロマンティックな友情なのかレズビアンか専門家の間で見解が分かれている。二人はコークのキャッスルタウンゼントにあるセント・バーヘイン教会墓地に葬られている。（小室龍之介・田中慶子）

Stephen Spender
《スペンダー、スティーヴン》(1909–1995)
CBE

イギリスの詩人、社会正義、階級闘争をテーマとした批評家。母はユダヤ系ドイツ人。オックスフォード、ユニヴァーシティ・カレッジに進学する。（中退したが、名誉フェローとなった）クリストファー・イシャウッドに招かれドイツに旅行し小説を書く。1930年代は小説よりも詩の時代で、在学中からW・H・オーデン、セシル・デイ・ルイス、ルイス・マクニースなどと「オーデン・グループ」として同志になった。後にイェイツやテッド・ヒューズ、アメリカの詩人たち、ブルームズベリー・グループとも交わった。1933年エリオットのフェイバー&フェイバー社の編集員になる。1936年にオックスフォードで共産党員になり、反ファシスト活動に参加する。（ユダヤ系が多かった）スペイン支援活動家のイネス・パーンと結婚する。ボウエンはイネスの小説のキャラクター創造について『タトラー』誌に好意的な書評を寄せている。翌年スペイン内戦の特派員となり、ヴァレンシアでヘミングウェイと会う。国際作家会議に出席し、帰国後、離婚して、ユダヤ人ナターシャと再婚する。彼女はピアニストで著述もした。スて進む」と書いている。シャノン河口の港町、フォインズの飛行艇のターミナルが前身のリエアンナ飛行場が、大西洋横断航路の拠点として開港した。戦後の『愛の世界』では最後にレディ・ラタリーのお抱え運転手の車に乗って、ダンビー家の二人の娘はシャノン空港に向かう。1950年代にはボウエンはアメリカへ何度も渡航するが、ボウエンズ・コートからこの空港を利用していた。タクシーでリメリックからN18道路に入るこの道程は通い慣れていた。　　（田中慶子）

Edith Sitwell
《シットウェル、イーディス》(1887–1964) DBE

英国の詩人。ヨークシャーのスカーバラ生まれ。家柄はダービシャーの荘園の貴族だった。ジョン・シンガー・サージェントが描いた家族の肖像画がある。

ロンドンに来た1916年から5年間の詩選集である「輪」を創刊。弟のオズバートとサシュベレルと共に詩壇に新風を吹き込んだ。1918年詩集「道化らの家」で詩人として認められ、1928年にイーディスのロンドンのエオリアンホールでの朗読で注目された。芸術家サロンの常連客であり、戦間期にパトロンとしての地位を確立し、T. S. エリオット、ディラン・トマスを見出した。多くの友人がいて、アーノルド・ベネット夫妻、ハクスリー夫妻、エドマンド・ゴス、ウルフをはじめとするブルームズベリー・グループ、オットリン・モレル、音楽家ではモーリス・ラヴェル、ジョージ・ガーシュウィン、パリのガートルート・スタインとも会った。だが派手なキャラクターだけにいざこざも多く、ロバート・グレイブスとは絶交し、劇中で彼女を笑い種にし

たノエル・カワードとは後に仲直りした。D. H. ロレンスとは『チャタレイ夫人の恋人』のモデル問題をめぐって疎遠になった。

1929年社会批判を込めた「黄金海岸の奇習」を発表した。30年代は家庭教師の恩人の介護で詩作を放棄したが、第二次大戦中は宗教色の濃い作品を発表した。ロンドン大空襲を見つめた「なおも雨が降る」はベンジャミン・ブリテンが曲をつけた。「原子時代の三詩編」の「新しい日の出のための挽歌」は広島の原爆投下を主題にした。1955年にカトリックに改宗した際にイヴリン・ウォーに教父を依頼した。

イーディス・シットウェルは時代の文化アイコンで、その天賦の才能、長身と特異なファッションをボウエンは「移動する祭壇」と形容した。彼女の宝石コレクションは現在ヴィクトリア＆アルバート博物館にある。ロジャー・フライ、ウォルター・シッカート、ウィンダム・ルイスも彼女の肖像画を描いた。写真家のセシル・ビートンの被写体ともなったが、（ナショナル・ポートレイト・ギャラリーにある）イーディスは彼以外にも数人の同性愛者の男性に報われない恋をして、生涯独身だった。シットウェル家のカントリーハウス、

家になり、『ニューステイツマン』誌と『グラモフォン』誌に長年、記事を書いた。ベンジャミン・ブリテンを発掘し、戦時中はBBCで放送劇を制作し、戦後はロイヤルオペラハウスの理事になった。

ケント州のノール館が実家であるが、戦後、ドーゼットに古い牧師館を購入し、レイモンド・モーティマーと共に文化サロンをひらいて、E. M. フォースター、ナンシー・ミトフォード、グレアム・グリーンやブルームズベリーの仲間が集った。1956年にはボウエンを目あてにしてティペラリィにも古い屋敷を購入した。そんな彼にとってボウエンズ・コートの処分は衝撃だった。何とか阻止したくても彼自身は同性愛者なので、彼女との再婚という救助策は論外だった。1962年サックヴィル男爵の称号を継いで貴族院議員になった。1965年に急逝した。（田中慶子）

May Sarton
《サートン、メイ》(1912–1995)

ベルギー生まれで、父は著名な科学史研究家のジョージ・サートン。第一次大戦でアメリカに家族で亡命する。東部で教育を受け、女優を志願するが挫折し、詩集を皮切りに著作業に入る。1936年6月ナッシュについて研究していた建築史家のジョン・サマーストンに誘われて、初めてクラレンス・テラスを訪れる。ボウエンに会えた感激で、彼女は処女小説『四月の出会い』（*Encounter in April*）でボウエンをモデルにした画家を登場させた。ボウエンとの関係はレズビアニズムというよりロマンチックな友情というべきものだった。彼女は何度もボウエンズ・コートを訪れ、小説『夏の日の驟雨』（*The Shower in Summer Days*）でも舞台にした。しかし1953年5月『マドモアゼル』誌の企画でシルヴィア・プラスとの対談の場をサートンがセットしたのを最後に、ボウエンは音信を絶った。それでもサートンを忘れたわけではなく1958年に『タトラー』誌に彼女の小説の書評を書いている。同年サートンはアメリカ芸術科学アカデミーのフェローに選出されたが、60年代後半『ミセス・スティーヴンズは人魚の歌を聞く』で同性愛者としてカミングアウトすると、大学の職を追われ出版も中止になる。けれども時代はやがて彼女に追いつき、彼女の著作は大学の女性学の授業でテクストとして使用されるようになる。老いと孤独に向き合った日記と回想記も名高い。サートンはボウエンの死後、『さし絵と会話』を読んで哀悼を込めた回想録を書いた。（田中慶子）

Shannon International Airport
《シャノン国際空港》

シャノン空港はコーク空港よりも早く1945年に国際空港として開港した。ボウエンは「シャノン空港はボウエンズ・コートから52マイルで、天候によっては大型旅客機が航路をそれて、ボウエンズ・コートの屋根と木立の上の雲の天井のはるか上を轟音を立て

し物はウィーン音楽だった。　（田中慶子）

Charles Ritchie
《リッチー、チャールズ》(1906–95)

カナダ人外交官。ノヴァ・スコシア州の州都ハリファックスの良家に生まれる。オックスフォード大学、ハーバード大学、パリ政治学院で学んだ。幼少期から作文を得意としていて、外交官としてのキャリアを終えると、一冊の回想録と四冊の日記を出版した。彼は第二次世界大戦中にロンドンのカナダ・ハウスに勤務し、戦後はフランスのカナダ大使館参事官（1947–1950）、旧西ドイツ大使（1954–58）、国連大使（1958–62）、アメリカ大使（1962–66）、NATO大使（1966–67）、イギリス高等弁務官（1967–71）などを歴任した。

エリザベス・ボウエンはアラン・キャメロンと1923年に結婚した後、複数の愛人と交際した。ハンフリー・ハウス、ゴロンウィ・リース、ショーン・オフェイロンがその中に含まれるが、リッチーもその一人である。ボウエンとリッチーが出会ったのは、カナダ総督であったジョン・バカンの孫娘の洗礼式が執り行われた1941年2月10日とされている。物理的距離のために頻繁に落ち合えなかった二人は、文通を頻繁に行っていた。リッチーも数々の恋人や愛人を抱えていて、ボウエンはそれに気づかぬふりをしていた。ボウエンに対するリッチーの愛情が終戦間際に揺らぎだしても、彼に対するボウエンの愛情は変わらなかった。

戦後間もなく、リッチーがボウエン以外の女性との結婚をちらつかせたことが、ボウエンにとっての大打撃となった。1948年1月にリッチーはシルヴィア・スメリーと結婚する。ボウエンは彼との結婚を諦めるものの、この二人の関係が破綻することはなかった。それは、第二次世界大戦の戦後処理を目的としたパリ講和会議にリッチーはカナダ代表団の一員として、ボウエンはジャーナリストとして参加した際には夕食を毎晩共にしていたこと、ボウエンが1940年代の多くを費やし執筆した長編小説『日ざかり』をリッチーに捧げたことからも明らかである。

ボウエンは夫とは1952年に死別、自分の最期はロンドンのユニバーシティ・ホスピタルで迎えた。彼女の入院を聞きつけたリッチーはカナダから彼女の病室へ駆けつけ、シャンパンを二人で楽しむなどして残り少ない時を共に過ごしたという。彼女が息を引きとるまでの二週間、リッチーは毎日のように病室に顔を出した。ボウエンはリッチーから受け取った手紙をすべて返し、そして彼はそれをすべて破棄したとされてはいるが、書簡集『愛の内戦』で文通の一部は読むことができる。ボウエンの葬儀、ファラヒー教会での埋葬は全てリッチーが手配した。

（小室龍之介）

S

Edward Sackville=West
《サックヴィル＝ウェスト、エドワード》
(1901–1965)

エディの愛称で知られ、第五代サックヴィル男爵となる。ヴァージニア・ウルフが『オーランドー』のモデルとしたヴィクトリア・サックヴィル＝ウェストの従弟にあたる。才能にあふれた彼はイートン校時代にピアニストを志願した。オックスフォード大学クライストチャーチ・カレッジを中退し、小説を書きだしたが、大した反響はなかった。その後、音楽評論

イーディス・シットウェルに注目される。だがしだいに創作はやめて伝記、歴史、文学評論を精力的に手がけるようになる。バイロン研究の権威でもある。ロンドンでジャーナリストになる。東京文理科大学で教えたが、一年で辞した。『コーンヒル・マガジン』の編集者になる。1935年『ニューステイツマン』でボウエンと週代わりで書評を書いている。（田中慶子）

R

Goronwy (Morgan) Rees
《リース、(モーガン) ゴロンウィ》
(1909–1979)

カルビン派メソジスト牧師の末息子としてウェールズのアベリストウィスに生れる。彼は1927年に三つの奨学金を受けてオックスフォードのニュー・カレッジに進学し、歴史を専攻した。1931年にオール・ソウルズ・カレッジのフェローになった。

1936年に彼は『スペクテイター』の副編集長となり、ドイツ、ロシア、スペイン、チェコスロバキアを旅行した。1930年代にマルクス主義に傾倒し、ケンブリッジ・ファイブのスパイ組織と接触したのは、ガイ・バージェスを通じてであった。除隊後『スペクテーター』誌の仕事を再開した。1946年から1949年までMI6で働いていた。1953年、リースはウェールズ大学の学長に就任したが、1956年ガイ・バージェスの素性を匿名で『ザ・ピープル』誌に暴露し、1957年に学長職を辞任した。彼は『心の死』(1938) の「エディ」のモデルにされたと知って、バーリン宛の手紙にボウエンを名誉棄損で訴えたい、と書いた。（田中慶子）

Regent's Park
《リージェンツ・パーク》

リージェンツ・パークはもともとミドルセックスの森の一部で修道院から接収されてヘンリーVIII世の狩猟場となり、メリルボーンパークとして王室に所有されてきたが、ジョージIV世（摂政王子・リージェント）が、ジョン・ナッシュにロンドンの都市計画を委託する。貴族階級のタウンハウスの需要で、リージェンツ・パークの周囲に建ったのは宮殿でも一軒家でもないテラスハウス（連棟式住宅）になった。それは摂政時代の爛熟期が生みだした風景である。

1846年エリザベス・バレットが婚約者のロバート・ブラウニングに書いた手紙で「理想郷」、「ドリームランド」と形容した。ダフネ・デュモーリアは1907年リージェンツ・パークの一角のカンバーランド・テラス24番で生まれた。ヴァージニア・ウルフの『ダロウェイ夫人』(1925) でセプティマスと妻ルクレツィアはベンチに座って宣伝の曲芸飛行の航跡の綴りを見ていてる。インドから帰国したピーター・ウォルシュはベンチで昼寝をする。ドリス・レッシングはリージェンツ・パークの白鳥を人間の化身と見る少女を詩に描いた。シルヴィア・プラスは「メアリー女王のローズガーデン」という詩を書いた。

インナーサークルにある野外劇場は1932年シェイクスピア劇「十二夜」が仮設ステージで上演されて以来、ロンドンの夏の風物詩となった。1941年8月にも戦火の迫る中、「ヘンリーV世」が上演された。『日ざかり』の冒頭は1942年9月の第一日曜日の野外劇場での演奏会から始まる。もう芝居の上演はなく、ボーイ・ハントに来たルーイが観客席で諜報員ハリソンと隣り合わせた時の出友を再開した。ボウエンがオックスフォード大学から名誉博士号を授与された時、アイザイアは自分の結婚とボウエンを祝してオールソウルズのコッドリントン・ライブラリーで盛大なパーティを催した。ヘディントン在住の間ボウエンは婦人会の支部長を1964年まで務めた。2014年10月コーチハウスにブループラークが設置され、ハーマイオニ・リーが除幕した。　（田中慶子）

P

William Plomer
《プルーマー、ウィリアム》(1903–1973)
CBE

多才なモダニズム作家、詩人、編集者、放送作家。南アフリカ生まれ。ラグビースクール出身だが大学進学しなかった。大阪商船の森船長が「カナダ丸」で彼を日本に連れてきた。東京高等学校で教鞭をとり、市河三喜から東京帝国大学のエドマンド・ブランデンの後任として招聘されたが、断った。イギリス図書協会の選定図書となった処女小説『ターボット・ウルフ』はホガース・プレスから出版された反植民地主義文学である。帰国後、執筆した男色小説『佐渡』(1931)もホガース・プレスから出版された。その後フェイバー&フェイバー社を経て、ジョナサン・ケイプのエドワード・ガーネットの後継として編集長になる。イアン・フレミングの「ジェイムズ・ボンド」シリーズは彼の勘があたって商業的に大成功する。プルーマーはシリーズの全作品の校正をして、最後の長編「ゴールドフィンガー」は彼に献呈された。1946年からは終身、嘱託となる。マルカム・カウリーの「活火山のもとで」不採択の理由書は、作者からの長文の反論を受けて、結局ケイプ社から出版された。1937年からBBCラジオ放送に参加し、ベンジャミン・ブリテンの能「隅田川」に基づいた教会オペラ「カーリュー・リバー」連作の脚本を書いた。1950年代後半から、アーツカウンシルと作家協会の理事を務めた。ボウエンは彼の回想録『祖国で』(*At Home*)を読んで「あなたと私の生きた時代の最高の記録」と彼に伝えた。　（田中慶子）

Edith Althea Pomeroy Colley
《ポメロイ・コリー、イーディス・アルシア・旧姓 Hamilton ハミルトン Baroness Allendale》(1849–1927)

エリザベス・ボウエンの大叔母。ヘンリー・ミード・ハミルトン中将とヘンリエッタ・メアリー・ボロウズの娘として生まれた。1878年に、ジョージ・フランシス・ポメロイ・コリー中佐とフランシス・トレンチの息子であるサー・ジョージ・ポメロイ・コリー少将と結婚した。夫は第一次ボーア戦争のマジュバで戦死し、未亡人となった。1891年アレンデール男爵ウェントワース・ブラックエット・ボーモントと再婚した。エリザベスがロンドンに出て画学校に通学するとき、ウェストミンスターのクイーン・アンズ・ゲート32番地の彼女の家に身を寄せていた。同地で1927年に亡くなった。　（田中慶子）

Q

Sir Peter Courtney Quennell
《ケネル、ピーター》(1905–1993) CBE

オックスフォード、ベイオール・カレッジ出身。リチャード・ヒューズの『パブリックスクール・バース』に彼の作品が選定され、17歳で最初の詩集を出版するという早熟ぶりで、

ベックのセント・ウィニフレッド教会とガーシントンのセント・メアリー教会にある。1986年、グレーター・ロンドン・カウンシルによって、ロンドンの自宅ガウアー・ストリート10番地に彼女を称えるブループラークが設置された。

オットリンは二巻の回想録を残したが、これらは彼女の死後、夫によって編集・改訂された。彼女はオルダス・ハクスリーの『対位法』のビドレイク夫人、D. H. ロレンスの『恋する女たち』のハーマイオニー・ロディス、グレアム・グリーンの『戦場』のレディ・キャロライン・ベリー、アラン・ベネットの『四十年』のレディ・シビリン・クォーレルのインスピレーションとなった。ハクスリーの小説『クローム・イエロー』はベールに包まれたガーシントンでの生活を描いており、モレル夫人のカリカチュアが描かれている。彼女の肖像画をヘンリー・ラム、ダンカン・グラント、オーガスタス・ジョンが描いた。

映画『ウィトゲンシュタイン』(デレク・ジャーマン監督)ではティルダ・スウィントン、『トムとヴィヴ』(ブライアン・ギルバート監督)ではロバータ・テイラー、『キャリントン』(クリストファー・ハンプトン監督)ではペネロペ・ウィルトン、『ベネディクション』(テレンス・デイヴィス監督)ではスザンヌ・バーティッシュがオットリンを演じている。2021年7月、ジャネット・ボーラムの伝記戯曲『オットリン』がガーシントン・マナーの庭園で初演された。　(田中慶子)

O

Seán O'Faolain
《オフェイロン、ショーン》(1900–1991)

アイルランドの作家。コーク州のイギリスひいきの家庭に生まれ、ユニヴァーシティ・カレッジに入学、英文学、アイルランド文学、イタリア文学などを学んだ。1920年アイルランド義勇軍(のちのIRA)に加わり、アイルランド独立運動に深く関わるようになる。渡米などの後イギリスに居住し、執筆活動に入り、最初の短編集『真夏の夜の狂気』(1932)で文名を確立した。

1933年アイルランドへ戻り、短編小説、長編小説、戯曲、旅行記、アイルランド語詩の翻訳、批評、自伝、伝記など多方面にわたり、おびただしい数の作品を発表した。

『素朴な人々』(1933)など長編もあるが、フランク・オコナーらと並んで、彼の短編小説がことに評価が高い。またその感性的な文学批評には、『短編小説』(1948)、1920年代小説家についての評論『消えゆく英雄』(1956)が含まれる。『アイルランド人』(1947)は、古代ケルト時代から20世紀までのアイルランド人を概観している。ボウエンとは単なる友人を超えた恋愛関係で知られる。　(木村正俊)

Old Headington
《オールド・ヘディントン》

夫妻はアランがオックスフォード教育委員会の幹事に任命され、1925年からウォールデンコットというオールド・ヘディントン、クロフトにある家で1935年まで暮らした。この建物はもともと地元の郷紳の農園の馬車置き場であって、のちにコーチハウスと呼ばれるようになった。この時期、ボウエンはオックスフォードの錚々《そうそう》たるセレブリティの人脈を築いた。その後、アランの仕事で夫妻はロンドンに転居したが、後年、夫の死後ボウエンは古巣に帰ってきて、アイザイア・バーリン邸の離れに住み、古いオックスフォードの交

つ公爵の娘の地位を与えられた。上流家庭の娘なので家庭で教育されたが、1899年、オックスフォードのサマーヴィル・カレッジの聴講生として政治経済学とローマ史を学んだ。

オットリンは恋多き女性で、ハーバート・アスキスとフィリップ・モレルに同時に求婚されたが、モレルをとり、彼の政界進出の支援をアスキスに頼んだ。夫婦は芸術の情熱と自由主義の思想を共有したが、それぞれ愛人を持ちオープンマリッジという形体をとった。これがボウエンの生き方に大きく影響したにちがいない。双子の息子ヒューは生後間もなく死亡し、ジュリアンは一人娘になった。

オットリンは哲学者のバートランド・ラッセルと関係を持ち3500通以上の手紙を交わした。ウィトゲンシュタイン、画家オーガスタス・ジョン、画家ヘンリー・ラム、ロジャー・フライとも交際していた。ガーシントンで雇われていた庭師のライオネル・ゴムとの関係がD. H. ロレンスの小説『チャタレイ夫人の恋人』のヒントになったという説もある。

1912年、レディ・オットリンは優生学協会の副会長に着任した。モレル家はブルームズベリーのベッドフォードスクエアにタウンハウスを構え、同時にヘンリー・オン・テムズ近くのペパードにもカントリーハウスを所有していた。1911年にペパードの家を売却し、その後オックスフォード近郊のガーシントン・マナーを購入して修復した。ベッドフォードスクエア44番地は彼女のサロンとして機能し、多くの友人が週末に集った。スタンリー・スペンサーなど若手現代美術家の作品に強い関心を抱き、特に戦時中にガーシントンを訪れていたマーク・ガートラーやドーラ・キャリントンと親しくしていた。ギルバート・スペンサーはしばらくの間、ガーシントン領地に住んでいた。

モレル夫妻は第一次世界大戦中、平和主義者だった。彼らはブルームズベリー・グループの良心的兵役拒否者のダンカン・グラント、クライヴ・ベル、リットン・ストレイチーをガーシントンに避難させた。ジークフリート・サスーンは負傷後、そこで療養していた。財政難に陥っているにも拘らず、客人の多くは、オットリンが裕福な女性であると思い込んでいた。しかし1927年モレル夫妻はマナーハウスとその地所を売却し、ロンドンのガウワー・ストリートのより質素な場所に引っ越した。1928年、彼女は癌と診断され、長期入院を余儀なくされ、下の歯と顎の一部を切除した。

1930年代オットリンはヴァージニア・ウルフや、W. B. イェイツ、L. P. ハートリー、T. S. エリオットなど多くの芸術家や作家をもてなし、ウェールズの画家オーガスタス・ジョンと永続的な友情を築いた。彼女は影響力のあるパトロンであり、貴重な友人であったにもかかわらず、エキセントリックな服装と貴族令嬢的な言動で、冷笑や蔭口の的になっていた。晩年、異父兄のウィリアムから医療費の援助を与えられたが、性的な要求の見返りだった。1938年4月に彼女はやぶ医者の試験薬がもとで亡くなり、ウルフとレディ・アスキスが「タイムズ」に追悼文を寄せた。写真家、庭師としての彼女の仕事は過小評価されたままである。彼女は周りの人々の写真を何百枚も撮った。キャロリン・ハイルブランは、モレルと彼女の有名な同時代人のスナップ写真を集めた*Lady Ottoline's Album*（1976年）を出版した。

エリック・ギルが彫った記念碑は、ホル

におけるボウエンの評価は、モダニズムの申し子ヴァージニア・ウルフの言葉でいえば「過度に伝統的」、ニール・コーコランの言葉でいえば「時代遅れ」であった。ハーマイオニ・リーによると、1981年の時点でまだボウエンは「周縁に追いやられ、過小評価された」作家であり、ウルフと同等の評価を得ることはなかったということだ。確かに、ボウエンの作品にはジェイン・オースティンを彷彿とさせる、前時代的な雰囲気が色濃く漂っており、「モダンな風習喜劇」(Lassner) と称されるほどである。

ボウエンが、作中にたくさん散りばめられた手紙や全知の語り手、結婚という主題など旧様式を維持し続けた作家ではあることは疑いようもないが、文学の新しい潮流をとらえ損なっていたかというと、決してそうではない。彼女がモダニズムの最も先鋭的な部分をいち早く理解し、受け入れていたことは、ジョイスの『フィネガンズ・ウェイク』(1939) をめぐるエピソードからも明らかである。『フィネガンズ・ウェイク』は出版当初その極端なまでの実験性により多くの非難を浴びたが、ボウエンはこの作品の実験性を受け入れ、真価を認めた数少ない人間の一人であった。そしてもちろん、ボウエンの作品にもモダニストとしての特質が認められる。20世紀初頭の作家が夢中になったとされる「コスモポリタニズムや共感覚、人種的虚構、コラージュ、そして翻訳といった越境」(Mao and Walkowitz) のテーマは、最初の長編である『ホテル』においてすでに顕著であり、『パリの家』や『日ざかり』、『エヴァ・トラウト』などその後の作品において深みを増していく。

モダニズムの真只中で旧様式の維持を選択したボウエンの作品には前時代性とモダニティが混在しており、それこそがボウエンの魅力であるわけだが、前時代性によって覆い隠されたモダニティを当時のアカデミーは見落とした。ボウエン文学が正しく評価されるには、新モダニズム研究の普及まで待たなければならない。

ダグラス・マオ(Douglas Mao)とレベッカ・L・ウォルコウィッツ (Rebecca L. Walkowitz) が2008年、*PMLA*に「新モダニズム研究」という論文を発表したが、そこで彼らは「新モダニズム研究」を時間、空間、そして垂直方向への「拡張性」と要約している。モダニズム期は19世紀半ばから20世紀半ば後まで「拡張」され、モダニズム芸術の土壌はアジアやオセアニア、アフリカ、カリブ海地域にまで「拡張」され、ハイ・アートとポピュラー・カルチャーの境界が再考されることで垂直方向の「拡張」が行われた。アイルランド出身のハイブラウの厳密な定義からは外れ、セクシュアリティにおいて複雑な性向を持ち、1930年代以降に目覚ましく活躍した「女性」作家エリザベス・ボウエンは、まさに「新モダニズム批評」によって再評価されるべき作家といえる。 (垣口由香)

Lady Ottoline Violet Anne Morrell
《モレル、オットリン》(1873–1938)

アーサー・キャヴェンディッシュ・ベンティンク中将と二番目の妻で、後にボルソヴァー男爵夫人となるオーガスタ・ブラウンの娘として生まれた。レディ・オットリンの大叔父は初代ウェリントン公爵であった。エリザベスII世とは遠縁にあたる。オットリンは、異母兄ウィリアムが1879年にポートランド公爵位を継承した直後に「レディ」の儀礼称号を持共に中立を保っていたアイルランドの世論をさぐり、その状況を報告することであった。ボウエンはこの仕事をしていたために、比較的容易に戦時下のイギリスからアイルランドに旅することが可能であったといわれている。ボウエンは、実際に現地を調査し、アイルランドの中立について、また、イギリス、ドイツ、戦争に対するアイルランド社会の雰囲気について、時の首相ウィンストン・チャーチル宛の報告を書く。批評家ハーマイオニ・リーによれば、ボウエンは報告書において、両国間に不信の念があることを指摘し、また、アイルランド中立の根底には私利私欲的な考えがあることや、中立の結果ダブリンの社会にある種の「停滞」が起きたことも指摘している、という。だが一方で、ボウエンが、中立は「アイルランドの、自由な立場からの初めての自己主張である」と述べ、アイルランドの立場を理解する面をも保持していることは注目に値する。

ボウエンの友人の中には、ゴロンウィ・リースのように、MI6に属し、かつ（公にはしていないが）ソ連のスパイを務めた人物もいる。リースはさらに、戦後のイギリス社会を驚かしたケンブリッジ五人組（MI6のメンバーでありながらソ連のスパイとなった、ケンブリッジ大学卒の五名のスパイ。その中には長官候補にもなったキム・フィルビーや、著名な美術評論家としてサーの位にも叙せられたアントニー・ブラントなどがいる）の一人であるガイ・バージェスとも親しかった。第二次世界大戦時のロンドンを舞台にした『日ざかり』では、主人公ステラの恋人ロバートがナチスドイツのスパイであり、彼を追いかけるハリソンはカウンタースパイであるという設定は、ボウエン自身のスパイをめぐる環境や自身の経歴が基にあるのだろう。諜報活動が日常の生活の中に入り込んでいた当時の状況が見えてくる。情報省での仕事は、作家エリザベス・ボウエンにとっても貴重な経験として沈潜していったのである。　（窪田憲子）

Modernism

《モダニズム》

モダニズムという芸術および文学上の運動は、概して、前時代のヴィクトリア朝期の厳格な道徳主義や美学上の写実主義に対する反動であると理解されている。マルコム・ブラッドベリーは『現代批評用語辞典』第二版（2005）の中で次のように定義している、「それ［モダニスト芸術］は実験的で、形式において複雑で、意味的にあいまい、創造のみならず非創造の要素を含み、リアリズム・唯物主義・伝統的な様式と形式からの芸術家の解放という考えを文化的黙示と災禍という考えに結びつける傾向がみられる」。このようなモダニズムは一般的に1890年から1945年を中心的期間とみなし、とりわけ英米文学においてはジェイムズ・ジョイスの『ユリシーズ』とT. S. エリオットの『荒地』が出版された1922年をハイ・モダニズムの頂点として、1920年代から30年代初期が最盛期と考えられている。

1899年生まれのボウエンは、ハイ・モダニズムが最高潮を迎える1922年にはまだ最初の短篇集『出会い』の出版を翌年に控えた作家修行の身であったものの、代表作となる長編小説『パリの家』（1935）や『心の死』（1938）はともにモダニズムの最盛期に執筆・出版されており、モダニズム期の作家であるといえる。しかし、当時の文学批評

が、この空襲で彼からの手紙が全て焼失したという。戦後は旅行記、イヴリン・ウォーの評伝から文筆活動を再開したが、1950年『荒野、私の世界』でフィクションに戻った。ロンドン・ブリッツの焼け跡の描写はT. S. エリオットの『荒地』がしばしば引用され、既視感を醸し出している。『トレビゾンドの塔』は叔母がトルコのイスラム教徒を英国国教会に改宗させようとするコミカルな物語で、彼女の最高傑作とされ、ボウエンも『タトラー』誌に書評を寄せた。　（田中慶子）

Katherine Mansfield
《マンスフィールド、キャサリン》
(1888–1923)

ニュージーランド、ウェリントンの裕福な家庭に生まれた。1903年にロンドンのクイーンズカレッジに留学したが、1906年に帰国し、2年後にロンドンに舞いもどって、二度と故国の土を踏むことはなかった。この間、複数の男とアバンチュールをする。父親の仕送りを受けながら彼女はロンドンでD. H. ロレンスなど文人と交流し、ボヘミアン生活を送った。時代に先んじてロシアのチェーホフの影響を受けるが、最初の短編集は売れず、文芸批評家ジョン・ミドルトン・マリーと同棲する。第一次世界大戦で弟を亡くしてから真剣に創作にとりくむようになる。1917年には結核を発病し、欧州の温泉保養地を転々としながらの闘病生活中に書き始めた作品が評価され、モダニズム時代における極めて優れた作家と見なされるようになる。晩年のマンスフィールドは病苦の果て、グルジェフの神秘主義に帰依しフォンティンブローの施設に入所するが、34歳で他界する。死後、夫のマリーが編集した短編集と書簡集が出版された。ボウエンはマンスフィールドを愛読していて1956年にアメリカで短編集（ヴィンテージ刊）を編纂し、序文を書いた。マンスフィールドとマリーはロレンスの『恋する女たち』でも、オルダス・ハックスリーの『対位法』でもモデルにされている。（二人の関係は1973年にBBC2でドラマ化された。マリーはジェレミー・ブレッド、マンスフィールドをヴァネッサ・レッドグレイヴが演じた。映画『孤独の果実』［*Leave all Fair*, 1985］では晩年のマリーにジョン・ギールグッドが扮し、回想のマンスフィールド役はジェイン・バーキンである）　（田中慶子）

MOI (**The Ministry of Information**)
《英国情報省》

第一次世界大戦および第二次世界大戦の際に一時的に創設されたイギリス政府の情報機関。戦時下の国の内外において、情報を管轄する目的をもち、官報や国民向け宣伝物の発行、情報の検閲、同盟国や中立国に向けての広報などが行われた。さらに世論の動静把握なども行われていた。第一次世界大戦の時は戦争の末期に情報省が創設されたが、第二次世界大戦では、数年間の準備を経て、戦争の勃発と同時に1939年に設立された。この時の初代大臣はマクミラン卿であり、戦争後の1946年に省組織は解体されている。イギリスにはジェイムズ・ボンドなどでおなじみのMI6が属しているSIS（秘密情報部）など、情報・諜報活動を扱う政府機関がいくつかあり、情報省はその一つであった。

ボウエンは、1940年に自ら志願して英国情報省の仕事をするようになった。ボウエンが主に携わったのは、当時スペインなどと

響を与えた。ボウエンはレ・ファニュの作品の「アイリッシュネス」に注目し、単行本の序文を書いた。『アンクル・サイラス』については「時代遅れのゴシック・ロマンスではなく、サイコロジカル・スリラーの先駆け」であるとして、現代に通じる彼の新しさを指摘した。

（松井かや）

Rosamond Lehmann

《レーマン、ロザモンド》(1901–90) CBE

日本で初めてレーマンの作品を翻訳した増田義郎によると、レーマンは1930年代、ボウエンと並んでイギリスの二大女性作家と評された。知的にも経済的にも豊かなアングロ・アメリカンの家庭に生まれた。父は文人で、『パンチ』の編集をして、マーロウに近いテムズ川沿いの実家はボヘミアンが出入りするサロンだった。ケンブリッジ大学ガートン・カレッジで英文学を学び、卒業後、創作活動に入る。大衆小説家として、小説は映画化もされ、フランス文学の翻訳もした。1927年、同性愛のテーマを描いた処女作『別れの曲』(*Dusty Answer*)で華々しく文壇にデビューした。『ワルツへの招待』(*Invitation to the Waltz* 1932) は、マンスフィールドの「初めての舞踏会」の長編版のような作品である。その続編『恋するオリヴィア』(*The Weather in the Street* 1936) についてはボウエンが『ニューステイツマン』誌に書評を寄せた。ボウエンの『タトラー』誌の書評には『民謡と原話』(*The Ballad and the Source* 1944) がある。これは、幼い娘の老婦人に抱く憧れ〔民話〕が幻滅をきたす実像〔原話〕という意味である。1930～39年までオックスフォードシャーのイプスデン・ハウスに住んでいた間、ボウエンやシリル・コノリー、ブルームズベリーの人々が入り浸った。二度目の結婚はゴロンウィ・リースとの不倫で、崩壊した。1941年既婚者のC. D. ルイスとクラレンス・テラスでの出会いから始まって九年間、恋愛関係にあり、その経験をもとに『こだまする森』(*The Echoing Grove* 1953) を発表した。詩人のジョン・レーマンは彼女の弟で、ウルフ夫妻のホガース・プレスで働くが、後に独立して文芸誌『ロンドン・マガジン』を創刊する。妹のベアトリックスは俳優で、BBCテレビドラマの「ある婦人の肖像」(1968) でリディア・タチェットを演じた。

（田中慶子）

M

Emilie Rose Macaulay

《マコーレイ、ローズ》(1881–1958) DBE

父はウォリックシャーのラグビースクールの副校長ジョージ・キャンベル・マコーレイで、幼少期をイタリアで過ごす。オックスフォード、サマーヴィル・カレッジで近代史を学び、1910年代から文壇で頭角を現す。ボウエンの卒業したダウンハウス校の校長オリーヴ・ウィリスが大学の同窓生だったので、ローズに紹介し、ボウエンがロンドンの出版界に入るつてとなった。第一次大戦中はイギリスの戦争宣伝部で働き、篤志看護婦としても勤務した。戦間期は風刺小説、ロバート・ヘリックをテーマにした歴史小説や評論で名声を得た。第二次大戦では救急隊で働いたが、ロンドン大空襲で家と蔵書を失った。スティーヴン・スペンダーの後妻のナターシャが、がれきの中で気丈に探し物をするローズの姿を記憶していた。アイルランドのカトリック司祭で作家のジェラルド・オドノヴァンと、ながらく愛人関係にあった

クトの一環である。この時伯爵はミッチェルズタウン、バリーランダーズ、バリーポリーンも再建した。

アングロ・ノルマン人のフィッツギボン氏族は14世紀にウェールズからアイルランドにやって来て、ノースコーク、サウスリムリック、ティペラリィにまたがる広大な地域に定住した。アングロ・ノルマン、キルマロック、ミッチェルズタウン、バリーヒー、そしてキルドレリィのオールドキャッスルタウンに城を建てた。キルドレリィは、1606年にジェームズ1世が聖バーソロミューの日(8月24日)の前夜にフェアを開催するためにオールドキャッスルタウンの白騎士であるモーリス・フィッツギボンにライセンスを与え、市場町として始まった。19世紀後半までに、キルドレリィは主に農業と酪農に基づく地域経済が確立されていた。この地域にはゲイツ家所有の牧場とクリーム製造所があり、農夫から牛乳を購入して加塩バターに変え、コークに輸送してイギリスに輸出した。　(田中慶子)

L

Hermione Lee
《リー、ハーマイオニ》(1948–) GBE

彼女の主な業績は20世紀英米の女性作家の伝記である。2018年伝記記者クラブ賞を受賞し、ヴァージニア・ウルフの評伝はNYタイムズ・ブックレビュー賞を受賞した。エリザベス・ボウエンの書簡やアンソロジーを編纂し、1981年には『エリザベス・ボウエン評価』を出版した。ユードラ・ウェルティなどのアメリカの女性作家についての研究書もある。彼女は英国学士院のフェロー、王立文学協会、ウルフソン財団の評議員などの名誉職に就き、アメリカでも精力的に研究教育活動をしていた。タイムズ・リタラリー・サプリメント、オブザーバーなど数々の新聞雑誌の書評を担当して、BBCラジオやチャンネル4の文芸番組に出演するなどマスコミや文学賞の審査員でも活躍している。2003年にその貢献で大英帝国勲章を受け、2013年にデイムに叙せられた。2008年から2017年までオックスフォード、ウルフソンカレッジの学長を務め、オックスフォード大学英文科名誉教授となった。オールド・ヘディントンのボウエンのブループラークの除幕をした。夫はリーズ大学名誉教授ジョン・バーナードである。　(田中慶子)

Joseph Thomas Sheridan Le Fanu
《レ・ファニュ、ジョセフ・トーマス・シェリダン》
(1814–73)

フランス系アイルランド人の作家で、怪奇小説の優れた書き手として不滅の存在となった。ユグノー系プロテスタントの家に生まれた彼は、トリニティ・カレッジに学び、『ダブリン・ユニバーシティ・マガジン』などの編集主幹を務めた。妻の死後、引きこもりの生活をして幽霊小説を書くようになった。『鏡の中におぼろげに』(*In a Glass Darkly* 1872)出版の翌年に亡くなった後は、忘れられた存在であった。しかし1923年にM. R. ジェイムズが『ダブリン・ユニバーシティ・マガジン』掲載作品をはじめとする無署名の彼の作品を掘り起こし、新たに短編集を編みだしたことで再評価されるようになった。シャーロット・ブロンテの『ジェイン・エア』はレ・ファニュの「タイローン州のある名家の物語」が原型になっている。「カーミラ」は、吸血鬼というジャンルのルーツとなり、ブラム・ストーカーの『ドラキュラ』にも影ハウスが旧約聖書のルツ記が好きで、そこからアイディアを得た。ハウスはボウエンと離れる必要もあって、カルカッタへの転地を志願した。

マデリンはスリランカのコロンボ生まれで、ロンドン大学を出てハンフリー・ハウスと結婚し、1949年にチャールズ・ディケンズの書簡集の編集を彼と共に始めた。夫なき後も仕事を続け、1965年に英国アカデミーのローズ・メアリー・クローシェイ賞を受賞したが、生前に完成させることはできなかった。

祖母から遺された古い恋文の束を読む、そんな『愛の世界』を地でいくような経験を『第三者の影』(2021)という本にしたのは、マデリンの孫娘のジュリア・パーリィである。彼女は手紙を読みながらハウスとボウエンのゆかりの地を歴訪する。　(田中慶子)

Hythe

《ハイズ》

ハイズにはボウエン母子が定住した「クリン・ハウス」があった。『心の死』に出てくる赤い屋根の窓が多い「ワイキキ荘」のモデルとなったと思われる。11世紀に建てられたカンタベリー大司教が領有したソルトウッド城があり、賑やかなハイストリートから城に通じる参道がチャーチヒルである。晩年、イギリスの故郷に戻ったボウエンはセント・レナード教会裏手に一軒家を購入した。アイルランドの母方の先祖の城にちなんでカーベリィと名づけた。現在は取り壊されて、ボウエンが1965年から1973年まで住んでいたことを記すプラークがある。ハイズはかつて商業が盛んで11世紀から14世紀までイギリスの国防において「五港」(サンク・ポルテ)のひとつとして重要な港町だったが、港に徐々に泥が沈積し、大火事や黒死病の流行で一時寂れた。ボウエンが母と通ったセント・レナード教会は町の眺望の中心で、その納骨堂は中世の黒死病の犠牲者の頭蓋骨が納められている。ハイズはナポレオン戦争の時代に基地の町として復活した。銃士学校が設立され、王立軍事運河、マーテルロー・タワーが建設された。19世紀からエドワード朝時代には保養地として名を揚げた。『パリの家』でカレンがとマックスがここで週末を共にする。『心の死』でヘカム夫人がハイストリートで買い物をする間、ポーシャは「コロナ・カフェ」でコーヒーを飲みながら待っている。ハイストリートの記録によると1910年代に112番(現105番)に「コロネーション・ティールーム」があり、当時144番(現27番)にあった「ケイヴズ・オリエンタル・カフェ」は1920年代までケント南東部にフランチャイズがあった。第二次大戦でもハイズは銃後ではなく前線であり、ハイストリートは戦禍を激しく被っていた。1943年ボウエンはハイズを再訪して取材し、市長に面会した。　(田中慶子)

K

Kildorrery

《キルドレリィ》

アイルランド語で「樫の教会」という意味で、コーク北の教区でボウエンズ・コートのあったファラヒーに隣接する。キルドレリィは、18世紀初頭に開通し、クロンメルとドネレイルを結ぶ道路(現N73)とキルマロックとファーモイを結ぶ道路(現R512)の交差点の円錐形の丘の上にある。この配置は二代キングストン伯爵ロバートが開始した1780年代の10万エーカーの村の再開発プロジェンもお返しに彼の作品を紹介した。

小説家として彼は1924年にGPパットナムから彼の処女短編小説集『夜の恐怖』を、1932年には幽霊物語集である『毒瓶』を出版し、M. R. ジェームズとE. F. ベンソンの後継者と見なされた。1947年『ユースタスとヒルダ』でジェームズ・テイト・ブラック記念賞を受賞し、1953年『恋を覗く少年』（*Go-Between*）は日本を含めて七か国語に翻訳されるベストセラーとなり、1971年ハロルド・ピンターが脚本を書き、映画化され、パルムドール賞を受賞した。彼はPENの英語部門の責任者であり、作家協会の評議員でもあった。生涯で17の小説、6巻の短編小説、評論を出版した。彼はヴェネツィアにも拠点を置き、ボウエンも会いにいったが、ディヴィッド・セシルがしばしば当地を訪れ、同性愛者と噂された。名作「ポドロ島」の舞台はヴェネツィア沖にあるという。（田中慶子）

Herbert Place
《ハーバート・プレイス》

エリザベス・ボウエンは、1899年6月7日にダブリン市街のハーバート・プレイス15番地で誕生した。法廷弁護士であった父の生活に合わせて、開廷期間の冬季を7歳までここで過ごした。ダブリンでの少女時代を回顧した随筆『七たびの冬』の最初の章「ハーバート・プレイス」には、生家の構造、自分が誕生したときの状況、両親との関係などが記されている。ハーバート・プレイスはリフィー川の南側に位置し、現在も建物の向かいには運河が流れ、街路樹が茂っている。薄茶色のレンガ造りのジョージ王朝様式建築で、三階の子ども部屋、二階の居間、一階の食堂には正午になると、東向きなので日差しが届かなくなった。

ボウエンは、最愛の母が暮らした居室を特に仔細に描写している。緑色で統一された内装と、お気に入りの調度品に囲まれて、母は一日を過ごした。平日の居間は母娘が親密に過ごす私的な空間だったが、日曜日には親戚や友人が集う開かれた場となった。心配性の母が娘をあまり外出させなかったため、ハーバート・プレイスとその周辺の街区は、幼いボウエンが散歩したり想像をめぐらしたりする限られた世界であった。

（米山優子）

Arthur Humphry House
《ハウス、ハンフリー》(1908–1955)

ケント州セブンオークスで、弁護士ウィリアム・ハロルド・ハウスの次男として生まれた。ダービシャーのパブリックスクール、レプトンではクリストファー・イシャウッド、ボウエンの従弟のモーリス・ファインズと同窓である。ハートフォード大学を経て、まず1929年に人文学の学士号を取得し、次に1930年に現代史の学士号を取得した。レプトンで1年間教えた後、1931年に英国国教会の執事に叙階され、オックスフォードのウォダム・カレッジのフェロー、英語講師、牧師に選出された。しかし1932年、司祭の資格を目指すのはやめて、ディケンズ研究に打ち込む。『ディケンズの世界』でハウスは社会史の視点からディケンズの純ヴィクトリアン的な実像をあぶり出した。1933年アイザイア・バーリンの紹介で、ボウエンと知り合った。その夏はずっとボウエンズ・コートに滞在し、執筆に着手した。その年12月マデリン・チャーチ（1903–1978）と結婚し『パリの家』に書かれる三角関係となった。ナオミという名は

れた男性への思慕（クラッシュ）が描かれ、この初恋の原体験がボウエンの作品テーマにおいて重要である。不在の父親の代償とも考えられる。

ボウエンは寄宿舎に入りたかったが、ローラ叔母の世話で通学生として1912年ハーペンデン・ホールに中途入学した。寄宿生は制服を着ていてもあか抜けたロンドン子なのに対し、ボウエンのような通学生が地元の子であった。成績が振るわない代わりに、彼女は学園のインフルエンサーとしての地位を築いた。学校の地下室から村はずれの教区教会の納骨所まで秘密の地下通路があると聞きこんで入り口を掘りあてようとしたり、黒魔術を試したり、学校の塀や屋根によじ登ったり、目隠しして自転車に乗ったりなど冒険を繰り出した。彼女たちが黒魔術の教本としたマージョリー・ボウエンとは多作の怪奇小説、歴史ロマンスの大衆作家のペンネームで、本名はゲイブリエル・マーガレット・ヴィア・ロングである。『リトル・ガールズ』は、この学校時代をしのぶ作品である。兄がノーザンプトンに赴任して結婚すると、ローラ叔母は同じスペンサー通りに家を買って暮らし、叔母の死後、ボウエンは相続人として家を処分した。

ルイス・ウェイン（Louis Wain 1860–1969）という猫のイラストレーターは、2022年ベネディクト・カンバーバッチが扮した伝記映画になったが、晩年、近隣のセント・オーバン地区内の精神病院にいた。自伝にも言及があるが、女学生のボウエンもウェインのファンシーグッズを買っていた。短編「マライア」には猫のギフトカードが出てくる。

（田中慶子）

Leslie Poles Hartley
《ハートリー、レズリー・ポールズ》
(1895–1972) CBE

ケンブリッジシャー、ウィットルシー生まれの作家で評論家。エイドリアン・ライトの伝記によると、彼は文学者のレズリー・スティーヴンにちなんで名付けられた。第一次大戦時、上官に任命されたが心臓に持病があって除隊になった。オックスフォードのベイリオール・カレッジに戻り、ディレズリー、オルダス・ハクスリーなど多くの文学的な知己を得た。「オックスフォード・アウトルック」誌の編集に携わり彼自身の評論、短編小説とともにエドマンド・ブランデン、ジョン・ストレイチー、モーリス・バウラの作品を掲載した。

オットリン・モレルは彼をサロンに迎え入れ、作家で社交界の名士エリザベス・ビベスコによって王立文学協会にも受け入れられた。イーディス・シットウェルとクリフォード・キッチンの支持も得たが、彼はロンドンの文壇ではブルームズベリー・グループには距離を置いた。彼はウルフの小説『波』について、作者に対する嫌悪感を表明した。書評家として好意的にボウエンの『ホテル』を『サタデー・レビュー』誌に、『心の死』を『スペクテイター』誌に、また短編集『出会い』、『アン・リーの店で』も講評し、ボウエ

を発表したり、W. H. スミス賞の審査員、ブッカー賞の審査員長を務めたりしている。

グレンディニングはレベッカ・ウェスト、ヴィクトリア・サックヴィル＝ウェスト、アンソニー・トロロープやレナード・ウルフらの伝記を手がけたほか、ボウエンの伝記『エリザベス・ボウエン　作家の肖像』(1977) をも執筆し、伝記作家としての確固たる地位を築いた。さらに、ボウエンが不倫相手として交際していたカナダの外交官、チャールズ・リッチーとの書簡や当時の日記を集めた『愛の内戦』(2009) を共同編集し、ボウエン研究におけるグレンディニングの貢献は大きいと言える。　(小室龍之介)

Graham Greene
《グリーン、グレアム》(1904–1991)
OM CH

父親はハートフォードのバーカムステッド校セントジョンズ寮の2代目寮長。弟のヒューはBBCの局長になった。彼の母親はロバート・ルイス・スティーブンソンのいとこ。探偵小説や冒険小説、ジョン・バカンのスパイ小説を愛読する少年であった。寄宿舎学校に入るといじめにあい、自殺を考え精神分析を受けたが、通学生として復帰した。歴史家のピーター・ケネルは同窓生である。校内誌に投稿し、オックスフォード、ベイリオール・カレッジ時代には詩集を出版した。イヴリン・ウォーは学生時代の孤高の彼の姿を記憶していた。在学中から諜報活動をし、第二次大戦中はMI6のメンバーになった。大学卒業後、ジャーナリズムの世界に入り、結婚相手の影響でカトリックに改宗する。娯楽小説もカトリック小説も書くことができたが、『第三の男』は映画化され、あまりにも有名になった。収入の足しに『スペクテイター』誌に評論を寄稿し、雑誌『夜と昼』を共同編集する。『夜と昼』は『ニューヨーカー』のイギリス版を目指した意欲的な企画で、ボウエンは演劇評論を担当した。だがグリーンがシャーリー・テンプルの映画『テンプルの軍使』(*Wee Willie Winkie*) について、媚態を評して、20世紀フォックス社とテンプルの両親から名誉棄損で訴えられた。彼は裁判中メキシコに逃げたが、その地で『権力と栄光』の素材を得る。結局、彼は多額の賠償金を支払い、雑誌は半年で廃刊になった。　(田中慶子)

H

Harpenden
《ハーペンデン》

ロンドン郊外のハートフォードに位置する。ボウエンは母の死後、生前のとり決めどおり、叔母のローラ・コリーが家事を仕切るウィングフィールド牧師の住居、ハーペンデン、スペンサー通りにあったセミデタッチドハウスの「サウス・ヴュー」に身を寄せた。独身のローラ叔母は召命のごとく彼女を受け入れたが、思春期の娘を預かるという状況に困惑したのはウィンキー叔父だった。国教会の重鎮の副牧師であったが、まだ聖職禄はもっていなかった。彼が独身であったのは、嫉妬深い妹のせいだったらしい。それでも彼なりに気を使ってもらい、ボウエンはほのかな愛情を覚えた。ボウエンの処女作の「朝食」はこの家の思い出にもとづいている。『北へ』のジュリアンおじ、「マライア」のハモンド氏、『心の死』のブラッド少佐、「日曜日の午後」のヘンリー、「闇の中の一日」の叔父にも思春期の少女の年齢の離

転地のため学校の休暇中預かった。毎朝、家政婦が同伴して高台の屋敷から崖下の海岸まで少年を散歩に行かせた。行きはジグザグ小路を下り帰りはエレベーターというコースである。豊富な水源を利用した水圧式エレベーターはウェスト・リーズの観光客誘致の名物で1940年まで運行された。

（田中慶子）

Edward Morgan Forster
《フォースター、エドワード・モーガン》
(1879–1970) OM CH

ボウエンが敬愛する作家の一人であり、ボウエンの作風の類似性に関してジェイン・オースティンやヘンリー・ジェイムズと共に名前が挙げられる。ボウエンは『E・M・フォースターの諸相』(1969) という生誕九〇年記念論集の序文で、16歳の時に初めて読んだフォースターの短編集『天国行きの乗合馬車』(1911) の思い出とその後の読書遍歴、長編小説の特性について12ページにわたり詳細に記しており、彼の作品は彼女の人生観そのものに、さらには創作にも影響を与えていることを明かしている。この他にボウエンはフォースターに関しては評論集『アビンジャー・ハーベスト』(1936) の書評を『スペクテイター』誌に寄稿した。

（杉本久美子）

G

Jim Gates
《ゲイツ、ジム／Charles Howard Gates》
(1900–1954)

ジムは愛称で、キルドレリィの乳製品工場の管理者。父ウィリアムはサリー州ギルフォード出身で、クリーム製造技術と経営に長けていたばかりでなく歯医者（抜歯のみ）を兼業していた。ボウエン家と家族ぐるみのつきあいがあり、同じセント・コルマンズ教会墓地に眠っている。(一族の乳業会社は粉ミルクで有名になり、拡大して「カウゲイト」［Cow & Gate］という世界的ブランドになった)。ジムはボウエンの幼なじみで、隣人としてボウエンズ・コートのこまごまとした用立てをしてくれた。アイルランドに戻るとボウエンには階級意識があったが、同じアングロ・アイリッシュの彼とは気の置けないつきあいができた。戦前はボウエンズ・コートにバスルームがなかったので、客人には彼の家の近代的な設備を使わせてもらった。彼はボウエンに自動車の運転を教えた。やや知性に欠けるが、人情味があり、アランともうまくやっていた。アランの視力が衰えると、息子のビルが本の読み聞かせをした。「夏の夜」の工場主、ロビンソンのモデルだとされる。彼が亡くなったのは、ボウエンにとって大きな痛手であり、ボウエンズ・コートを手放す踏ん切りがついた。製乳工場はミッチェルズタウン生協が引き継ぎ、その後アイルランド最大手の乳業会社、デイリーゴールドになった。

（田中慶子）

Victoria Glendinning
《グレンディニング、ヴィクトリア》(1937–)
CBE

イギリス出身の伝記作家、批評家、作家である。オックスフォード大学を卒業後、教師やソーシャルワーカーを経て『タイムズ文芸付録』の編集助手を務める。サウザンプトン、アルスター、ヨークの各大学から名誉博士号を受け、新聞や雑誌といった媒体で数多くの記事を寄稿している。三作の小説最後の『四つの四重奏』は魂の再生と個人と歴史的過去と現在の結びつきを謳った。現代詩劇の復興にも寄与した。子ども向け詩集の『ポッサムおじさんの猫とつきあう法』は、アンドルー・ロイド・ウェバーがミュージカル劇にした。1920年代以降の最もすぐれた英語のモダニスト詩人として、1948年ノーベル文学賞を受賞した。（田中慶子）

Maud Ellmann

《エルマン、モード》(1954–)

米国出身の文学者。オックスフォード大学で博士号を取得、2010年からシカゴ大学で教鞭をとり現在に至る。20世紀以降のモダニスト的テクスト（小説、詩）をフェミニズム、ジェンダーやセクシュアリティ、そして精神分析学の観点から分析するのがエルマンの強みである。初の研究書はT. S. エリオットやエズラ・パウンドの詩における〈非個人〉についての研究、二作目は作家活動における飢えに焦点をあてた研究である。これらは高評価を得ているが、ボウエンについての数少ない伝記のひとつである『エリザベス・ボウエン、ページを覆う影』(2003)は、今やボウエン研究における必読文献となっている。その後もモダニスト文学における〈自己の溶解〉を扱った論考、第二次世界大戦のイギリス文学や文化を論じた著作を発表している。レズビアンの作家シルヴィア・タウンセンド・ウォーナーについても数々の業績を残している。夫のリチャード・エルマン（1918–87）はアイリッシュ・アメリカンで、オックスフォード、ニュー・カレッジで長らく教鞭をとり、オスカー・ワイルド、ジェイムズ・ジョイス、イェイツなどの優れた研究業績がある。（小室龍之介・田中慶子）

F

Folkstone

《フォークストン》

フォークストンは、ボウエン母子がハイズの次に移った場所である。1907年母子はイザベラ・チェネヴィックスとその二人の娘のもとに身を寄せた。母の姉のコンスタンス・コリーは医師になったが、肺結核に冒されてハイズのサナトリウムに入った。1912年亡くなり、フォークストン墓地に埋葬された。

フォークストンは19世紀に小さな漁村から人気のリゾート地に変貌したが、基地が設置された第一次世界大戦とともにその黄金時代は終わった。第二次大戦中もハイズと同様に要塞基地となった。ボウエンの長編小説『心の死』では大戦間、短編「蔦がとらえた石段」では戦前と大戦中のフォークストンがサウストンという仮名で舞台になる。またシールという地名も海ぎわの地区リーズの逆つづりの創作である。『心の死』ではクウェイン夫妻がバカンスに行く間、ポーシャはアナのもと家庭教師の未亡人ヘカム夫人が住む「ワイキキ」荘に預けられる。（ハワイのワイキキは1930年代には映画などのマスメディアをとおして世界最高のリゾート地としてその名を馳せていた）『リトル・ガールズ』に出てくる「ゲイシャ・カフェ」は実在していて、ボウエンが絶賛した当地出身のジョスリン・ブルックの半自伝的小説『オーキッド・トリロジー』の中でも言及されている。「蔦がとらえた石段」は1945年のボウエンのフォークストン取材で着想した作品である。〈蔦がとらえた石段〉は廃屋と化した屋敷（ギャヴィン）と植物の忍びやかな支配力（ニコルソン夫人）の表象である。戦前、ニコルソン未亡人は同級生の息子ギャビンを

『実用教育論』(1798) にはその痕跡が認められ、年下の兄妹の教育係だった彼女は『両親の手助け』(1796–1800) などの子ども向け作品を残している。

アイルランドに設定された作品に『倦怠』(1809)、『不在地主』(1812)、歴史小説の先駆けともされる『オーモンド』(1817) があり、『ラックレント城』(1800) はアングロ・アイリッシュ小説の古典である。その他、イギリス社会を舞台にした作品に『ベリンダ』(1801–02)、『パトロネッジ』(1814)、最後の長編作品『ヘレン』(1834) があり、さらには女性教育擁護論に『女性作家への手紙』(1795) がある。　(小室龍之介)

Thomas Stearns Eliot
《エリオット、トーマス・スターンズ》
(1888–1965)

ミズーリ州セントルイスの名門家庭に生まれ、イギリスに帰化した。ハーバート大学で哲学を学び、ラフォルグを愛読し、パリに遊学する。1914年オックスフォード大学に留学した。コンラッド・エイキンを介してエズラ・パウンドに会い、詩人として出世する後押しをしてもらう。彼がロンドンで初めてベッドフォード・プレイスに居を定めたのは、憧れのシャーロック・ホームズがベイカー・ストリートに移る前はモンタギュー・ストリートにいたからだという説がある。その後、結婚して住んだクラレンスゲイト・ガーデンズもベイカー・ストリートから近隣である。ここがボウエンのロンドンの家探しの目星となったようである。詩では食べていけないと1917年ロイズ銀行に就職したが、フェイバー&フェイバーの文芸誌の編集者の職を確保して、終身勤めた。『アルフレッド・プルーフロックの恋歌』が最初のモダニズム文学の傑作として有名で、『荒地』(1922) は第一次大戦後の荒廃した精神的風土を鋭く表現した。『聖なる森』で評論家としても名声を確立した。

最初の妻のヴィヴィアン・ヘイウッドは出会った時はケンブリッジで家庭教師をしていた。結婚後、情緒不安定の奇行が彼にとって過大な重荷になり、同じアパート内で何度も引越しを繰り返した。だが彼女はときに詩神 (ミューズ) であったといえなくもない。恩師のバートランド・ラッセルが心配してヴィヴィアンに関わったが、奇妙な三角関係になった。エリオットがアメリカの大学に招聘され、妻との別居は決定的となった。ヴィヴィアンの弟が彼女を1938年精神病院に入院させ、二人は面会することがなくても法的に夫婦のままだった。1947年ヴィヴィアンは病院内で薬中毒で急死した。二人の関係は *Tom & Viv* (1994) という映画になった。(邦題『愛しすぎて/詩人の妻』) ナショナル・ポートレート・ギャラリーのオットリン・モレルのアルバムのなかに彼女のお茶会でボウエンがヴィヴィアンと同じフレームに収まっているスナップ写真がある。ボウエンはエリオット夫妻を訪問し、異様な緊迫感に気が沈みながら、トムは気に入ったとオットリンに宛てて手紙に書いている。(1932年8月15日) ボウエンは『タトラー』誌にヴァージル協会の初代会長エリオットの第一回年次総会の講演「古典とは何か」の紹介を書き、「精神の成熟」と「共通言語」を鍵語とした。(1945年3月7日)

1957年に秘書のヴァレリーと再婚した。エリオットは宗教色の濃い家庭に育ったが、ユニテリアズムからアングロ・カトリックへの改宗がその後の作品に影響している。彼の

のためにドイツの武器と弾薬の輸送を手配したが、イギリス軍によって阻止され、反逆罪で処刑された。

1916年4月24日のイースター月曜日に、アイルランドの民族主義者組織（義勇軍、市民軍）がアイルランド共和国の設立を宣言し、約1600人の同志とともに、イギリス政府に対する反乱を起こした。イースター蜂起はアイルランド全土で行われず、主にダブリンで実施された。反政府勢力はダブリンの著名な建物を押収し、イギリス軍と衝突した。一週間以内に、暴動は鎮圧され、2000人以上が死亡または負傷した。反乱の指導者たちはすぐに銃殺隊によって処刑された。蜂起による破壊行為に憤慨した大衆の感情も、関係者の大量逮捕、投獄、戒厳令でイギリスに対する反感とアイルランド独立運動への支持に変わり、処刑された指導者たちを殉教者として奉るようになった。1918年のイギリス議会総選挙では、シン・フェイン党がアイルランドの議席の過半数を獲得した。シン・フェイン党のメンバーはイギリス議会出席を拒否し、アイルランドの独立を宣言した。その後、アイルランド共和軍はイギリス政府とアイルランドの軍隊に対してゲリラ戦争を開始したが、1921年7月の停戦後、双方は12月に条約に署名し、1921年に条約が調印され、1922年にアイルランド自由国が設立された。最終的にはアイルランド共和国の独立が、1949年4月18日のイースター月曜日に正式に宣言された。　（田中慶子）

Clarissa Eden

《イーデン、クラリッサ》(1920–2021)

（旧姓スペンサー＝チャーチル）OG

ウィンストン・チャーチルの姪で、1955年

から1957年までイギリス首相を務めたアンソニー・イーデンの妻となった。1954年にガーター騎士団に叙爵され、レディ・イーデンとなり、1961年に夫はエイボン伯爵に叙爵され、エイボン伯爵夫人となった。ロンドンのケンジントンに生まれた。パリで美術を学び、後にスレイド美術学校に入学する。1940年からオックスフォード大学の聴講生となり、アイザイア・バーリンやモーリス・バウラと交流を持つ。戦後、雑誌『コンタクト』の編集に携わり、雑誌は短命に終わったが、人脈を広げた。ボウエンも寄稿者の一人である。1945年クラレンス・テラスの修復中、キャメロン夫妻は彼女の所有するメリルボーンのロスモア・コートを提供された。ボウエンはそこで「幸せな秋の野原」を書いた。

（田中慶子）

Maria Edgeworth

《エッジワース、マライア》(1768–1849)

オックスフォードシャー生まれのアングロ・アイリッシュ作家。アイルランドの大地主でありアイルランド議会議員も勤めた父親リチャード・ロヴェル・エッジワース（1744–1817）はジャン＝ジャック・ルソーを信奉し、その影響は彼女にも及んだ。父親との共作

D

Eamon de Valera

《デ・ヴァレラ、エイモン》(1882–1975)

1916年のイースター蜂起を主導し、死刑宣告されたが、アメリカ生まれだったので執行を免れた。「アイルランドの英雄」としてリメリック州ブルーリー村にある彼の出身の学校が記念館になり、クレア州エニスにも記念館と記念碑がある。アイルランド王立大学で数学を専攻し教師になったが、アイルランド義勇軍に参加し、1917年エニスの議会議員に選出され、シン・フェイン党に入党した。アイルランド独立戦争時にアメリカ政府に承認と援助を求めて渡米し、終戦後はシン・フェイン党からは離脱して、新たにフィアナ・フォイル（共和党）を樹立した。アイルランドの首相在任中には新憲法を草案し、第二次世界大戦ではアイルランドの中立を固持した。長期にわたる政務では、とりわけアイルランドのアメリカとの関係を強化した功績がある。（田中慶子）

Downe House School

《ダウンハウス・スクール》

ボウエンが三度目に入学したのは、ダウンハウスという寄宿学校で、チャールズ・ダーウィンの家の屋号をそのまま冠した。ダウンハウスはダウンというオーピントンにある当時人口400人ほどの小村の中心部からほど近く、ロンドンからおよそ25キロ離れたこの地は、最寄りの鉄道駅からもかなりの距離があって、「世界の果て」と称された。野生の蘭が咲き乱れ、温室や庭、付近の散策で自然観察ができる絶好の環境だった。彼は都会の喧騒から逃れ40年間暮らし、十人の子をもうけた。ダーウィンが『種の起源』を執筆した書斎が生徒の控え室になった。出版者や作家などの知的階級の父兄が多く、1913年雑誌『パンチ』の恒例のクリケットの試合は、ボウエンの同級生の父でジャーナリストのE. V. ルーカスがチームのキャプテンを務めてJ. M. バリー、コナン・ドイル、A. A. ミルンも参加して校庭で行われた。学校は規模拡大でニューベリー近郊のコールドアッシュに移転したが、その後ダウンハウスはイングリッシュ・ヘリテージの管理の元、ダーウィンの家として復元し保護公開されている。ボウエンは再訪してダーウィンの聖地と化した母校を見て「感傷に浸るのはもはや不可能になった。私は科学的な人たちはあまり好きではないし、彼らが私の青春時代のことも知らずに訪問して、チャールズ・ダーウィンのことを考えて、あちこち踏み荒らすのはぞっとする」と嘆息する。キャサリン皇太子妃も卒業生である。（田中慶子）

E

Easter Rising

《イースター蜂起》

1800年の合同法により、アイルランドはイギリスと合併し、グレートブリテンおよびアイルランド連合王国を形成した。その結果、アイルランドはダブリンでの議会を失い、ロンドンのウェストミンスターの統一議会によって統治された。19世紀の間、アイルランドのナショナリスト団体は抵抗を重ねた一方、アイルランド共和党同胞団（IRB）と呼ばれる秘密組織のメンバーは、アイルランドの完全な独立を求め、革命を計画した。彼らは、第一次世界大戦でイギリスと戦っていたドイツからの軍事支援を期待し、民族主義者であるロジャー・ケースメントは、反政府勢力ビアンコーニが19世紀に先駆的な駅馬車の交通網を整備した。

Clonmoreとして若干、名を変えて出てくる『愛の世界』ではリリアがサラダ・サーバーを買いに行くついでに、ヘア・サロンに予約をしてジェインとモードをメインストリート（オコンネル・ストリート）に連れていく場面がある。パブを兼ねる食料品店ロニガンの店も実在し、パブは現存している。月曜日と木曜日の夕べにドッグレース（グレイハウンド・レイシング）が開催された。中編「夏の夜」ではエマがホテルで電話を借りる場面がある。（田中慶子）

Cyrill Vernon Connolly
《コノリー、シリル・ヴァーノン》
(1903–74) CBE

イギリスの作家で文学批評家。ボウエンとは遠縁関係にあたり母はアングロ・アイリッシュのムリエル・モード・ヴァーノンでダブリン、クロンターフ城が実家である。イートン校では学業に優れ、オックスフォード、ベイリオール・カレッジ在学中にボウエンを知ったが、大学生活には幻滅した。旅行に目覚め、頻繁に通ったパリで1930年にアメリカ人芸大生ジーン・ベイクウェルと結婚した。デスモンド・マカーシーの誘いで『ニューステイツマン』の書評を担当することになり、彼の最初の仕事はボウエンの『ホテル』だった。ボウエンに『シェルボーン・ホテル』の出版を勧めたのはコノリーである。処女作はピーター・ケネルに捧げた『ロック・プール』（1936）で、小説家志望を挫折した自伝的『約束の敵』（1938）で注目された。文芸誌『ホライズン』の編集を通して、ジョン・ベッチェマンやイヴリン・ウォーとも交流し、同誌は第二次世界大戦中においても、その価値基準を政治ではなく美学に置いたことで確たる名声を築いた。彼は『オブザーバー』の文芸編集や『サンデー・タイムズ』の文芸批評にも力を注いだ。彼はボウエンの臨終の床を見舞うことが許された数少ない親友の一人だった。『サンデータイムズ』にボウエンの追悼文を寄せた。三度目の結婚でイーストボーンに居を構え、1974年亡くなった時、サセックス州バーウィック教会の墓地に埋葬された。そこはブルームズベリー・グループの拠点「チャールストン・ファームハウス」に近く、ダンカン・グラントが描いた壁画がある。（小室龍之介・田中慶子）

Spencer Curtis Brown
《カーティス・ブラウン、スペンサー》
(1908–1980)

ボウエンの著作権代理人。長年にわたる公私のつきあいがあり、最後にボウエンの絶筆の自叙伝「さし絵と会話」に序文をつけて死後出版した。父のアルバート・カーティス・ブラウンは、もともとニューヨークプレスのロンドン特派員であった。彼は大西洋両岸の出版の機会を求める作家を発掘していた。文学の国際化を理念としてパリ、ベルリン、ミラノ、コペンハーゲンにもオフィスを開設した。ケネス・グレアム、A. A. ミルン、D. H. ロレンスなどの多くの著名な作家の著作権代理人をした。1935年に息子のスペンサー・カーティス・ブラウンが後継者となった。スペンサーは、1968年に引退し、投資会社に代理店を売却した。

（田中慶子）

歌し、1924年に現代史の成績をトップクラスで収めるとウォダム・カレッジの歴史学教師として抜擢された。その傍ら、詩人ウィリアム・カウパー（1731–1800）の伝記を1929年に発表。その翌年受賞したホーソーンデン賞が契機となり教職を辞し、ついに作家生活をロンドンで本格化させた。その後、デズモンド・マカーシー（1877–1952）の娘レイチェル・マカーシー（1909–82）と1932年に結婚した。

1939年にはニュー・カレッジにて、今度は英文学教師として教職に復帰、1969年まで続けた。親族ゆずりのウィットやユーモアで呼び声高い教師として知られ、その間の精力的な執筆活動により、オースティンとチャールズ・ラムの伝記をそれぞれ1978年と1983年に発表した。ボウエンとはディナーを共にしたり、彼女の作家としての地位向上に尽力したりした。彼は文芸サークルのインクリングズでも重要メンバーで、トールキンの愛読者でもあった。（小室龍之介）

Clarence Terrace
《クラレンス・テラス》

ボウエンは1935年からロンドンのウェストミンスター、メリルボーンのクラレンス・テラスに夫と住んでいた。都市デザイナーのジョン・ナッシュの監督のもとバートン父子の建築設計で建てられたリージェンツ・パークでは一番小さいテラスである。地下鉄のベイカー・ストリート駅南西方面の徒歩四分のところにある。1935年アラン・キャメロンのロンドン転勤が決まった際、ボウエンは住まい探しでリージェンツ・パークのクラレンス・テラス2番の家を即座に決めた事情について、ヴァージニア・ウルフに宛てた手紙で詳しく書いている。交通の便が良く、ロンドンの中心でありながらカントリーハウスのような公園の池と緑の眺望があり、窓が複数方向にある角地という立地も申し分なく、何よりも超高級住宅地なのに賃貸権が8年しかないため格安物件だったのである。

夫妻は開戦後、ほかの住人が退去した後も最後まで残っていた。『ホライズン』1941年9月号に発表された「ある街区で」には大空襲の後の荒廃した建物の内外の様子が描かれている。ボウエンはアメリカ南部出身の作家ユードラ・ウェルティと親しく交際していて、ウェルティがオックスフォードやケンブリッジ大学の客員講師として渡英してきた時、ボウエンはクラレンス・テラスを仕事部屋として提供した。だがウェルティは窓の外のリージェンツ・パークの風景や白鳥に見とれるばかりで、仕事にならなかった。（田中慶子）

Clonmel
《クロンメル》

ティペラリィ州の中心で地名はシュール川の豊饒な土地をさして聖書の「乳と蜜の流れる土地」にちなんだアイルランド語である。10世紀にシュール川をのぼってやってきたヴァイキングとオニール藩との間で戦闘が起こり、14世紀にエドワードI世が町に勅許状を与え、オーモンド伯爵家の本拠地となった。クロムウェル軍に対する激烈な抵抗はアイルランド史に語り継がれている。歴史的建造物は18、19世紀の町の繁栄を偲ばせる。ロレンス・スターン（1713–68）はここで生まれ、アンソニー・トロロープ（1818–82）がここで郵便局員をしながら処女作を書いた。N24道路と鉄道が結ぶリメリック－ウォーターフォード間にある。元市長のチャールズ・

C

Alan Charles Cameron,
《キャメロン、アラン・チャールズ》
(1893–1952)

アラン・キャメロンはボウエンの夫として、陰ながら終生ボウエンを支えた。上流中産階級出身のキャメロンはエクセターから程近いエクスマスで育った。学校教育を受けた時分から勤勉かつ知的で、オックスフォード大学ハートフォード・カレッジへ進学した。だが、その数年後には徴兵され、1916年のソンムの戦い、その後はイタリアなどで従軍し、陸軍大尉にまで昇進するものの戦地での毒ガスによって眼を負傷し、これは彼を生涯悩ませることとなった。戦争体験のストレスによる過剰なアルコール摂取が眼の病状をさらに悪化させた。

ボウエンが初の短編集『出会い』を出版した年の1923年8月4日、キャメロンは彼女と結婚した。1925年にキャメロンはオックスフォード市教育局局長に任命されると、この街で10年ほど過ごした。駆け出しの作家に過ぎなかったボウエンにとって、オックスフォードでの生活はその後のキャリアを積む上でとても重要だった。ボウエンがジョン・バカン、C. D. ルイスやディヴィッド・セシルとの知己からシリル・コノリー、ヘンリー・グリーン、イヴリン・ウォーなど当時、知名度の高かった作家や批評家へとその人脈を広げることができたのは、ひとえに夫アランがいたからに他ならない。

1935年、BBCの教育放送中央審議会幹事に任命されたのを機に、キャメロン夫妻はロンドンのリージェンツ・パークの西側に位置するクラレンス・テラスに転居した。この時すでにボウエンのキャリアはある程度確立しており、頭が切れないと評されるアランよりもボウエンを目当てとする訪問客の方が多かった。この二人の結婚についての是非をめぐる議論が友人や知人によってなされたのは、ボウエンにはショーン・オフェイロン、カナダの外交官チャールズ・リッチーらとの不倫遍歴があったからだ。リッチーは1943年のクリスマスをクラレンス・テラスで夫妻と過ごしたこと、『日ざかり』の献辞は彼に向けられていることから、この不貞は公然のものだったとわかる。ボウエンを聖人視し深く愛していたゆえに、キャメロンは彼女の不倫は些細なことと見過ごしたし、ロンドンの自宅やボウエンズ・コートの管理までをも引き受けた。つまりキャメロンは妻から相当、依存されていたのである。

同僚に慕われ仕事に生きたキャメロンは、戦禍の負傷を免れた方の目が白内障に冒され、更には心臓病や糖尿病にも追い打ちをかけられると、BBCの役職を退かざるを得なかった。とはいえ、その後も社会活動を続け、イギリスの巨大レコード会社グラモフォン（EMI）での教育アドバイザーを務めたり、『オックスフォードレコード音楽史』の編集に加わったりした。

1952年にキャメロンは病気療養のためロンドンの住居を引き払い、ボウエンズ・コートで過ごすことにした。彼は同年そのまま息を引き取った。　（小室龍之介）

Lord Edward Christian David Gascoyne-Cecil
《セシル、ディヴィッド》(1902–86) CH

ロンドン生まれの歴史家、作家。イートン校での学校生活には馴染めなかったものの、オックスフォード大学では学生生活を謳

John Buchan (Baron Tweedsmuir)
《バカン、ジョン（トウィーズミュア男爵）》
(1875–1940) GCMG, GCVO, CH, PC

ボウエンのオックスフォードの友人。スコットランドのカルヴァン派の牧師の家の生まれでグラスゴー大学を経て、オックスフォード大学を卒業後、行政官として南アフリカに赴任した。帰国後、スーザン・トウィーズミュアと結婚し、ロンドンで所帯を持つ。スコットランド教会の長老となり、夫妻は政治官僚と食事を共にするようなロンドン社交界の中心人物であった。ヘンリー・ジェイムズとも親交があった。スリラー小説の創作にも没頭したが、健康を害し、自分と娘の静養のためにケントのブロードステアーズに転居した。『三十九階段』の執筆にとりかかっていると「タイムズ」から前線特派員の仕事を受け、その後外務省と陸軍省からも任務の要請があった。十二指腸潰瘍の手術の休養中にロイド・ジョージ首相から戦争宣伝部長を任命された。戦後はオックスフォードに住み、大学と教会に関連した八面六臂の社会的活動のかたわら歴史小説、スパイ小説家としても名を馳せた。1935年カナダ国王を兼務していたジョージV世から第15代総督を任命され、初代トウィーズミュア男爵となった。エドワードVIII世が退位しても総督の職位にとどまり、第二次世界大戦開戦時にはカナダ軍最高司令官を務めた。翌年、不慮の死でカナダ国葬となった。妻のスーザンは、父はノーマン・グロヴナー大佐、母はウェストミンスター伯爵のいとこであり小説や回想録を著し、ヴァージニア・ウルフとも幼なじみで、ボウエンともども生涯にわたって交際が続いた。（田中慶子）

William Buchan (3rd Baron Tweedsmuir)
《バカン、ウィリアム
（第3代トウィーズミュア男爵）》(1916–2008)

愛称ビリー。ジョン・バカンの次男。イートン校からオックスフォード、ニュー・カレッジに進学するが中退する。父ジョンは『三十九階段』がアルフレッド・ヒチコック監督による映画化が決まると、ビリーが映画界に興味を示したので、撮影現場で映像技師の助手として使ってもらうように世話した。キャメロン夫婦はクラレンス・テラスの入居時に二階にビリーを下宿人として置くことにしたが、持てあました。（彼は短編「ある街区で」のマデラの甥のベネットを想わせる）程なく彼は喉の手術が必要になりカナダの親元に渡った。大戦時はイギリス空軍パイロットに配属され、帰還すると空軍訓練司令部に勤務しながら従軍体験を本にまとめた。戦後はリーダース・ダイジェスト、大手建設会社や石油会社に転職しながら著述業を続けた。ボウエンは長女のパーディタの教母になった。（田中慶子）

あった。屋内にも手を加え、ヴィクトリア様式の内装を施した客間では華やかな社交生活が展開された。ロバートはまた州の治安判事など数々の公的な役割も果たした。

ロマンチックな出会いをしたエリザベス・ジェイン・クラークと1860年に結婚。生まれた九人の子どもには厳しい教育方針を示し、とりわけ長男ヘンリー（六代ヘンリー）には大きな期待をかけた。ヘンリーは優秀な学業成績をおさめたが、父親とは性質も考え方も異なっていて、領地の管理経営に一生を捧げることに満足はできず、法廷弁護士になるという決意を表明する。激怒したロバートは、息子との確執を抱えたまま1888年に死去した。（木梨由利）

Bowen's Court
《ボウエンズ・コート》（ボウエン邸）

タイトルはボウエン家がアイルランドのコーク州で、約200年間所有したビッグハウスの名称である。近隣の町ミッチェルズタウンからは、西南西へ約8マイル、マローからは北東へ約13マイルの、バリフラ山脈の麓の山間部に位置する、ファラヒーと呼ばれる土地に建てられていた。

ファラヒーは、ボウエン家の始祖ヘンリー・ボウエンが1653年にクロムウェルから受領したが、そこに家を建てたのは五代目の当主、三代ヘンリーであり、建築に約十年を要して1775年に完成した。地上三階、地下一階の四角い建物で、まさに、この時代のアングロ・アイリッシュの権勢を象徴するような、天井が高くて光をふんだんに取り込む部屋が作られた。「ボウエンズ・コート」という名称はその形状と、ボウエン一族がウェールズの「コートハウスのボウエン」（“Court House Bowen”）と呼ばれた名家の子孫であることに由来する。ただ、建築費の不足のせいで、建物の北東の一角や階段の一部などは最後まで完成されることはなかった。

この館に大きな改修を加えたのは八代目の当主ロバート・ボウエンである。館の周囲の防風林や村へ通じる馬車道、給水塔などはいずれもロバートによって作られた。彼はまた、建物内部にも手を加え、典型的なヴィクトリア様式の装飾をほどこし、絹張りの長椅子を置き、豪華な敷物を敷いたりした。

ロバートの長男でエリザベス・ボウエンの父である六代ヘンリーは法廷弁護士としてダブリンに住んだため、館は使用人が留守居をしていたが、エリザベスが7歳になるまでは一家はここで夏を過ごした。ボウエン家の人々と、小作人たちとの関係は良好だったようで、1921年、近隣のビッグハウスが一晩で三軒焼き討ちにあった時も、ボウエンズ・コートは難を逃れた。

ボウエンズ・コートは1930年にエリザベス・ボウエンの所有となり、ヴァージニア・ウルフやアイリス・マードックなど多くの作家がここに招かれた。1952年には彼女の夫が退職し、夫妻が日常生活を営む場となったが、夫の死後、資金不足から維持することが困難になり、1959年に売却された。住居として残してもらえるという期待は空しく、翌年解体された。長篇小説『最後の九月』のダニエルズタウンはボウエンズ・コートをモデルとしている、と作者は読者に思わせたかったようである。（木梨由利）

に育った。ただ、母のエリザベス・イザベラは、自信家で、支配的で、娘たちには独特の教育観をもって接した。自身は頭の回る人ではあったが、知的なものに反対し、読書を無益なものとみなし、ダンスや観劇などの娯楽を禁止した。フロレンスはそんな母親と衝突することもあったが、自分が「扱いにくい子ども」であることも自覚し、感受性が豊かで、知的で、アイディアに溢れ、外見も美しい女性に成長した。一方で、夢想的なところがあり、それも六代ヘンリーと惹かれ合う要因の一つになったのではと推測されているが、自身は、自分がヘンリーを愛したのは、彼が気高くて心が広い人であったからだとしている。

反対する母を説得し、1890年4月に24歳でヘンリーと結婚し、ボウエンズ・コートで盛大な祝福を受ける。ボウエンズ・コートを大いに気に入って、古い家具を地下室から掘り出したり、先祖の肖像画を磨いたりした。若者たちのための舞踏会を催すこともあった。結婚九年を経て生まれたエリザベスを育てるにあたっては、過保護ともいえる断固たる考えを実践した。母子の関係を悪くしないため、叱るときはガヴァネスに叱らせるとか、脳に負担がかかりすぎないようにと、七歳になるまで文字は教えず、代わりに読み聞かせをするという具合だった。

ヘンリーとは、独特の愛の世界を築いていたが、1905年ヘンリーの神経の病気が判明する。離れて暮らすことを医者から勧められて、1907年からは母子でケント州の親戚たちの家に身を寄せる。その間の母子の関係はとても濃密なものであった。1912年、ヘンリーに回復の兆しが見えて来た頃に、フロレンスが癌に侵されていることがわかり、同年9月にハイズで死去した。やや内陸のソルトウッドの教区教会の墓地に埋葬された。　　　　　　　　　　　（木梨由利）

Robert Cole Bowen
《ボウエン、ロバート・コール》(1830–1888)

ボウエン家の八代目の当主でエリザベス・ボウエンの祖父。祖母も母も共にゴールウェイ家の出であり、両家の血を色濃く受け継いで生まれた。そのせいか、極端に走る傾向もあったが、エネルギッシュで、ボウエンズ・コートを建てた三代ヘンリー以来の大物とエリザベス・ボウエンは評している。

父の五代ヘンリーはロバートが11歳の秋に他界する。ロバートは、コーク州とティペラリィ州、合わせて約6700エーカー（約27.1km^2）の土地を相続し、母と祖母に大切に育てられた。1844年、キルボレーンの土地問題が再燃、売却は無効だったとする訴えが提出された。14歳のロバートも審議の場に出席し、そのこと自体は稀有な体験として楽しんだらしいが、決定的な敗訴という結果はロバートに生涯消えない影響を残した。彼は顎を上げた傲慢なポーズが癖になり、その敗北を学業で取り返そうとした。

ロバートはイングランドのチェルトナム・カレッジからダブリンのトリニティ・カレッジへ進学し、1856年に修士号を取得すると、その後は領地の経営に専念した。領地を精力的に回り、隅々まで知りつくし、できる限りの収益を上げようとした。屋敷にも改修を加えた。地代を受け渡しするための執務室を作り、家の周囲に防風林をもうけ、村までの道路を建設した。屋敷の後ろ側に塔を建てて、その内部に水槽を載せた手洗い所を設置したのは、とりわけいちじるしい改善で目の妻の子で、父を追って、クロムウェルの遠征に参加していた長男ジョンが、初代ヘンリーと合流して、アイルランドのボウエン家が確立された。ボウエン家では、ウェールズの祖先から受け継いだ雄鹿の紋章に加えて、ボウエン大佐が愛した鷹が紋章として新たに用いられた。ヘンリー・ボウエンは1659年ファラヒーで没するが、埋葬された場所は不明である。（木梨由利）

Henry Cole Bowen (Henry III)
《ボウエン、ヘンリー・コール（三代ヘンリー）》
(1723–1788)

ボウエン家の五代目。二代ヘンリーと、王族の血をひくジェイン・コールの長子として生まれた。初代ヘンリーが獲得したファラヒーと曾祖父が所有したキルボレーンの領地等を相続する。

ヘンリーが誕生する前年に父は他界、母もヘンリーの誕生後しばらくして婚家を去り、一年も経ずに亡くなったので、法学博士のルエリン・ナッシュを含む三人の後見人の支援も得て、祖母がキルボレーンで養育にあたった。キルボレーンは陰気な土地柄であったが、叔母の嫁ぎ先のウィルソン家では歓迎してもらえたし、ファラヒーの借地人でもあったナッシュもヘンリーをかわいがってくれた。成人したヘンリーには立派な外見と華があり、同時に、アイルランド人にも親近感を抱かせるような気安さや鷹揚さがあった。学校へは行かず、家庭教師から多くを学んだ形跡もなく、精神的な喜びや芸術などには興味を示さなかったが、人付き合いがうまく、また世間を見ることは重視していたので、近隣の町マローで華やかな社交生活を楽しんだ。

1760年、彼は37歳の時、暖かな家庭を求めて、12歳下の従妹マーガレット・ウィルソンと結婚した。当初はマローで借家住まいをしていたが、自分の土地に住みたい、何か記念碑的なものを建てたいという気持ちが次第につのってくる。折しも、アングロ・アイリッシュたちが民族としての意識に目覚め始めた時期であり、彼は、ファラヒーにビッグハウスを建てることを決断する。キルボレーンのブランドン城をめぐる訴訟が1764年に敗訴と決定したことも、その決断を後押ししたと推測されている。「ボウエンズ・コート」と呼ばれるビッグハウスは、資金の不足で一部未完成な部分がありながらも、ほぼ十年を費やして、1775年に完成した。しかし、抱えている負債は大きく、死産や早産で亡くなった子を除いても14人いた子どもたちにも多額の養育費が必要であった。晩年は病をえて、義勇軍に参加することだけが唯一の楽しみとなったヘンリーは、長男がボウエンズ・コートの未完の部分を完成してくれることを信じて、1788年に世を去った。（木梨由利）

Florence Isabella Colley Bowen,
《ボウエン、フロレンス・イザベラ・コリー》
(1864–1912)

エリザベス・ボウエンの母。エリザベス女王の時代にまで遡るアングロ・アイリッシュの名門、コリー家の第3子かつ第3女として生まれた。コリー家は、キルデア州に領地を所有していたが、一家の住まいはダブリン州、クロンターフのダブリン湾を見下ろす屋敷「マウント・テンプル」で、フロレンスは、敬愛し合う5人の姉妹たちと、魅力的かつ愉快な4人の兄弟たちとともに、暖かな家庭

『モスリンのドラマ』(1886) やサマーヴィルとロス共作 (マーティン・ロス) の『ほんとうのシャーロット』(1894) といった作品が、華やかな階級の閉じた世界の内部を描出した。さらに、サマーヴィルは単独で『インヴァーのビッグハウス』(1925) を発表、その4年後に、エリザベス・ボウエンが『最後の九月』(1929) において、トラブルズの時期のアセンダンシーの最後の日々とIRAの放火によるビッグハウスの炎上を描いた。ムーアに始まるこれらの作品は、地主階級の没落と終焉を捉えるに留まらず、そこに直面させられる特に女性の葛藤や生き方の模索にも光を当てており、モリー・キーンの諸作品もこの流れの延長線上にある。さらに、ボウエンのもう一つのビッグハウス小説『愛の世界』(1955) は、1950年代のビッグハウスを舞台に、過去に囚われていた女性たちが現在に目を向け、新たな一歩を踏み出す様を捉えている。もはやそこに特権階級の優雅な生活はない。しかし、階級が終焉を迎えてなお、ビッグハウスという空間も、またビッグハウス小説というジャンルも、新たな可能性に向かって開かれていることを感じさせる。

最後に、現代のこのジャンルの書き手としてジェニファー・ジョンストン、ジョン・バンヴィル、ウィリアム・トレヴァーを挙げておく。英国とアイルランドの狭間に生きるアセンダンシーのアイデンティティの揺らぎを様々な形で写し取っていたこのジャンルは変わりゆく新しい世界で居場所を探す登場人物たちを描き続けている。 (松井かや)

Henry Bowen (Henry I)
《ボウエン、ヘンリー (初代ヘンリー)》
(?–1659)

アイルランドでのボウエン家の始祖。ウェールズのガウアー半島の出身。15世紀半ばにコートハウスのボウエン家 (Court House Bowens) を創設したモーガン・アプ・オウエンの子孫である。その祖先は、系図に途中曖昧な部分があるにせよ、11世紀までさかのぼってたどることができるとされる。1640年代後半には、ヘンリーはグラモーガン州でかなりの資産を所有していて、妻や子どものいる家庭も相続した。しかし、この地では、先住のウェールズ人と、フランドルから来た移民たちとの間のいざこざもあり、彼はここでの生活に圧迫感や閉塞感を感じていたようで、内乱の勃発が、この地を離れるきっかけになった。

最初は国王側についたもの、1649年に、クロムウェルの軍の一員としてアイルランドへ赴く。『ボウエンズ・コート』でボウエン大佐 (カーネル・ボウエン) との呼称が用いられているのはこのためであるが、活動的で有能な軍人であって、1653年には、クロムウェルからバリフラ山脈の麓、コーク州にある、ファラヒーと呼ばれる土地を与えられた。利益を生み出せない沼沢地などを除いてもおよそ750エーカーという広大な土地であった。ヘンリー・ボウエンは鷹と鷹狩を何よりも愛し、アイルランドにも一対の鷹をともなって行ったといい、この鷹が土地の獲得に一役果たしたという言い伝えもあった。

1656年に、ウェールズの財産に関する法的手続のために短期間帰郷したが、その後は二度と妻やその子どもたちに会うこともなく、独り荒れ果てた城に住んだ。だが二番

シア系ユダヤ人の銀行家、母は石油王の娘であった。エイリーヌはパリでユダヤ人大富豪の息子と結婚したが未亡人となり、ドイツ軍を逃れて幼い息子を抱えてアメリカに亡命した。1943年彼女が再婚相手に選んだのは、マンハッタン・プロジェクトに携わるユダヤ難民科学者のハンス・ハルバンであった。戦後、ハンスはオックスフォードのクラレンドン研究所に赴任し、夫妻はヘディントン・ハウスに居を定め、アイザイア・バーリンは常連客になった。1949年にハーバードに向かうアイザイアは船上で思いがけずエイリーヌと再会し、二人は離れられない関係になった。結局、ハンスと別れてエイリーヌとアイザイアは1956年に結婚した。アイザイアは翌年ナイトに叙され、社会政治理論の教授のコールの後任に選ばれた。彼は大学院大学ウルフソン・カレッジの設立に奔走し、1966年に初代学寮長になった。ボウエンの作品は『パリの家』だけは、モデルを知っていたので通読できた。ボウエンにとっては隣人で家主にして、害のない、うちあけ相手だった。エイリーヌともども終生の親友だった。　　　　　　　　　　（田中慶子）

Big House Novels
《ビッグハウス小説》

ビッグハウス小説とは、ビッグハウス、すなわちアイルランドで土地を所有し支配階級となったアングロ・アイリッシュ・アセンダンシーの邸宅を舞台とする小説を指す。英国にルーツを持つこの階級に属する一族の歴史や運命、独特の生活様式などが描かれる。この小説はアセンダンシーの斜陽の兆しとともに誕生し、その気配が色濃くなるにつれてアイルランド小説の伝統における存在感を増していった。現在はアイルランド小説の一ジャンルとして揺るぎない地位を確立しており、21世紀に入ってもなお新たな作品が生み出されている。

この小説の嚆矢とされるのはマライア・エッジワースの『ラックレント城』（1800）で、これはラックレント家四世代の盛衰の物語である。当主たちは領地経営に関心がなく、酒や賭博に財をつぎ込み、最終的には借金まみれとなった四代目の当主が、この家に長く仕えた使用人の息子にすべてを買い取られる。時代は1782年以前に設定され、過去の話として語られているのだが、これはアセンダンシーがその後たどる運命の予告となっている点で興味深い。

エッジワースに続き、チャールズ・リーヴァーやウィリアム・カールトンといった作家らがこの階級の衰退の記録者となった。さらに、19世紀のビッグハウス小説について特筆すべきはゴシック小説との親和性である。荒廃する館、周囲のアイルランド人小作農階級の共同体との隔絶、本来は彼らのものであった土地を奪ったという罪の意識、彼らが政治的・経済的な力を回復していくことへの恐怖、それに伴って迫りくる自身の階級の消滅への危機感――こういったアセンダンシーの現実と心理を映し出す装置として、ゴシック小説は格好の形式であった。代表的なものとしては、チャールズ・マチューリンの『放浪者メルモス』（1820）、シェリダン・レ・ファニュの『アンクル・サイラス』（1864）、ブラム・ストーカーの『ドラキュラ』（1897）などが挙げられる。

19世紀末から20世紀にかけて、ナショナリズムのうねりの中でビッグハウス小説も新たな様相を呈し始める。ジョージ・ムーアの

ボウエン関連語集

A

Abbeyleix
《アビーリーシュ》

ボウエンの大叔母サラは1858年ファラヒー教会に赴任して間もないブラバゾン・ディズニー牧師補に求婚されて、翌年結婚した。ブラバゾンは父の教会の牧師補になるため、スレーンの実家に戻ったが、その5年後には彼はファラヒー教会の主任牧師に任命され、6年間務めた。その後ダブリンに近いレンスター州アビーリーシュに転任して、夫妻は引退するまで20年以上そこにいた。ボウエンはこの結婚が、自分の両親の縁をもたらしてくれたと感謝している。ブラバゾンはアビーリーシュでウィングフィールド牧師の牧師補を務め、ボウエンの母はウィングフィールド牧師の孫娘だった。サラは1918年に79歳で没しアビーリーシュハウスの墓地の夫と同じ墓に葬られた。夫妻に子どもはなくサラは遺産を全て甥のヘンリーに託した。ちなみにウォルト・ディズニーの曾祖父はアイルランドのキルケニー出身で、ブラバゾンと同じ家系につながる。つまりサラ大叔母の結婚によって、ディズニーとボウエンは姻戚関係ができたということである。（田中慶子）

Lady Cynthia Asquith
《アスキス、シンシア》（旧姓チャータリス）
（1887–1960）

ウィルトシャーの第11代ウィームス伯爵ヒューゴー・リチャード・チャータリスの娘として生まれる。コッツウォルズのスタンウェイハウスで育った。1910年レディ・シンシアはハーバート・アスキス（1881–1947）と結婚した。1908年から1916年までイギリスの自由党首相を務めたH. H. アスキスの次男である。1913年、D. H. ロレンスと出会い、友人となり文通相手となった。彼女はレディ・チャタレイのモデルともいわれる。夫が第一次大戦で重い戦傷を負ったため弁護士業を続けられなくなって、生計は彼女の肩にかかった。ピーターパンの生みの親であるJ. M. バリーの秘書になり、1937年の彼の死まで彼の元で働き続けた。1920年代初頭に出会ったL. P. ハートリーは、生涯の友人となった。シンシアは『ゴースト・ブック』の編集で知られるようになった。彼女の回想記とバリー伝は、J. M. バリーの甥のチャールズ・バリーの息子で、その名を受けたジェイムズ・バリーが起業した出版社James Barrie Booksから刊行された。（田中慶子）

B

Isaiah Berlin
《バーリン、アイザイア》（1909–97）
OM CBE FBA

裕福なロシア系ユダヤ人の家庭に生まれ、セント・ポール校からオックスフォード大学コーパス・クリスティ・カレッジに進学し、そこで優秀な成績を修め、哲学の講師、それからニュー・カレッジ、オールソウルズのフェローになった。大戦中はワシントンのイギリス大使館から機密情報発信の仕事をしていた。1946年にヘディントン・ハウスを購入したのはユダヤ人の大富豪の娘エイリーヌ・ハルバンである。ロンドン生まれで、父はロ

年表	同時代の出来事
	1957年 マクミラン内閣成立。
1959年 ボウエンズ・コート売却。	
1960年 『ローマでのひと時』(イタリア旅行記)出版。ボウエンズ・コート解体される。	
1964年 『リトル・ガールズ』出版。ハイスにコテージを購入し、カーベリィと名をつけた。	**1964年** ウィルソン労働党内閣成立。
1965年 短編小説集『闇の中の一日』出版。英国王立文学協会叙勲士となる。	**1965年** 死刑廃止法施行。
1969年 『エヴァ・トラウト』出版。	**1969年** 超音速旅客機、試験飛行に成功。北アイルランド紛争激化。死刑廃止決定。
1970年 『エヴァ・トラウト』ブッカー賞候補になる。ジェイムズ・テイト・ブラック記念賞受賞する。	**1970年** ヒース保守内閣成立。
1971年 ブッカー賞審査委員に任命される。	
1972年 ロンドンのユニヴァーシティ・カレッジ病院に入院、キンセールで最後のクリスマスを迎える。	**1972年** イギリス、アイルランド、EC加盟調印。
1973年 リッチーに看取られ病院で死去。故郷のセント・コルマンズ教会墓地に埋葬される。	
1975年 『さし絵と会話』死後出版された。ロイヤル・ハーバーニアン芸術アカデミーのパトリック・ヘネシーによる肖像画はヴァーノン家に渡った。アンガス・マクビーンの写真はロンドンのナショナル・ポートレート・ギャラリーに所蔵。	

年表	同時代の出来事
1945年 短編小説集『恋人は悪魔、その他の物語』出版。	**1945年** 第二次世界大戦終結、アトリー内閣成立。
1946年 戯曲「アンナの城」上演される。BBCに出演を始める。	
	1947年 インド・パキスタン分離独立。
1948年 CBE叙勲。ハンガリー、チェコスロバキアで講演。	**1948年** ジョージ・オーウェル『1984』発表。
1949年 『日ざかり』出版。ダブリン・トリニティカレッジから名誉博士号授与。死刑問題検討委員会委員(–1953)。	**1949年** アイルランド、英連邦離脱、アイルランド共和国となる。最初のジェット機、コメット号開発される。
1950年 『印象記』出版。	**1950年** チャーチル内閣成立。
1951年 『シェルボーンホテル』出版。	
1952年 アランの病状(糖尿病とアルコール依存症)からボウエンズ・コートに移住、アラン死去。	**1952年** ジョージ6世逝去。
	1953年 エリザベス2世戴冠式。
1955年 『愛の世界』出版。舞台となった荒んだ農園はボウエンズ・コート維持の経済問題を反映していた。収入のため放送出演、対談、社会評論、書評、旅行記、エッセイなど精力的にジャーナリスト活動をした。大学で教える作家として、ブリンマー、ウィスコンシン、プリンストン大学などに招聘された。	**1955年** イーデン内閣成立。
1956年 オックスフォード大学から名誉博士号授与される。	**1956年** スエズ出兵。原子力発電所発足。

年表	同時代の出来事
1932年 『北へ』出版。	
1934年 短編小説集『猫は跳ぶ』出版。	
1933年 ディケンズ研究者のハンフリー・ハウスと関係を持つ。	
1935年 キャメロンがBBCに入社してロンドンに移動した。クラレンス・テラスに居住する。『パリの家』出版。	
1936年 ゴロンウィ・リースと関係を持つ。	**1936年** エドワード8世即位、ジョージ6世即位、スペイン内乱。
1937年 ショーン・オフェイロンと不倫関係になった。オーストリアに取材旅行する。	**1937年** アイルランドはエールとなる。
1938年 『心の死』出版。	**1939年** 第二次世界大戦勃発。
1940年 アランは国防軍に入団、エリザベスは空襲監視人になる。情報局の調査員としてイギリス、アイルランドを往来できた。	**1940年** ロンドン大空襲。
1941年 短編小説集『あのバラを見てよ』出版。チャールズ・リッチーと出会う。	**1941年** ウルフ、入水自殺。
1942年 『ボウエンズ・コート』(ボウエン一族の家族史)出版。	
1943年 『七度の冬』(断片的自伝)出版。	
1944年 クラレンス・テラス損壊する。	

ティーヴン・グウィンの妹であるメアリと再婚した。ボウエンは大叔母の家に身を寄せてロンドンのLCC美術学校に入学した。2学期後に退学し、その後、短編小説の投稿を繰り返した。

1921年

イギリス士官ジョン・アンダーソンと婚約、短期間で解消した。親戚とイタリア、スイスを周遊する。

1923年

ダウンハウス校長オリーヴ・ウィリスの友人である作家ローズ・マコーレーが初の短編小説集『出会い』の出版に協力した。ノーサンプトン教育補佐官であったアラン・チャールズ・キャメロンと結婚した。

1925年から1935年

キャメロンが市教育長官に任命された後、オックスフォードに転居する。新しい交友には、アイザイア・バーリン、モーリス・バウラ、デヴィッド・セシル、シリル・コノリーがいた。

1926年

短編小説集『アン・リーとその他の物語』出版。

1927年

『ホテル』出版。

1929年

『最後の九月』出版。短編小説集『チャールズと合流する、その他の物語』出版。

1930年

父、死去。ボウエンズ・コートを相続する。以後、イギリスとアイルランドの二重生活を送る。

1931年

『友達と親戚』出版。

1919年–1920年

パリ講和会議開催。

1920年

アイルランド自治法成立。

1926年

ゼネラル・ストライキ勃発。

1929年

世界大恐慌始まる。

エリザベス・ドロテア・コール・ボウエン（1899年–1973年）年譜

年表	同時代の出来事

1890年

ヘンリー・チャールズ・コール・ボウエン（29歳）はダブリン出身の最初の妻フロレンス（24歳）と結婚した。ヘンリーは法廷弁護士で、アイルランド国土委員会の仕事をした。

1899年6月7日

エリザベスはダブリンのハーバート・プレイス15番地で、ヘンリーとフロレンスの長女として生まれた。

1901年

ヴィクトリア女王崩御、エドワード7世即位。

1905年

1905年から父親が精神疾患により、エリザベス（愛称「ビーサ」）と母親はアイルランドを離れて母方のケントの親戚の家で暮らすことになった。

1910年

ジョージ5世即位。

1912年

フローレンスが肺がんで亡くなった後、エリザベスはイギリスの母方の叔母たちに育てられた。母親の死以後、吃音障害が残った。家庭教師や、リンダム・ハウス（ケント）などの学校で教育を受けた。

1912年

タイタニック号沈没。

1912年

ハーペンデン・ホール（ハートフォードシャー）編入学する。

1914年から1917年

ダウンハウス寄宿学校に在学。愚かさを排除し、明るさと独創性を奨励する校風。高雅な文体が身についた。

1914年

第一次世界大戦勃発。

1915年

アスキス連立内閣成立。

1916年

ロイド・ジョージ内閣成立。

1918年

ダブリンで帰還兵の看護をする。父はス

1918年

第一次世界大戦終結。

コリー家、ポメロイ家

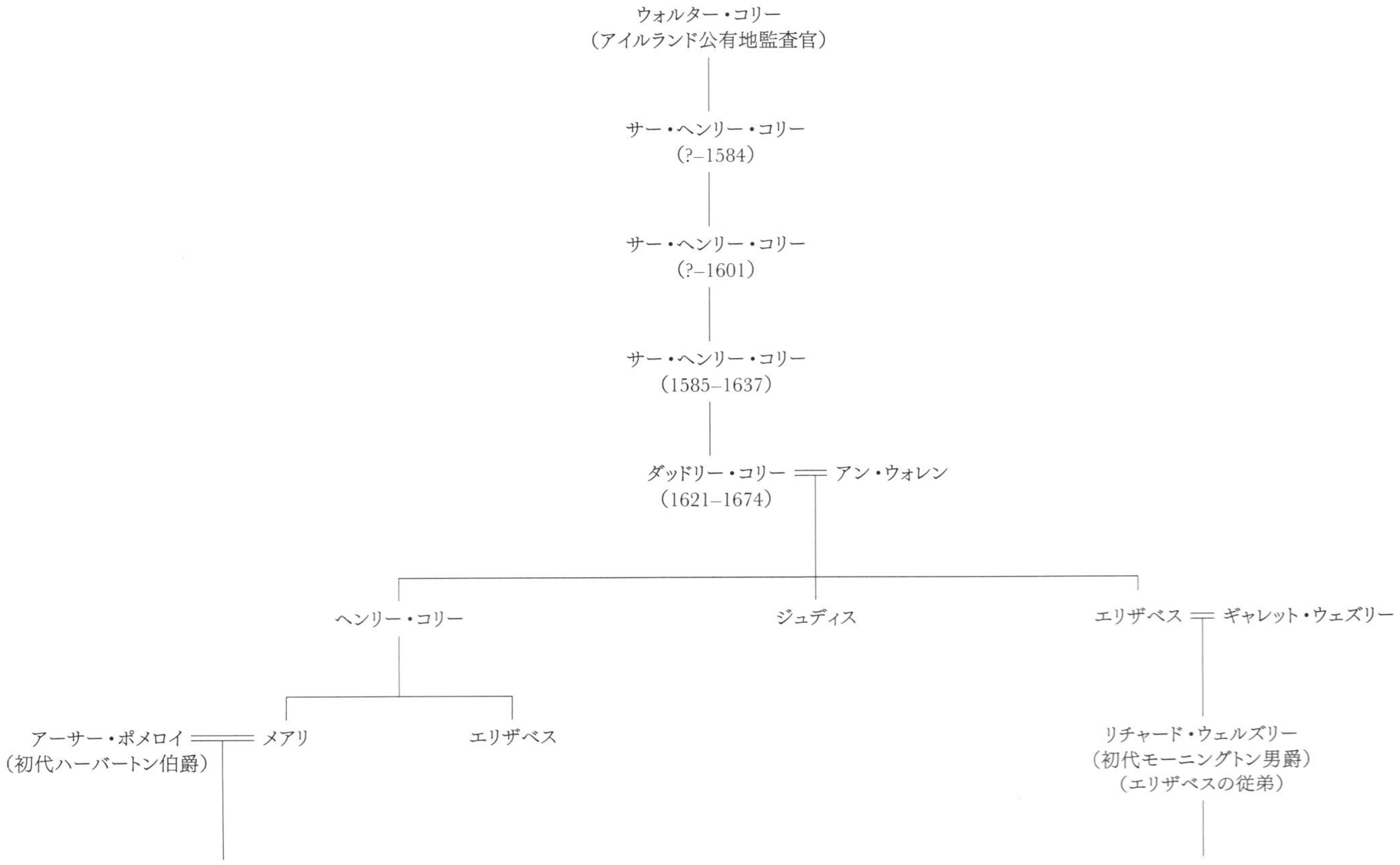
ウォルター・コリー
（アイルランド公有地監査官）
サー・ヘンリー・コリー
（?–1584）
サー・ヘンリー・コリー
（?–1601）
サー・ヘンリー・コリー
（1585–1637）
ダッドリー・コリー
（1621–1674）
アン・ウォレン
ヘンリー・コリー
ジュディス
エリザベス
ギャレット・ウェズリー
アーサー・ポメロイ
（初代ハーバートン伯爵）
メアリ
エリザベス
リチャード・ウェルズリー
（初代モーニングトン男爵）
（エリザベスの従弟）

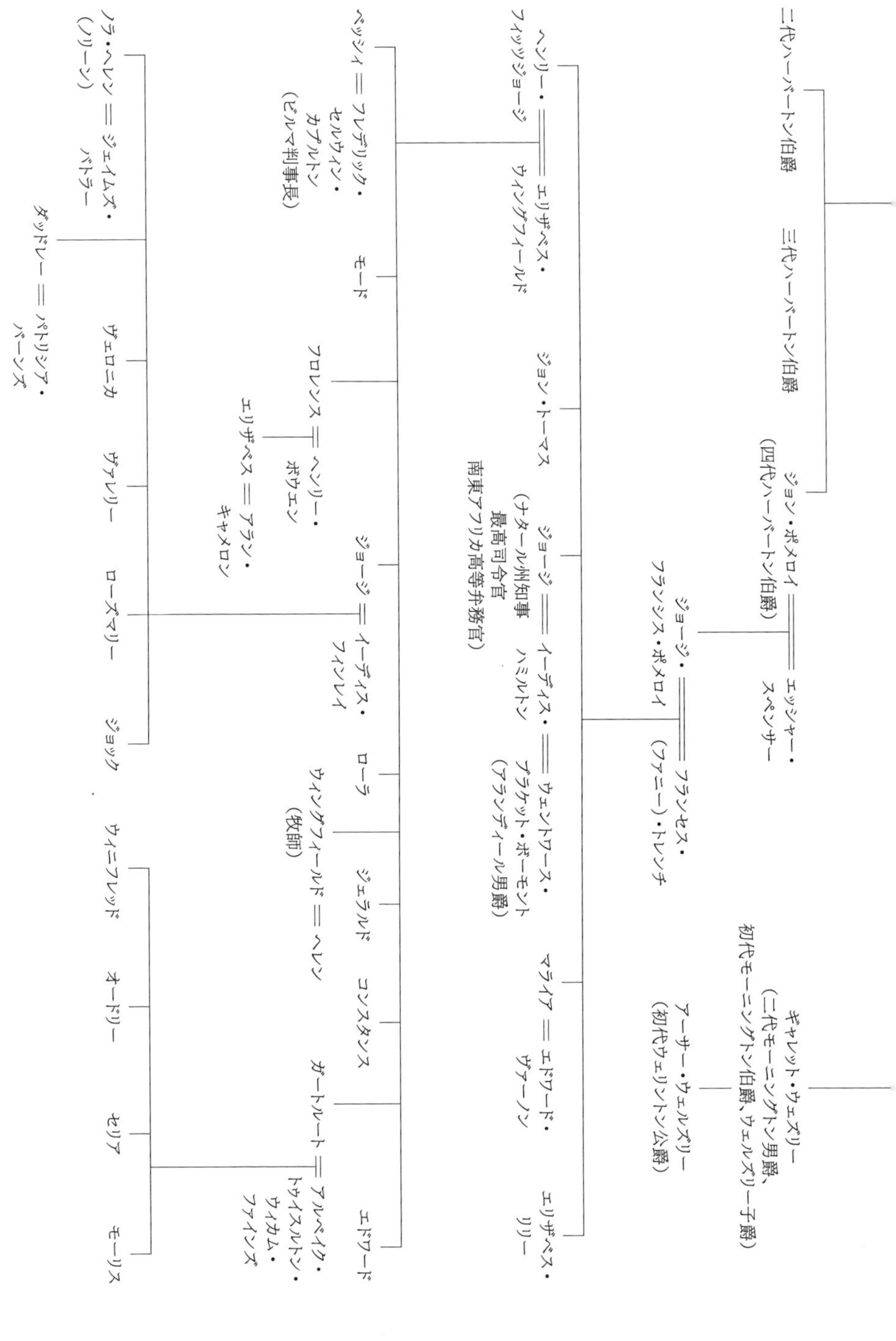

ボウエンの母方の家系図

コール・ボウエン家（夭折、生没年不明者は省略）

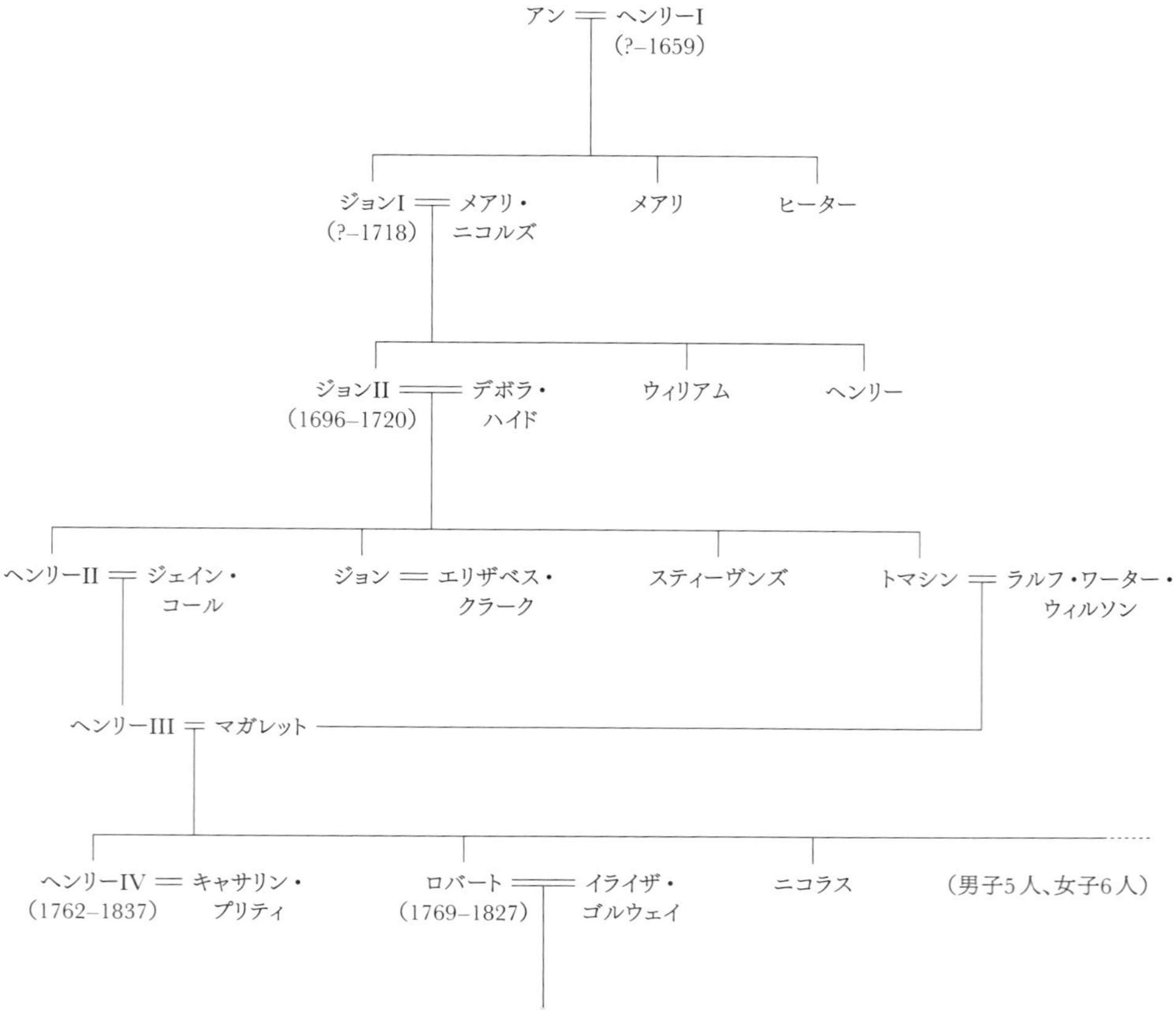

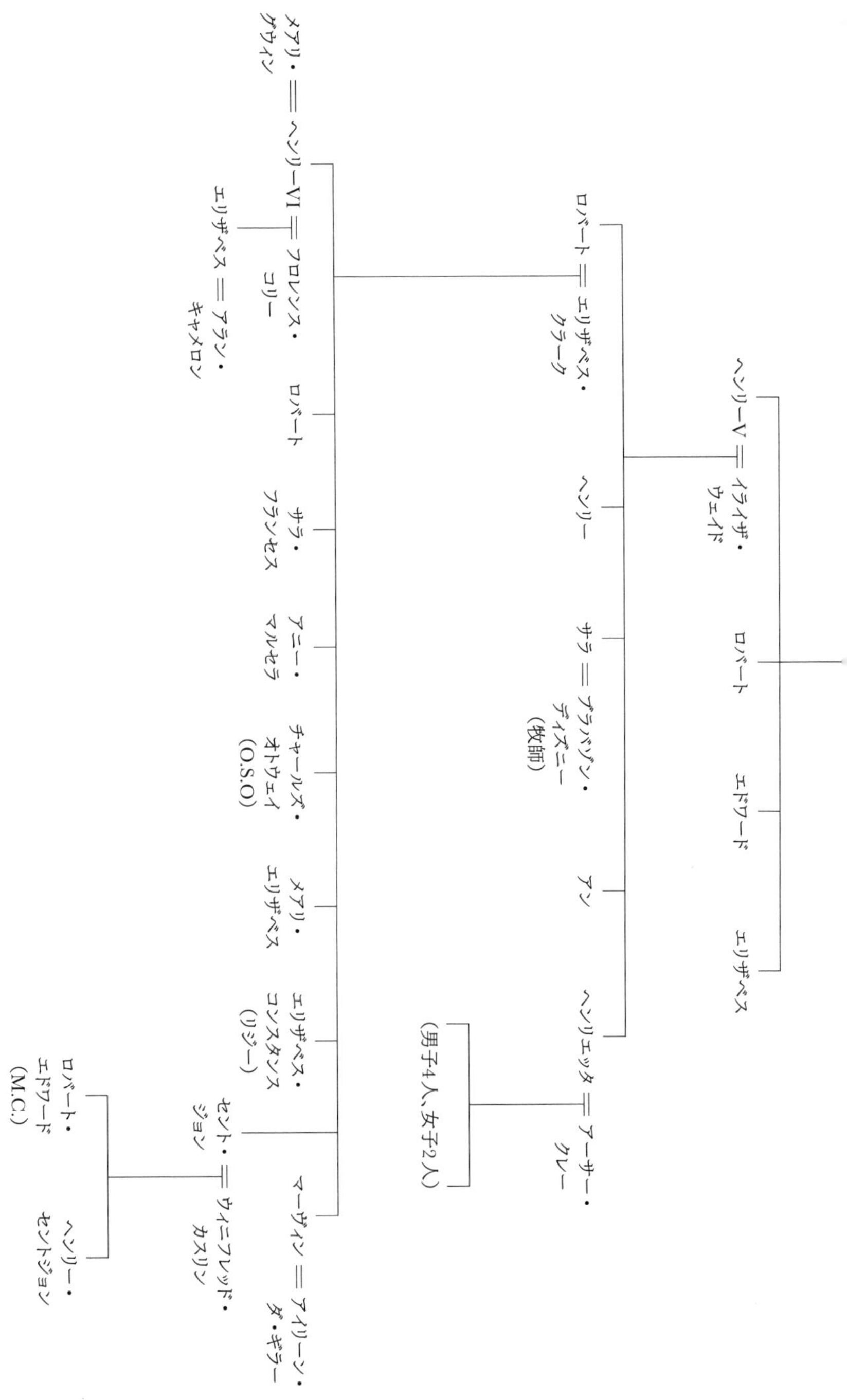

ボウエンの父方の家系図

'The History of Kildorrery' (https://www.
https://www.kildorrerycommunity.ie/
history)

Information' MOI Digital. (http://www.moidigital.ac.uk/)

■住民調査、墓地情報

British Red Cross 'Volunteering during the First World War' (https://vad.redcross.org.uk/volunteering-during-the-first-world-war)

'Guy's Postal Directory 1914 Kildorrery' (https://www.failteromhat.com/guy/kildorrery.htm)

Family tree profiles (https://www.geni.com/people/)

Historic Graves (https://historicgraves.com/)

The National Archives of Ireland 'Census of Ireland 1901/1911' (https://www.census.nationalarchives.ie/)

The Peerage: A genealogical survey of the peerage of Britain as well as the royal families of Europe (https://www.thepeerage.com/)

UK Census Online 'Kent 1911 Census' (https://ukcensusonline.com/)

■地誌、紀行

Bird, Eric / Charles Frederick / Lilian James. *Writers on the Coast: Kent, Sussex, Hampshire and the Isle of Wight*. (Gloucester: Windrush Press, 1992)

Bowen, Elizabeth et al. *Michelin Green Guide: IRELAND*. 3rd edn. (Watford: Michelin Travel Publications, 1995)

Glinert, Ed. *Literary London: A Street by Street Exploration of the Capital's Literary Heritage*. (Penguin 2007)

Easdown, Martin. *Fashionable Folkestone: The Golden Age of a Kent Seaside Resort*. (Gloucester: Amberley Publishing, 2018)

Easdown, Martin / Linda Sage. *Hythe History Tour*. (Gloucester: Amberley Publishing, 2018)

Fussell, Paul. *Abroad: British Literary Traveling between the Wars*. (Oxford: Oxford UP, 1980)

Kilfeather, Siobhán. *Dublin: A Cultural and Literary History*. (Cities of the Imagination series) (Oxford: Signal Books, 2005)

Pevsner, Nikolaus / Jennifer Sherwood. *The Buildings of England: Oxfordshire*. (Yale University Press, 1996)

Saint, Andrew / Gillian Darley. *The Chronicles of London*. (London: Weidenfeld and Nicolson, 1994) アンドルー・セイント、ジリアン・ダーリー著 大出健訳『図説ロンドン年代記』(下) 原書房 1997年

Segar, Rufus. *Remember Hythe: The High Street 1902–1992*. (Kent: MacSegar Press, 1992)

Waller, Phil. *Around Orpington Through Time*. (Gloucester: Amberley Publishing, 2019)

Welty, Eudora. *Eudora Welty: Photographs*. (Mississippi: University Press of Mississippi, 1989)

'Harpenden History: Home of the Harpenden & District Local History Society' (https://www.harpenden-history.org.uk)

'History of Headington' (https://www.headington.org.uk/history/index.htm)

'Kildorrery Heritage and Wildlife Trails Guide' (https://www.kildorrerycommunity.ie/explore)

■子ども文化
Forman-Brunell, Miriam (ed.) *Girlhood in America: an encyclopedia.* (Santa Barbara: ABC-CLIO, 2001)
Sobel, David. *Children's Special Places.* (Detroit: Wayne State University Press, 2001)

■紅茶
Browne, Juanita. *Put the Kettle On: The Irish Love Affair with Tea.* (Cork: Collins Press, 2014)
Ellis, Markman / Richard Coulton / Matthew Mauger. *Empire of Tea: The Asian Leaf that Conquered the World.* (London: Reaktion Books, 2015) マークマン・エリス、リチャード・コールトン、マシュー・メージャー著 越朋彦訳『紅茶の帝国：世界を征服したアジアの葉』研究社 2019年
Hickey, Margaret. *Ireland's Green Larder: the definitive history of Irish food and drink.* (London: Unbound, 2019)
Masset, Clare. *Tea and Tea Drinking.* (Oxford: Shire Publications, 2010) クレア・マセット著 野口結加訳『英国の喫茶文化』論創社 2021年
Saberi, Helen. *Tea: A Global History.* (London: Reaktion Books, 2010) ヘレン・サベリ著 竹田円訳『お茶の歴史』(「食」の図書館) 原書房 2014年

■美術
Goemans, Camile. "Paul Delvaux" trans. Natalia Galitzine, Connoly, Cyril (ed.) *Horizon*, Vol. XIII No. 73 Jan 1946.
Plomer, William. "Extension of Reality: An essay on David Gascoyne's '*A Short Survey of Surrealism*' published by Cobden Sanderson in London 1935" *The Listener*, 15 January 1936. London: BBC, 1936.
Plomer, William. "Mr Sickert's Exhibition" *The Listener*, 9 March 1938.
Read, Herbert. "The Significance of Paul Delvaux." *The Listener*, 23 June 1938.
Rewald, Sabine. *Rooms with a View: The Open Window in the 19th Century.* (New York: The Metropolitan Museum of Art, 2011)
荻野昌利『窓から何が見えるか』彩流社 2024年

■新聞記事
'Obituary: James Barrie' *The Guardian*, 2 July 2000.
Battersby, Eileen. "Beyond the Lace Curtains." *The Irish Times*, 18 Nov. 2000.
'Lady Berlin: obituary' *The Telegraph*, 26 August 2014.
Fox, C. J. "Obituary: Charles Ritchie." *Independent*, 16 June, 1995.
Trevor, William. "Between Holyhead and Dun Laoghaire"（*The Collected Stories of Elizabeth Bowen*書評）*TLS*, 9 Feb. 1981（Lassner, *Elizabeth Bowen: A Study of the Short Fiction*所収）
Welty, Eudora. "Seventy-nine Stories to Read Again"（*The Collected Stories of Elizabeth Bowen*書評）*New York Times Book Review*, 8 Feb. 1981（Lassner, *Elizabeth Bowen: A Study of the Short Fiction*所収）

■英国情報省
The National Archives: 'Ministry of

Weird Stories of E. Nesbit. (New York: Hippocampus Press, 2017)
Lang, Andrew. *The Book of Dreams and Ghosts*. (London: Longmans, Green, and Company, 1897) アンドルー・ラング『夢と幽霊の書』内藤文子訳 作品社 2017年
Le Fanu, Sheridan. *Uncle Silas: A Tale of Bartram-Haugh*. (1864) (London: Penguin, 2000) ジョーゼフ・シェリダン・レファニュ 榊優子訳『アンクル・サイラス（上・下）』創土社 1980年
——. *The House by the Church-Yard*. (1863) (Graphic Arts Books, 2021) 榊優子訳『墓地に建つ館』河出書房新社 2000年
———. *Carmilla*. (1872) (Gothic Classic) (E-Artnow 2018) 南條竹則訳『カーミラ―レ・ファニュ傑作選』光文社古典新訳文庫 光文社 2013年
Lovecraft, H. P. *Supernatural Horror in Literature*. (1927, 改訂版 1936) (New Delhi: Prabhat Prakashan, 2021) H. P. ラヴクラフト著 大瀧啓裕訳『文学における超自然の恐怖』学習研究社 2009年
Rossetti, Christina. *Goblin Market*. (1862) (MA: Courier Corporation, 2012) クリスチーナ・ロセッティ「小鬼の市」荒俣宏編訳『新編・魔法のお店』筑摩書房 1989年

■生活文化史

Beeton, Isabella. *Beeton's Book of Household Management*. (1861) (London: Jonathan Cape, 1968)
Evans, Siân. *Life Below Stairs: in the Victorian and Edwardian Country House*. (National Trust History & Heritage) (National Trust Books, 2011/Pavilion Books, 2013) シャーン・エヴァンズ著 村上リコ訳『図説メイドと執事の文化誌；英国家事使用人たちの日常』原書房 2012年
Granger, Pip. *Up West: Voices from the Street of Post-War*. (London: Corgi, 2009)
Horn, Adrian. *Juke Box Britain: Americanization and Youth Culture, 1945–60*. (Manchester: Manchester University Press, 2009)
Humble, Nicola. *Culinary Pleasures: Cookbooks and the Transformation of British Food*. (London: Faber and Faber, 2005)
Segrave, Kerry. *Suntanning in 20th Century America*. (NC: McFarland Publishing, 2005)
Tutton, Michael/Elizabeth Hirst/Hentie Louw/Jill Pearce (eds.) *Windows: History, Repair and Conservation*. (New York: Routledge, 2015)
'Imperial War Museum' (https://www.iwm.org.uk/)

■メディア史

ロラン・バルト著 花輪光訳『明るい部屋：写真についての覚書』みすず書房 1997年
McLuhan, Marshall. *Understanding Media: The Extensions of Man*. (Gingko Press, 2003) M. マクルーハン著 河本仲聖、栗原裕訳『メディア論：人間の拡張の諸相』みすず書房 1987年
南部圭之介『アメリカ映画女優史』楽天社 1967年
Sontag, Susan. *On Photography*. (1977) (Penguin 2002) スーザン・ソンタグ著 近藤耕人訳『写真論』晶文社 1979年

Literature and Conservatism between the Wars. (London: Routledge, 1991)
Nicholson, Virginia. *Singled Out: How Two Million British Women Survived without Men after the First World War.* (Oxford: Oxford UP, 2008)
Wyatt-Brown, Anne M./Janice Rossen (eds.) *Aging and Gender in Literature: Studies in Creativity.* (Virginia: University Press of Virginia, 1993)
Parkins, Wendy. "Moving Dangerously: Mobility and the Modern Woman" *Tulsa Studies in Women's Literature.* 20.1 (2001) 77–92.
海野弘『ホモセクシュアルの世界史』(文春文庫) 文藝春秋社 2008年
川本静子『ガヴァネス(女家庭教師)——ヴィクトリア時代の「余った女」たち』(中公新書) 中央公論社 1994年

■植民地、帝国主義

Greenberger, Allen J. *The British Image of India: A Study in the Literature of Imperialism 1880–1960.* (Oxford: Oxford University Press, 1969)
正木恒夫『植民地幻想』みすず書房 1995年

■モダニズム

Carey, John. *Pure Pleasure: A Guide to the Twentieth Century's Most Enjoyable Books.* (London: Faber, 2000)
Eliot, T. S. *The Waste Land.* (1922) (New York: Harcourt Brace Jovanovich, 1962)
———. *Collected Poems 1909–1962.* (London: Faber, 2002)
Joyce, James. *Dubliners.* (1914) (New York: W. W. Norton, 2006) 結城英雄訳『ダブリンの市民』(岩波文庫) 岩波書店 2004年
———. *Finnegans Wake.* (1939) (Oxford: Oxford University Press, 2012) 柳瀬尚紀訳『フィネガンズ・ウェイク』1–4巻 (河出文庫) 河出書房新社 2004年
———. *Ulysses.* (1922) (London: Penguin, 2000) 丸谷才一、永川玲二、高松雄一訳『ユリシーズ』1–4巻 (集英社文庫ヘリテージシリーズ) 集英社 2003–2004年
Mansfield, Katherine. Selected and Introduction by Elizabeth Bowen, *Stories by Katherine Mansfield.* (New York: Vintage Books 1956; Collins Classics, 1957)
Mao, Douglas (ed.) *The New Modernist Studies.* (Cambridge: Cambridge University Press, 2021)
Mao, Douglas/Rebecca L. Walkowitz (eds.) *Bad Modernisms.* (Durham & London: Duke University Press, 2006)
———. 'The New Modernist Studies.' *PLMA.* 123.3 (2008) 737–48.
Rosenberg, Joseph Elkanah. *Wastepaper Modernism: Twentieth-Century Fiction and the Ruins of Print* (Oxford Mid-Century Studies Series) (Oxford: Oxford UP 2021)

■幻想文学

Haggard, H. Rider. (1887) *She: A History of Adventure.* (Random House Publishing Group, 2002) H・R(ヘンリー・ライダー)ハガード著 大久保康雄訳『洞窟の女王』東京創元社 1974年
Joshi, S. T. (ed.) *From the Dead: The Complete*

(London: Chatto & Windus, 2003)
Lehmann, Rosamond. *Dusty Answer.* (1927) (Virago Modern Classics) (Virago, 2003) ロザモンド・レーマン著 松本恵子訳『別れの曲』三笠書房 1959年
———. *Invitation to the Waltz.* (1932) (Virago Modern Classics, 1990) ロザモンド・レーマン著 増田義郎訳『ワルツへの招待』三笠書房 1956年
———. *The Weather In the Streets.* (1936) (Virago Modern Classics, 2006) ロザモンド・レーマン著 行方昭夫訳『恋するオリヴィア』角川書店 1972年

ヴァージニア・ウルフ

Lee, Hermione. *Virginia Woolf.* (London: Random House UK, 1996)
Noble, Joan Russell (ed.) *Recollections of Virginia Woolf.* (Ohio University Press, 1994)
Woolf, Virginia. *The Collected Essays of Virginia Woolf.* (Bristol: Read Books, 2013)
———. *To the Lighthouse.* (Penguin Modern Classics) (Penguin, UK, 2000)

イーディス・Œ・サマヴィル／マーティン・ロス

Somerville and Ross. 'Poisson D'Avril' (1908) エディス・サマヴィル、マーティン・ロス著 井勢健三訳「四月馬鹿」『現代アイルランド短編集』あぽろん社 1990年所収
———. 'Philippa's Fox-hunt'「フィリパのキツネ狩り」Lesley O'Mara (ed.) *Horse Stories* (1991) レスリー・オマラ編 月村澄枝訳『馬のすてきな話――われらが最良の旧友について』心交社 1994年所収
———. *In the Vine Country* (London: W. H. Allen & Co. Ltd., 1893) 柴田都志子訳『ワインの村の秋』図書出版社 1994年

■ビッグハウス

Bence-Jones, Mark (ed.) *Burke's Guide to Country Houses Vol. 1: Ireland.* (London: Burke's Peerage, 1978)
Bunbury, Turtle. *Corkagh; The Life & Times of a South Dublin Demesne 1650–1960.* (South Dublin County Council, 2018)
Dooley, Terence. *The Decline of the Big House in Ireland: A Study of Irish Landed Families.* (Dublin: Wolfhound Press, 2001)
Edgeworth, Maria. *Castle Rackrent.* マライア・エッジワース著 大嶋磨起、大嶋浩訳『ラックレント城』開文社出版 2001年
Genet, Jacqueline. *The Big House in Ireland: Reality and Representation.* (Maryland: Rowman & Littlefield, 1991)
Kreilkamp, Vera. *The Anglo-Irish Novel and the Big House.* (Irish Studies) (New York: Syracuse University Press, 1998)
中村哲子「ビッグ・ハウス小説の伝統」風呂本武敏編『アイルランド・ケルト文化を学ぶ人のために』世界思想社 2009年（40–52頁）

■ジェンダー、セクシュアリティ

Gilbert, Sandra M./Susan Gubar. *The Madwoman in the Attic: The Woman Writer and the Nineteenth-Century Literary Imagination.* (CT: Yale University Press, 2020) サンドラ・ギルバート、スーザン・グーバー著 山田晴子、薗田美和子訳『屋根裏の狂女：ブロンテと共に』朝日出版社 1986年
Light, Alison. *Forever England: Femininity,*

(Oxford letters & memoirs) (Oxford: Oxford University Press, 1989)

Fane, Julian. *Best Friends: Memories of David and Rachel Cecil, Cynthia Asquith, L. P. Hartley and Some Others.* (London: Sinclair-Stevenson Ltd, 1990)

Fisher, Clive. *Cyril Connolly: The Life and Times of England's Most Controversial Literary Critic.* (London: Macmillan, 1995; New York: St Martins Press, 1996)

Greene, Graham. *The Old School: Essays by Divers Hands.* (1934) (Oxford Paperbacks, 1984)

Haste, Cate (ed.) *Clarissa Eden: A Memoir.* (London: Orion Pub Co., 2007)

Lehmann, John. *Edith Sitwell.* (London: Longmans, 1952) ジョン・レーマン著 安田章一郎訳『イーディス・シットウェル』(英米文学ハンドブック No.19) 研究社 1956年

Miller, Henry. *The Books in My Life.* (New York: Norton, 1952) ヘンリー・ミラー著 田中西二郎訳『わが読書』新潮社 1960年

Sarton, May. *A World of Light: Portraits and Celebrations.* (New York: W. W. Norton, 1976)

Seymour, Miranda. *Ottoline Morrell: Life on the Grand Scale.* (Sceptre, 1993) ミランダ・シーモア著 蛭川久康訳『オットリン・モレル 破天荒な生涯：ある英国貴婦人の肖像』彩流社 2012年

Spender, Stephen. *World Within World: Stephen Spender's Autobiography.* (Hamish Hamilton, 1951) スティーヴン・スペンダー著 高城楢秀、小松原茂雄、橋口稔訳『世界の中の世界 スペンダー自伝』(第1部・第2部) 南雲堂 1969年

■心霊主義(スピリチュアリズム)

田中千代松『新霊交思想の研究 新スピリチュアリズム・心霊研究・超心理学の系譜』共栄書房 1981年

■ボウエンをとりまく人々

チャールズ・リッチー

Bothwell, Robert. "*Diplomatic Passport: More Undiplomatic Diaries, 1946–1962* by Charles Ritchie." *The Canadian Historical Review.* 62.4 (1981) 523–25.

Dickson, Lovat. "*The Siren Years: A Canadian Diplomat Abroad, 1937–1945* by Charles Ritchie." *The Canadian Diplomatic Review.* 56.2 (1975) 215–17.

Podnieks, Elizabeth. "*Love's Civil War: Elizabeth Bowen and Charles Ritchie: Letters and Diaries 1941–1973.*" *University of Toronto Quarterly.* 79.1 (2010): 498–99.

ウィリアム・プルーマー

Alexander, Peter. *William Plomer: A Biography.* (Oxford: Oxford University Press, 1989)

Morris, John. 'William Plomer 1903–1973' ／佐野栄一「Plomerと森船長」／梶木隆一「Plomer先生の思い出」『英語青年』Vol. CXIX. No. 12 (1974年3月号) 研究社

Plomer, William. *At Home: Memoirs.* (London: Jonathan Cape, 1958)

ロザモンド・レーマン

Hastings, Selina. *Rosamond Lehmann: A Life.*

2006)
Hoogland, Renée C. *Elizabeth Bowen: A Reputation in Writing.* (New York: New York University Press, 1994)
Ingman, Heather. *Elizabeth Bowen.* (Key Irish Women Writers) (Brighton: Edward Everett Root, 2021)
Jordan, Heather Bryant. *How Will the Heart Endure: Elizabeth Bowen and the Landscape of War.* (Ann Arbor Michigan: University of Michigan Press, 1992)
Kenney, Edwin J. Jr. *Elizabeth Bowen.* (Irish Writers Series) (Lewisburg: Bucknell UP, 1975)
Lassner, Phyllis. *Women Writers: Elizabeth Bowen.* (London: Macmillan, 1990)
———. *Elizabeth Bowen: A Study of the Short Fiction.* (Maryland: Barnes & Noble Books, 1990)
Laurence, Patricia. *Elizabeth Bowen: A Literary Life.* (London: Palgrave MacMillan, 2019) パトリシア・ロレンス著 太田良子訳『エリザベス・ボウエン ── 作家の生涯』而立書房 2024年
Lee, Hermione. *Elizabeth Bowen: An Estimation.* (London: Vintage, 1981; 1999)
Lytovka, Olena. *The Uncanny House in Elizabeth Bowen's Fiction.* (New York: Peter Lang, 2016)
Osborn, Susan. *Elizabeth Bowen: New Critical Perspectives.* (Cork: Cork UP, 2009)
Parry, Julia. *The Shadowy Third.* (London: Duckworth, 2021)
Pearson, Nels. *Irish Cosmopolitanism: Location and Dislocation in James Joyce, Elizabeth Bowen, and Samuel Beckett.* (Florida: University Press of Florida, 2015)
エリザベス・ボウエン研究会編『エリザベス・ボウエンを読む』音羽書房鶴見書店 2016年
———.『エリザベス・ボウエン 二十世紀の深部をとらえる文学』彩流社 2020年
———.『エリザベス・ボウエンの短篇を読む』(小室龍之介訳「『フェイバー版現代短篇集』序文」米山優子訳「『アン・リーの店』序文」含む) 国書刊行会 2024年
木村正俊編『アイルランド文学 その伝統と遺産』開文社出版 2014年
山根木加名子『エリザベス・ボウエン研究』旺史社 1991年
吉田健一「ボウエンの「日ざかり」に就て」『英国の文学の横道』1979年(講談社文芸文庫 1992年)

■回想、伝記

Annan, Noel. *The Dons: Mentors, Eccentrics and Geniuses.* (University of Chicago Press, 1999) ノエル・アナン著 中野康司訳『大学のドンたち』みすず書房 2002年
Asquith, Cynthia. *Haply I May Remember.* (London: Barrie, 1950)
Bayley, John. *The Iris Trilogy: Memoirs of Iris Murdoch.* (Prelude Books, 2020)
Deacon, Richard. *The Cambridge Apostles, A History of Cambridge University's Intellectual Secret Society.* (R. Royce, 1985) リチャード・ディーコン著 橋口稔訳『ケンブリッジのエリートたち』晶文社 1988年
De-la-Noy, Michael. *Eddy: The Life of Edward Sackville-West.* (London: Arcadia Books, 1999)
Doyle, Arthur Conan. *Memories and Adventures.*

Peter Coke, Priscilla Morgan, David Peel, Heather Sears

The House in Paris (BBC, 1959) starring Pamela Brown, Trader Faulkner, Clare Austin and Vivienne Bennett

The Death of the Heart (1987) starring Patricia Hodge, Nigel Havers, Robert Hardy, Phyllis Calvert, Wendy Hiller and Miranda Richardson

The Heat of the Day (Granada Television, 1989)「スパイを愛した女」written by Harold Pinter, starring Patricia Hodge, Michael Gambon, Michael York, Peggy Ashcroft and Imelda Staunton

The Last September (1999) written by John Banville, starring Maggie Smith, Michael Gambon, Fiona Shaw, Jane Birkin, Lambert Wilson, David Tennant, Richard Roxburgh and Keeley Hawes

ラジオ放送

Elizabeth Bowen: A BBC Radio Full-Cast Drama Collection: Audiobook (Original recording): *The Heat of the Day*, starring Harriet Walter, Michael Maloney and Bill Nighy. First broadcast BBC Radio 4, 28 Nov 1998/*The House in Paris*, starring Sara Kestelman. First broadcast BBC Radio 4, 3–17 Jul 1994/*The Last September*, starring Anna Healy and Greg Wise. First broadcast BBC Radio 4, 9–16 Sep 1996/*The Confidant*, starring Cathy Belton and Fionnuala Murphy. First broadcast BBC Radio 4, 2 Nov 1998/*The Demon Lover*, starring Maggie Steed. First broadcast BBC Radio 4, 17 Jul 1997/"Truth and Fiction: three talks about the art of writing fiction, Elizabeth Bowen discusses the importance of story, people and time in establishing a novel's 'truth'." First broadcast BBC Home Service Basic, 26 Sep-10 Oct 1956.

研究書

Austine, Allan E. *Elizabeth Bowen*. (Revised) (Twayne's English Authors Series) (London: Twayne Publisher, 1989)

Bennett, Andrew/Nicholas Royle. *Elizabeth Bowen and the Dissolution of the Novel: Still Lives*. (New York: St. Martin's, 1994; London: Palgrave, 1995)

Bloom, Harold (ed.) *Elizabeth Bowen*. (New York: Chelsea House, 1987)

Brooke, Jocelyn. *Elizabeth Bowen*. (London: Longmans, 1952) B. J. ブルック著 松村達雄訳『エリザベス・ボウエン』(英米文学ハンドブック No. 9) 研究社 1956年

Corcoran, Neil. *Elizabeth Bowen: The Enforced Return*. (Oxford: Oxford UP, 2004; 2008) Craig, Patricia. *Elizabeth Bowen*. (Harmondsworth: Penguin, 1986)

Ellmann, Maud. *Elizabeth Bowen: The Shadow Across the Page*. (Edinburgh: Edinburgh UP, 2003; 2004)

Gildersleeve, Jessica. *Elizabeth Bowen and the Writing of Trauma: The Ethics of Survival*. (Costerus New Series) (Leiden: Brill, 2014)

Gildersleeve, Jessica/Patricia Juliana Smith (eds.) *Elizabeth Bowen: Theory, Thought and Things*. (Edinburgh: Edinburgh UP, 2019)

Glendinning, Victoria. *Elizabeth Bowen: Portrait of a Writer*. (New York: Alfred A. Knopf, 1978; New York: Anchor Books,

未翻訳の短編集

Hepburn, Allan (ed.) *The Bazaar and Other Stories*. (Edinburgh: Edinburgh University Press, 2008)

ノンフィクション

Seven Winters: Memories of a Dublin Childhood. (1942) (New York: The Ecco Press, 1979)

English Novelists. (London: Collins, 1942)

Why Do I Write? An Exchange of Views between Elizabeth Bowen, Graham Greene and V.S. Pritchett. (1948) 山形和美訳『なぜ書くか』エリザベス・ボウエン、グレアム・グリーン、V・S・プリチェット著、V・S・プリチェット編 彩流社 2012年

Collected Impressions. (1950) (London: Longmans, Green and Company Ltd., 1951)

The Shelbourne: A Centre in Dublin Life for More Than a Century. (1951) (London: Vintage, 2001)

'Introduction to *The Second Ghost Book*: anthology by Cynthia Asquith.' James Barrie; 1952' 倉阪鬼一郎訳「二十世紀の幽霊 シンシア・アスキス編 *The Second Ghost Book* 序文」、『幻想文学』1997/11/15 No. 51／太田良子訳「短篇集『セカンド・ゴースト・ブック』序文」(『ボウエン幻想短篇集』2012年所収)

A Time in Rome. (1960)『ローマ歴史散歩』篠田綾子訳 晶文社 1991年

Afterthoughts: Pieces About Writing. (London: Longmans, 1962)

Brown, Spencer Curtis (ed.) *Pictures and Conversations*. (New York: Knopf, 1975)

Glendinning, Victoria / Judith Robertson (eds.) *Love's Civil War: Elizabeth Bowen and Charles Ritchie: Letters and Diaries, 1941–1973*. (Toronto: McClelland and Stewart, 2008) (New York: Simon & Schuster, 2009)

Hepburn, Allan (ed.) *People, Places, Things: Essays by Elizabeth Bowen*. (Edinburgh: Edinburgh University Press, 2008)

Hepburn, Allan (ed.) *Listening In: Broadcasts, Speeches, and Interviews by Elizabeth Bowen*. (Edinburgh: Edinburgh University Press, 2010)

Hepburn, Allan (ed.) *The Weight of a World of Feeling: Reviews and Essays by Elizabeth Bowen*. (Evanston, Illinois: Northwestern University Press, 2017)

Lane, Jack / Brendan Clifford (eds.) *"Notes on Éire": Espionage Reports to Winston Churchill by Elizabeth Bowen, 1940–1942*. (Cork: Aubane Historical Society, 2009)

Lee, Hermione (ed.) *Bowen's Court*. (1942, 1964) (New York: The Ecco Press, 1979; London: Vintage, 1999)

Lee, Hermione (ed.) *The Mulberry Tree: Writings of Elizabeth Bowen*. (New York: Harcourt Brace Jovanovich, 1986; Virago Press, 1986; London: Vintage, 1999) ハーマイオニー・リー編 甘濃、垣口、小室、米山、渡部訳『マルベリーツリー』而立書房 2024年

Walshe, Eibhear (ed.) *Elizabeth Bowen's Selected Irish Writings*. (Cork: Cork UP, 2011)

Television and film adaptations

The Death of the Heart (BBC, 1956) starring

The Cat Jumps and Other Stories. (London: Jonathan Cape, 1934) 土井治訳 'The Last Night in the Old Home'「最後の夜」、'The Disinherited'「廃嫡」、'The Needlecase'「針箱」、松村達雄訳 'The Apple Tree'「リンゴの木」(『最後の夜・リンゴの木』1957年所収);太田良子訳 'The Last Night in the Old Home'「古い家の最後の夜」、'The Disinherited'「相続ならず」、'The Needlecase'「針箱」、'The Apple Tree'「林檎の木」、'The Cat Jumps'「猫が跳ぶとき」、'Maria'「マリア」、'The Little Girl's Room'「少女の部屋」(『あの薔薇を見てよ』2004年所収);橋本槙矩訳 'The Cat Jumps'「猫は跳ぶ」(『猫は跳ぶ』福武文庫 1990年所収);中平洋子訳 'The Apple Tree'「林檎の木」(『幽霊がいっぱい』新風書房 1999年所収)

Look at All Those Roses. (London: Jonathan Cape,1941) 松村達雄訳 'Reduced'「追いつめられて」(『世界文学大系 第94 現代小説集』筑摩書房 1965年所収)/(サマセット・モーム編『世界文学100選 第5』河出書房新社 1961年所収);太田良子訳 'Reduced'「割引き品」、'Tears, Idle Tears'「泪よ、むなしい泪よ」、'Look at All Those Roses'「あの薔薇を見てよ」(『あの薔薇を見てよ』2004年所収) 太田良子訳 'A Walk in the Woods'「森の中で」、'No. 16'「十六番」(『ボウエン幻想短篇集』2012年所収) 'A Love Story'「ラヴ・ストーリー 一九三九」、'Summer Night'「夏の夜」(『幸せな秋の野原 —— ボウエン・ミステリー短編集2』ミネルヴァ書房 2005年所収)

The Demon Lover and Other Stories. (Cape, 1945) 松村達雄訳 'Ivy Gripped the Steps'「蔦からむ石段」(『世界文学大系94 現代小説集』1965年所収);太田良子訳 'Ivy Gripped the Steps'「蔦がとらえた階段」(『幸せな秋の野原』2005年所収)、「短篇集『恋人は悪魔、その他』序文、'Green Holly'「緑のヒイラギ」、'The Cheery Soul'「陽気なお化け」、'The Demon Lover'「恋人は悪魔」、'Mysterious Kôr'「幻のコー」、'Pink May'「五月はピンクのサンザシ」(『ボウエン幻想短篇集』2012年所収);小野寺健訳 'The Demon Lover'「幽鬼の恋人」(『20世紀イギリス短篇選』岩波文庫 1987年所収);南條竹則訳 'The Demon Lover'「魔性の夫」(『怪談の悦び』創元推理文庫 1992年所収);西崎憲訳 'The Cheery Soul'「陽気なる魂」(『怪奇小説の世紀1』国書刊行会 1992年所収)

Stories by Elizabeth Bowen. (New York: Vintage, 1959) 太田良子訳 'The Song My Father Sang Me'「父がうたった歌」(『あの薔薇を見てよ』2004年所収) 'Her Table Spread'「彼女の大盤振舞い」(『幸せな秋の野原』2005年所収)

A Day in the Dark and Other Stories. (London: Jonathan Cape, 1965) 長田光展訳 'A Day in the Dark'「闇の中の一日」(太陽選書25『現代イギリス女流短篇集』太陽社 1974年所収);井勢健三訳 'A Day in the Dark'「暗い一日」(『現代アイルランド短編集』1993年所収);太田良子訳 'A Day in the Dark'「あの一日が闇の中に」(『幸せな秋の野原』2005年所収)/「闇の中の一日」(『ボウエン幻想短篇集』2012年所収)

エリザベス・ボウエン書誌情報

翻訳

■小説

The Hotel. (1927) 太田良子訳『ホテル』国書刊行会 2021年

The Last September. (1929) 太田良子訳『最後の九月』而立書房 2016年

Friends and Relations. (1931) 太田良子訳『友達と親戚』国書刊行会 2021年

To the North. (1932) 太田良子訳『北へ』国書刊行会 2021年

The House in Paris. (1935) 阿部知二／阿部良雄訳『パリの家』初刊・集英社〈世界文学全集・20世紀の文学15〉1967年／集英社文庫 1977年／太田良子訳『パリの家』晶文社 2014年

The Death of the Heart. (1938) 太田良子訳『心の死』晶文社 2015年

The Heat of the Day. (1948) 吉田健一訳『日ざかり』新潮社 1952年／太田良子訳『日ざかり』晶文社 2015年

A World of Love. (1955) 太田良子訳『愛の世界』国書刊行会 2009年

The Little Girls. (1964) 太田良子訳『リトル・ガールズ』国書刊行会 2008年

Eva Trout. (1968) 太田良子訳『エヴァ・トラウト』国書刊行会 2008年

■短編小説（初出）

Encounters. (Sigiwick & Jackson, 1923) 土井治訳 'The Evil that Men do'「男たちのする悪事」、'Lunch'「昼食」、松村達雄訳 'Coming Home'「帰宅」（松村達雄、土井治訳『最後の夜・リンゴの木』英宝社、英米名作ライブラリー 1957年所収）；太田良子訳 'Daffodils'「ラッパ水仙」、'The Confidante'「親友」、'Requiescat'「死者のための祈り」、'The Shadowy Third'「第三者の影」、'The Evil that Men do'「人の悪事をなすや」、'Coming Home'「カミング・ホーム」（『ボウエン幻想短篇集』国書刊行会 2012年所収）；井勢健三訳 'Daffodils'「ラッパズイセン」（『現代アイルランド短編集』あぽろん社 1993年所収）

Ann Lee's and Other Stories. (1926) 太田良子訳 'Ann Lee's'「アン・リーの店」、'The Secession'「脱落」、'Charity'「チャリティ」『あの薔薇を見てよ―― ボウエン・ミステリー短編集』ミネルヴァ書房 2004年所収）；太田良子訳 'Storm'「嵐」、'The Back Drawing-Room'「奥の客間」（『ボウエン幻想短篇集』2012年所収）

Joining Charles and Other Stories. (London: Jonathan Cape, 1929) 土井治訳 'The Dancing Mistress'「舞踏教師」（『最後の夜・リンゴの木』1957年所収）；深町眞理子訳 'Telling'「告白」（『ミステリマガジン』早川書房 1966/1 No. 116所収）；太田良子訳 'Telling'「告げ口」、'Joining Charles'「そしてチャールズと暮らした」、'The Jungle'「ザ・ジャングル」、'The Dancing-Mistress'「バレエの先生」、'Dead Mabel'「死せるメイベル」、'The Working Party'「ワーキングパーティ」、'Foothold'「よりどころ」、'The Cassowary'「火喰い鳥」（『あの薔薇を見てよ』2004年所収）

ボウエン家ゆかりのセント・コルマンズ教会（コーク、ファラヒー。ボウエンの墓がある）

編集後記

田中慶子

日本で初めて、エリザベス・ボウエンの小説を翻訳したのは吉田健一でした。吉田健一は外交官の息子として生まれ、幼い時から父親の出張について青島、パリ、ロンドン、天津に行き現地の外国人学校で教育を受けました。12歳にしてバイリンガルで帰国し、暁星中学校に編入学し、さらにフランス語に磨きをかけました。１９３０年ケンブリッジ大学進学のために渡英するのでしたが、半年足らずの滞在で日本に帰国を決めました。文士になるなら、日本に帰国したほうがいい、という現地の学者の勧めだといわれています。文化背景を見聞するせっかくの機会をもったいない、今のようなグローバル化、情報化の時代ではないのだから、もう少しがんばってくれればよかったのに、と、浅学菲才の人間は思うのですが。帰国後、アテネ・フランセでフランス語に磨きをかけ、美術論、文芸評論を雑誌に発表し続けながら、翻訳を精力的にこなしました。ジャンルはシェイクスピアのような古典からデュ・モーリア、パトリシア・ハイスミスのような大衆小説までさまざまでした。ジョージ・オーウェル、クリストファー・イシャウッド、イヴリン・ウォーなど「めぼしいもの」を選んで紹介をしてきたそうです。エリザベス・ボウエンは『日ざかり』一冊のみで「その前にボウエンが書いた作品はこれと比べれば、ややこしくて読むに堪えない」と書いています。確かに

『日ざかり』は最も文体が屈折して、難解で、それ以前の作品も言葉遣いが凝りに凝っていました。でもその後、ボウエンは大衆向け雑誌小説やノンフィクションを書き出し、文体がかなり平易になりました。

グレンディニングの伝記によるとボウエンの作品はフランス語とドイツ語だけでなくルーマニア語、デンマーク語、ノルウェイ語、スウェーデン語、チェコ語、スペイン語、イタリア語、クロアチア語に翻訳されていました。ボウエンが「日本の翻訳者からとりわけ素敵な手紙をいただきました」、とあります。「私はあなたの傑作を読んでこの夏の暑さしのぎができてうれしいです。追伸　ところで、Bowenの発音は、バウイン、それともボウインですか」と書いて送った日本人の翻訳家は吉田健一だったのですね。

１９３７年のジョージ6世戴冠式の時、吉田健一の父吉田茂はイギリス大使として、参列していました。戦争に向けて国民を統率するためにジョージ6世が言語障害を克服していく過程は映画『英国王のスピーチ』のテーマになりました。２０２２年9月エリザベス女王が崩御されました。70年前１９５２年ジョージ6世の崩御で彼女の運命は決まりました。実際、１９３６年エドワード8世が即位の年に退位した時点で（世紀の恋）将来、女王に即位することは覚悟しなければなりませんでした。まだ25歳の若い女王の壮麗な戴冠式はテレビを視聴した国民も、ラジオ中継を聞いていた国民もいました。もう一人のエリザベスは、ウェッジウッド嬢とローズ・マコーレイ女史と共にＢＢＣにコメント録音のため招待されていました。（ローズのは使い物になりませんでした）エリザベスのコメントには帝国の民として誇りにあふれ堂々として、戦後初の国民的祝祭にふさわしい華やぎが在りました。日本からも当時の皇太子が参列しました。

この本を企画した木村正俊先生は、女王崩御の知らせが全世界を駆け巡った時は、すでに言葉の届かない領域に入られていました。急逝された、と訃報のはがきを見てもにわかには信じられませんでした。でもいつまでも悲嘆に暮れてはいられません。先生のやりかけの仕事を仕上げるのが、残された弟子のせめてもの供養です。遺品のパソコンからデータを抽出するのを長男の俊一郎さんに協力していただき、書きかけの原稿を完成することにしました。長いコロナ禍の事情で、執筆辞退された人、連絡が取れなくなってしまった人の穴を埋めるのも私の仕事になりました。２０２３年の記録的な猛暑の夏から秋にかけて、私の草稿の最初の読み手になってくださったのが、大学時代の恩師、荒木正純先生でした。まったく孤独な長距離走者に伴走していただいたようなものです。荒木先生はＴ・Ｓエリオット、D・Hロレンスには詳しいのですが、ボウエンとはやや守備範囲がずれています。が、入門書であることを伝えたうえで「ここはもっと、しろうとにもわかりやすく書いてください」とたびたびご指摘をいただき、字数が割り増しになりました。

木村先生は学位論文はロレンスだと聞いていますが、その後、ディケンズ、ジョイス、ロバート・バーンズ、ディラン・トマスと次々にのめり込み、最後にはまったのがボウエンでした。ボウエンの自己紹介文で「アランはスコットランド高地人、彼の母はコーニッシュです。私たちはケルトの血をたっぷりひいています」という一節を読んで、初めて気づきました。ボウエンのルーツはウェールズです。アランはひとにものを教えるのが好きで、その半生は組織の教育指導職に携わっていました。木村先生のライフワークはケルト民族研究だったので、ケルト人の饒舌さ、ボウエンが若いころ愛読したディケンズの孤児の境遇の重なり、恋愛力、そんなところが引かれる要素だったのですね。(私はつねづね木村先生は『ディヴィッド・コッパーフィールド』のミコーバーさんに似ていると思っていたのですが、BBCテレビドラマのボブ・ホスキンズが扮しているのを見て、その感を強くしました）そういう私もどうやらボウエン熱に感染してしまったようです。毎日のテクスト読みが楽しくて、ボウエンを読むことができる時代に生まれた人は幸せだと思うしだいです。最初の木村先生の企画には及ばない出来あがりですが、ここに少しでもボウエンの魅力をお伝えできれば幸いです。

２０２４年　風待ち月のころ

り

リージェンツ・パーク The Regent's Park 69, 230–232, 249–250
リース、ゴロンウィ Rees, Goronwy 63, 250, 255, 257, 281
　『リスナー』*The Listener* 172, 188, 189, 192
リード、ハーバート Read, Herbert 192
リッチー、チャールズ Ritchie, Charles 26, 69, 142, 143, 237, 249, 262, 270, 281
　『愛の内戦』*Love's Civil War* 249, 262
リチャードソン、ドロシー Richardson, Dorothy 188

れ

レ・ファニュ、シェリダン Le Fanu, Joseph Sheridan 15, 57, 129, 166, 167, 169, 180, 185, 194, 216, 218, 233, 257–258, 276
　『カーミラ』*Carmilla* 166, 167
　『アンクル・サイラス』*Uncle Silas* 57, 129, 169, 180, 257, 276
　『墓地のそばに立つ家』*The House by the Churchyard* 169, 194, 218
レーマン、ロザモンド Lehmann, Rosamond 26, 63, 97, 140, 171, 257
レプトン（注：パブリックスクール）Repton School 260

ろ

ロセッティ、クリスティナ Rossetti, Christina 165
ロレンス、D. H. Lawrence, David Herbert 124, 198, 202, 247, 252, 253, 256, 268, 277
ロンドン大空襲 London Blitz 148, 175, 233, 247, 257, 281

『リトル・ガールズ』*The Little Girls* 17, 21, 25, 80–85, 90–91, 154–155, 203, 210, 224–227, 233, 261, 264, 279
「りんごの木」'The Apple Tree' 157–158, 174
『ローマでのひととき』A Time in Rome 113–116, 237, 239–240
「ロンドンにやって来て」'Coming to London' (*MT*) 190
「訳あり価格」'Reduced' 179–181, 182, 186
ボウエン、サラ・フランセス（サラ叔母） Bowen, Sarah Frances Cole 167, 177, 181, 222, 287
ボウエン、ヘンリー（六代ヘンリー、エリザベスの父）Bowen, Henry Cole 20, 109–110, 112, 167, 177, 181, 219, 245, 272, 273, 285, 287
ボウエン、マージョリー Bowen, Marjory 261
ボウエン、ロバート・コール（エリザベスの祖父）Bowen, Robert 107, 109, 167, 273, 287
『ボートの三人男』*Three Men in a Boat, To Say Nothing of the Dog!* 234
『ホライズン』*Horizon* 100, 193, 245, 268, 269
ホワイト、アントニア White, Antonia 129, 189
『五月の霜』*Frost in May* 129, 189

ま

マウント・テンプル Mount Temple 218, 274
マクニース、ルイス MacNeice, Louis 232, 246
マコーレイ、ローズ Macaulay, Rose 21, 154, 230, 256–257
マッカラーズ、カーソン McCullers, Carson 140
マッケンジー、コンプトン Mackenzie, Compton 190, 230
『シニスター・ストリート』*Sinister Street* 230
『マドモアゼル』*Mademoiselle* 101, 232, 248
マードック、アイリス Murdoch, Iris 22, 25, 140, 272
マンスフィールド、キャサリン Mansfield, Katherine 127, 159, 174, 176, 198, 256
マントン Menton 198, 199

み

ミッチェルズタウン Mitchelstown 99, 181, 219, 222, 223, 245, 258, 263, 272

む

ムーア、ジョージ Moore, George 120, 139, 184, 214–215, 275–276

め

メイダ・ヴェール Maida Vale 188, 233

も

モダニズム Modernism 13, 15, 17, 65, 66, 90, 91, 123, 159, 187, 205, 243, 251, 254, 255–256, 265
モレル、オットリン Morrell, Ottoline 23, 188, 230, 243, 247, 252–254, 261, 265

ゆ

ユグノー Huguenot 157, 158, 258

ら

ラング、アンドルー Lang, Andrew 171, 185, 190, 192

117–121, 213–215, 268
「ジャングル」'The Jungle' 155–159
「十六番」'No.16' 232
「人家」'Human Habitation' (*Ann Lee's* 1926) 201–202
「水仙」'Daffodils' 206
「父がうたった歌」'Songs My Father Sang Me' 173, 234–235
「チャリティ」'Charity' 155–156
「チャールズと合流する」'Joining Charles' 207
「朝食」'Breakfast' (*Encounters* 1923) 262
「蔦がとらえた石段」'Ivy Gripped the Steps' 100–101, 224, 264
『出会い』*Encounters* 21, 28, 127–128, 145, 172, 260–261, 282
「ティーケトル」'The Teakettle' (*PPT*) 200, 204–205
「手袋をはめた手／結託して」'Hand in Glove' 169, 185–186
『友達と親戚』*Friends and Relations* 41–46, 179
『なぜ書くか』*Why Do I Write?* 124–126
「夏の夜」'Summer Night' 99–100, 222, 263, 268
『七たびの冬』*Seven Winters: Memories of a Dublin Childhood* 13, 20, 104–108, 112, 212–213, 217, 218, 260
「涙よ、むなしい涙よ」'Tears, Idle Tears' 231
「日曜日の午後」'Sunday Afternoon' 203, 209–210, 262
「猫背の娘」'The Girl with the Stoop' (*Look at All Those Roses*所収) 184, 226
『パリの家』*The House in Paris* 16, 17, 31, 32, 33, 53–59, 140, 143, 144, 147, 167, 199, 201, 203, 205, 208, 220, 224, 226, 227, 230, 254, 255, 259, 260, 276, 281
「針箱」'The Needlecase' 181–182
「バレエの先生」'The Dancing Mistress' 157, 217
「火喰い鳥」'The Cassowary' 95–96
『日ざかり』*The Heat of the Day* 8, 13, 16, 24, 25, 67–73, 122, 140, 148, 150, 161, 176, 196–197, 202, 203, 206, 207, 208, 221, 224, 226, 231, 249, 250, 254, 255, 270, 280
「ピンクのサンザシ」'Pink May' 173–174
「古い家の最後の夜」'The Last Night in the Old Home' 17, 44
『ボウエンズ・コート』*Bowen's Court* 14, 37, 108–112, 136, 141, 167, 275
「奉仕会」'The Working Party' 201, 222
「訪問者」'The Visitor' 209
『ホテル』*The Hotel* 16, 28–32, 38, 43–44, 117, 142, 159, 160, 199, 236, 237, 254, 261, 268, 282
「幻のコー」'Mysterious Kôr' 148, 164, 189, 190–193, 232
「マライア」'Maria' 261, 262
「未来の新しい風潮」'New Waves of the Future' (*PPT*) 195, 198
「もっとも忘れがたき人」'The Most Unforgettable Character I've Met' (*MT*) 176–179
「森の中の散策」'A Walk in the Woods' 235–236
「闇の中の一日」'A Day in the Dark' 101–103, 262
「幽霊の第三者」'The Shadowy Third' 172
「ラブ・ストーリー」'A Love Story' 220

Oxford 261, 262, 268
ヘップバーン、アラン Hepburn, Alan 9, 145, 195
ベネット、アーノルド Bennett, Arnold 124, 227, 247
ヘリック、ロバート Herrick, Robert 210, 257

ほ ——

ボウエン、エリザベス Bowen, Elizabeth Dorothea Cole
〔作品〕
『愛の世界』*The World of Love* 17, 32, 74–79, 140, 143, 149, 176, 196, 203–204, 207–208, 233–234, 247, 259, 268, 275, 280
「アイルランドがアイルランド人を作る」 'Ireland Makes Irish' (*PPT*) 169
「悪魔の恋人」'The Demon Lover' 172–173
「あのバラを見てよ」'Look at All Those Roses' 179
「ある街区で」'In the Square' 17, 196, 269, 271
「アン・リーの店」'Ann Lee's' 93–94, 233
『イギリスの小説家』*English Novelists* 120, 122–124
「遺贈された時計」'The Inherited Clock' 209, 223
「一冊の本から」'Out of a Book' (*MT*) 89, 90, 227
「うちあけ相手」'The Confidante' 22
「エール覚書、ウィンストン・チャーチルへの諜報報告書」'Notes on Eire': Espionage Reports To Winston Churchill, 1940-42 148
『エヴァ・トラウト』*Eva Trout* 16, 65, 86, 90–92, 143–145, 149, 154, 162–163, 237, 254, 279
「奥の居間」'The Back Drawing-Room' 15, 169–170, 174
「人の悪事」'The Evil that Men do' 229, 230
「彼女の大判振る舞い」'Her Table Spread' 220
「勘当された者」'The Disinherited' 96–98, 194, 197, 200, 234
「帰宅」'Coming Home' 20
『北へ』*To the North* 44, 47–52, 144, 150–153, 228, 229, 232–234, 262, 281
「キャラコ窓」'Calico Winodws' (*PPT*) 196
「現代の照明」'Modern Lightening' (*PPT*) 195
「告白」'Telling' 184
『心の死』*The Death of the Heart* 31, 60–66, 122, 148, 161, 175, 199, 224, 226, 231–235, 250, 255, 259, 261, 262, 264, 281
「最近の写真」'Recent Photograph' 206
『再考—著述に関する小品文集』*Afterthought: pieces about writing* 127
『最後の九月』*The Last September* 15, 21, 31, 32, 33, 34–40, 112, 136, 140–141, 144, 146–147, 150, 169, 183, 222, 234, 245, 272, 275, 282
『さし絵と会話』*Pictures and Conversations* 25, 81, 82, 85, 90, 129, 145, 248, 279
「幸せな秋の野原」'The Happy Autumn Fields' 112, 129, 164, 196, 265
「死せるメイベル」'The Dead Mabel' 94–95
『シェルボーン』*The Shelbourne: A Centre in Dublin Life for More Than a Century*

224, 225, 226, 227, 239, 259, 273
ハイスミス、パトリシア Highsmith, Patricia 98
ハリー・ランソムセンター（テキサス大学） Ransom Center at the University of Texas 25
ハウス、ハンフリー House, Humphry 9, 53, 259–260, 281
ハウス、マデリン（旧姓：マデリン・チャーチ） Madeline 53, 54, 259–260
バウラ、モーリス Bowra, Maurice 261, 265, 282
ハガード、ライダー Haggard, Ryder 145, 158, 171, 232
『洞窟の女王』*She* 145, 190–193
バカン、ジョン Buchan, John 22, 98, 179, 233, 249, 262, 270, 271
バージェス、ガイ Burgess, Guy 250, 255
バートン、デシマス Burton, Decimus 220, 230
ハートリー、レズリー Hartley, Leslie 253, 260–261, 277
ハーペンデン・ホール Harpenden Hall 21, 261, 283
バリー、サラ（旧姓：サラ・カーティ） Barry, Sarah 176–179, 245
バリー、J. M. Barrie, James Matthew 171, 267, 277
パリ講和会議 Paris Peace Conference (1946) 149, 249, 282
バーリン、アイザイア Berlin, Isaiah 23, 25, 26, 98, 149, 245, 252, 260, 265, 276–277, 282
ハロウ校 Harrow School 48, 151

ふ

ファインズ、オードリー（いとこのオードリー） Fiennes, Audrey 21–22, 23, 26, 183, 285
フィリップス、ウォーガン Phillips, Wogan 97
フォークストン Folkestone 100, 199, 223–227, 233, 263–264
フォースターE. M. Forster, Edward Morgan 12, 31, 50, 193, 248, 263
フォン・アーニム、エリザベス von Arnim, Elizabeth 199
フライ、ロジャー Fry, Roger 192, 194, 198–199, 247, 253
ブラウン、スペンサー・カーティス Brown, Spencer Curtis 26, 90, 268
ブラック・アンド・タンズ Black and Tans 38, 146, 147
プラス、シルヴィア Plath, Sylvia 232, 248, 250
ブラヴァツキー Blavatsky, Helena Petrovna 171
プリチェット、V. S. Pritchett, Victor Sawdon 124–126
ブルック、ジョスリン Brooke, Jocelyn 186, 188, 199, 264
ブルトン、アンドレ Breton André 189, 192, 232
プルーマー、ウィリアム Plomer, William 17, 179, 188, 189, 233, 251
ブルームズベリー・グループ Bloomsbury Group 194, 230, 244, 246, 247, 253, 261, 268
ブロンテ姉妹（シャーロット、エミリ） The Brontës 168
『嵐が丘』*Wuthering Heights* 168, 194

へ

ベイリー、ジョン Bayley, John 25, 190
ベイリオール・カレッジ Balliol College,

『スペクテイター』*Spectator* 171, 250, 261, 262, 263
スペンサー、エドマンド Spencer, Edmund 220, 221
スペンダー、スティーヴン Spender, Stephen 97, 188, 197, 229, 232, 233, 245–246, 257

せ

セシル、ディヴィッド Cecil, David 22, 97, 149, 260, 269–270
セント・コルマンズ教会（ファラヒー） St. Colman's Church 178, 219, 222, 263, 279

そ

『ソーホー百年』*Soho Centenary* 196

た

タイタニック号 RMS Titanic 183, 220, 224, 283
ダウンハウス・スクール Downe House School 21, 145, 267
ダリ、サルヴァドール Dali, Salvador 189, 192

ち

チェネヴィックス・トレンチ、イザベラ Chenevix-Trench, Isabella 223, 264
チャーチル、ウィンストン Churchill, Winston 24, 69, 117, 121, 123, 148, 255, 266, 280
チャリングクロス Charing Cross 77, 233, 234

て

ディケンズ、チャールズ Dickens, Charles 225, 259, 260
『ブリークハウス』*Bleak House* 180, 227
『ディヴィッド・コパーフィールド』*David Copperfield* 223, 228
『リトル・ドリット』*Little Dorrit* 225–226
ディズニー、ウォルト Disney, Walter Elias 172, 277
デイ・ルイス、セシル Day-Lewis, Cecil 246, 257, 270
エイモン・デ・ヴァレラ de Valera, Éamon 121, 219, 267
テニソン、アルフレッド Tennyson, Alfred 99, 164
デュ・モーリア du Maurier, Daphne 172
デルヴォー、ポール Delvaux, Paul 192–193

と

ドイル、コナン Doyle, Arthur Ignatius Conan 171, 180, 190, 267
トラハーン、トマス Traherne, Thomas 78
トリニティ・カレッジ（ダブリン大学）Trinity College, Dublin 20, 25, 107, 109, 135, 216, 217, 258, 273
トレヴァー、ウィリアム Trevor, William 168, 222, 245, 275

に

ニコルソン、ハロルド Nicolson, Harold 24
ニュー・カレッジ New College, Oxford 25, 250, 264, 269, 271, 277
『ニューステイツマン』*New Statesman* 188, 189, 248, 250, 257, 268

ね

ネズビット、イーディス Nesbit , Edith 172, 224

は

ハイズ Hythe 21, 25, 55, 56, 58, 163, 223,

コノリー、シリル Connolly, Cyril 26, 98, 149, 193, 218, 222, 228, 245, 257, 268, 270, 282
コリー、イーディス（旧姓：イーディス・フィンレイ、エディ叔母） Colley, Edith 21, 37, 285
コリー、ウィングフィールド（ウィンキー、ウィリー叔父） Colley, Wingfield 21, 22, 183, 262, 285
コリー、エドワード・ポメロイ Colley, Edward Pomeroy 183, 224
コリー、ガートルード Colley, Gertrude（アルベリック・ファインズ夫人 Mrs. Alberic Finnes） 22, 183, 285
コリー、ノリーン Colley, Noreen 155, 285
コリー、フロレンス・イザベラ（エリザベスの母） Colley, Florence Isabella Pomeroy 20, 83, 105, 177, 183, 216, 218, 224, 273, 274, 277, 283, 285, 287
コリー、ヘンリー・フィッツジョージ Colley, Henry Fitz-George 183, 285
コリー、ローズマリー Colley, Rosemary 209–210, 285
コリー、ローラ Colley, Laura 183, 261–262, 285

さ

サッカレー、ウィリアム（サッカレー） Thackeray, William Makepeace 119, 180, 213
サックヴィル＝ウェスト、エディ Sackville-West, Edward 190, 245, 248–249
サックヴィル＝ウェスト、ヴィタ（ヴィクトリア） Sackville-West, Victoria 24, 45, 249, 262
サートン、メイ Sarton, May 16, 224, 248
サマーヴィルとロス Somerville and Ross 246, 275
　サマーヴィル、イーディス Edith Somerville 171, 246
　マーティン、ヴァイオレット Martin, Violet Florence, 171, 246

し

シェイクスピア、ウィリアム Shakespeare, William 65–66, 210, 221, 250
ジェイムズ、ヘンリー James, Henry 12, 23, 65, 169, 180, 201, 224, 238, 263, 271
シッカート、ウォルター Sickert, Walter 187, 188, 194, 232, 247
『ジェイン・エア』 *Jane Eyre* 168, 180, 184, 258
シットウェル、イーディス Sitwell, Edith 246–247, 251, 261
シャーロック・ホームズ Sherlock Holmes 171, 180, 184, 265
ジャガー Jaguar 144, 228
シュールリアリズム Surrealism 168, 186–189, 192–193, 232
ジョイス、ジェイムズ Joyce, James 9, 216, 218, 255, 264
ジョージ五世 George V, King of England 188, 271, 283
ジレット、メニー（メアリ・ハリエット） Jellett, Mainie 186–188
心霊主義 Spiritualism 168, 170–171, 175, 193

す

スウィフト、ジョナサン Swift, Jonathan 136, 216, 246
スコット、ウォルター Scott, Walter 119
スティーヴン、レズリー Stephen, Leslie 154, 171, 244, 261
ステインズ Staines 234
スペイン内戦 Spanish Civil War 246

エイキン、コンラッド Aiken, Conrad 224, 265
エッジワース、マライア Edgeworth, Maria 136, 140, 203, 266, 276
エデンの園 64, 88–90
エピングフォレスト Epping Forest 235–236
エリオット、T. S. Eliot, Thomas Stearns 247, 253, 255, 256, 264–265
『荒地』'The Wasteland' 255, 256, 265
エリザベス二世 Elizabeth II Queen of England 142, 244, 254, 280
エリザベス一世 Elizabeth I, Queen of England 134, 138, 216
エリス、ハヴロック Ellis, Henry Havelock 51, 159

お

オーウェル、ジョージ Orwell, George 126, 202, 234, 280
オースティン、ジェイン Austen, Jane 8, 31, 44, 123, 129, 137, 140, 166, 182, 254, 263
『エマ』*Emma* 31, 180
『ノーサンガー・アビー』*Northanger Abbey* 137, 168
オフェイロン、ショーン O'Faolain, Sean 23, 187–188, 249, 252, 270, 281
オッペンハイム、フィリップス Oppenheim Edward Phillips 98
オールソウルズ・カレッジ All Souls College, Oxford 251, 277
オルコット、ルイザ・メイ Alcott, Louisa May 155, 166
オールド・ヘディントン Old Headington 22, 25, 98, 252, 258

か

ガスコイン、ディヴィッド Gascoyne David 189
カマイラ Camira 245

き

キルドレリィ Kildorrery 20, 101, 258–259, 263
キャメロン、アラン Cameron, Alan 53, 97, 149, 172, 219, 228, 249, 270, 285, 287
キャロル・ルイス Carroll Lewis（ドジソン、チャールズ・ラトウィッジ Dodgson, Charles Lutwidge）171

く

グウィン、スティーヴン Gwynn, Stephen 21, 282–283
グウィン、メアリ Gwynn, Mary 21, 183–184, 282, 287
クラレンス・テラス Clarence Terrace 23, 195, 196, 228, 269, 281
グリーン、グレアム Greene, Graham 23, 124–126, 233, 248, 252, 262
グリーン、ヘンリー Green, Henry 176, 270
クレイグ、パトリシア Craig, Patricia 111
グレンディニング、ヴィクトリア Glendinning, Victoria 53, 63, 113, 136, 163, 262–263

け

ゲイツ、ジム Gates, Jim (Gates, Charles Howard) 99, 263
ケネル、ピーター Quennel, Peter 250–251, 262, 268

こ

コーカー Corkagh 37, 182
ゴシック（趣き、小説、様式）Gothic 9, 12, 15, 17, 57, 162, 168, 169, 194, 216, 220, 257, 276

索引（50音配列）

〔エッセイ収録本〕

MT: The Mulberry Tree: Writings of Elizabeth Bowen

PPT: People, Places, Things Essays by Elizabeth Bowen

あ

アイルランド独立戦争 Irish War of Independence 38, 117, 120, 139, 140, 145, 146, 150, 219, 267

IRA（アイルランド共和国軍） Irish Republican Army 15, 38, 146, 147, 216, 218, 252, 275

アーティゾーニ、エドワード Ardizzone, Edward 233

い

イェイツ、ウィリアム・バトラー Yeats, William Butler 136, 170, 171, 186, 198, 214, 232, 253

イェイツ、エリザベス Yeats, Elizabeth 186

MOI（英国情報局） British Ministry of Information 24, 148, 255–256

イースター蜂起 Easter Rising 120, 139, 146, 212, 215, 217–218, 266–267

イートン校 Eton College 97, 183, 249, 268, 270, 271

イングリッシュ・ヘリテージ English Heritage 97, 232, 267

イプスデン・ハウス Ipsden House 97, 257

う

ヴァーノン、アーシュラ Vernon, Ursula 26, 245

ウィリス、オリーヴ Willis, Olive 21, 154, 230, 257, 282

ウェッジウッド、ヴェロニカ Wedgwood, Veronica 244

ウェリントン公爵 Wellington, Arthur Wellesley, Duke of 183, 213, 218, 254, 285

ウェルズ、H. G. Wells, Herbert George 124, 227

ウェルティ、ユードラ Welty, Eudora 25, 140, 205, 208, 244, 258, 269

ヴェルヌ、ジュール Verne, Jules Gabriel 192

ウォー、イヴリン Waugh, Evelyn 97, 197, 247, 256, 262, 268, 270

ウォダム・カレッジ Wadham College 22, 260, 269

ウルフ、レナード Woolf, Leonard 24, 243, 262

ウルフ、ヴァージニア Woolf, Virginia 8, 9, 23, 44, 53, 123, 129, 137, 140, 144, 147, 154, 165, 175, 176, 194, 199–200, 230, 243–244, 249, 250, 253, 254, 258, 269, 271, 272

『オーランドー』 *Orlando* 45, 129–130, 137, 249

『ダロウェイ夫人』 *Mrs. Dalloway* 144, 159, 250

『灯台へ』 *To the Lighthouse* 130, 194, 200

『波』 *The Waves* 130, 261

『歳月』 *The Years* 175

え

『ラックレント城』 *Castle Rackrent* 140, 266, 276

編者

木村正俊（きむら・まさとし） 神奈川県立外語短期大学名誉教授
弘前大学文理学部卒業、青森放送記者を経て
早稲田大学大学院文学研究科英文学専攻、尾島庄太郎に師事、博士課程満期退学
2022年9月没
【主要著書】
『棟方志功の世界 日本美の原点』都の森出版社 1972
『ケルトの歴史と文化』中央公論新社〈中公文庫〉（上下）2018
『ケルト全史』東京堂出版 2021
『ケルト神話・伝承事典』論創社 2022
【共編書】
『ディラン・トマス：海のように歌ったウェールズの詩人』彩流社 2015
『スコットランドを知るための65章』明石書店 2015
『ケルト文化事典』東京堂出版 2017
『文学都市ダブリン ―― ゆかりの文学者たち』春風社 2017

田中慶子（たなか・けいこ） 静岡産業大学客員教授
The Elizabeth Bowen Society（UK）会員
神奈川県立外語短期大学卒業、筑波大学比較文化学類卒業
筑波大学大学院博士課程文芸言語研究科満期退学
【主要著書（共著）】
『階級社会の変貌：二〇世紀イギリス文学に見る』（20世紀英文学研究8）金星堂 2006
『現代イギリス文学と場所の移動』（20世紀英文学研究9）金星堂 2010
『エリザベス・ボウエン 二十世紀の深部をとらえる文学』彩流社 2020

執筆者（エリザベス・ボウエン研究会有志）

木村正俊（きむら・まさとし） 神奈川県立外語短期大学名誉教授
田中慶子（たなか・けいこ） 静岡産業大学客員教授
小室龍之介（こむろ・りゅうのすけ） 都留文科大学准教授
窪田憲子（くぼた・のりこ） 都留文科大学名誉教授
米山優子（よねやま・ゆうこ） 静岡県立大学準教授
垣口由香（かきぐち・ゆか） 龍谷大学准教授
木梨由利（きなし・ゆり） 金沢学院大学名誉教授
伊藤節（いとう・せつ） 東京家政大学名誉教授
杉本久美子（すぎもと・くみこ） 柴田学園大学教授
太田良子（おおた・りょうこ） 東洋英和女学院大学名誉教授
松井かや（まつい・かや） ノートルダム清心女子大学准教授

エリザベス・ボウエン鑑賞事典

2025年2月20日　初版第1刷印刷
2025年2月28日　初版第1刷発行

編著者　木村正俊・田中慶子
発行者　森下紀夫
発行所　論創社
東京都千代田区神田神保町2-23 北井ビル
tel. 03 (3264) 5254 fax. 03 (3264) 5232
web. http://www.ronso.co.jp/
振替口座　00160-1-155266
装幀　奥定泰之
組版　平澤智正
印刷・製本　中央精版印刷
ISBN978-4-8460-2495-6 ©2025 Printed in Japan

ケルト神話・伝承事典

木村正俊著

本体３８００円

ギリシア・ローマ神話、北欧神話と並び、ヨーロッパの三大神話の１つ、ケルト神話の最重要３５９項目を網羅。ケルト神話の源泉をなすアイルランド神話、『マビノギ』をはじめとするウェールズ神話、ケルト的要素を色濃くもつアーサー王伝説までをカバー。神話の全体的な物語群の構図と、その豊かな魅力を伝える序論および欧文項目索引完備。ケルト神話と伝説に関する、国内初のオリジナル事典。